FLAMINGO

SPANNUNGSROMAN

Harriet Tawkins

ICH FOLGTE EINEM GEIST

Drei Spannungsromane für die Frau

FLAMINGO

INHALT

Flamingo ist ein Imprint der Paul Zsolnay Verlag Ges.m.b.H., Wien
Lizenzausgabe mit freundlicher Genehmigung der
Verlagsunion Erich Pabel-Arthur Moewig KG, Rastatt

Umschlagentwurf und -gestaltung: Artwork, Hamburg
Umschlagfoto: Bildarchiv Engelmeier/pwe-Verlag
Druck und Bindung: Ebner Ulm
Printed in Germany 1993
ISBN 3-552-09801-1

Harriet Tawkins

Ich folgte einem Geist

Nachdem Linda sich in den Comte Etienne de Bonnadoux verliebt hat, verschwindet sie spurlos. Ihre Schwester Sheila macht sich große Sorgen und begibt sich auf die Suche. Langsam glaubt die junge Frau, daß der Comte ein Ungeheuer in Menschengestalt sein muß und deshalb ihre Schwester in größter Gefahr schwebt...

Die Hauptpersonen:

Sheila Widcombe – Die Suche nach ihrer Schwester führt sie nach Château Avoine und ins Grauen.
Linda Widcombe – Hat Sheilas jüngere Schwester sich in ein Ungeheuer verliebt?
Comte Etienne de Bonnadoux – Ein Geheimnis scheint den Mann zu umgeben. Wird Lindas Liebe zu ihm die düsteren Schatten vertreiben?
Marguerite de Bonnadoux – Was verschweigt die Großmutter des Comte.

Fünf Jahre sind seit den unglückseligen Ereignissen vergangen, und dennoch habe ich Château Avoine nie ganz vergessen können.

Die wenigen Tage jenes Sommers, die Linda und ich auf dem Château verbrachten, haben sich mir tief ins Gedächtnis gegraben. Noch heute wache ich nachts zuweilen schweißgebadet und schreiend auf, wenn das Château und seine Schatten der Vergangenheit – wie Madame Marguerite de Bonnadoux die unheimlichen Vorgänge zu umschreiben pflegte – durch meine Träume geistern.

Dennoch bin ich zurückgekommen.

Es war wie ein innerer Zwang, der mich zum Château Avoine zurückführte. Als ich meinen Wagen heute nachmittag vor dem mächtigen, schmiedeeisernen Tor stoppte, schien mir auf den ersten Blick alles unverändert. Weiß schimmerten die mächtigen Mauern des Schlosses durch das Grün der Bäume. Genau wie damals, als ich das Château zum erstenmal sah . . .

Erst als ich ausstieg, sah ich, daß sich doch manches verändert hatte. Auch an Château Avoine war die Zeit nicht spurlos vorübergegangen.

Das Tor hatte Rost angesetzt, und der Schlüssel ließ sich nur schwer im Schloß drehen, ehe es sich unter protestierendem Quietschen öffnen ließ.

Ich ließ meinen Wagen stehen und ging zu Fuß durch den Park. Auf dem einst gepflegten Kies der Auffahrt wucherte Unkraut. Welkes Laub bedeckte die früher gepflegten Rasenflächen.

Und wo waren die damals so prachtvollen, sorgsam gepflegten Blumenbeete?

Rasen und Unkraut hatten sie längst bedeckt. Nur noch andeutungsweise war zu erkennen, wo sie sich befunden hatten.

Und dann hatte ich endlich freien Blick auf das Château . . .

Nein, die Mauern waren nicht mehr weiß. Obwohl erst fünf Jahre vergangen waren, wirkten sie grau und rissig. Die in der Nachmittagssonne matt schimmernden schwarzen Fenster wirkten auf mich wie leere Augenhöhlen in einem Totenschädel. Und so kam mir auch das ganze Schloß vor, wie ein riesiger, höhnisch grinsender Totenschädel, der zu sagen schien: »Du gehörst mir, Sheila! Mir ganz allein! Ich werde dich nie wieder loslassen, immer wieder wirst du zu mir zurückkommen müssen, und sei es auch nur nachts in deinen Träumen.«

Zögernd wandte ich mich vom Hauptportal ab und umrundete den mächtigen Bau, bis ich endlich den Westflügel vor mir sah.

Was hatte ich zu sehen erwartet?

Hatte ich vielleicht tief in meinem Inneren immer noch gehofft, daß all das Schreckliche jenes Sommers nur ein böser Traum gewesen sei? Ich weiß es nicht.

Der Westflügel Château Avoines stand wie eh und je. Efeu rankte sich an seinen weißen Mauern bis zum Dach empor. Lediglich einige Scheiben der breiten Fenster waren zerbrochen. Vermutlich eingeworfen von übermütigen Jungen aus dem nahen Ort, die über die Mauer geklettert und in den Park eingedrungen waren. Die schweren Gitter vor den Fenstern des Erdgeschosses waren angerostet, aber sie saßen noch fest.

Nichts, wirklich gar nichts, hatte sich hier verändert!

Mir war, als sei es erst gestern gewesen, daß ich fast an der gleichen Stelle gestanden und schaudernd den Westflügel des Schlosses betrachtet hatte. Und doch waren inzwischen fünf Jahre vergangen. Das Grauen war noch immer gegenwärtig. Ein eiskalter Luftzug schien mich zu streifen, ich fröstelte, obwohl es ein warmer Sommernachmittag war. Die düsteren Schatten aus der Vergangenheit existierten, und sie ließen Château Avoine ebensowenig los wie die Menschen, die hier gelebt hatten und deren Schicksale mit dem Schloß eng verbunden waren.

Die Geschehnisse wurden wieder lebendig. Das Grauen und die Schrekken Château Avoines griffen wieder nach mir.

Hastig wandte ich mich ab und ging zurück. Vor dem Hauptportal blieb ich unschlüssig stehen.

Warum nicht hineingehen?

Jetzt war ich bereits so weit gegangen, warum nicht auch noch den letzten Schritt wagen?

Ehe mir recht bewußt wurde, was ich tat, stieg ich bereits die Stufen empor. Die schwere Eichentür war nicht verschlossen. Wozu auch? Es gab hier nichts mehr, das einen Einbrecher angelockt hätte.

Zögernd trat ich in die Halle.

In ihrer düsteren Leere wirkte sie noch bedrückender als damals vor fünf Jahren. Die breite Tür zur Bibliothek stand offen, und mein Blick fiel auf leergeräumte Regale. Spinngewebe hing von den hohen Decken herab, Staub und Schmutz bedeckten die Böden.

Hohl hallten meine Schritte von den hohen Wänden wider, als ich wie in Trance auf die breite, geschwungene Treppe am Ende der Halle zuging. Ich streckte meine Hand aus und legte sie auf den Knauf des Geländers.

Nein – einen Fuß bereits auf der ersten Stufe, hielt ich inne.

Ich würde nicht nach oben gehen! Ich wollte die Zimmer nicht wiedersehen, in denen Linda und ich gewohnt hatten. Ich hatte genug gesehen. Ich würde zurückkehren zu meinem Wagen und nie wieder hierherkommen.

Rasch wandte ich mich ab und zuckte erschrocken zurück, als mein Blick auf die Tür zum Westflügel fiel. Jene Tür, die damals immer verschlossen gewesen war, stand jetzt weit auf.

Wie magisch angezogen starrte ich auf die Tür in dem dahinterliegenden

Raum. Mir war, als höre ich wieder Marguerite de Bonnadoux' harte, befehlsgewohnte Stimme:

»Es sind die Schatten der Vergangenheit, die uns hier nicht loslassen, Mademoiselle Sheila. Düstere Schatten, die seit vielen Jahren unser aller Leben auf Château Avoine bestimmen.«

Wäre damals vielleicht alles anders gekommen, wenn Madame Marguerite de Bonnadoux nicht solange geschwiegen hätte? Wären Linda und mir viele der schrecklichen Erlebnisse erspart geblieben, wenn der Comte den Mut aufgebracht hätte, sich seiner alles beherrschenden Großmutter zu widersetzen? Vielleicht wäre Madame Marguerite sogar noch am Leben, wenn sie sich früher hätte entschließen können, uns in das düstere Geheimnis ihrer Familie einzuweihen.

Ich wußte es nicht.

Gewaltsam riß ich meinen Blick von der halboffenen Tür und wollte die Halle verlassen. Ein Sonnenstrahl fiel in eben diesem Augenblick durch die blinden Fensterscheiben und genau in eine Nische zwischen zwei Türen.

Ich erschrak so heftig, daß ich einen Aufschrei nicht mehr unterdrücken konnte.

Die Halle war nicht leer.

Zumindest ein Gegenstand war – vielleicht absichtlich – vergessen worden und einsam zurückgeblieben. Und die Sonne riß ihn aus der Dunkelheit des Vergessens.

Ich sah direkt in Roxane de Bonnadoux' blasses, lächelndes Gesicht.

Es war nur ein Gemälde, und dennoch riß es alte Wunden wieder auf, ließ die Schrecken Château Avoines wieder aufleben. Unbarmherzig riß die Sonne Roxanes Gestalt aus den düsteren Schatten. Das rotblonde Haar leuchtete wie Kupfer, und in den tiefschwarzen Augen schien ein geheimnisvolles Feuer zu glühen. Ihr Blick schien mich zu bannen und über mich zu spotten.

»Sieh her, Sheila, ich habe Macht über dich!« schien es mir zu sagen. »Ich hatte sie vor fünf Jahren, und ich habe sie noch heute!«

Obwohl ich Roxane selbst nie gekannt hatte, war mir ihr Gesicht in jeder Einzelheit vertraut, und ich starrte das Gemälde an, bis die Strahlen der Sonne weiterwanderten und es wieder in den düsteren Schatten verschwand.

Dennoch war mir, als erwachte ich aus einem bösen Traum. Schweißgebadet und an allen Gliedern zitternd flüchtete ich aus der Halle. Wie von tausend Teufeln gehetzt rannte ich die Auffahrt hinunter, warf das schmiedeeiserne Tor hinter mir zu und drehte mit zitternden Fingern den Schlüssel im Schloß. Keuchend ließ ich mich in meinen Wagen fallen und startete den Motor.

Ich weiß nicht, was ich mir von meinem Besuch auf Château Avoine erwartet hatte. Aber ich weiß jetzt, daß ich diese schreckliche Zeit vor fünf Jahren nie werde vergessen können. Ich werde mit meinen Erinnerungen an jene Zeit leben müssen. Vielleicht werden sie irgendwann eimal ein wenig verblassen, mich weniger quälen ...

Ich habe mir in Le Port Boulet ein Zimmer in einem kleinen Hotel genommen. Vielleicht hilft es mir, wenn ich alles, was damals geschah, niederschreibe. Vielleicht werde ich meine ganz persönliche Vergangenheit eher bewältigen, wenn ich mir alle meine Ängste, die mich seit fünf Jahren auf Schritt und Tritt begleiten, von der Seele schreibe.

Eine lange, einsame Nacht liegt vor mir, und da ich ohnehin keinen Schlaf finden werde – zu sehr hat mich das Wiedersehen mit Château Avoine aufgewühlt und alles in mir wieder lebendig werden lassen –, kann ich ebensogut auch gleich jetzt mit meinen Aufzeichnungen beginnen.

Es begann vor genau fünf Jahren in London ...

Endlich schien doch noch der Sommer gekommen zu sein. Nach einer viel zu langen kühlen, regnerischen Periode war die Sonne gekommen, und seit drei Tagen brütete London unter einer Hitzeglocke. Die Freibäder und Parks waren überfüllt. Wer immer es sich leisten konnte, hatte sich ein paar Tage freigenommen und genoß die seltenen, unbeschwerten Sommertage in der Millionenstadt.

Nur ich kapselte mich völlig von der Umwelt ab.

Anrufe von Freunden, die mich zu Ausflügen oder Grillpartys einladen wollten, beantwortete ich, ganz gegen meine sonstige Art mürrisch und abweisend. Schon bald gab man es auf, mich anzurufen und Einladungen auszusprechen.

Die Sorge um meine jüngere Schwester Linda bedrückte mich schwer.

Über vier Wochen hatte ich nichts mehr von Linda gehört. Alle meine Briefe waren unbeantwortet geblieben. Nun war Linda nicht gerade eine begeisterte Briefschreiberin, doch daß sie so lange nichts von sich hören ließ, war ebenso ungewöhnlich wie der Anlaß zu ihrer Reise, zumal wir uns näherstanden, als Schwestern es vielleicht im allgemeinen tun.

Als wir vor sechs Jahren unsere Eltern verloren, war Linda gerade fünfzehn, ich einundzwanzig Jahre alt gewesen.

Sofort nach dem tragischen Unfall unserer Eltern gab ich meine kleine Wohnung im Herzen Londons, die ich mir damals gerade erst eingerichtet hatte, auf und zog zurück in mein Elternhaus, um mich um Linda zu kümmern. Seitdem waren wir fast unzertrennlich und hatten keinerlei Geheimnisse voreinander, bis ...

Ja, bis Linda vor knapp einem halben Jahr auf eine Anzeige geantwortet hatte, deren genauen Inhalt sie mir nie verraten hat. Ich wußte nur, daß es sich um eine Bekanntschafts- oder Heiratsanzeige gehandelt haben mußte. Linda, die nie Geheimnisse vor mir gehabt hatte, war plötzlich sorgsam darauf bedacht, daß ich nicht zuviel von ihrem Briefwechsel mit dem Unbekannten erfuhr. Auf meine Fragen erhielt ich nur knappe, ausweichende und nichtssagende Antworten von ihr.

Nach und nach erfuhr ich aber dann doch ein bißchen mehr.

Zunächst nur, daß es sich um einen Franzosen handelte, dem sie regelmäßig schrieb. Später vertraute sie mir dann an, daß er ein Comte sei. Und schließlich, kurz vor ihrer Abreise, erfuhr ich dann auch seinen Namen: Comte Etienne de Bonnadoux.

Obwohl ich Bedenken hatte, konnte ich Linda nicht halten. Der Comte wollte sie kennenlernen und sie ihn. Sie hatten ein Treffen in Paris vereinbart. Mit unguten Gefühlen begleitete ich Linda zum Flughafen.

Das war vor fünf Wochen.

In der ersten Woche erhielt ich noch drei Briefe von ihr. Im ersten schrieb sie nur über Paris. Ich erfuhr, daß sie im »Hôtel des Monnales« in der Rue Mazarine abgestiegen war und von ihrem Zimmer einen herrlichen Blick über die Ile de la Cité und auf das Palais Royal an den Jardin des Tuileries hatte. Sie schrieb von ihren Entdeckungsreisen in Paris und erwähnte nur nebenher, daß der Comte sie fast ständig begleitete.

In ihrem zweiten Brief wurde sie ein wenig konkreter und äußerte sich begeistert über Comte Etienne de Bonnadoux, in den sie sich anscheinend heftig verliebt hatte.

Aber mehr, als daß der Mann etwa Mitte Dreißig war, erfuhr ich auch jetzt nicht. Aber immerhin, es genügte, mich wieder zu beunruhigen, besonders, als Linda in ihrem letzten Brief bereits von Heirat sprach. Knapp eine Woche, nachdem sie den Comte persönlich kennengelernt hatte!

Und dann vier Wochen lang kein einziges Wort mehr von Linda.

Ein paarmal war ich nahe darangewesen, Linda im »Hôtel des Monnales« anzurufen. Doch jedesmal verwarf ich den Gedanken wieder.

Ich sagte mir immer wieder, daß ihr ja nichts geschehen sein könne, sonst hätte man mich doch benachrichtigt, oder zumindest wären meine Briefe zurückgekommen, wenn Linda nicht mehr im Hotel gewohnt hätte. Trotzdem machte ich mir von Tag zu Tag mehr Sorgen um meine Schwester.

Und das wohl nicht ganz unbegründet.

Wir waren schließlich beide nicht ganz unvermögend, und seit Linda volljährig war, konnte natürlich auch sie frei über ihr elterliches Erbteil verfügen.

War es da so abwegig, wenn ich in Gedanken erwog, daß Linda womöglich an einen Heiratsschwindler geraten sein konnte?

Vergebens bat ich in meinen Briefen um ein Lebenszeichen von ihr, und sei es auch nur eine Ansichtskarte mit der lapidaren Feststellung, daß es ihr gut ginge.

Schließlich war ich schon halb entschlossen, selbst nach Paris zu fliegen und nach dem Rechten zu sehen, auch auf die Gefahr hin, daß Linda mir dann vielleicht vorwerfen würde, daß ich ihr nachspioniere, als doch noch ein Brief kam. Es war ein dicker, brauner Umschlag, und zuerst fiel mir nur auf, daß er in Paris aufgegeben worden war.

Von Linda. Endlich, durchzuckte es mich.

Doch dann sah ich die Schrift, und es war nicht die Lindas. Es war eine mir völlig fremde, steile, ein wenig ungelenke Schrift.

Sofort war die Angst da.

Ich kannte niemand in Paris, der mir hätte schreiben können. Der Brief konnte also nur bedeuten, daß Linda etwas zugestoßen war. Vergeblich suchte ich nach einem Absender, ehe ich den Umschlag mit zitternden Fingern aufriß.

Briefe flatterten mir daraus entgegen. Briefe, die ich nur zu gut kannte.

Es waren meine eigenen, die ich Linda ins »Hôtel des Monnales« geschickt hatte.

Was hatte das zu bedeuten? Waren die Briefe vom Hotel zurückgeschickt worden?

Nein, da war noch ein Zettel.

Die gleiche ein wenig ungelenke Schrift wie auf dem Kuvert stach mir förmlich ins Auge. Und natürlich in französisch. Es dauerte ein wenig, bis ich meine Französischkenntnisse zusammengekramt und den Inhalt des Blattes in etwa sinngemäß übersetzt hatte:

Sehr geehrte Mademoiselle Sheila,

vor etwa vier Wochen mietete Ihre Schwester bei mir ein Zimmer, trat jedoch wenige Tage später gemeinsam mit dem Comte Etienne de Bonnadoux eine Reise mit mir unbekanntem Ziel an. Sie bat mich, die Post, die ihr vom Hôtel nachgeschickt würde, bis zu ihrer Rückkehr aufzubewahren. Jetzt erhielt ich jedoch ein Schreiben, in dem Ihre Schwester mir mitteilte, daß sie nicht nach Paris zurückkommen werde.

Da mir die neue Adresse von Mademoiselle Linda nicht bekannt ist, halte ich es für das beste, Ihnen Ihre Briefe anbei zurückzuschicken.

Mit freundlichen Grüßen.

Die Unterschrift war unleserlich.

Mit zitternden Fingern ließ ich das Blatt sinken. Panik stieg in mir auf.

Da stimmte etwas nicht. Es sah Linda überhaupt nicht ähnlich, ihren Aufenthaltsort zu wechseln, ohne mir zumindest ihre neue Adresse zukommen zu lassen.

Sollten meine Befürchtungen doch nicht übertrieben gewesen sein? War dieser Comte de Bonnadoux am Ende gar wirklich ein Heiratsschwindler, wenn nicht gar Schlimmeres?

Ich mußte unbedingt herausfinden, wer mir die Briefe zurückgeschickt hatte und mit dem oder der Betreffenden reden. Aber wie konnte ich das?

Natürlich, die Briefe!

Das Hotel mußte auf ihnen Lindas neue Anschrift vermerkt haben, ehe sie weitergeleitet wurden.

Rasch sah ich mir die Kuverts an. Doch meine Enttäuschung war groß. Da war nichts als der Name meiner Schwester und die von mir selbst säuberlich geschriebene Adresse des Hotels.

Natürlich, man war dort genauso verfahren wie der oder die Unbekannte. Bevor sie weitergeleitet wurden, hatte man die Briefe in einen neuen Umschlag gesteckt.

Jetzt gab es nur noch eines. Ich mußte so schnell wie möglich nach Paris, dort die letzte Adresse meiner Schwester ausfindig machen und sie suchen!

Plötzlich hatte ich eine Vorahnung drohenden Unheils. In mir war das schreckliche Gefühl, daß Linda etwas Furchtbares zugestoßen sei, und daß ich auf jeden Fall zu spät kommen würde, um ihr noch helfen zu können.

Während ich zum Telefon eilte und mit zitternden Fingern die Nummer des nächstbesten Reisebüros, das mir gerade einfiel, wählte, machte ich mir Vorwürfe, daß ich so lange gewartet hatte und nicht schon längst selbst nach Paris geflogen war. Ich hatte Glück und bekam noch einen Platz in einer Maschine, die nachmittags von London abging. Von der Auslandsauskunft ließ ich mir die Nummer des »Hôtel des Monnales« geben und bestellte telefonisch ein Zimmer.

Rasch packte ich ein paar Sachen zusammen, und dann begann das quälende Warten, bis es endlich Zeit wurde, zum Airport aufzubrechen.

Es war nur ein kurzer Flug von London nach Paris, und die Maschine landete pünktlich um sechzehn Uhr auf den Aérport Charles-de-Gaulle.

Ungeduldig wartete ich, bis ich endlich die Formalitäten der Paßkontrolle und Zollabfertigung hinter mir hatte. Zum Glück fand ich gleich ein Taxi und ließ mich zum »Hôtel des Monnales« fahren. Unterwegs hatte ich kaum einen Blick für die Schönheiten der Stadt. Zu sehr quälte mich die Sorge um Linda.

Ich machte mir selbst heftige Vorwürfe, daß ich nicht schon früher nach Paris geflogen war, um nach dem Rechten zu sehen. Der Comte de Bonnadoux wurde in meinem Geist immer mehr zu einem Ungeheuer in Menschengestalt. Nur er konnte schließlich für das Verschwinden Lindas verantwortlich sein, so dachte ich zumindest.

Wer war dieser Comte überhaupt?

Ich wußte so gut wie nichts über ihn.

War der Name überhaupt richtig? War er womöglich ein Heiratsschwindler, der es nur auf Lindas Geld abgesehen hatte? Oder gar ein abartiger Mörder, der junge Mädchen nach Paris lockte, sie verschleppte und tötete?

Irgendwo hatte ich auch einmal etwas über Mädchenhändler gelesen, die junge Mädchen und Frauen von Marseille aus in den Orient verfrachteten.

Zwar hieß es, daß es diese Art des Menschenhandels heute nicht mehr gäbe, aber man konnte ja nie wissen. Mir jedenfalls spukte das alles während der Fahrt durch den Kopf.

»Wir sind da, Mademoiselle.«

Die ungeduldige Stimme des Taxifahrers riß mich aus meinen unerfreulichen Gedanken.

Erst jetzt bemerkte ich, daß das Taxi bereits seit einer ganzen Weile vor einem großen, grauen Gebäude hielt. Auf einer roten Markise, die vom Eingang her das gesamte Trottoir überspannte, las ich die goldfarbenen Buchstaben: Hôtel des Monnales.

Ich zahlte und stieg aus.

Ein Hotelpage nahm mir den Koffer aus der Hand und führte mich zur Rezeption. Während ich darauf wartete, daß der Portier, der gerade einige andere Gäste abfertigte, Zeit für mich hatte, sah ich mich in der riesigen Halle um.

Altmodische Sitzgruppen, teils in Leder, teils mit einem rötlichen, samtähnlichen Stoff bezogen, standen überall herum. Dazwischen immer wieder leicht angestaubte Palmen in großen Kübeln und schweren Samtportieren vor den Fenstern. Eine Tür mit einer Milchglasscheibe führte in die Hotelbar, aus der gedämpfte Klaviermusik in die Halle drang, eine weitere, doppelflügelige ins Restaurant. Neben der Rezeption warteten die Kabinen dreier altmodischer Lifts mit verschnörkelten Gittertüren auf Fahrgäste.

Das alles strömte eine verstaubte, etwas altmodische Eleganz aus, die mir durchaus nicht lag.

Kein Wunder, daß Linda es vorgezogen hat hier auszuziehen, dachte ich.

Aber warum hatte sie es mir nicht geschrieben und mir ihre neue Adresse mitgeteilt?

Endlich war ich an der Reihe und bekam meinen Zimmerschlüssel ausgehändigt.

»Meine Schwester, Linda Widcombe, hat vor einiger Zeit hier gewohnt«, hielt ich den Portier, der sich schon wieder anderen Arbeiten zuwenden wollte, zurück. »Sie muß vor etwa vier Wochen hier ausgezogen sein, ihre Post wurde jedoch noch vom Hotel an ihre neue Adresse nachgeschickt. Könnten Sie bitte einmal nachsehen und mir diese Adresse geben?«

Der Portier musterte mich mit hochgezogenen Augenbrauen. »Entschuldigen Sie, Mademoiselle«, sagte er gestelzt, »aber ich weiß wirklich nicht, ob ich ihnen so ohne weiteres die Adresse eines unserer Gäste geben darf.«

»Aber es handelt sich um meine Schwester«, unterbrach ich ihn ungeduldig.

Der untersetzte Mann räusperte sich. »Trotzdem«, setzte er unsicher zu einer Erwiderung an.

Ich ließ ihn nicht ausreden.

»Hören Sie, meine Schwester ist, kurz nachdem Sie das Hotel verließ, verschwunden«, fiel ich ihm ins Wort. »Ich fürchte, daß ihr etwas Schreckliches zugestoßen ist, daß sie womöglich einem Verbrecher in die Hände gefallen ist. Deshalb muß ich sie so schnell wie möglich wieder finden. Dazu benötige ich aber die Adresse, an die ihre Post geschickt wurde.«

Der Portier sah mich durchdringend an. »Also gut«, gab er endlich nach, als er meinen sorgenvollen, flehenden Blick sah. »Da es sich um Ihre Schwester handelt, wird es wohl in Ordnung sein, wenn ich einmal eine Ausnahme mache. Warten Sie bitte einen Moment. Ich suche Ihnen die Anschrift heraus.« Er verschwand durch eine Tür hinter der Rezeption, und ich wartete ungeduldig, bis er wieder zum Vorschein kam.

»Im Auftrag Ihrer Schwester haben wir ihre Post an Madame Celestine Arnaud in die Rue Saint-Elenthére weitergeleitet«, erklärte er, als er zurückkam. »Sie finden die Rue Saint-Elenthére in der Nähe des Place du Calvaire, direkt unterhalb von Sacre-Cœur.« Er reichte mir einen Zettel mit der Adresse, winkte dann einem Pagen und drückte ihm meinen Zimmerschlüssel in die Hand.

»Ist Ihnen der Comte Etienne de Bonnadoux bekannt?« fragte ich zum Schluß noch.

Der Portier überlegte einen Augenblick lang und schüttelte dann entschieden den Kopf. »Tut mir leid, Mademoiselle Windcombe, aber der Name sagt mir nichts. Wenn der Comte zu unseren Gästen gehört hätte, würde ich mich bestimmt an ihn erinnern.« Ich bedankte mich und folgte dem Pagen zu den Lifts.

Als ich endlich allein in meinem Zimmer war überlegte ich, was ich als nächstes tun sollte. Den ersten Schritt hatte ich erfolgreich hinter mich gebracht. Ich hatte Lindas letzte Adresse!

Daß der Portier den Comte nicht kannte, paßte nur zu gut in das Bild, das ich mir von dem Mann gemacht hatte. Natürlich war Etienne de Bonnadoux nicht im selben Hotel wie Linda abgestiegen. Wenn er wirklich das Ungeheuer war, das durch meinen Geist spukte, und daran zweifelte ich eigentlich keinen Moment, dann konnte er es sich nicht leisten, zusammen mit einem seiner Opfer gesehen zu werden. Jetzt konnte ich eigentlich nur noch hoffen, daß Madame Arnaud mir irgendwie weiterhelfen konnte.

Ich warf einen Blick auf die Uhr. Es war noch nicht zu spät, um einen Besuch zu machen. Wenn ich sofort losfuhr, konnte ich Madame Arnaud noch an diesem Tag aufsuchen.

Ich hatte Glück und fand sofort ein Taxi. Ich nannte dem Chauffeur die Adresse, und dann bekam ich einen ersten Vorgeschmack von den legendären Fahrkünsten Pariser Taxifahrer.

Zuerst ging es über die Pont Neuf, dann abwechselnd über breite Boulevards und durch enge Gassen, in denen man Platzangst bekommen konnte. Und das alles in einem geradezu halsbrecherischen Tempo. Und dabei redete der Mann noch ständig auf mich ein, sprach dabei aber so schnell und in einem solchen Dialekt, daß ich kaum ein Wort verstand, mit der Zeit aber dennoch mitbekam, daß er mich auf irgendwelche Sehenswürdigkeiten, an denen wir gerade vorbeikamen, aufmerksam machen wollte.

Inmitten eines Gewirrs enger Gäßchen, die sich, überragt von dem imposanten Kirchenbau der Sacré-Cœur, einen Berg hinaufwand, stoppte der Wagen endlich. Der Chauffeur deutete wild gestikulierend auf eine der Gassen, und in dem Wortschwall, den er dabei ausstieß, verstand ich gerade Rue Saint-Elenthére und Einbahnstraße.

Ich zahlte, stieg aus und ging in die Gasse, in die er gewiesen hatte.

Das Haus hatte ich schnell gefunden. Es war ein alter, wenig einladend aussehender Bau mit abbröckelndem Verputz. Während ich in den düsteren Flur trat, in dem es ein wenig muffig und nach allen möglichen Essensdünsten roch, fragte ich mich, was um Himmels willen, Linda dazu bewogen haben mochte, ausgerechnet hierher zu ziehen? Dieses Haus paßte im Grunde noch weniger zu ihr, als das »Hôtel des Monnales«.

Den Namen Arnaud fand ich auf einem Schild neben einer Tür im Erdgeschoß. Vergebens suchte ich nach einer Klingel und klopfte schließlich an. Eine rundliche Frau mit einem rotglänzenden, gutmütigen Gesicht, die Frau mochte etwa Ende Fünfzig sein, öffnete und sah mich mißtrauisch an.

»Madame Arnaud?« fragte ich zaghaft.

Die Frau nickte, und ich stellte mich vor.

»Sie sind die Schwester von Mademoiselle Linda?« Das Mißtrauen wich aus ihrem Gesicht, sie lächelte mich freundlich an. »Aber kommen Sie doch bitte herein, Mademoiselle.«

»Entschuldigen Sie bitte, daß ich Sie hier so einfach überfalle, Madame Arnaud«, bat ich, als ich ihr in einem etwas düsteren und mit Möbeln hoffnungslos überladenen Wohnzimmer gegenübersaß. »Aber ich mache mir große Sorgen um meine Schwester. Seit gut vier Wochen habe ich nichts mehr von Linda gehört, und als ich dann heute früh auch noch meine Briefe an Linda zurückbekam . . .«

»Aber das verstehe ich doch, Mademoiselle«, unterbrach Madame Arnaud mich. »Ich fürchte nur, daß ich Ihnen auch nicht weiterhelfen kann.«

»Hat meine Schwester denn überhaupt nichts gesagt, wohin sie fahren wollte?« fragte ich verzweifelt.

Madame Arnaud schüttelte den Kopf. »Ihre Schwester hat ihr Zimmer zwar für vier Wochen im voraus bezahlt, es aber nur drei Tage lang benutzt«, sagte sie leise. »Ehe Mademoiselle Linda mit dem Comte abreiste, bat sie mich nur, ihre Post aufzubewahren bis sie zurückkäme. Mehr weiß ich leider auch nicht.«

»Sie haben den Comte gekannt?« fragte ich hellhörig geworden. Wie es schien hatte ich endlich jemand gefunden, der mir mehr über Etienne de Bonnadoux erzählen konnte.

»Gekannt wäre vielleicht zuviel gesagt«, meinte Madame Arnaud. »Ich habe ihn ein paarmal gesehen. Der Comte holte Ihre Schwester jeden Nachmittag hier ab. Auf mich machte er eigentlich einen guten Eindruck. Er war sehr höflich und immer freundlich. Einmal brachte er mir sogar Blumen mit.«

Der Comte schien Madame Arnaud zutiefst beeindruckt zu haben.

Aber das ist bei einem Heiratsschwindler schließlich kein Wunder, dachte ich bitter. Es gehörte ja sozusagen zu seinem Handwerk, daß er die Frauen beeindruckte und für sich einnahm. Innerlich flehte ich zu Gott, daß der Comte nur ein Heiratsschwindler und nichts Schlimmeres war.

»Woher hatte meine Schwester eigentlich Ihre Adresse, Madame?« wechselte ich das Thema.

Es wunderte mich noch immer, daß Linda in eine solche Gegend gezogen war. Sicher, die Rue Saint-Elenthére, mochte, wie das ganze Viertel um Sacré-Cœur, reizvoll und romantisch sein. Aber trotzdem konnte ich mir nicht vorstellen, daß Linda es ernsthaft in Erwägung gezogen haben mochte, hier für längere Zeit zu wohnen.

»Ich hatte eine Anzeige aufgegeben, daß ich ein Zimmer zu vermieten habe. Mademoiselle Linda meldete sich auf dieses Inserat hin«, erklärte Madame Arnaud. »Sie sagte mir, daß sie es vorzöge, privat zu wohnen statt in einem Hotel.«

»Und wie war das an dem Tag, an dem meine Schwester mit dem Comte abreiste?« bohrte ich weiter. »War Linda da irgendwie anders als sonst? Überlegen Sie doch bitte noch einmal genau, Madame, ob sie nicht doch irgend etwas über das Ziel ihrer Reise gesagt hat.«

»Ich erinnere mich, daß der Comte an diesem Tag schon am Vormittag kam«, erzählte Madame Arnaud. »Ich erschrak, als ich ihn an diesem Morgen sah. Er wirkte völlig verändert. Irgendwie düster und bedrückt. Zuerst dachte ich, daß er vielleicht krank sei. Sein Gesicht war blaß, in seinen Augen stand ein gequälter Ausdruck, und alle Fröhlichkeit war von ihm gewichen. Er blieb an diesem Vormittag lange bei Mademoiselle Linda. Einmal hörte ich ihre Stimmen ziemlich laut bis in die Küche, konnte aber die Worte nicht verstehen. Es schien mir jedenfalls, als würden sie sich zanken. Dann war es jedoch wieder still, und etwa eine Stunde später ging der Comte. Mademoiselle Linda kam dann zu mir in die Küche und sagte mir, daß sie noch am gleichen Tag gemeinsam mit dem Comte verreisen wolle. Ich fragte Mademoiselle Linda noch, ob der Comte vielleicht krank sei, weil er doch so elend ausgesehen habe? Ihre Schwester erklärte mir daraufhin, der Comte habe schlechte Nachrichten von zu Hause bekommen. Seine Großmutter sei schwer erkrankt, und er müsse zu ihr. Sie sagte dann noch, daß sie den Comte begleiten wolle, um seine Familie kennenzulernen. Am Nachmittag holte der Comte Mademoiselle Linda dann ab. Danach habe ich von Ihrer Schwester nichts mehr gehört. Bis der Brief kam, in dem sie mir mitteilte, daß sie nicht nach Paris zurückkommen würde und daß ich über das Zimmer wieder frei verfügen könne.«

Madame Arnaud schwieg einen Moment, dann hob sie bedauernd die Schultern. »Das ist alles, Mademoiselle«, sagte sie leise. »Mehr weiß ich leider auch nicht.«

»Und Lindas Brief?« hakte ich nach. »Hat sie darauf denn keinen Absender angegeben?«

»Nein.« Celestine Arnaud schüttelte den Kopf. »Sonst hätte ich die Briefe doch nicht an Sie zurückgeschickt, sondern sie an Mademoiselle Linda weitergeleitet.«

Aus, dachte ich bitter. Wie es schien, gab es keine Möglichkeit mehr, festzustellen, wo Linda sich aufhielt.

Halt, eine Möglichkeit gab es doch noch!

Der Poststempel war mir eingefallen. Aus ihm konnte ich wenigstens ersehen, in welcher Stadt Linda den Brief aufgegeben hatte.

»Haben Sie den Umschlag noch, Madame Arnaud?« fragte ich bang.

»Tut mir leid, Mademoiselle Sheila, aber den habe ich weggeworfen. Ich dachte doch nicht, daß es wichtig sein könnte, ihn aufzuheben.«

»Und die Adresse des Comte kennen Sie auch nicht?« bohrte ich weiter.

Wieder erntete ich nur ein Kopfschütteln. »Comte de Bonnadoux stammt von einem Château irgendwo an der Loire«, sagte Madame Arnaud ein wenig hilflos. »Mehr kann ich Ihnen leider nicht sagen.«

Das war wohl das Ende meiner Suche nach Linda. Wie es schien, war sie bereits beendet, ehe sie übehaupt richtig begonnen hatte.

Der Comte hatte es nicht nur verstanden, Linda irgendwie für sich zu gewinnen, er hatte es zudem auch noch hervorragend verstanden, alle seine Spuren zu verwischen. An die kranke Großmutter glaubte ich nicht so recht. Die Geschichte war vermutlich nur ein Vorwand gewesen, um Linda aus Paris wegzulocken. Der Himmel allein mochte wissen, zu welch finsteren Zwecken.

Ich wollte mich gerade bei Madame Arnaud für ihre Auskünfte bedanken, als plötzlich ein Lächeln über ihr Gesicht glitt. »Da fällt mir doch noch etwas ein, Mademoiselle«, sagte sie strahlend. »Victor könnte vielleicht die Adresse des Comte kennen! Im übrigen sollten Sie sich wirklich nicht so viele Sorgen um Ihre Schwester machen. Solange Mademoiselle Linda mit dem Comte zusammen ist, wird ihr bestimmt nichts Böses geschehen. Der Comte de Bonnadoux ist so ein netter Mann, wissen Sie . . .«

»Können Sie mir sagen, wo ich diesen Victor finde, Madame?« unterbrach ich sie, durchaus nicht davon überzeugt, daß der Comte wirklich ein so netter Mann war, wie sie sagte. In meinem Geist entwickelte er sich eher immer mehr zum Gegenteil.

»Victor ist mein Sohn«, erklärte Madame strahlend. Dann erfuhr ich, daß Victor sich einmal ausführlich mit dem Comte unterhalten hatte. »Es ist durchaus möglich, daß der Comte ihm seine Adresse gegeben hat«, meinte Madame Arnaud. »Mein Sohn müßte eigentlich jeden Augenblick nach Hause kommen. Sie können gerne auf ihn warten, Mademoiselle. Ich werde uns inzwischen einen Kaffee machen.«

Madame Arnaud hatte den Kaffee gerade fertig, als ein junger Mann ins Zimmer trat. Er war schlank und groß, mindestens einsneunzig schätzte ich, mochte etwa Ende Zwanzig sein und musterte mich neugierig aus sanften, braunen Augen.

»Nein, sagen Sie nichts«, wehrte er ab, als ich mich vorstellen wollte. »Lassen Sie mich raten. Sie können nur Lindas Schwester sein. Stimmt's«

Ich nickte.

»Ich bin Victor Arnaud. Sie können mich ruhig Victor nennen«, stellte er sich vor und reichte mir mit einem entwaffnenden, sympathischen Lächeln die Hand.

»Ich heiße Sheila«, erklärte ich, während ich seine Hand ergriff und seinen Händedruck erwiderte.

»Ich weiß.« Victor grinste mich an, während er sich in einen Sessel fallen ließ. »Linda hat viel von Ihnen erzählt, Sheila.«

»Das stimmt«, mischte sich Madame Arnaud ein.

»Mademoiselle Sheila ist hier, weil sie sich große Sorgen um Ihre Schwester macht«, wandte sie sich dann an ihren Sohn.

»Ich habe seit gut vier Wochen kein Wort mehr von Linda gehört«, bestätigte ich. »Es sieht ihr so gar nicht ähnlich, daß sie einfach abreist, ohne mir zumindest ihre neue Adresse zu hinterlassen. Leider konnte mir Ihre Mutter nicht viel weiterhelfen, Victor. Sie meinte aber, daß Sie vielleicht die Adresse des Comte de Bonnadoux kennen würden.«

»Tut mir leid, Sheila, aber ich weiß auch nicht mehr, als daß der Comte irgendwo an der Loire auf einem alten Château lebt.«

Nachdenklich sah Victor mich an.

Er muß wohl die Hoffnungslosigkeit und die Traurigkeit, die mich in diesem Augenblick, in dem meine letzte Hoffnung Linda zu finden dahinschwand, erfüllten in meinen Augen gesehen haben. Er lächelte mir aufmunternd zu. »Aber ich kenne da jemanden, der die Adresse eigentlich wissen müßte. Heute werde ich ihn allerdings nicht mehr erreichen können, aber ich werde mich morgen erkundigen. Wenn Sie morgen abend um dieselbe Zeit wieder herkommen, Sheila, werde ich Ihnen die Adresse wahrscheinlich geben können.«

»Das ist sehr nett von Ihnen, Victor.« Ich schöpfte wieder etwas Hoffnung. »Ich werde bestimmt wiederkommen. Ich muß Linda einfach finden.«

Ich trank meinen Kaffee aus und stand dann auf. Ich wollte mich noch einmal bei Madame Arnaud und Victor bedanken und mich verabschieden, doch Victor Arnaud hielt mich zurück. »Haben Sie denn überhaupt schon etwas von Paris gesehen, Sheila?« fragte er.

»Ich bin heute nachmittag erst angekommen und vom Hotel aus sofort hierhergefahren«, erwiderte ich ausweichend. Ehrlich gesagt hatte ich keine große Lust, Paris zu besichtigen, solange mich die Sorge um Linda quälte.

»Ich werde nicht zulassen, daß Sie den ganzen Abend allein im Hotel herumsitzen und sich Sorgen um Linda machen«, erklärte Victor energisch. »Wie ich finde, übrigens Sorgen, die ziemlich überflüssig sind. Der Comte de Bonnadoux war mir zwar nicht sonderlich sympathisch, aber ein Verbrecher ist er bestimmt nicht. Linda war zudem ziemlich verliebt in den Mann. Vermutlich amüsieren die beiden sich irgendwo an der Loire königlich, und Ihre Schwester denkt keine einzige Sekunde lang daran, daß Sie sich Sorgen um sie machen könnten, Sheila.«

Täuschte ich mich oder hatten die letzten Worte Victors wirklich ein wenig bitter geklungen? Und war da nicht ein dunkler Schatten in seinen Augen gewesen, als er vom Comte sprach?

Doch im nächsten Moment war der Schatten schon wieder verflogen, und Victor lächelte mich aufmunternd an. »Deshalb habe ich beschlossen, daß ich Ihnen Paris zeigen werde«, erklärte er energisch. »Zumindest einen Teil davon«, schränkte er dann ein, ehe ich etwas sagen oder ihm widersprechen konnte. »Sie können mir glauben, Sheila, daß gerade Paris auch am Abend und in der Nacht einen ganz besonderen Reiz besitzt.«

»Ich weiß wirklich nicht . . .«, setzte ich zu einem schwachen Protest an.

Victor ließ mich nicht ausreden. »Jeder Widerspruch ist zwecklos, Sheila«, erklärte er lachend. ›Außerdem bin ich als Fremdenführer wirklich ganz ausgezeichnet.«

Sein Lachen wirkte ansteckend, und ich stimmte fast unbewußt mit ein.

»Also gut, ich bin einverstanden«, gab ich nach.

Victor Arnaud hatte ja recht. Es war jedenfalls besser, als allein in meinem Hotelzimmer zu sitzen und meinen quälenden Gedanken nachzuhängen, mir immer und immer wieder auszumalen, welch schreckliche Dinge Linda zugestoßen sein konnten.

»Fein. Ich ziehe mich nur rasch um, dann können wir losziehen, Sheila.« Strahlend verschwand Victor in einem Nebenzimmer.

Da wir uns ohnehin schon in der Nähe befanden, begannen wir den Abend am Place Pigalle. Victor führte mich in einer der stillen Seitenstraßen in ein kleines, russisches Restaurant, in dem wir ausgezeichnet zu Abend aßen.

Während des Essens erfuhr ich, daß Victor Bankkaufmann war und in Kürze die Leitung einer kleineren Zweigstelle eines großen, renomierten Bankinstituts übernehmen würde. Zwischendurch fragte er mich geschickt aus, wie Linda und ich in London lebten, und wußte wohl schon bald alles Wissenswerte über uns. Als wir schließlich aufbrachen, lehnte er es kategorisch ab, eine Kostenbeteiligung meinerseits auch nur in Erwägung zu ziehen.

Victor schleppte mich von einer Sehenswürdigkeit zur anderen und zwischendurch immer wieder in originelle Kneipen und Jazzkeller.

Als wir gegen Mitternacht schließlich im Alcazar landeten, um die wirklich ausgezeichnete Revue auf der winzigen Bühne und die singenden und tanzenden Kellner zu bewundern, hatte ich tätsächlich meine Sorgen um

Linda für eine Weile vergessen, und wir waren schon längst zum Du übergegangen.

Als wir gegen zwei Uhr das Alcazar verließen und die wenigen Schritte zum »Hôtel des Monnales« die Rue Mazarine hinuntergingen, fühlte ich mich fast ein wenig schuldig, weil ich den ganzen Abend über nicht mehr an Linda gedacht hatte, die, wie ich mir immer noch fest einbildete, in irgendeiner schrecklichen Gefahr schwebte und verzweifelt auf meine Hilfe hoffte.

Zum Abschied küßte Victor mich auf die Wange und versprach mir noch einmal, mir die Adresse des Comte bis zum nächsten Abend zu besorgen.

In meinem Zimmer trat ich ans Fenster und sah auf das Lichtermeer der Stadt hinab. Auf den breiten Boulevards ebenso wie in den kleinen Seitengassen der Seine-Metropole pulsierte das Leben auch nachts. Wenn die letzten Nachtbummler sich hier endlich zur Ruhe begaben, begann das Heer der Angestellten und Arbeiter bereits wieder zur Arbeit zu strömen. Es schien, als würde die Stadt nie zur Ruhe kommen.

Als ich wenig später ins Bett schlüpfte, befürchtete ich eigentlich, lange nicht einschlafen zu können. Doch ich war nach dem langen Abend so erschöpft, daß ich fast auf der Stelle einschlief und bis gegen neun Uhr morgens tief und traumlos durchschlief.

Nach einem ausgiebigen Frühstück verließ ich das Hotel und bummelte ziellos durch die Stadt.

Immer wieder drängte sich mir die bange Frage auf, was ich tun sollte, falls Victor die Adresse des Comte nicht in Erfahrung bringen konnte. Würde die Adresse, die man Victor gab, überhaupt richtig sein? Mußte ich nicht vielmehr davon ausgehen, daß die Anschrift ebenso wie der Name falsch waren? Aber ich hatte gar keine andere Wahl. Egal welche Adresse Victor ausfindig machen würde, ich würde hinfahren müssen. Eine andere Spur zu Linda gab es nicht. Ich mußte Linda finden und sie aus den Klauen dieses Ungeheuers befreien! Egal was Madame Arnaud und Victor sagten, für mich stand fest, daß der Comte de Bonnadoux ein Ungeheuer in Menschengestalt sein mußte, das ahnungslose Frauen und Mädchen umgarnte, sie verschleppte und ihnen wer weiß was alles antat.

Gegen Mittag aß ich in einem kleinen Bistro lustlos eine Zwiebelsuppe und streifte dann weiter durch die Straßen, bis es endlich Zeit wurde, in die Rue Saint-Elenthére zu fahren.

Mein Herz klopfte heftig, als ich vor der Tür der Arnauds stand.

Würde ich jetzt endlich die Adresse des Comte erfahren? Erhielt ich vielleicht doch noch eine Chance, Linda zu finden und sie aus den Klauen des Ungeheuers zu befreien?

Victor öffnete auf mein Klopfen selbst die Tür.

Vergeblich versuchte ich, während er mich hineinbat und ins Wohnzimmer führte, in seinem Gesicht eine Antwort auf meine brennende Frage zu lesen.

Als ich ihm endlich gegenübersaß, hielt ich die quälende Ungewißheit nicht mehr länger aus. »Hast du die Adresse des Comte erfahren?« fragte ich ungeduldig.

Victor hatte wieder sein beruhigendes Lächeln aufgesetzt. Und irgendwie verfehlte es auch diesmal seine Wirkung auf mich nicht. Ich wurde etwas ruhiger.

»So gut wie«, meinte Victor lächelnd.

Was sollte das nun heißen? Entweder er hatte die Adresse, oder er hatte sie nicht! Weshalb machte er es nur so spannend?

»Was ich erfahren habe, ist, daß das Château der de Bonnadoux' an der Loire, in der Nähe des Städtchens Le Port Boulet, liegt«, erlöste mich Victor endlich von der Ungewißheit. »Mehr konnte ich nicht herausfinden. Doch es dürfte kein Problem sein, die genaue Lage des Châteaus auf der Mairie von Le Port Boulet zu erfahren.«

Ich mußte ziemlich tief in meinen bescheidenen französischen Sprachkenntnissen kramen, ehe ich Mairie endlich mit Gemeinde- beziehungsweise Bürgermeisteramt übersetzt hatte.

»Dann gibt es diesen Comte Etienne de Bonnadoux also wirklich?« fragte ich verblüfft und zugleich auch ein wenig erleichtert.

Victor sah mich überrascht an. »Natürlich gibt es ihn«, antwortete er. »Oder glaubst du, daß sein Geist bei uns ein- und ausgegangen ist?«

»Nein, aber ich nahm bisher an, daß er sich meiner Schwester unter einem falschen Namen genähert habe«, erklärte ich kleinlaut.

»Also ich glaube wirklich, daß du dich da in etwas verrennst, Sheila«, sagte Victor ärgerlich. »Linda ist vermutlich quietschfidel und amüsiert sich großartig mit ihrem Comte.«

Wieder war es mir, als würden sich seine sanften braunen Augen verdüstern, als er von Linda und dem Comte sprach. Mir kam der Verdacht, daß er mich nur beruhigen wollte und selbst nicht an seine Worte glaubte.

»Das kann ich nicht glauben«, widersprach ich Victor. »Ich werde mir jedenfalls sofort einen Wagen mieten und auf der Stelle nach Le Port Boulet aufbrechen.«

»Das ist doch unsinnig, Sheila.« Die Schatten waren wieder aus Victors braunen Augen gewichen. »Wenn du jetzt losfährst, kommst du mitten in der Nacht in Le Port Boulet an. Du wirst niemanden finden, der dir Auskunft geben kann. Es sei denn, du würdest den Maire aus dem Bett holen, was ich dir übrigens durchaus zutrauen würde. Vernünftiger wäre es, wenn du morgen nach dem Frühstück abfährst. Du bist dann gegen Mittag an Ort und Stelle und kannst von der Mairie aus gleich zum Château weiterfahren.«

Victor schwieg einen Augenblick lang und sah mich ernst an, ehe er weitersprach: »Noch vernünftiger wäre es allerdings, wenn du noch zwei Tage warten würdest, dann habe ich nämlich Urlaub und könnte dich begleiten.«

Nanu, was war das?

Gab Victor mit seinem Angebot, mich zu begleiten, nicht zu, daß er den Comte durchaus nicht für so harmlos hielt, wie er behauptete?

»Ich dachte, daß du den Comte für ungefährlich hältst?« fragte ich erstaunt und zugleich auch ein wenig beunruhigt. »Hast du deine Meinung inzwischen geändert, so daß du jetzt einen Begleitschutz für mich für unerläßlich hältst?«

Victor schüttelte nachdenklich den Kopf. »Ich weiß nicht so recht«, meinte er. »O verdammt, vermutlich hast du mich nur mit deiner Schwarzseherei angesteckt, Sheila, aber inzwischen habe ich auch ein ungutes Gefühl bei der ganzen Sache.«

Ich schwankte. Was sollte ich tun? Sollte ich noch zwei Tage in Paris bleiben? Vielleicht wäre es gar nicht so schlecht, wenn ich nicht allein fuhr.

Aber nein. Ich hatte schon zu lange gewartet. Ich wußte, daß ich keine ruhige Minute mehr haben würde, wenn ich noch länger wartete. »Ich werde auf jeden Fall morgen früh fahren«, erklärte ich Victor deshalb.

»Dann mußt du mir wenigstens gestatten, daß ich nachkomme«, ließ Victor nicht locker.

Ein wenig zögernd gab ich meine Zustimmung.

»Gut.« Victor strahlte wieder. »Und jetzt werden wir essen gehen.«

Ich wußte inzwischen, daß es so gut wie unmöglich war, Victor abzuweisen, und so gab ich wieder nach.

Je mehr Zeit ich mit Victor verbrachte, desto sympathischer wurde er mir, und es schien mir, als sei auch ich ihm nicht ganz gleichgültig.

Warum wurde ich dann an diesem Abend trotzdem das Gefühl nicht los, daß hinter Victors Interesse an meiner Person noch etwas anderes steckte?

Irgendwann an diesem Abend kam mir sogar der furchtbare Verdacht, daß Victor womöglich mit dem Comte Etienne de Bonnadoux unter einer Decke stecken, daß er mich womöglich auf eine falsche Spur gelockt haben könnte und daß ich in Le Port Boulet weder meine Schwester noch den Comte finden würde.

Aber nein, das konnte einfach nicht sein. Vermutlich hatte mich die Sorge um Linda zu mißtrauisch gegen jedermann gemacht. Entschieden wies ich den Gedanken von mir; doch ein Rest von Mißtrauen und Zweifel blieb.

Am nächsten Morgen stand ich schon früh auf. Ich frühstückte hastig, packte dann meine Sachen zusammen und verließ das Hotel, nachdem ich meine Rechnung bezahlt und mir vom Portier noch die Adresse einer Autovermietung hatte geben lassen.

Eine knappe Stunde später war ich bereits unterwegs nach Le Port Boulet.

Wie Victor es vorausgesagt hatte, traf ich gegen Mittag in dem kleinen, malerischen Städtchen an der Loire ein.

Ich fuhr zum Marktplatz und fand die Mairie ohne Schwierigkeiten. Der Bürgermeister selbst half mir weiter. Von ihm erfuhr ich, daß der Stammsitz der de Bonnadoux' auf Château Avoine war und nur eine knappe halbe Autostunde von der Stadt entfernt lag. Ich ließ mir noch den genauen Weg erklären und bedankte mich dann herzlich bei dem Maire von Le Port Boulet.

Da ich am Morgen nur wenig gegessen und auch unterwegs keine Rast mehr eingelegt hatte, beschloß ich, zunächst eine Kleinigkeit zu mir zu nehmen, ehe ich weiterfuhr. Auf eine halbe Stunde mehr oder weniger würde es jetzt auch nicht mehr ankommen. Und seltsamerweise war jetzt, da ich wußte, daß ich bereits ganz in der Nähe meines Ziels war, meine Unruhe fast völlig von mir gewichen. Ich war mir plötzlich sicher, daß ich Linda auf Château Avoine finden und aus den Klauen des Comte würde befreien können.

Mit gutem Appetit aß ich in einem kleinen Gasthaus zu Mittag, ehe ich weiterfuhr.

Der Wegbeschreibung des Bürgermeisters nach mußte ich die Loire überqueren und dann links am Fluß entlang weiterfahren.

Es dauerte nicht einmal eine halbe Stunde bis vor mir das Dörfchen Avoine auftauchte. Kurz hinter dem Dorf zweigte die Straße zum Château nach links ab.

Das Château lag inmitten eines weitläufigen, gepflegten Parks direkt am Ufer der Loire. Schloß und Park waren von einer hohen, in der Sonne weißleuchtenden Mauer umgeben. Ich stoppte meinen Wagen vor dem schmiedeeisernen Tor, stieg aus und sah mich erst einmal um.

Hinter dem verschlossenen Tor führte eine kiesbestreute, weitgeschwungene Auffahrt zum Schloß, dessen ebenfalls weiße Mauern durch das Grün der Bäume und Büsche zu mir herüberschimmerten.

Mit seinen vielen, verspielt wirkenden Türmchen und Erkern hätte Château Avoine eigentlich ein friedlicher, heiterer Anblick sein müssen. Doch auf mich wirkte es eher geheimnisvoll, düster und abweisend. Mir war, als würde ein eiskalter Hauch mich streifen, und trotz der warmen Mittagssonne begann ich plötzlich zu frösteln, eine Gänsehaut überzog meine Arme. Meine Angst um Linda, die in Le Port Boulet fast völlig von mir abgefallen war, überfiel mich plötzlich wieder mit ungeahnter Heftigkeit. Ein flaues Gefühl breitete sich in meiner Magengegend aus, mein Herzschlag beschleunigte sich, und ich spürte, daß kalter Schweiß auf meine Stirn trat. Vielleicht war es die Ahnung von kommendem Unheil, das mich in jenen Augenblikken vor dem Tor des Châteaus überfiel. Am liebsten wäre ich wieder in meinen Mietwagen gestiegen und auf der Stelle nach Paris zurückgefahren. Doch das ging nicht. Was sollte aus Linda werden, wenn ich jetzt den Rückzug antrat?

Ich überwand mich und drückte auf den Klingelknopf neben dem Tor. Da ich nichts entdeckte, das einer Sprechanlage glich, wappnete ich mich mit Geduld. Es würde wohl eine Weile dauern, bis jemand vom Schloß die Auffahrt herunterkam, um mich einzulassen.

Zwei mir endlos erscheinende Minuten vergingen, ehe ich eine Gestalt in einem schwarzen Anzug entdeckte. Die Gestalt kam die Auffahrt zum Tor entlang, und als sie sich näherte, und ich sie genauer erkennen konnte, entpuppte sich die Gestalt als ein kleingewachsener, extrem dünner Mann, auf dessen spitzer Nase ein altmodischer Kneifer saß, und dessen im Sonnenlicht spiegelnde Glatze nur durch zwei graue Haarbüschel oberhalb seiner Ohren unterbrochen wurde. Offensichtlich handelte es sich um einen Diener.

Zwei schwarze Augen in einem bleichen Gesicht musterten mich mißtrauisch, als der Mann, den ich auf etwa siebzig Jahre schätzte, mir endlich gegenüberstand. Nur das Gitter des geschlossenen Tores trennte uns voneinander.

»Sie wünschen, Mademoiselle?« fragte er mit leiser, ein wenig ölig klingender Stimme.

»Mein Name ist Widcombe. Sheila Widcombe«, stellte ich mich mit vor Aufregung bebender Stimme vor. An einem kurzen Aufblitzen in seinen Augen sah ich, daß ihm der Name nicht unbekannt war. Erregung erfaßte mich. Das konnte nur bedeuten, daß Linda sich auf dem Château befand. Endlich hatte ich meine Schwester gefunden.

»Ich möchte auf der Stelle mit dem Comte de Bonnadoux sprechen«, sagte ich hastig, als der Diener beharrlich schwieg und mich dabei anstarrte, als sei ich nichts weiter als ein lästiges Insekt.

»Ich bedauere, Mademoiselle Widcombe, aber der Comte ist heute früh in einer geschäftlichen Angelegenheit nach Tours gefahren. Wir erwarten ihn erst gegen Abend zurück.« Der Diener wollte sich abwenden und zum Schloß zurückschlurfen.

»Warten Sie!« rief ich ihn zurück. Wut stieg in mir auf. Das durfte doch wohl nicht wahr sein. Dieser Mensch konnte mich doch nicht wie eine Landstreicherin oder Bettlerin behandeln und mich einfach vor dem verschlossenen Tor stehenlassen.

Widerwillig wandte der Diener sich wieder mir zu.

»In diesem Fall möchte ich mit meiner Schwester sprechen«, sagte ich kalt. »Ich verlange, daß Sie mich sofort zu ihr führen!«

Der Diener schien sich unbehaglich zu fühlen. Nervös trat er von einem Fuß auf den anderen. Seine Augen wichen meinem Blick aus. »Es tut mir leid, aber ich darf niemanden einlassen, Mademoiselle«, sagte er leise. »Ich habe strikte Anweisungen.«

»Ihre Anweisungen mögen vielleicht Fremde betreffen«, stieß ich erregt hervor. »Ich glaube, Sie haben meinen Namen nicht verstanden. Ich bin Sheila Widcombe! Linda ist meine Schwester!«

»Ich habe Sie durchaus verstanden, Mademoiselle.« Der Mann wand sich wie ein Wurm am Angelhaken. »Trotzdem darf ich Sie nicht einlassen. Nicht bevor Madame Marguerite ihre Zustimmung gegeben hat.«

Wer war das nun schon wieder?

War diese Madame Marguerite die angeblich kranke Großmutter des Comte, von der Madame Arnaud gesprochen hatte? Und was hatte dieser Teufel von Comte mit Linda angestellt, daß man mir verweigern wollte, sie zu sehen? Wurde Linda womöglich gegen ihren Willen auf Château Avoine festgehalten?

»Dann melden Sie mich eben bei Madame Marguerite«, forderte ich, mühsam bemüht, nicht die Beherrschung zu verlieren.

»Das kann ich nicht. Madame war sehr krank und benötigt noch viel Ruhe. Sie schläft um diese Zeit und würde sehr ungehalten werden, wenn ich sie stören würde. Wenn Sie vielleicht ein wenig später wiederkommen könnten, Mademoiselle?« Ein flehender Blick traf mich.

»So, Madame schläft?« fragte ich sarkastisch. Dann sah ich rot. Die angestaute Wut brach sich Bahn. »Sie werden jetzt sofort dieses verdammte Tor öffnen!« schrie ich den Diener völlig undamenhaft an. »Andernfalls steige ich nämlich in meinen Wagen, fahre in die nächste Stadt und bin innerhalb einer halben Stunde in Begleitung eines Polizisten wieder hier, da ich Ihrem ganzen Verhalten nach nämlich annehmen muß, daß meine Schwester gegen ihren Willen hier festgehalten wird! Was glauben Sie, wie ungehalten Madame dann erst sein wird?«

Der Diener wurde noch blasser, als er ohnehin schon war. Erschrocken starrte er mich an. »Das ... das werden Sie doch nicht tun, Mademoiselle?« stammelte er fassungslos.

»Sie können es ja darauf ankommen lassen«, entgegnete ich kalt. »Sie werden dann schon sehen, was ich alles tun kann.«

»Unter diesen Umständen ist es vielleicht besser, wenn ich Sie auch ohne die Einwilligung Madame Marguerites einlasse«, meinte er verstört, während er mit zitterigen Händen einen Schlüsselbund zum Vorschein brachte, umständlich den richtigen Schlüssel aussuchte und ihn ins Schloß des Tores schob. Mein Wutausbruch schien ihn völlig aus der Fassung gebracht zu haben.

»Vierzig Jahre dienen meine Frau Marthe und ich jetzt schon auf Château Avoine«, lamentierte er schon ein wenig gefaßter, als er das Tor endlich offen hatte und neben mich trat. »Und niemals in dieser ganzen Zeit haben wir eine Anordnung Madame Marguerites zuwidergehandelt.« Er schüttelte traurig den Kopf und zog dabei ein Gesicht, als würde die ganze Welt wegen seines Verstoßes gegen Madames Gebot untergehen.

»Einmal ist eben immer das erste Mal«, bemerkte ich sarkastisch.

»Mein Name ist übrigens Soubier. Gustave Sourbier«, bequemte er sich vorzustellen. »Fahren Sie bitte die Auffahrt hinauf und warten sie dann vor dem Château auf mich, Mademoiselle«, wies er mich an.

Ich nickte und stieg in meinen Mietwagen. Während ich die Auffahrt zum Schloß hinauffuhr, sah ich ihn im Rückspiegel mit hängenden Schultern das Tor schließen. Es schien ihn wirklich hart zu treffen, einer Anweisung Madames nicht Folge geleistet zu haben. Mitleid mit ihm hatte ich allerdings nicht, dazu quälte mich viel zu sehr die Sorge um Linda. Was mochte auf dem Château vorgehen, daß man versuchte, mich von Linda fernzuhalten?

Ich hatte das Château erreicht, stoppte und stieg aus.

Beim besten Willen konnte ich mir nicht vorstellen, daß Linda sich freiwillig hier aufhielt. Noch immer war der Comte in meinen Augen ein Ungeheuer, und ich dachte, daß Linda froh sein müsse, wenn ich sie von hier fortholte. Mit einem längeren Aufenthalt rechnete ich deshalb nicht. Ich wollte nur kurz mit Linda sprechen und sie dann mitnehmen.

Doch es sollte alles ganz anders kommen.

Folgen Sie mir bitte, Mademoiselle.«

Ich schrak zusammen, als die Stimme Gustave Sourbiers plötzlich hinter mir aufklang. Ganz in die Betrachtung des Schlosses versunken hatte ich den Diener nicht kommen gehört.

Er führte mich die Freitreppe hinauf in eine etwas düstere, riesige Halle. In einer Ecke rechts vom Eingang bedeckte ein abgetretener Teppich die großen, grauen Steinplatten. Drei Sessel gruppierten sich um einen niederen Tisch.

»Wenn Sie hier bitte einen Moment warten möchten, Mademoiselle Widcombe. Ich werde Ihre Schweseter von Ihrer Ankunft unterrichten.« Der Diener wies auf die Sitzgruppe und entfernte sich dann hastig.

Zu nervös, mich hinzusetzen, blieb ich stehen und sah mich um.

Das durch die beiden hohen, schmalen Fenster neben der Eingangstür einfallende Tageslicht reichte nicht aus, die langgestreckte Halle ausreichend zu erhellen, so daß es jede Menge düstere Ecken und Winkel gab. Dennoch konnte ich genug erkennen. Es sah hier nicht viel anders aus, als in den Eingangshallen anderer Schlösser auch.

An den beiden Längsseiten der Halle zweigten breite Türen ab, die alle geschlossen waren. Zwischen ihnen hingen Gemälde, vorwiegend Porträts. Vermutlich handelte es sich um die Vorfahren des Comte. Düster blickende Männer und Frauen, die sich eigentlich nur durch die unterschiedliche Mode der Epochen, in denen sie gelebt hatten, unterschieden. Am Ende der Halle führte eine geschwungene Treppe in den ersten Stock hinauf. Links und rechts wurde sie von je einer Ritterrüstung flankiert, die in ihren eisernen Fäusten eine Lanze oder Hellebarde, so genau kannte ich mich da nicht aus, hielten, deren Spitzen senkrecht gegen die Decke wiesen.

Ungeduldig trat ich ein paar Schritte tiefer in die Halle. Plötzlich wurde mein Blick wie magisch von einem Porträt angezogen, das in einer Nische zwischen zwei Türen hing, so daß es zuvor meiner Aufmerksamkeit entgangen war.

Das Gemälde zeigte das blasse Gesicht einer jungen Frau von höchstens fünfundzwanzig Jahren, das von langen, rotblonden, wie Kupfer leuchtenden Haaren umrahmt wurde. Um die vollen, sinnlichen Lippen spielte ein wissendes, kaltes Lächeln und in den tiefschwarzen Augen schien ein geheimnisvolles Feuer zu glühen.

Etwas Dämonisches schien von der Frau auf dem Gemälde auszugehen und von mir Besitz zu ergreifen. Ich fror plötzlich, und mir war, als hörte ich eine leise Stimme, nicht viel mehr als ein Raunen, die mir zuflüsterte: *»Flieh, Sheila! Verlasse Château Avoine auf der Stelle, oder ich werde Macht über dich erlangen, und du wirst mir gehören, so wie ich über alle Macht erlangt habe und wie alle mir gehören, die hier leben!«*

Natürlich wußte ich, daß die Stimme nicht wirklich sein konnte, daß meine Phantasie mir einen Streich spielte, dennoch empfand ich in diesem Augenblick eine Angst wie noch nie zuvor in meinem Leben, und ich konnte meinen Blick einfach nicht von diesem Gesicht mit den dämonisch funkelnden Augen, die zu leben und jede meiner Bewegungen genau zu beobachten schienen, abwenden.

»Sheila.«

Erschrocken zuckte ich zusammen, als ich meinen Namen hörte. Im ersten Moment dachte ich, daß ich mir die Stimme wieder nur eingebildet hatte, doch dann wurde mir bewußt, daß ich sie diesmal wirklich gehört hatte.

Endlich gelang es mir, meine Augen von dem Bild zu lösen, und mir war, als würde ich aus einem tiefen Schlaf oder einer langen Ohnmacht erwachen.

Langsam, noch immer ein wenig benommen wandte ich mich um und entdeckte meine Schwester, die am Fuß der Treppe stand und zu mir herübersah.

Ich erschrak zutiefst, als ich Linda ansah. Wie hatte sie sich seit unserer Trennung in London verändert. Das war nicht mehr die lebensfrohe, immer lustige und zu Streichen aufgelegte Linda, die, eine Hand auf den Knauf des Treppengeländers gestützt, zögernd verharrte und mich ungläubig ansah.

Lindas Gesicht war ebenso blaß wie das der Frau auf dem Gemälde, und in ihren Augen, die irgendwie stumpf und teilnahmslos wirkten, stand unübersehbar Angst.

»Sheila, bist du es wirklich?«

Lindas Stimme war nur ein Hauch. Zögernd kam sie näher, während ich wie erstarrt stand und ihr bestürzt entgegensah.

Was hatte der Comte mit Linda angestellt? Welchen Schrecken mochte er sie ausgesetzt haben, daß sie sich so sehr verändert hatte?

Zwei Schritte vor mir blieb Linda plötzlich stehen. Deutlich sah ich die tiefen, dunklen Ringe unter ihren Augen. Es schien, als habe sie nächtelang nicht geschlafen.

»Roxane de Bonnadoux«, sagte Linda mit zitternder Stimme und wies auf das Gemälde.

Endlich überwand ich meine Bestürzung.

»Um Gottes willen, Linda«, flüsterte ich heiser, eilte zu meiner Schwester und umarmte sie. »Was ist nur mit dir, Linda? Bist du krank? Warum hast du mir nicht geschrieben? Ich habe mir solche Sorgen gemacht.«

Linda klammerte sich an mich, und ich strich ihr beruhigend über die Haare.

Schließlich löste sie sich aus meinen Armen. »Das Bild wurde vor dreißig Jahren gemalt, kurz bevor sie starb«, sagte sie, als habe sie meine Frage nicht gehört. »Sie ist tot, verstehst du, Sheila ... tot ...« Linda lachte hysterisch auf. »Ich habe Roxanes Grab auf dem Friedhof von Avoine gesehen. Etienne hat es mir gezeigt ... Man hat sie dort begraben ... vor dreißig Jahren ... Aber sie ist trotzdem hier«, flüsterte sie heiser. »Ich habe sie selbst gesehen, Sheila! Sie sieht genauso aus wie auf dem Bild ... Und sie beobachtet uns ... Sie will uns in den Wahnsinn treiben, Sheila ... Sie haßt uns alle, sie muß uns hassen, sonst würde sie nicht solche Schrecken verbreiten ...«

Was war nur mit Linda geschehen? War sie – verrückt geworden?

»Linda, du kannst diese Frau nicht gesehen haben«, sagte ich eindringlich. »Selbst wenn sie noch leben sollte, so ist sie heute mindestens Mitte Fünfzig, wenn das Bild vor dreißig Jahren entstand. Sie kann dann nicht mehr so aussehen, wie auf dem Gemälde.«

Linda lachte heiser auf. »Aber es stimmt, ich habe Roxane gesehen«, erklärte sie trotzig. »Genau so.« Mit zitternder Hand wies sie wieder auf das Gemälde. »Sie ist ... ein Geist ...«

Ich war sprachlos. Lindas Verstand schien völlig verwirrt zu sein. Was hatte dieser Comte nur mit meiner Schwester angestellt?

Linda hatte nie an Geister oder Gespenster geglaubt. Doch jetzt erzählte sie mir allen Ernstes, daß ihr auf diesem Schloß ein Geist begegnet sei.

Ich wußte nicht mehr, was ich davon halten sollte.

Veranstalteten der Comte und diese Madame Marguerite etwa spiritistische Sitzungen auf Château Avoine, und hatten sie Linda gezwungen, daran teilzunehmen? War dabei irgend etwas geschehen, das Linda so verwirrt hatte? Oder waren beide gewissenlose Betrüger, die Linda etwas vorspielten, sie vorsätzlich in Angst und Schrecken versetzten?

Aber wozu? Welchen Vorteil hätten sie davon? Das alles ergab für mich einfach keinen Sinn.

Aber war nicht auch ich von diesem Gemälde magisch angezogen worden? Hatte nicht auch ich noch vor wenigen Minuten wie gebannt die Augen dieser Frau angestarrt, die zu leben schienen? Hatte ich nicht geglaubt, eine unwirkliche Stimme zu hören?

Sollte vielleicht auf Château Avoine wirklich etwas vorgehen, das mit dem menschlichen Verstand allein nicht zu fassen war?

Nein, nein, nein! Das war Unsinn. Ich durfte mich von Lindas Hysterie nicht anstecken lassen. Es gab keine Geister. Die Toten kehrten nicht zurück, um die Lebenden zu erschrecken.

Ich warf einen Blick auf das Gemälde, und mir war, als würde ein eiskalter Hauch mich streifen. Eine Gänsehaut überzog meine Arme und kroch mir den Rücken hinab.

Einbildung, alles Einbildung, wies ich mich in Gedanken selbst zurecht und wandte rasch meinen Blick wieder von dem Bild ab.

»Wer ist sie überhaupt?« fragte ich Linda.

»Sie ist ... war ... Etiennes Tante. Die Schwester seines Vaters«, lautete Lindas Antwort. »Sie ist hier gestorben, im Westflügel. Und von dort kommt sie auch ... Nachts ...« Sie verstummte, sah mich aus großen Augen an und schien dann plötzlich wieder vernünftig zu werden. »Ich wollte dir schreiben, sobald wir wieder in Paris sind, Sheila«, sagte sie und lächelte ein wenig. »Wir sind nur hergekommen, weil Etiennes Großmutter krank war. Sie ist schon sehr alt, und ihr Herz macht nicht mehr so recht mit. Eine Weile sah es ziemlich böse aus, aber jetzt geht es ihr wieder besser, wir werden bald abreisen können.«

»Oh, Linda, ich habe mir solche Sorgen gemacht, als kein Brief mehr von dir kam«, sagte ich leise. »Als Madame Arnaud mir dann auch noch meine Briefe an dich zurückschickte, hatte ich keine ruhige Minute mehr. Ich mußte dich einfach finden.«

»Es war falsch von mir, dir nicht zu schreiben, Sheila.« In Lindas Augen schimmerten Tränen. »Aber ich konnte es einfach nicht ... nicht hier, in diesem gräßlichen Schloß ... Wenn ich doch nur auf Etienne gehört hätte. Er wollte nicht, daß ich mitkomme.«

»Der Comte wollte nicht, daß du ihn hierher begleitest?« fragte ich überrascht. Ein Stück des Ungeheuers bröckelte in meinen Gedanken ab.

»Nein. Etienne wollte, daß ich in Paris bleiben sollte«, erklärte Linda schluchzend. »Wir hatten einen furchtbaren Streit, weil ich darauf bestand, ihn zu begleiten. Ich warf ihm vor, daß er es nicht ernst mit mir meine, daß er nicht wolle, daß ich seine Familie kennenlernte. Schließlich gab Etienne nach. Oh, Sheila ...« Tränen liefen über Lindas Wangen, und es dauerte eine Weile bis sie weitersprechen konnte. »... seit wir hier sind, hat sich Etienne völlig verändert. In Paris war er immer heiter und freundlich ... aber jetzt ist er düster und verschlossen ... er spricht kaum noch mit mir ...«

Lindas Stimme erstarb in einem haltlosen Schluchzen, und ich zog sie wieder in meine Arme, strich ihr begütigend über die langen, schwarzen Haare und redete beruhigend auf sie ein.

»Nun, ich werde ihn ja wohl bald kennenlernen«, meinte ich, als Linda sich endlich wieder beruhigt hatte.

»Du willst bleiben?« Linda sah mich zweifelnd an. In ihren Augen las ich zugleich die flehende Bitte, sie nicht allein zu lassen. Als ob ich es überhaupt fertiggebracht hätte, meine Schwester in ihrem derzeitigen Zustand alleinzulassen. Sie wirkte auf mich wie ein verängstigtes, kleines Kind, das sich davor fürchtete, in einem dunklen Raum, etwa einem Keller, alleingelassen zu werden.

»Natürlich bleibe ich«, erklärte ich mit fester Stimme. »Es sei denn, daß du auf der Stelle mit mir dieses Schloß verläßt, Linda.«

»Das kann ich nicht, Sheila.« Lindas Stimme klang zweifelnd. »Wir wollen doch heiraten, Etienne und ich. Da kann ich ihn doch jetzt nicht allein lassen.«

Noch immer hörte ich deutlich einen zweifelnden Unterton in ihrer

Stimme. Es schien mir, als sei Lindas Liebe zu dem Comte in den Wochen auf dem Château schon merklich abgekühlt. Vermutlich hatte sie nur noch nicht den Mut gefunden, sich das selbst einzugestehen.

»Aber ob du bleiben kannst, kann nur sie entscheiden«, drang Lindas Stimme in meine Gedanken.

Unwillkürlich warf ich einen Blick auf das Porträt von Roxane de Bonnadoux, doch Linda schüttelte den Kopf und lachte leise.

Zum erstenmal seit ich sie auf Château Avoine wiedergefunden hatte, hörte ich ihr altes Lachen, das ich in London so oft von ihr gehört hatte.

»Nicht sie«, erklärte Linda lächelnd. »Ich meine Madame Marguerite de Bonnadoux, Etiennes Großmutter.«

Nun, auch wenn Linda felsenfest davon überzeugt war, daß im Château Avoine Roxanes Geist herumspuckte, ich glaubte nicht daran und war überzeugt, daß sich für das, was Linda gesehen hatte, eine natürliche Erklärung finden lassen würde. Und auch Madame Marguerite konnte mich im Augenblick nicht schrecken. Selbst wenn sie des Teufels Großmutter persönlich gewesen wäre, ich war fest entschlossen, ihr die Stirn zu bieten und das Château auf keinen Fall ohne Linda zu verlassen.

Da Madame Marguerite vorerst noch nicht gestört werden durfte, und es daher noch eine Weile dauern würde, bis die Entscheidung über mein Verbleiben auf dem Schloß fallen würde, nahm Linda mich zunächst mit auf ihr Zimmer.

Ich erfuhr von ihr, daß außer der Familie nur Gustave, der mich eingelassen hatte, und dessen Frau Marthe, die für die Küche zuständig war, im Schloß wohnten. Es gab noch zwei Frauen, die regelmäßig zum Putzen kamen, und einen Gärtner, die jedoch alle im Dorf Avoine wohnten und nur vormittags kamen.

Während wir uns unterhielten, wich die Angst langsam von Linda, und sie war fast wieder die alte.

Sie erzählte mir, wie sie den Comte in Paris kennengelernt hatte und schilderte ihn als überaus charmanten Mann, der sich erst nach ihrer Ankunft auf dem Château zu seinem Nachteil, wie Linda fand, zu verändern begonnen hatte.

Während Linda erzählte, löste sich das Bild des Ungeheuers, das ich mir während meiner Suche nach Linda in Gedanken von dem Comte gemacht hatte, Stück für Stück auf, bis von ihm nur noch kärgliche Reste übrig waren.

»Es ist vermutlich das Schloß, das ihn so verändert hat«, sagte Linda gerade. »Ich glaube, er haßt es. Und vor allem haßt er wohl den Spuk, der uns hier Nacht für Nacht heimsucht. Sicher findet er wieder zu seinem alten Selbst zurück, wenn wir erst von hier weggehen.«

»Du liebst deinen Etienne wohl sehr?« fragte ich, als Linda schwieg.

»Ich liebe ihn so, wie er in Paris war«, sagte Linda zögernd. »Aber hier ...« Sie verstummte und sah mich unsicher an.

Es war wohl so, wie ich schon vermutet hatte. Lindas Liebe zu dem Comte war schon merklich abgekühlt, aber noch war sie nicht bereit, sich das einzugestehen. Noch hoffte sie, daß Etienne sich wieder ändern würde, wenn sie das Schloß verließen.

»Etienne war übrigens schon einmal verheiratet«, erzählte Linda. »Nicole, seine erste Frau, ist hier auf Château Avoine einem tragischen Unfall zum Opfer gefallen. Wie Etienne mir erzählte, war sie Schlafwandlerin. Eines Nachts muß sie im Schlaf aufgestanden sein und das Zimmer verlassen haben, ohne daß Etienne, der fest schlief, etwas davon bemerkte. Sie waren noch nicht lange verheiratet, und Nicole kannte sich wohl noch nicht allzugut im Schloß aus, vielleicht ist sie auch gestolpert – jedenfalls stürzte sie die Treppe hinunter und brach sich dabei das Genick.«

Da Linda sich wieder gefangen zu haben schien und völlig unbefangen plauderte, wagte ich es, sie nach der Frau zu fragen, die sie gesehen haben wollte und die angeblich die tote Roxane gewesen sein sollte.

»Dieses Schloß birgt ein schreckliches Geheimnis«, flüsterte Linda. »Es ist der Westflügel, von dem der Spuk ausgeht. Nachts höre ich von dort das Singen einer Frau, das immer wieder von hysterischem Gelächter und einer Art Stöhnen unterbrochen wird. Wir waren erst ein paar Tage hier, als ich es nicht mehr aushielt. Ich wollte wissen, was dort los war, wer jede Nacht dieses unheimliche Lachen und Stöhnen von sich gab. Damals glaubte ich noch nicht an einen Spuk. Ich war fest davon überzeugt, daß es eine natürliche Erklärung für alles gab, und ich wollte das Geheimnis des Châteaus ergründen, obwohl Madame Marguerite mich davor gewarnt hatte.

Entgegen Madames Rat schlich ich aus meinem Zimmer. Und dann sah ich sie. Sie stand am Ende des Ganges. Es brannte nur eine Lampe, dennoch konnte ich sie genau sehen. Sie trug ein langes, weißes Kleid, ihr rotblondes Haar fiel ihr lose auf die Schultern herab und reflektierte das Licht der Lampe, so daß es aussah, als würden kleine Flammen darin spielen. Und dann ihr Gesicht ... Es war ebenso bleich und so schön wie auf dem Gemälde. Ihre Augen hatten denselben zwingenden, hypnotischen Blick. Ich stand wie erstarrt, konnte mich nicht bewegen, sondern sie nur anstarren. Es war Roxana, Sheila! Es kann nicht den geringsten Zweifel geben. Aus irgendeinem Grund findet Roxana in ihrem Grab keine Ruhe. Sie ist dazu verdammt, ruhelos durch das Château zu geistern.«

»Und was geschah dann?« fragte ich, als Linda schwieg.

»Sie kam auf mich zu ...« Lindas Stimme war nur noch ein Hauch. Ich mußte genau hinhören, um sie noch verstehen zu können. »Es schien, als würden ihre Füße den Boden dabei nicht berühren, als würde sie schweben, und ich glaube, so war es auch. ›Verlasse Château Avoine und vergiß Etienne, Linda‹, sagte sie mit einer Stimme, die mir kalte Schauer den

Rücken hinunterjagte. ›Etienne gehört mir! Du wirst es bitter bereuen, wenn du nicht von ihm läßt. Denke daran, was mit Nicole geschah! Dir könnte das gleiche passieren.‹

Sie hatte mich schon fast erreicht und streckte eine Hand nach mir aus, als ich mich endlich wieder bewegen konnte. Ich rannte in mein Zimmer und schloß hinter mir ab. Ich hörte sie draußen noch lachen, und dann wurde es still ... Seit dieser Nacht schließe ich mich jeden Abend auf meinem Zimmer ein und lege zusätzlich noch den Riegel vor. Trotzdem kann ich kaum noch schlafen. Ich habe immer Angst, daß sie dennoch in mein Zimmer kommt und ihre Drohung wahrmacht.«

»Was immer du auch gesehen hast, es war auf keinen Fall ein Geist«, sagte ich fest. »Es gibt keine Geister.«

Linda schüttelte heftig den Kopf. »Du irrst dich, Sheila«, erklärte sie mit fester Stimme. »Du weißt, daß ich früher auch nie an Spuk oder Geister geglaubt habe. Aber ich wurde eines Besseren belehrt. Verstehst du denn nicht? Die Erscheinung sah Roxane nicht nur ähnlich, es war Roxane!«

»Wir werden der Sache auf den Grund gehen, Linda«, versprach ich. »Ich bin davon überzeugt, daß es eine natürliche Erklärung sowohl für den Gesang und die Geräusche, als auch für die Erscheinung gibt. Am besten wird es wohl sein, wenn wir im Westflügel anfangen und uns dort einmal gründlich umsehen.«

Entsetzt schüttelte Linda den Kopf. »Das geht nicht, Sheila«, erklärte sie heftig.

»Weshalb nicht?« wollte ich wissen. »Wenn du Angst davor hast, den Westflügel zu betreten, werde ich eben allein hingehen. Und ich werde das Geheimnis lösen, das verspreche ich dir.«

»Nein, nein, das ist es nicht«, sagte Linda hastig. »Aber Madame Marguerite würde es nicht dulden. Außerdem kann sowieso niemand den Westflügel betreten. Es gibt nur zwei Türen die hineinführen. Eine hier oben am Ende des Ganges und die zweite befindet sich unten in der Halle. Beide sind immer verschlossen, und die Schlüssel hat Madame Marguerite in Verwahrung.«

»Vielleicht könnte ich durch eines der Fenster im Erdgeschoß hineingelangen«, überlegte ich laut. Inzwischen war ich fest entschlossen, Linda zu beweisen, daß ihre Angst unbegründet war und daß es keine Geister gab. Da Linda die nächtlichen Geräusche im Westflügel gehört hatte, schien es mir nur logisch, dort mit der Suche nach der Ursache anzufangen.

Wieder schüttelte meine Schwester den Kopf. »Alle Fenster des Westflügels sind vergittert«, erklärte sie leise.

»Was meinte der Comte zu der Erscheinung von Roxane, die du gesehen haben willst?« fragte ich. »Du hast doch sicher mit ihm darüber gesprochen.«

»Natürlich habe ich ihn nach der Frau gefragt. Aber Etienne weicht allen Fragen über Roxane und den Westflügel aus, und seine Großmutter redet immer nur etwas von düsteren Schatten der Vergangenheit und einem Fluch, der über der Familie der de Bonnadoux' liegen soll.«

Ein Klopfen an der Tür unterbrach Linda. Auf ihre Aufforderung trat Gustave ins Zimmer.

»Madame Marguerite möchte Sie jetzt sehen, Mademoiselle Widcombe«, wandte sich der Diener an mich. »Sie erwartet Sie in der Bibliothek. Wenn Sie mir bitte folgen würden.«

Ich nickte und erhob mich.

Gustave führte mich nach unten und öffnete dann eine der breiten Türen, die von der Halle abzweigten.

»Mademoiselle Sheila Widcombe, Madame Marguerite«, hörte ich ihn sagen, dann trat er zur Seite, um mich eintreten zu lassen.

Madame Marguerite stand auf einen Stock gestützt mitten in der Bibliothek. Sie war eine kleine, hagere Frau mit einem faltendurchfurchten, grau wirkenden Gesicht.

An ihr war überhaupt alles grau. Ihre Haare, die streng nach hinten gekämmt und zu einem Knoten zusammengefaßt waren, ihre Augen, die mich hart und durchdringend musterten, und sogar ihre Kleidung bis zu den Schuhen hinunter.

»Sie sind also Lindas Schwester?«

Erschrocken zuckte ich zusammen, als ich Madame Marguerites laute, tiefe und volltönende Stimme das erstemal hörte. An ihr war nichts Weibliches. Es war eher eine Männerstimme, die viel besser zu einem General, als zu dieser kleinen, zierlichen Frau gepaßt hätte.

Ich nickte ein wenig zaghaft.

Irgendwie fühlte ich mich in Madame Marguerites Gegenwart unbehaglich. Der Blick ihrer eisgrauen Augen schien mich förmlich zu sezieren und tief in mein Innerstes einzudringen. Es schien mir in diesem Augenblick, als könne sie sogar meine geheimsten Gedanken lesen.

»Ich muß mich entschuldigen, daß ich hier so einfach eingedrungen bin, Madame de Bonnadoux«, sagte ich zaghaft, als sie keine Anstalten traf, das Schweigen zu brechen. »Aber ich war in großer Sorge um meine Schwester, nachdem sie mit unbekanntem Ziel aus Paris verschwunden war.«

»Ich hörte, daß es Schwierigkeiten mit Gustave gab«, sagte sie kalt. »Der gute Gustave hat meine Anweisungen wohl etwas zu wörtlich genommen. Auf Lindas Schwester bezog sich meine Anweisung natürlich nicht. Im übrigen werde ich Madame Marguerite genannt. Setzen Sie sich.« Sie wies auf eine Sitzgruppe vor der Fensterfront und ging mir dann, zwar immer auf ihren Stock gestützt, aber kerzengerade, voraus.

Ich wartete, bis sie Platz genommen hatte, ehe ich mich ihr gegenüber in einen der Sessel setzte.

»Sie müssen wissen, daß ich im allgemeinen keine Fremden auf Château Avoine dulde, doch da mein Enkel die Absicht hat, Ihre Schwester zu heiraten, werden Sie ja bald gewissermaßen ebenfalls zur Familie gehören. Deshalb heiße ich Sie auf Château Avoine herzlich willkommen.« Die Kälte in Madame Marguerites Stimme und der eisige Blick ihrer Augen straften ihre Worte lügen. Mir war klar, daß sie mich eher in die Hölle wünschte und nur lästigen Konventionen folgte, als sie mich willkommen hieß.

»Wie Sie sicher bereits gehört haben werden, habe ich wegen einer Erkrankung meinen Enkel zu mir rufen lassen«, fuhr sie fort. »Inzwischen geht es mir wieder besser, und mein Enkel und Ihre Schwester werden das Château spätestens Anfang nächster Woche wieder verlassen. Da ich annehme, daß sie solange in der Nähe Ihrer Schwester sein möchten, habe ich Marthe angewiesen, ein Zimmer für Sie vorzubereiten.«

»Danke, das ist sehr freundlich von Ihnen, Madame Marguerite«, sagte ich unbehaglich. Irgendwie war ich in Gegenwart dieser Frau unsicher, nervös und gehemmt.

»Aber ich muß Sie warnen, Mademoiselle Sheila«, sagte sie hart. »Über Château Avoine liegen wie dunkle Wolken die Schatten der Vergangenheit.« Ihre Stimme wurde zu einem heiseren Raunen. »Hier geschehen zuweilen seltsame Dinge, um die Sie sich besser nicht kümmern sollten. Deshalb gebe ich Ihnen einen guten Rat, Mademoiselle Sheila: Solange Sie sich auf Château Avoine befinden, sollten Sie nachts unter keinen Umständen Ihr Zimmer verlassen!«

»Linda sagte mir, daß es hier spuke«, wagte ich einen Vorstoß. »Sie will nachts eine geisterhafte Erscheinung gesehen haben, die einem Frauenporträt in der Halle gleicht...«

»Schweigen Sie!« unterbrach mich Madame Marguerite mit donnernder Stimme.

»Sie rühren an Dingen, die besser im dunkeln bleiben und über die man nicht spricht, sagte sie dann ein wenig ruhiger.

»Eines Tages wird Linda mit dem Comte hier leben müssen«, erklärte ich hart. Langsam verlor ich meine Scheu vor der, wie ich damals glaubte, hartherzigen Frau. »Glauben Sie nicht, daß sie daher ein Anrecht darauf hat, vor der Hochzeit alles über diese Dinge zu erfahren?«

»Gewiß«, gab Madame Marguerite widerwillig zu. »Bevor es zu dieser Hochzeit kommt, werden wir sie in das dunkle Geheimnis unserer Familie einweihen müssen und vielleicht...« Sie unterbrach sich und sah mich durchdringend an, ehe sie den Satz nachdenklich beendete: »... vielleicht werden wir dann auch Sie einweihen müssen, da Sie Ihre Schwester vermutlich öfter hier besuchen werden wollen. Aber das hat noch Zeit.«

»Und inzwischen ängstigt meine Schwester sich halb zu Tode«, rief ich unbeherrscht aus. »Ich glaube nicht an Geister, Madame Marguerite. Ich glaube vielmehr, daß es für die Erscheinung und die Stimme, die Linda aus dem Westflügel hört, eine natürliche und logische Erklärung gibt. Wenn Sie gestatten, Madame Marguerite, würde ich mich gern einmal im Westflügel umsehen. Ich glaube, das würde auch dazu beitragen, Linda zu beruhigen und ihr ein wenig die Angst zu nehmen.«

»Das geht nicht!« Erregt stieß Madame Marguerite die Worte hervor. Für einen Moment trat ein erschrockener Ausdruck in ihre Augen, ihre Wangenmuskeln zuckten. Dann hatte sie sich wieder in der Gewalt, und ihre ganze Haltung drückte wieder eisige Ablehnung aus. »Wenn ich von Schatten der Vergangenheit sprach, so meinte ich damit keine Geister. Im übrigen ist der Westflügel einsturzgefährdet, Mademoiselle! Ich kann nicht zulassen, daß ihn jemand betritt. Und jetzt gehen Sie bitte. Gustave und Marthe werden Ihnen Ihr Zimmer zeigen.«

Ihre Stimme duldete keinen Widerspruch mehr. Außerdem wäre es ohnehin zwecklos gewesen, noch etwas zu sagen, also erhob ich mich, murmelte ein paar Worte, die, wie ich hoffte, einen höflichen Dank ausdrücken sollten, und verließ die Bibliothek.

Welches Geheimnis mag wohl auf der Familie de Bonnadoux liegen? fragte ich mich, als ich in der Halle stand. Was hatte Madame Marguerite zu verbergen?

Ich war fest entschlossen, den Schleier dieses Geheimnisses zu lüften. Keinen einzigen Augenblick lang dachte ich daran, daß ich mich damit in Todesgefahr begeben könnte.

Ich wollte gerade wieder nach oben gehen und nach Linda sehen, als eine kleine, rundliche Frau die Treppe herunterkam. »Ich bin Marthe«, stellte sie sich vor, als sie mich erreichte. »Ich habe das Zimmer neben dem Ihrer Schwester für Sie hergerichtet, Mademoiselle.«

Auch Marthe, die etwa zehn Jahre jünger als Gustave sein mochte, sah mich abweisend, fast feindselig an. Jeder, dem ich bisher auf Château Avoine begegnet war, schien etwas gegen mich zu haben und mich weit fortzuwünschen. Ausgenommen Linda natürlich, die mir wirklich froh schien, mich zu sehen. Langsam kam ich mir wirklich wie ein unliebsamer Eindringling vor.

Fast war ich versucht, Marthe nach den Vorgängen im Westflügel und der seltsamen Erscheinung zu fragen. Doch ich unterdrückte die Frage. Ich hätte von ihr wohl ebensowenig eine vernünftige Antwort bekommen wie von Madame Marguerite.

Kurz vor dem Abendessen kam der Comte zurück, und Linda stellte mich ihm vor.

Ich weiß nicht, was ich eigentlich erwartet hatte, jedenfalls war mir der große, breitschultrige Mann mit dem dunklen, ein wenig verwuschelten Lokkenkopf und den markanten, scharfgeschnittenen Gesichtszügen auf Anhieb sympathisch. Es blieb mir gar nichts anderes übrig, als meine Meinung über ihn gründlich zu revidieren. Die letzten Reste des Ungeheuers, das so lange durch meine Gedanken gegeistert war, lösten sich auf und verflüchtigten sich wie Nebel.

»Es freut mich, daß ich Sie endlich kennenlerne, Sheila«, sagte er mit seiner warmen, tiefen Stimme, die mich angenehm berührte, während er mir die Hand reichte. »Ich darf Sie doch Sheila nennen? Mein Name ist Etienne, aber das wissen Sie ja sicher schon.«

»Ich finde, daß ihr euch auch gleich duzen solltet«, warf Linda lächelnd ein, ehe ich etwas sagen konnte. »Wenn Etienne und ich heiraten, seid ihr ja schließlich auch miteinander verwandt.«

»Ich habe nichts dagegen, falls Sheila keine Einwände hat.« Für einen Augenblick glomm in den dunklen Augen des Comte ein belustigter Funke auf, und er lächelte mich warm an, dann umschattete sich seine Miene jedoch wieder.

Ich erhob keine Einwände, und so gingen wir auf Lindas Vorschlag hin zum Du über.

Etienne sei düster und verschlossen geworden, hatte Linda gesagt.

Das stimmte.

Ich hatte ihn zwar zuvor nicht gekannt, doch das kurze Auffunkeln in seinen Augen ließ mich ahnen, daß er ein humorvoller, warmherziger Mensch gewesen sein mußte, als Linda ihn in Paris kennenlernte. Jetzt wirkte er in der Tat düster. Um seine Augen hatten sich tiefe, dunkle Ringe gebildet, und ich las eine tiefe Sorge in ihnen. Die Schatten der Vergangenheit, wie Madame Marguerite die seltsamen Vorgänge auf dem Château umschrieben hatte, schienen ihn zutiefst zu bedrücken.

»Ich nehme an, daß Linda dir von den seltsamen, nächtlichen Vorfällen auf Château Avoine berichtet hat, Sheila?« wandte der Comte sich schließlich an mich. »Ich hätte ihr das gerne erspart«, sagte er, als ich nickte. »Aber Linda bestand darauf, mich zu begleiten. Sie bedrängte mich so sehr, daß ich gar keine andere Wahl hatte, als sie mitzunehmen. Ich fürchte, daß sie ihren Entschluß inzwischen schon lange bitter bereut.«

»Was geht denn auf dem Château nun eigentlich wirklich vor, Etienne?« fragte ich, als meine Schwester schwieg. »Linda behauptet, daß hier der Geist von Roxane spukt, doch ich glaube nicht an Geister.«

Ein gequälter Ausdruck trat in die Augen des Comte, und ich verstummte erschreckt.

Glaubte der Mann etwa auch an die Existenz eines Geistes? Nein, das konnte ich nicht glauben. Dazu machte der Comte einen viel zu vernünftigen Eindruck auf mich.

»Bitte, verlange keine Antworten auf Fragen von mir, die ich bisher noch nicht einmal Linda geben konnte . . . geben durfte«, sagte er leise mit gepreßt klingender Stimme. »Ich möchte dich nur bitten, nachts auf deinem Zimmer zu bleiben und nicht allein im Château herumzulaufen.«

»Besteht denn irgendeine konkrete Gefahr?« fragte ich.

Etienne de Bonnadoux schüttelte müde den Kopf. »Es ist auf jeden Fall sicherer«, erklärte er.

»Da siehst du es, Sheila«, sagte Linda bitter. »Ich ängstige mich fast zu Tode, seit ich hier bin, und habe auch nicht mehr erfahren als du. Etienne schweigt zu allen meinen Fragen, die die unheimliche Erscheinung Roxanes betreffen. Und dabei behauptet er, mich zu lieben ... Warum sagt er mir dann nicht, was hier vorgeht? Warum läßt er zu, daß ich vor Angst fast vergehe und nachts kaum noch ein Auge zumachen kann?«

»Du mußt verstehen, daß ich dir nichts sagen darf, Linda ... Noch nicht«, erklärte Etienne traurig. »Ich ...«

»Ach was«, unterbrach Linda ihn trotzig. »Wenn du mich wirklich lieben würdest, würdest du nicht schweigsam zusehen, wie ich mich ängstige.« Aufschluchzend rannte sie hinaus.

»Nächste Woche reisen wir ab«, wandte Etienne sich an mich, als wir allein waren. »Ich hoffe, daß Linda dann all das schreckliche hier schnell vergißt.«

Ich hatte inzwischen eingesehen, daß es zwecklos war, weitere Fragen zu stellen. Aber noch immer war ich fest entschlossen, das Geheimnis zu ergründen. An Spuk glaubte ich ebensowenig wie daran, daß eine unmittelbare Gefahr für mich bestehen könne.

Doch noch in dieser Nacht sollte ich mit dem Unheimlichen konfrontiert und eines Besseren belehrt werden.

Linda erschien erst zum Abendessen wieder, an dem auch Madame Marguerite teilnahm, deren eisgraue Augen forschend von einem zum anderen glitten und jeden einzelnen zu durchbohren schienen. Linda wich ihren Blikken aus, während ich, obwohl ich mich immer unbehaglicher fühlte, das Duell aufnahm und mich bemühte, ebenso eisig zurückzublicken. Es war wohl albern von mir, aber auf keinen Fall wollte ich wie Linda den Blick senken und dem ihren ausweichen.

Schließlich war es Madame Marguerite, die ihren stechenden Blick von mir abwandte und es den Rest des Abends über vermied, mich noch einmal anzusehen. Zumindest einen kleinen Sieg hatte ich also errungen.

Das Essen verlief in einer seltsam bedrückten Stimmung. Es wurde kaum gesprochen, und jeder von uns schien seinen eigenen, düsteren Gedanken nachzuhängen.

Ehe Gustave den Kaffee servierte, zog sich Madame Marguerite bereits zurück. Linda schien noch immer böse auf Etienne zu sein und schwieg weiter beharrlich, während der Comte und ich uns leise unterhielten. Wir sprachen nur über allgemeine Themen und vermieden es, auf die Vorgänge im Schloß zu sprechen zu kommen. Ich wußte ohnehin, daß es zwecklos gewesen wäre, ihm diesbezüglich Fragen zu stellen, die er entweder gar nicht oder nur ausweichend beantworten würde. Schließlich zogen wir uns schon früh auf unsere Zimmer zurück.

Als ich zu Bett ging, fragte ich mich gespannt, ob ich in dieser Nacht wohl selbst Zeuge der unheimlichen Vorfälle werden würde, von denen Linda gesprochen hatte?

Es war ein langer, ereignisreicher Tag gewesen, und da ich in der Nacht zuvor kaum geschlafen hatte, war ich recht müde und schlief schnell ein.

Eine Stimme weckte mich. Sofort war ich hellwach, richtete mich auf und warf einen Blick auf meine Uhr. Es war kurz nach Mitternacht.

Ich lauschte.

Kein Zweifel, das war eine Frauenstimme, die ein altes, französisches Volkslied sang. Und sie kam aus dem Westflügel. Immer wieder wurde der Gesang durch lautes hysterisches Lachen und Geräusche, die an ein dumpfes, gurgelndes Stöhnen erinnerten, unterbrochen.

Ich schlüpfte aus dem Bett und zog mir meinen Morgenmantel über.

Noch war ich mutig und fest entschlossen, der Sache auf den Grund zu gehen und die Urheberin des Singens und der Geräusche zu finden. Ich dachte gar nicht daran, Madame Marguerite und Etiennes Rat, auf meinem Zimmer zu bleiben, zu befolgen.

Leise schlüpfte ich auf den Gang hinaus und schlich mich zur Tür des Westflügels. Noch ehe ich ihn ganz erreicht hatte, verstummten die Geräusche.

Einen Augenblick lang blieb ich vor der Tür stehen und lauschte. Es blieb alles still. Ich streckte meine Hand aus und legte sie auf die Klinke. Langsam drückte ich sie herunter. Doch die Tür war verschlossen.

Sollte ich nach draußen gehen und versuchen, durch die Fenster irgend etwas zu erspähen?

Aber das war wohl sinnlos. Ich würde höchstens einen Blick ins Erdgeschoß des Westflügels erhaschen können, die Stimme und die Geräusche waren aber im ersten Stock aufgeklungen.

Ich verharrte noch unschlüssig, als ich rechts neben mir plötzlich ein leises Geräusch hörte.

Ich fuhr herum.

Die Tür des blauen Salon – der der Farbe seiner Tapeten wegen so genannt wurde – öffnete sich langsam. Eine Frauengestalt in einem langen, altmodisch anmutenden Kleid trat heraus.

Ich konnte die Gestalt nur schemenhaft erkennen. Wie Linda mir bereits gesagt hatte, brannte nachts nur eine Lampe in der Mitte des Ganges. Ihr Schein reichte kaum bis zu uns, so daß das Gesicht der Frau in tiefem Schatten lag und ich nur ein leichtes Funkeln in ihren Augen wahrnehmen konnte.

Zwei, drei Sekunden lang standen wir uns reglos gegenüber.

Mir schien, als sei die Unbekannte ebenso überrascht wie ich. Merkwürdigerweise empfand ich in diesen Sekunden keinerlei Angst. Ich verschwendete keinen Gedanken daran, daß ich mich in einer akuten Gefahr befinden könnte. Ich war lediglich besessen davon, den Schleier des Geheimnisses zu lüften, das über dem Château Avoine lag.

»Wer sind Sie?« fragte ich leise, als ich meine erste Überraschung überwunden hatte.

Statt einer Antwort sprang die schemenhafte Gestalt plötzlich auf mich zu.

Ehe ich irgendwie reagieren konnte, ehe ich überhaupt begriff, was die Unbekannte vorhatte, traf mich ein harter Schlag an der Schläfe.

Um mich drehte sich plötzlich alles. Meine Knie gaben nach, und meine Hände suchten instinktiv nach irgend etwas, an dem ich mich hätte festhalten können. Aber da war nichts, das meinen Sturz hätte bremsen können. Verzweifelt bemühte ich mich darum, nicht das Bewußtsein zu verlieren. Aber es war vergebens.

Ich hörte noch einen gellenden Aufschrei, ohne zu begreifen, daß ich selbst diesen Schrei ausgestoßen hatte, und dann wurde es dunkel um mich.

Sheila!«

Von weit her drang eine Stimme in mein Bewußtsein, die mir irgendwie bekannt vorkam.

Ich wollte die Augen öffnen, doch irgend jemand schien meine Lider mit Klebstoff festgeklebt zu haben. Sie waren schwer wie Blei und ließen sich einfach nicht öffnen.

»Um Himmels willen, Sheila, komm' doch zu dir.«

Eine Hand tätschelte meine Wange, und endlich konnte ich meine Augen einen Spalt öffnen. Eine Flut von Licht traf mich und löste einen scharfen, stechenden Schmerz aus, der von meiner rechten Schläfe her durch meinen Kopf schoß.

Unwillkürlich drang ein dumpfes Stöhnen über meine Lippen. Es kostete mich eine gewaltige Anstrengung, meine Augen ganz zu öffnen. Verwundert stellte ich fest, daß ich auf meinem Bett lag. Was ich vorhin als Lichtflut empfunden hatte, war nichts weiter als der schwache Schein der Nachttischlampe. Neben meinem Bett stand Etienne und beugte sich besorgt über mich. Erleichtert atmete er auf, als er sah, daß ich wieder bei Bewußtsein war.

Wie war ich hierhergekommen? Hatte ich nicht eben noch vor der Tür zum Westflügel gestanden und vergebens versucht, sie zu öffnen?

»Was ist passiert?« fragte ich leise. »Wie komme ich hierher? Ich war doch . . .«

»Ich hörte einen Schrei und fand dich bewußtlos auf dem Gang«, erklärte Etienne.

Die Kopfschmerzen ließen langsam nach. Und dann erinnerte ich mich wieder. Eine Frau war aus dem blauen Salon gekommen und hatte mich niedergeschlagen!

»Wer war die Frau?« fragte ich und wollte mich aufrichten.

»Welche Frau, Sheila?« Sanft drückte Etienne mich in die Kissen zurück. »Du solltest besser liegenbleiben«, sagte er dabei besorgt.

Wie konnte er fragen, welche Frau ich meinte? Er mußte doch genau wissen, was auf dem Schloß vorging.

»Die, die mich niederschlug«, sagte ich hart. »Und erzähle mir jetzt bitte nicht, daß ich das nur geträumt hätte«, setzte ich noch hinzu.

Der Comte zögerte. Ich sah ihm an, daß er mit sich rang. Würde er jetzt endlich sprechen? Würde ich jetzt die Wahrheit erfahren? Die Wahrheit über das, was sich im Westflügel verbarg?

Bestimmt war es kein Geist, dem ich begegnet war, dessen glaubte ich mir sicher zu sein. Die Frau war ein Wesen aus Fleisch und Blut gewesen, das hatte mir schon ihr Schlag bewiesen.

»Sheila, es gibt Dinge, über die man nur sehr schwer sprechen kann. Düstere Geheimnisse, die besser für immer im dunkeln bleiben«, setzte Etienne zögernd zu einer Erklärung an. Er zog sich umständlich einen Stuhl neben mein Bett und setzte sich, ehe er weitersprach: »Trotzdem ist es vielleicht an der Zeit, das Schweigen zu brechen ... Es ist so ...«

»Habe ich Sie nicht gewarnt, Mademoiselle Sheila?«

Erschreckt zuckte Etienne zurück, als die Stimme Madame Marguerites von der Tür her aufklang. Ich sah seinen Augen an, daß er jetzt nicht mehr sprechen würde. Fast hätte ich das Geheimnis des Westflügels erfahren, doch die Chance war – zumindest vorest – vertan.

»Man hat mich niedergeschlagen«, fuhr ich Madame Marguerite wütend an.

»Unsinn! Sie sind vermutlich im Dunkeln gestolpert und gefallen. Dabei haben Sie für einige Zeit das Bewußtsein verloren«, sagte Madame Marguerite eisig, und ihr Stock klopfte im Takt zu ihren Worten hart auf den Boden. »Ich sagte Ihnen doch, daß Sie nachts Ihr Zimmer besser nicht verlassen sollten!« Ein eisiger Blick traf mich, dann wandte sie sich ab und rauschte davon.

Etienne wich meinem Blick aus, als ich ihn ansah.

Ich wußte, daß es sinnlos sein würde, ihn noch einmal nach der Frau zu fragen, die mich niedergeschlagen hatte. Er hätte gesprochen, wenn Madame Marguerite nicht im denkbar ungünstigsten Augenblick aufgetaucht wäre. Ihr Erscheinen hatte jedoch genügt, Etienne verstummen zu lassen. Wie die Sourbiers fügte auch Etienne sich widerspruchslos den Anordnungen seiner Großmutter, die auf Château Avoine das Regiment führte.

Müde stand der Comte auf. Aus traurigen, von Kummer und Sorge umschatteten Augen sah er mich an, ergriff für einen Moment meine Hand und drückte sie sanft. »Du solltest jetzt besser schlafen, Sheila«, sagte er leise.

Die sanfte Berührung seiner Hand auf der meinen beruhigte mich, und ich fühlte Enttäuschung in mir aufsteigen, als Etienne seine Hand rasch wieder zurückzog.

»Bitte, erzähle Linda nichts von dem, was mir heute nacht zugestoßen ist, Etienne«, bat ich leise. »Sie ängstigt sich schon genug, und ich möchte nicht, daß sie sich noch mehr beunruhigt.«

Der Comte nickte. »Ich werde ihr nichts sagen«, versprach er.

»Eines Tages wirst du alles erfahren, Sheila«, sagte er dann leise. »Ich fürchte, daß wir ohnehin schon zu lange geschwiegen haben. Wenn Großmutter nicht...«

Er verstummte, wandte sich dann hastig ab und ging zur Tür. Fast schien es mir, als fürchte er, doch noch zu viel zu sagen, wenn er noch länger blieb.

Er stand schon an der Tür, als er sich noch einmal zu mir umwandte. Mit einem seltsam wehmütigen, traurigen Blick, der mich zutiefst berührte, sah er mich an. »Ich wünschte, ich hätte dich vor deiner Schwester kennengelernt, Sheila«, sagte er leise.

Ehe ich den Sinn seiner Worte richtig erfaßt hatte, hatte er mein Zimmer bereits verlassen und die Tür hinter sich zugezogen.

Ich lag reglos und starrte auf die geschlossene Tür. Mein Blut strömte schneller durch meine Adern, und ich hörte laut meinen eigenen Herzschlag.

Heftig schüttelte ich den Kopf, was sofort wieder eine Schmerzwelle auslöste.

Mein Gott, das durfte doch nicht wahr sein! Ich war auf dem besten Weg, mich in den Mann zu verlieben, den auch meine Schwester liebte! Und das Schlimme daran war, daß es auch ihm nicht anders zu ergehen schien.

Nein, das durfte nicht sein! Am besten würde es wohl sein, wenn ich Etienne in den nächsten Tagen auswich und ihm so wenig wie möglich begegnete. Linda vertraute mir. Dieses Vertrauen durfte ich nicht zerstören. Ich konnte und wollte meiner Schwester Etienne nicht wegnehmen.

Meine Begegnung mit der Unbekannten fiel mir wieder ein. Ich glitt aus dem Bett und verschloß die Tür meines Zimmers. Schließlich wollte ich von ihr nicht im Schlaf überrascht werden. Für heute hatte meine Neugier erst einmal einen Dämpfer erhalten. Aber trotzdem hatte ich es noch nicht aufgegeben, das Geheimnis von Château Avoine lösen zu wollen. Schon Lindas wegen.

Ich konnte lange nicht einschlafen. Obwohl ich mich dagegen wehrte, beschäftigten sich meine Gedanken immer wieder mit Etienne.

Zuerst hatte ich es nicht wahrhaben wollen, aber jetzt mußte ich es mir eingestehen: Ich hatte mich wirklich Hals über Kopf in den Mann verliebt, den meine Schwester heiraten wollte! Ich überlegte mir ernsthaft, ob es nicht besser sei, wenn ich am Morgen abreiste?

Aber konnte ich das Linda antun?

Ich hatte ihr doch versprochen, zu bleiben. Als ich daran dachte, wie verwirrt und verängstigt sie bei meiner Ankunft gewesen war, brachte ich es nicht übers Herz, mein Versprechen zu brechen.

Als ich endlich doch einschlief, geisterte das Gesicht von Roxane durch meine Träume. Mir war, als höre ich ihre Stimme: »Ich habe dich gewarnt, Sheila«, flüsterte sie mir zu. »Doch du hast meine Warnung in den Wind geschlagen und bist geblieben. Jetzt mußt du die Folgen tragen.«

Am nächsten Morgen ging ich erst spät nach unten. Irgendwie war ich erleichtert, als ich das Frühstückszimmer leer fand. Von Gustave erfuhr ich, daß der Comte wieder nach Tours gefahren war und Linda mitgenommen hatte. Beide wurden erst am späten Nachmittag zurückerwartet.

Nach dem Frühstück beschloß ich, in den Park zu gehen und mir den Westflügel genauer anzusehen. Vielleicht fand ich ja doch noch einen Weg, hineinzugelangen und mich umzusehen. Vielleicht gab es eine Tür, die man vergessen hatte abzuschließen, oder ich fand ein Fenster, das nicht vergittert war.

Als ich durch die Halle ging, vermied ich es, das Gemälde von Roxane anzusehen. Etwas Beängstigendes ging von dem lebensecht wirkenden Bild aus, und ich wollte nicht wieder in seinen Bann geraten. Zwar sagte ich mir, daß es nichts weiter als das Bildnis einer Frau war, die vor etwa dreißig Jahren gestorben war, dennoch brachte ich es nicht fertig, es anzusehen. Irgendwo tief in mir fragte ich mich sogar, ob Linda nicht doch recht haben könne, und ob es nicht Roxanes Geist gewesen sein konnte, der mir in der Nacht begegnet war. Sofort verscheuchte ich den Gedanken wieder. Ich hatte nie an die Existenz von Geistern geglaubt, und ich wollte auch jetzt nicht damit anfangen. Viel logischer erschien es mir anzunehmen, daß sich irgend jemand im Westflügel verbarg.

Aber wer? Und warum?

Der Gärtner war im vorderen Teil des Parks beschäftigt. Ich nickte dem Mann nur kurz zu und umrundete dann das Château, um zum Westflügel zu gelangen. In der Morgensonne leuchteten seine Mauern ebenso weiß wie die des übrigen Schlosses.

Madame Marguerite hatte behauptet, daß der Westflügel einsturzgefährdet sei. Diesen Eindruck erweckte er jedoch überhaupt nicht. Im Gegenteil sah er genau so stabil aus wie das übrige Château.

Enttäuscht mußte ich jedoch feststellen, daß Lindas Schilderung den Tatsachen entsprach. Alle Fenster des Erdgeschosses waren vergittert, außerdem lagen sie so hoch, daß ich unmöglich einen Blick in die Räume dahinter werfen konnte. Ich hätte schon eine Leiter benötigt, um sie zu erreichen.

Nachdenklich trat ich ein Stück zurück und sah an der Fassade hoch.

Die Fensterscheiben glitzerten und blinkten im Sonnenlicht, trotzdem glaubte ich hinter einem der nicht vergitterten Fenster des ersten Stockes eine schemenhafte Gestalt zu erkennen, die zu mir herunterstarrte. Je länger ich hinsah, desto sicherer war ich mir, daß es sich nur um eine Frau handeln konnte. War es jene Unbekannte, die mich in der Nacht niedergeschlagen hatte? Warum wurde sie im Westflügel versteckt? Welchen Grund mochte es geben, aus dem man sie vor Fremden verbarg?

Aber dann war ich mir meiner Beobachtung doch wieder nicht sicher. Es konnte durchaus sein, daß mich nur ein Schatten oder eine Lichtreflexion narrte oder meine Phantasie mir einen Streich spielte.

Ich ging ins Schloß zurück und verbrachte den Rest des Vormittags in der Bibliothek. Ich durchstöberte die hohen Regale nach einer Familienchronik, die vielleicht etwas Licht in die mysteriöse Angelegenheit hätte bringen können. Fand aber nichts.

Nach dem Mittagessen, das ich allein in dem großen Speisezimmer eingenommen hatte, zog ich mich auf mein Zimmer zurück und schlief ein paar Stunden.

Ich zögerte es solange wie möglich hinaus, ehe ich zum Abendessen nach unten ging. Ein wenig fürchtete ich mich vor der unausweichlichen Begegnung mit Etienne, hatte Angst davor, daß Linda etwas von meinen Gefühlen für Etienne bemerken könnte.

Aber meine Sorge an diesem Abend war unbegründet.

Während Linda an diesem Abend ein wenig heiterer und gelöster als am Vortag wirkte und fast nur von der nun bald bevorstehenden Abreise sprach, schien mir Etienne noch sorgenvoller und bedrückter als zuvor. Während des ganzen Abendessens sprach er kaum ein Wort, dafür spürte ich mehr als einmal seine Blicke auf mir ruhen, vermied es jedoch, sie zu erwidern.

Wie es schien hatte Etienne Wort gehalten und Linda nichts von meinem nächtlichen Abenteuer erzählt. Jedenfalls erwähnte sie es mit keinem Wort.

Nach dem Essen schützte ich Kopfschmerzen vor und zog mich wieder zurück.

Trotz meines Erlebnisses in der vergangenen Nacht war ich noch immer mutig und wild entschlossen, das Geheimnis zu ergründen. Allerdings hatte mir meine Niederlage gezeigt, daß ich vorsichtiger vorgehen mußte. Deshalb hatte ich mir einen Plan zurechtgelegt, den ich jetzt konsequent verfolgte.

Ich legte mich angekleidet auf mein Bett, versuchte mich so gut wie möglich zu entspannen und wartete, bis es im Schloß endlich ruhig wurde.

Gegen dreiundzwanzig Uhr, als ich annehmen konnte, daß inzwischen alle schliefen, stand ich auf und schlich aus meinem Zimmer.

Zuerst warf ich einen Blick in den blauen Salon, aus dem am Vorabend die Frauengestalt aufgetaucht war. Ich überzeugte mich davon, daß sich niemand darin aufhielt. Eine zweite Tür zu diesem Raum gab es nicht, von hier aus konnte ich an diesem Abend also nicht überrascht werden.

Ich huschte wieder auf den Gang und sah mich nach einem Versteck um.

Wie schon in der vergangenen Nacht brannte nur eine Lampe, so daß der lange Gang zum größten Teil in tiefen Schatten lag. Ich fand eine Nische in der Nähe der Treppe, in die so gut wie kein Licht fiel und von der aus ich den ganzen Gang gut überblicken konnte, ohne selbst gesehen zu werden. In der Hoffnung, daß die geisterhafte Gestalt auch in dieser Nacht wieder in Erscheinung treten würde, zwängte ich mich hinein und wartete.

Ich brauchte nicht lange auszuharren, bis sich etwas tat. Die Tür zu Madame Marguerites Schlafzimmer öffnete sich, und Madame trat heraus. Sie sah sich vorsichtig um, ging dann zielstrebig zur Tür des Westflügels, schloß sie auf und verschwand dahinter.

Fieberhaft überlegte ich, ob ich es wagen und ihr folgen sollte? Aber was, wenn sie mich entdeckte? Oder wenn sie den Flügel verließ und wieder abschloß, solange ich noch drinnen war? Dann würde ich gefangen sein zusammen mit ...?

Ja, mit was eigentlich? Mit einem Geist oder mit einem Menschen, der sich aus einem mir unbekannten Grund verbarg?

Ehe ich zu einem Entschluß gelangte, trat Madame Marguerite wieder auf den Gang. Sie verschloß die Tür und ging in ihr Zimmer zurück, dabei kam sie so dicht an meinem Versteck vorbei, daß ich nur den Arm hätte ausstrekken brauchen, um sie zu berühren. Zum Glück sah sie mich nicht.

Eine halbe Stunde verstrich, ohne daß etwas geschah. Dann öffnete sich plötzlich die Tür des blauen Salons, und eine Gestalt schob sich in den Flur.

Ich hielt vor Verblüffung den Atem an.

Wie war die Gestalt in den blauen Salon gelangt? Ich hatte mich doch selbst davon überzeugt, daß sich niemand darin aufgehalten hatte. Und es gab nur diese eine Tür, die in den Raum führte.

Noch konnte ich nicht viel mehr erkennen, als daß es sich um eine Frau handelte, die jetzt langsam den Gang entlangging. Sie trug ein weißes, langes Kleid, und ihre Haare fielen ihr weich über die Schulter herab.

Langsam geriet die Gestalt in den Lichtkreis der Lampe. Rotblondes Haar leuchtete im Licht wie Kupfer. Das Gesicht war ebenso bleich wie die Haut ihrer bloßen Arme. Schwarze Augen funkelten geheimnisvoll ...

Nur mit Mühe unterdrückte ich einen überraschten Ausruf.

Linda hatte recht! Die Erscheinung glich nicht nur Roxane – sie war Roxane!

Wie war das möglich?

Selbst wenn Roxane de Bonnadoux noch gelebt hätte, so wäre sie mindestens Mitte Fünfzig gewesen. Diese Frau aber konnte nicht älter als fünfundzwanzig sein! Genau so alt, wie Roxane gewesen sein mußte, als das Gemälde von ihr angefertigt wurde!

Hatte Linda recht? Gab es doch Geister? War Roxane dazu verdammt, ruhelos auf Château Avoine umzugehen?

Alles in mir sträubte sich gegen diese Annahme. Die Toten kehrten nicht zurück! Es mußte eine andere Erklärung geben

Inzwischen war die Erscheinung an mir vorbei und eilte die Treppe hinunter.

Ohne lange zu überlegen, löste ich mich aus meinem Versteck und folgte ihr. Erst als ich schon die Treppe hinunterschlich, wurde mir bewußt, was ich tat.

Aber es gab kein Zurück. Ich wollte jetzt um jeden Preis herausfinden, wohin diese Frau ging und wer sie war.

Als ich die Halle erreichte, sah ich gerade noch, wie die Tür ins freie hinter der Weißgekleideten zufiel. Rasch durchquerte ich die Halle und schlüpfte dann ebenfalls hinaus.

Es war eine klare Nacht, und der Mond stand voll am Himmel. Das weiße Kleid der Unheimlichen reflektierte sein Licht, und ich sah sie das Château umrunden und in den hinteren Teil des Parks laufen. Wie es schien, fürchtete sie keine Entdeckung. Ohne sich umzusehen, lief sie mitten über den Rasen auf die Mauer zu, die den Park umgab.

Ich folgte ihr ein wenig vorsichtiger und nutzte Büsche und Bäume als Deckung.

Obwohl meine erste Begegnung mit der unheimlichen Gestalt wenig erfreulich für mich verlaufen war, empfand ich merkwürdigerweise kaum Angst. Es war vielmehr Neugier, die mich weitertrieb. Auch glaubte ich, daß es der Unbekannten mit dem Gesicht von Roxane kein zweites Mal gelingen würde, mich so zu überrumpeln wie bei unserer ersten Begegnung. Schließlich war ich jetzt gewarnt und würde auf der Hut sein.

Die Gestalt in dem weißleuchtenden Kleid verschwand zwischen dichtem Gebüsch am Ende des Parks. Ich mußte mich beeilen, um sie nicht aus den Augen zu verlieren.

Meine Sorge, die Unbekannte zu verlieren, war unbegründet. Als ich mich durch die Büsche gezwängt hatte, entdeckte ich, daß die Mauer auf einer Länge von gut drei Metern teilweise eingestürzt war. Über das herumliegende Geröll konnte man den Mauerrest bequem übersteigen und auf der anderen Seite wieder hinuntergelangen.

Als ich auf der anderen Seite der Mauer stand, entdeckte ich auch die Unbekannte wieder, die rasch über die Felder auf das Dörfchen Avoine zulief.

Was wollte sie im Dorf? Wollte sie dort jemanden besuchen?

Meine Neugier wurde immer größer, während ich der Unbekannten, die mit ihrem weißen Kleid im Mondlicht wirklich wie ein Gespenst wirkte, folgte. Noch ehe sie das Dorf erreichte, bog sie links ab und verschwand auf einem umzäunten Grundstück. Erst als ich langsam näherschlich, erkannte ich, daß es sich um einen Friedhof handelte.

Vorsichtig näherte ich mich dem alten Dorffriedhof und fand schließlich hinter dem Stamm einer mächtigen Eiche einen Platz, von dem ich den Totenacker überblicken konnte, ohne selbst gesehen zu werden.

Die Szenerie der von bleichem Mondlicht beschienenen Grabsteine wirkte unheimlich, und ich spürte, daß es mir kalt den Rücken herunterrieselte. Fast fühlte ich mich in einen Gruselfilm versetzt.

Und dann entdeckte ich sie!

Die Weißgekleidete kniete vor einem der Gräber, und durch die Stille der Nacht klang ein leises Schluchzen zu mir herüber.

Einige Minuten, die mir wie eine Ewigkeit vorkamen, vergingen. Dann sah ich, daß sich die Unbekannte mit einem weißen Tuch die Tränen abwischte. Sie sprach ein paar Worte, die jedoch nur verzerrt bis zu meinem Platz drangen, so daß ich sie nicht verstehen konnte. Dann begann sie plötzlich leise zu singen. Es war ein altes Lied, dessen Melodie mich seltsam anrührte. Schließlich richtete die Frau sich langsam auf und verließ den Friedhof, ohne sich noch einmal umzusehen.

Auch ich verließ mein Versteck hinter der Eiche. Sollte ich der Gestalt, die offensichtlich zum Schloß zurücklief, folgen?

Nein, die Neugier trieb mich auf den Friedhof. Ich wollte wissen, wer in dem Grab lag, vor dem die Unbekannte gekniet hatte.

Ich hatte mir die Stelle gemerkt und fand das richtige Grab rasch. Erschrocken zuckte ich zusammen, als der Ruf eines Käuzchens über den Friedhof hallte. Mir war unheimlich zumute, und ich wollte diesen gespenstischen Ort so schnell wie möglich verlassen. Rasch beugte ich mich deshalb über den Grabstein und versuchte, die Schrift darauf zu entziffern.

Das Licht des Mondes reichte zum Glück aus, so daß ich nach einiger Zeit die eingemeißelten Buchstaben erkennen konnte. *Roxane de Bonnadoux* stand auf dem Stein.

Ich stand wie erstarrt.

Die Unbekannte hatte nicht nur Roxanes Gesicht, sie besuchte auch deren Grab! Wie paßte das alles zusammen? Wie hatte sie aus einem Zimmer auftauchen können, in dem sich eigentlich niemand hätte befinden dürfen, wie ich mich zuvor selbst überzeugt hatte? Hatte ich vielleicht doch einen Geist verfolgt? Spukte der Geist von Roxane nachts auf Château Avoine und besuchte sein eigenes Grab?

Ich wollte mich schon abwenden und den Friedhof verlassen, als ich zu meinen Füßen etwas Weißes leuchten sah. Ich bückte mich und hob es auf. Es war ein Taschentuch, das die gespenstische Gestalt benutzt hatte. Sie mußte es wohl verloren haben. Ich steckte es ein und machte mich ebenfalls auf den Weg zurück zum Schloß.

Als ich in die Halle trat, sah ich die weiße Gestalt gerade am oberen Ende der Treppe verschwinden. Rasch lief ich ebenfalls hinauf und sah noch, wie die Weißgekleidete im blauen Salon verschwand.

Ich vergaß alle Vorsicht, rannte zum blauen Salon, riß die Tür auf – und blieb wie erstarrt stehen.

Der Raum war leer!

Aber ich hatte doch mit meinen eigenen Augen gesehen, wie die Frau in den Salon gegangen war. Es gab kein Versteck, in dem sie sich hätte verbergen können, und keine zweite Tür, durch die sie den Raum verlassen haben konnte.

Plötzlich stieg Angst in mir auf, und ich begann zu zittern. Linda mußte doch recht haben! Ich hatte einen Geist verfolgt! Ein Mensch konnte sich schließlich nicht in Luft auflösen und einfach verschwinden.

Plötzlich hörte ich die Stimme wieder. Sie sang ein altes, trauriges Lied, und es klang, als befände sich die Sängerin ganz in meiner Nähe.

Das war zuviel für meine Nerven.

Entsetzt warf ich die Tür des blauen Salons zu, rannte in mein Zimmer und schloß die Tür hinter mir ab.

Noch immer zitternd setzte ich mich auf das Bett. Es dauerte eine Weile, bis ich mich soweit beruhigt hatte, daß ich wieder klar denken konnte. Das Taschentuch fiel mir wieder ein. Ich holte es hervor und betrachtete es genauer.

In einer Ecke war ein Monogramm eingestickt. Ich mußte das Tuch etwas näher ans Licht halten, um die Buchstaben erkennen zu können. Halb erwartete ich, die Initialen Roxanes zu finden, überrascht hätte es mich nicht mehr. Auch wenn ein Teil meines Verstandes sich noch immer dagegen sträubte, so war ich doch schon halbwegs davon überzeugt, dem Geist Roxanes begegnet zu sein. Doch dann las ich: SdB.

Ich ließ das Tuch sinken und dachte nach. Die Buchstaben dB mochten für de Bonnadoux stehen, doch was bedeutet das S? Seufzend gab ich es auf. In dieser Nacht würde ich das Rätsel bestimmt nicht mehr lösen, und ich wußte noch nicht einmal mehr, ob ich es überhaupt noch lösen wollte.

Am Nachmittag des folgendes Tages meldete Gustave mir mit einem saueren Lächeln, daß in der Halle ein Besucher auf mich warte.

Ein wenig erstaunt ging ich hinunter und entdeckte Victor Arnaud, der mir entgegeneilte und mich strahlend begrüßte.

»Ich konnte mich schon etwas früher freimachen und bin sofort hergefahren«, erklärte Victor. »Irgendwie hast du mich mit deinem Pessimismus angesteckt und ich fürchtete, daß Linda und dir vielleicht doch etwas zugestoßen sein könnte, besonders, als du dich nach deiner Abreise auch nicht mehr bei mir gemeldet hast, Sheila.«

Bei mir regte sich bei seinen Worten das schlechte Gewissen. »Es tut mir leid, Victor«, sagte ich leise. »Ich hätte dir sofort nach meiner Ankunft schreiben und die Adresse mitteilen müssen, aber hier ist soviel passiert, daß ich es völlig vergessen habe.«

»Macht nichts«, erklärte Victor, »ich habe das Château ja auch so gefunden. Wie geht es deiner Schwester? Ich hoffe sie ist wohlauf?«

Ich nickte: »Linda ist ein wenig verängstigt und verwirrt«, erklärte ich. »Das ist allerdings auch kein Wunder bei den seltsamen Dingen, die hier geschehen. Linda ist fest davon überzeugt, daß es hier spukt, und ich glaube es inzwischen fast auch.«

»Das mußt du mir näher erklären«, unterbrach mich Victor.

Ich nickte. »Aber nicht hier, wo uns jeden Moment jemand stören kann«, sagte ich. »Laß uns in den Park gehen, dort können wir ungestört reden.«

Victor begleitete mich in den Park. Ich zeigte ihm den Westflügel und berichtete ihm alles, was seit meiner Ankunft geschehen war. Je länger ich redete, desto besorgter sah Victor aus.

»Die arme Linda«, sagte er, als ich ihm alles erzählt hatte. »Kein Wunder, daß sie sich ängstigt.« Besorgt sah er mich an.

Na, das war ja herrlich. Ich war niedergeschlagen worden, hatte mitten in der Nacht eine Gestalt, bei der es sich vermutlich um einen Geist handelte, auf den Friedhof verfolgt, und alles, was Victor dazu zu sagen hatte, war, die arme Linda! Ein klein wenig Mitgefühl für mich hätte er ja wenigstens zeigen können.

»Ich glaube nicht, daß es ein Spuk war, dem du gefolgt bist«, erklärte Victor nachdenklich.

»Dann erkläre du mir bitte einmal, wie die Frau aus dem blauen Salon verschwinden konnte?« forderte ich ihn ärgerlich auf.

»Aber Sheila, ich hätte dich für klüger gehalten. Château Avoine ist ziemlich alt, sicher gibt es geheime Verbindungstüren zwischen einzelnen Zimmern, vielleicht sogar ein ganzes System von Geheimgängen.«

Überrascht sah ich Victor an. An diese Möglichkeit hatte ich bisher noch gar nicht gedacht.

»Aber die Ähnlichkeit«, sagte ich lahm. »Diese Frau sieht genauso aus wie Roxane!«

»Auch dafür wird es eine Erklärung geben«, meinte Victor. »An einen Geist glaube ich jedenfalls nicht. Ich glaube, wenn ich nur eine oder zwei Nächte hier verbringen könnte, würde es mir gelingen, das Rätsel zu lösen.«

»Okay, ich nehme dich beim Wort, Victor. Das Château ist groß genug, da wird sich schon noch ein Bett für dich finden lassen«, sagte ich ohne lange zu überlegen. Ich war einfach zu froh über sein Angebot, zu bleiben.

»Das ist vernünftig«, Victor grinste. »Solange ich hier bin, wird Linda und dir nichts geschehen, das verspreche ich dir.«

Erst jetzt kam mir zu Bewußtsein, was ich getan hatte. Welcher Teufel mochte mich geritten haben, als ich Victor aufforderte, auf dem Schloß zu bleiben? Ich hatte doch überhaupt kein Recht eine solche Einladung auszusprechen! Was würde Etienne dazu sagen?

Und erst Madame Marguerite? Ein flaues Gefühl breitete sich in meiner Magengegend aus, als ich an sie dachte. Sie würde bestimmt sehr ärgerlich werden, wenn sie von Victors Anwesenheit erfuhr.

Ach was, zum Teufel mit Madame Marguerite, dachte ich wütend.

Sicher, ich hatte nicht richtig gehandelt, als ich Victor einfach einlud. Aber was tat sie denn? Sie konfrontierte Linda und mich unausgesetzt mit etwas Schrecklichem, ohne uns auch nur die geringste Erklärung zu geben. Hatte ich da nicht das Recht, mir jemanden zu meinem Schutz zu holen? Schließlich war ich bedroht und sogar niedergeschlagen worden!

Und Etienne?

Es versetzte mir einen Stich ins Herz, wenn ich an ihn dachte. Ich sah, wie sehr ihn die Vorgänge im Château betrübten und wie schwer es ihm fiel, trotzdem Schweigen zu bewahren.

Vielleicht war es gar nicht so schlecht, wenn Etienne Victor für meinen Freund hielt. Wenn ich es vielleicht noch so einrichten konnte, daß Etienne glauben mußte, ich würde Victor lieben, würde es zumindest dieses Problem lösen. Wenn Linda und Etienne erst einmal verheiratet waren, würde ich mich von den beiden ohnehin fernhalten. Irgendwann würde ich Etienne dann schon vergessen, und er mich.

Wir gingen ins Schloß zurück. Als wir in die Halle traten, kamen Linda und Etienne gerade aus der Bibliothek.

Etienne, der Victor ja ebenfalls aus Paris kannte, begrüßte ihn freundlich. Linda sah etwas erstaunt aus, murmelte aber nur einen kurzen Gruß. Und mir wurde einiges klar, als ich die mißtrauischen und bösen Blicke sah, mit denen Victor Etienne musterte, und die liebevollen und zugleich besorgten mit denen er Linda ansah. Endlich verstand ich, weshalb Victor mir in Paris ein so großes Interesse entgegengebracht und weshalb er darauf bestanden hatte, mir nachzufahren. Victor liebte Linda, die wiederum Etienne liebte, in den auch ich mich ausgerechnet verliebt hatte . . .

Und Etienne . . .?

Nun, zumindest glaubte ich in seiner kurzen Bemerkung in der Nacht, in der ich niedergeschlagen worden war, und seinen Blicken, mit denen er mich bedachte, entnehmen zu können, daß auch ich ihm nicht ganz gleichgültig war.

Wohin sollte das alles noch führen?

Doch im Augenblick gab es wichtigere Probleme.

Ich zog Etienne ein Stück zur Seite. »Ich fürchte, daß ich eine Dummheit gemacht habe, Etienne«, bekannte ich kleinlaut. »Ich weiß, daß ich kein Recht dazu hatte, aber ich habe Victor gebeten, auf dem Château zu bleiben.«

Etienne sah mich überrascht und traurig an.

»Du bist wohl sehr mit ihm befreundet?« fragte er schließlich, und ich glaubte ein wenig Enttäuschung aus seiner Stimme herauszuhören.

Sofort schlug mein Herz wieder schneller. »Wir haben uns in Paris ein wenig angefreundet«, erklärte ich und wich seinem traurigen Blick aus. »Er hat mir sehr bei meiner Suche nach Linda geholfen.«

»Ich werde Marthe sagen, daß sie für Victor ein Zimmer herrichten soll«, erklärte Etienne zögernd. »Aber ich fürchte, daß das meiner Großmutter nicht gefallen wird.«

»Danke, Etienne. Es tut mir leid, aber . . .« Ich wollte Etienne erklären, wie es zu der Einladung gekommen war, fand aber nicht die richtigen Worte. »Ach, ich weiß auch nicht, wie das alles gekommen ist«, erklärte ich hilflos und wollte mich abwenden, doch Etienne faßte meinen Arm und hielt mich zurück.

»Ich hoffte eigentlich, daß wir . . . ich meine, du und ich . . .« Auch Etienne schien nicht die richtigen Worte zu finden, doch seine Augen sahen mich flehend an, und ich verstand ihn auch so.

Heftig schüttelte ich den Kopf. »Nein, sag bitte nichts mehr, Etienne«, bat ich ihn leise. »Es hat ohnehin keinen Sinn. Du mußt verstehen, daß ich Linda niemals . . . weh tun könnte.« Hastig wandte ich mich ab, damit er nicht die Tränen sah, die mir in die Augen stiegen.

Rasch zog ich mich auf mein Zimmer zurück.

Natürlich war es Madame Marguerite nicht entgangen, daß Victor auf meinen Wunsch hin im Château geblieben war. Es war noch keine halbe Stunde vergangen, als sie Gustave zu mir schickte und mich in die Bibliothek kommen ließ.

Als ich eintrat, blitzten ihre Augen mich wütend an. »Was haben Sie sich eigentlich dabei gedacht, Mademoiselle Sheila?« fuhr sie mich mit ihrer donnernden Stimme an. »Ich habe Ihnen doch unmißverständlich erklärt, daß ich keine Fremden auf Château Avoine dulde!«

»Etienne hatte nichts dagegen . . .« setzte ich zu einer erklärenden Erwiderung an.

»Auf Château Avoine bin immer noch ich die Herrin«, unterbrach sie mich. »Außerdem haben Sie meinen Enkel vor vollendete Tatsachen gestellt. Ihm blieb gar keine andere Wahl, als . . .«

Langsam stieg eine unbezähmbare Wut auf diese eiskalte Frau in mir auf. »Ach, hat er Ihnen das erzählt?« unterbrach ich sie leise.

Verblüfft sah Madame Marguerite mich an. Anscheinend war sie es nicht gewohnt unterbrochen zu werden. Dann schüttelte sie den Kopf. »Auch ohne daß man mir etwas erzählt, weiß ich was in meinem Haus vorgeht«, sagte sie eisig.

»Nun, dann dürfte es Sie auch nicht wundern, daß ich jemand zu meinem Schutz hierhaben möchte«, erklärte ich ebenso eisig. »Jemanden, der verhindert, daß ich womöglich ermordet werde!«

»Ermordet? Sie reden Unsinn! Niemand will Sie ermorden!«

»Wirklich nicht, Madame Marguerite?« fragte ich wütend. »Da bin ich leider anderer Meinung als Sie! Immerhin wurde ich bereits niedergeschlagen!«

»Sie sind gestolpert und haben dabei das Bewußtsein verloren, weiter nichts!« Madame Marguerite sah mich giftig an.

»Sie wissen ebensogut wie ich, daß das nicht stimmt«, entgegnete ich. »Ich wurde niedergeschlagen und muß sogar noch schlimmeres befürchten, und zwar von jemandem mit den Initialen SdB!«

Madame Marguerite wurde kreidebleich. Zum erstenmal sah ich sie fassungslos. Ihre Hand umklammerte den Stock fester, so daß ihre Knöchel weiß hervortraten, und sie ließ sich in einen der Sessel sinken.

»Woher wissen Sie das?« flüsterte sie heiser. »Hat etwa Etienne . . .«

»Nein, Etienne hat mir nichts erzählt. Ich habe lediglich etwas gefunden, das anscheinend einem Geist gehört«, unterbrach ich sie. »Einem Geist, der nachts Roxanas Grab aufsucht! Glauben Sie nicht, daß es besser wäre, Linda und mir endlich zu sagen, was auf dem Château vorgeht, Madame Marguerite?«

»Also gut, meinetwegen kann Monsieur Arnaud heute nacht bleiben«, erklärte sie schweratmend, ohne auf meine Frage einzugehen. »Morgen werden Sie ohnehin alle abreisen! Ich fühle mich wieder gesund, und es gibt keinen Grund, daß mein Enkel noch länger auf dem Château bleibt. Und jetzt lassen Sie mich bitte allein.«

Wortlos wandte ich mich ab, doch ehe ich die Tür erreichte, rief sie mich noch einmal zurück.

»Sie sind mir sehr ähnlich, Sheila«, sage sie leise, als ich mich ihr wieder zuwandte, und zum erstenmal sah ich sie lächeln. »Sie erinnern mich daran, wie ich in meiner Jugend war. Mein Enkel hat die falsche Wahl getroffen! Sie würden besser zu ihm passen, Sheila. Viel besser als Ihre Schwester. Aber ich glaube, daß Etienne das inzwischen selbst bemerkt hat.« Ihr Lächeln erlosch. »Und jetzt gehen Sie«, sagte sie barsch, ehe ich etwas erwidern konnte.

Nach dem Abendessen zog ich mich mit Victor in die Bibliothek zurück. Wir besprachen, wie wir vorgehen sollten, um den Spuk zu entlarven.

Victor war zwar nicht allzu begeistert davon, daß ich darauf bestand, dabeizusein, aber ich war fest entschlossen, nicht aufzugeben. Außerdem hatten wir nur noch diese einc Nacht zur Lösung des Geheimnisses zur Verfügung, denn wie Madame Marguerite es angekündigt hatte, sollten wir alle am nächsten Tag abreisen.

Etienne hatte ihr nicht widersprochen, und er schien sogar erleichtert, als Madame Marguerite ihm ihren Entschluß beim Abendessen verkündet hatte.

Natürlich wäre unsere bevorstehende Abreise ein Grund gewesen, die mysteriöse Angelegenheit auf sich beruhen zu lassen und nicht weiter nachzuforschen. Aber ich war wie besessen davon, das Geheimnis des Westflügels zu lösen. Und dann dachte ich auch daran, daß Linda eines Tages mit Etienne ins Château zurückkehren und hier leben würde. Schon deshalb mußte ich weitermachen und eine Erklärung für die unheimlichen Geschehnisse finden. Ich wollte nicht, daß Linda noch einmal in Angst und Schrekken versetzt wurde. Sie hatte einfach ein Recht darauf, rechtzeitig vor ihrer Hochzeit alles zu erfahren. Und das würde sie bestimmt nicht, solange Madame Marguerite das Regiment auf dem Château führte und es verhindern konnte.

Ich einigte mich mit Victor darauf, daß wir uns kurz vor Mitternacht im blauen Salon treffen und dort auf die geisterhafte Erscheinung warten wollten. Victor wollte das Problem auf recht drastische Weise lösen. Sobald die Gestalt sich sehen ließ, wollte er sich auf sie stürzen, sie festhalten und zum Reden zwingen.

Ich hatte zwar einige Bedenken gegen dieses Vorgehen, doch Victor winkte nur grinsend ab. »Glaub' mir, Sheila«, sagte er, »der direkte Weg ist immer gut. Besonders wenn man nicht mehr viel Zeit hat, so wie wir. Und du möchtest doch noch, bevor du abfährst, wissen, was dich und vor allem Linda so geängstigt hat.«

Soweit waren wir uns also einig, und wir hätten uns trennen und unsere Zimmer aufsuchen können, wenn da nicht etwas anderes gewesen wäre.

»Du liebst meine Schwester wohl sehr, Victor?« fragte ich. Zwar war ich mir sicher, daß es so war, doch ich wollte gerne die Bestätigung von ihm hören.

Victor sah mich überrascht an. »Du hast es bemerkt?« fragte er ein wenig verlegen.

Ich nickte.

»Nun ja, es stimmt«, bestätigte er. »Als ich Linda zum erstenmal sah, habe ich mich auf der Stelle in sie verliebt. Deshalb wollte ich auch unbedingt herkommen. Irgendwie hoffte ich immer noch ...« Er verstummte mit einem Achselzucken.

»Hast du denn in Paris einmal mit ihr gesprochen, Victor?« fragte ich. »Ihr gesagt, daß du sie liebst?«

Der Mann sah mich traurig an.

»Wozu?« fragte er. »Sie hatte doch ohnehin nur Augen für den Comte. Und daran hat sich nichts geändert.«

»Vielleicht doch«, sagte ich schnell. »Der Comte hat sich verändert, seit Linda und er Paris verlassen haben. Ich glaube fast, daß ...« Ich brach ab.

Was um alles in der Welt tat ich da? Suchte ich unbewußt doch noch nach einem Weg, Etienne für mich haben zu können? Das war doch aussichtslos. Am nächsten Tag würden wir alle abreisen. Etienne würde wieder zu seinem alten Selbst zurückfinden, wenn er das Château erst einmal verlassen hatte, und Linda würde ihn wieder so sehr lieben wie in Paris, als sie ihn kennenlernte. Die beiden würden heiraten. Etienne würde mich vergessen und mit Linda glücklich sein.

»Vergiß es«, meinte ich und stand auf. »Vermutlich habe ich mich ohnehin geirrt. Es tut mir leid, daß ich davon angefangen habe, Victor.«

Fast fluchtartig verließ ich die Bibliothek, rannte die Treppe hinauf und verkroch mich in meinem Zimmer.

Wie am vergangenen Abend hatte ich mich auch diesmal wieder angekleidet auf mein Bett gelegt.

Mit einem Ruck richtete ich mich auf, als ich das Singen, das immer wieder von hysterischem Lachen unterbrochen wurde, aus dem Westflügel hörte.

War ich etwa eingeschlafen und hatte den Zeitpunkt verpaßt, zu dem ich mich mit Victor treffen wollte?

Ich warf einen Blick auf die Uhr.

Erst dreiundzwanzig Uhr!

So früh hatten wir nicht mit der Unbekannten gerechnet. In den ersten beiden Nächten war sie immer erst gegen Mitternacht in Erscheinung getreten.

Ich sprang auf und rannte zur Tür. Noch kam ihre Stimme aus dem Westflügel. Wenn wir uns beeilten, konnten wir noch rechtzeitig zur Stelle sein, ehe die spukhafte Gestalt sich zeigte.

Ich trat auf den Flur und wollte zu Victors Zimmer. Ich wollte dem Mann Bescheid sagen, daß es losging, da ich mir nicht sicher war, ob das Singen und das hysterische Gelächter bis zu ihm drangen.

Ich kam nur zwei Schritte weit, als es plötzlich totenstill wurde.

Wie erstarrt blieb ich stehen. Einen Augenblick lang wußte ich nicht, was ich tun sollte.

Sollte ich weitergehen und Victor holen? Oder sollte ich in mein Zimmer zurückgehen und mich einschließen?

Als ich mich endlich zu dem Entschluß durchgerungen hatte, Victor zu holen, war es bereits zu spät.

Die Tür des blauen Salons flog auf, und sie trat heraus. Wieder trug sie das weiße Kleid, wie in der vergangenen Nacht. Ihre Lippen verzerrten sich zu einem häßlichen Grinsen, als sie mich sah. »Etienne gehört mir«, flüsterte sie, während sie langsam auf mich zukam. »Mir allein! Niemand hat das Recht, ihn mir wegzunehmen ... Nicole hatte es nicht, und ihr habt es auch nicht.«

Ich stand wie erstarrt und starrte in das Gesicht, das ich von dem Gemälde her kannte.

»Roxane?« flüsterte ich heiser.

Ein leises, irres Lachen antwortete mir.

Plötzlich hatte ich Angst. Eine wahnsinnige Angst, wie ich sie noch nie zuvor in meinem Leben gekannt hatte.

Wo blieb nur Victor? Hatte er denn nichts gehört?

Und Etienne?

Warum kam denn niemand, um mir zu helfen?

Ich wollte weglaufen, doch ich war wie gelähmt. Meine Füße gehorchten mir nicht. Wie festgeleimt blieb ich stehen und starrte in Roxanes Gesicht. Und daß es Roxane war, die immer näher und näher kam, daran konnte es keinen Zweifel geben ... Von den funkelnden, tiefschwarzen Augen ging derselbe hypnotische Zwang aus, der mich auch schon vor dem Gemälde in der Halle in seinen Bann geschlagen hatte.

Panik stieg in mir auf. Ich ahnte, daß ich mich in einer tödlichen Gefahr befand, und doch konnte ich mich nicht von der Stelle bewegen.

»Roxane? Wieso ...?« kam es noch einmal wie ein Hauch über meine Lippen.

Wieder lachte sie dieses irre, flirrende Lachen. »Ich bin nicht Roxane«, erklärte sie, und dann fiel sie mit einem wilden Fauchen über mich her. Ihre Hände verkrallten sich in meinen Haaren. Wild schlug und trat sie um sich, dabei stieß sie kleine, spitze Schreie aus und ließ immer wieder dieses nervtötende, irre Lachen hören.

Als sie über mich herfiel, löste ich mich endlich aus meiner Lähmung. Verzweifelt wehrte ich mich. Doch meine Gegnerin war stärker, wie ich schon bald bemerkte. Es war nur eine Frage der Zeit, bis ich ihr unterliegen würde.

Eines wurde mir während meines verzweifelten Ringens klar: Ich kämpfte keineswegs gegen einen Geist, sondern hatte es mit einem Menschen aus Fleisch und Blut zu tun.

Meine Gegnerin hatte mich zu Boden geworfen und kniete über mir. Ihr Gesicht – Roxanes Gesicht – war haßverzerrt. Langsam näherten sich ihre Hände meiner Kehle. Vergebens versuchte ich, sie noch einmal abzuwerfen und freizukommen. Schon berührten ihre Finger meinen Hals. Jeden Moment konnte sie zudrücken, mir die Luft abdrücken. Todesangst stieg in mir auf.

Hatte denn niemand etwas gehört?

Unser Kampf war doch nicht lautlos abgelaufen? Warum kam denn Etienne nicht, um mir zu helfen? Oder Victor?

Gellend schrie ich auf.

Die Hände meiner Gegnerin drückten zu, mein Schrei erstarb in einem Röcheln. Vergebens bäumte ich mich noch einmal auf, konnte sie jedoch nicht abschütteln. Ich wollte ihre Handgelenke fassen und ihre Hände von meiner Kehle wegreißen, doch sie kniete auf meinen Armen, und ich konnte sie nicht fassen.

Verschwommen sah ich plötzlich Etienne auf uns zukommen. Er packte meine Gegnerin und riß sie von mir fort. Zitternd blieb ich liegen und rang keuchend nach Luft.

Und dann tauchten auch die anderen auf. Alle waren plötzlich da. Linda, die entsetzt aufschrie, als sie mich am Boden liegen sah und den vermeintlichen Geist Roxanes in Etiennes Griff entdeckte, Victor, Madame Marguerite, Gustave und Marthe.

Meine Gegnerin tobte. Sie wollte sich von Etienne losreißen und sich wieder auf mich stürzen. Gustave eilte Etienne zu Hilfe, gemeinsam bändigten sie die um sich schlagende, schreiende und tobende Frau und zerrten sie zur Tür des Westflügels hinüber, die Madame Marguerite inzwischen aufgeschlossen hatte. Sie stießen sie hinein und Madame verschloß die Tür wieder.

Was in den nächsten Minuten noch alles geschah, weiß ich nicht mehr. Ich weiß nur noch, daß ich an allen Gliedern heftig zitterte und hemmungslos schluchzte. Verschwommen erinnerte ich mich auch noch daran, daß Etienne und Victor sich über mich beugten und sich gemeinsam bemühten, mich zu beruhigen.

Auch das ging schließlich vorbei, und ich wurde langsam ruhiger und nahm meine Umgebung wieder bewußt wahr. Als das Zittern endlich nachließ, und Etienne mir aufhalf, fiel mein Blick auf Madame Marguerite.

Ich erschrak, als ich sie ansah. Ihr Gesicht war geradezu gespenstisch weiß und wirkte eingefallen. Ihr Blick war stumpf und apathisch, ihre Wangenmuskeln zuckten unkontrolliert. Von ihrem eisernen Willen und ihrem Stolz war nichts mehr zu spüren. Sie war nur noch eine hilflose, alte Frau.

»Ich glaube, wir müssen unser Schweigen brechen«, sagte sie leise mit plötzlich kraftloser Stimme und warf Etienne dabei einen hilflosen Blick zu. Dann sah sie mich an. »Verzeihen Sie mir bitte, Sheila«, bat sie. »Das alles ist allein meine Schuld! Ich habe es gut gemeint und dabei vermutlich mein Leben lang immer das Falsche getan.« Sie ließ ihren Blick über Linda zu Victor und wieder zu mir zurückgleiten. »Kommen Sie bitte alle in die Bibliothek«, flüsterte sie heiser. »Sie sollen alles über das Geheimnis der de Bonnadoux' erfahren.«

Mit müden Schritten und hängenden Schultern wandte sie sich ab und ging voraus. Plötzlich tat sie mir leid.

Wir hatten uns alle in der Bibliothek versammelt.

Linda und ich saßen auf der breiten, schwarzen Ledercouch, Victor in einem Sessel seitlich neben uns, und Madame Marguerite und Etienne hatten uns gegenüber in zwei Sesseln Platz genommen.

Madame Marguerite war in sich zusammengesunken und wirkte wie eine Hundertjährige. Ihre rechte Hand, die sie auf den Knauf ihres Stockes gestützt hatte, zitterte leicht. Aus glanzlosen Augen, aus denen alle Härte gewichen war, sah sie uns an.

Einige Minuten herrschte ein bedrückendes Schweigen, dann räusperte sich Madame Marguerite und sah mich an. »Ich möchte Ihnen noch einmal versichern, daß ich zutiefst bedauere, was geschehen ist, Sheila«, sagte sie mit einer Stimme, die in nichts mehr an den befehlsgewohnten Ton erinnerte, den ich von ihr gewohnt war. »Ich hätte nie gedacht, daß es jemals so weit kommen würde ... Ich sehe jetzt ein, daß es ein Fehler war, solange zu schweigen.« Sie senkte ihren Blick und starrte auf den Boden. »Ich dachte, daß ich das Richtige tun würde«, meinte sie kaum hörbar. »Dabei hätte ich schon längst wissen müssen, daß es einmal so kommen würde ... Seit Nicoles Tod fürchtete ich, daß es einmal geschehen könnte, aber ich wollte es nicht wahrhaben.«

Sie richtete sich etwas auf, sah uns lange an, und als sie dann wieder zu sprechen begann, klang ihre Stimme ein wenig fester.

»Noch ist es wohl nicht zu spät, meine Fehler wiedergutzumachen. Sie sollen nun die Wahrheit erfahren. Ich werde Ihnen meine Geschichte erzählen, die zum Teil auch die Geschichte unserer Familie ist. Denn ein Teil dessen, was Sie hier erlebt haben, reicht weit in die Vergangenheit zurück, deren unselige Schatten über unserer Familie liegen.

Ich hatte zwei Kinder. Jacques, Etiennes Vater und Roxane, deren Porträt Sie ja in der Halle gesehen haben. Seit Jahrhunderten liegt jedoch ein Fluch über unserer Familie. Der Fluch einer unheilbaren Geisteskrankheit, die immer wieder auftreten kann. Manchmal überspringt sie Generationen, die verschont bleiben, und dann tritt sie wieder in zwei, manchmal sogar drei Generationen hintereinander auf. Der Verlauf der Krankheit ist immer gleich.

Wenn sie ausbricht, tut der Kranke zunächst Dinge, an die er sich später nicht mehr erinnert. Diese Gedächtnislücken werden mit der Zeit immer größer und die Handlungen des Erkrankten immer bizarrer. Er redet Unsinn, beginnt um sich zu schlagen und ähnliches. Die Krankheit endet schließlich in völligem Wahnsinn … Trotzdem ist es unserer Familie gelungen, den Ausbruch dieser Krankheit geheim zu halten, indem schon unsere Vorfahren die von der Krankheit Betroffenen versteckten und dafür sorgten, daß kein Außenstehender je von ihnen erfuhr. Der Stolz der de Bonnadoux' erlaubte es einfach nicht, Fremde in unsere Probleme einzuweihen. Ein Stolz, den wohl auch ich von meinen Vorfahren geerbt habe.

Sie können sich also wohl denken, daß ich meine Kinder genau beobachtete, ob sie Anzeichen dieser Krankheit zeigten. Jacques entwickelte sich völlig normal. Bei ihm konnte ich sicher sein, daß er von der Krankheit verschont worden war.

Anders war es bei Roxane. Schon als Kind war sie wild und ungestüm, sie wirkte manchmal wie ein kleiner Teufel. Sicher, das waren noch keine Anzeichen dafür, daß die Krankheit bei ihr ausbrechen würde, aber ich machte mir Sorgen. Zu recht, wie sich später herausstellen sollte.

Etwa zu der Zeit, als Jacques heiratete, hatte Roxane die ersten Gedächtnislücken. Nachdem unsere Familie drei Generationen lang verschont worden war, war die Krankheit wieder aufgetreten. Und sie schritt schnell voran. Roxanes Gedächtnislücken wurden immer größer. Sie verließ das Haus und kam erst nach Stunden wieder zurück, ohne uns sagen zu können, wo sie in der Zwischenzeit gewesen war. Schließlich beschlossen wir, sie im Westflügel einzusperren. Doch da war es schon zu spät. Roxane war schwanger, ohne es zu wissen, wer der Vater ihres Kindes war. In den wenigen Stunden, in denen sie bei klarem Verstand war, weinte sie und beklagte ihr trauriges Schicksal. Wenn dann die Krankheit ihren Geist wieder umschattete, tobte sie, schlug um sich und verlangte störrisch, nach draußen gelassen zu werden. Meistens kamen diese Anfälle nachts, so daß es mir möglich war, die Krankheit Roxanes und auch ihre Schwangerschaft zu verheimlichen. Als wir sie einsperren mußten, hatte ich das ganze Personal, bis auf Gustave und Marthe, denen ich vertrauen konnte, entlassen. Niemand sollte etwas von der Krankheit Roxanes und ihrem unehelichen Kind erfahren. Marthe, die eine Ausbildung als Hebamme genossen hatte, ehe sie Gustave heiratete, stand Roxane bei der Entbindung bei. Das Baby war anscheinend gesund, und wir nannten es Simone.

Nach der Geburt von Simone verfiel Roxane zusehends, und schließlich starb sie in völliger geistiger Umnachtung. Jacques, seine Frau Fabienne und ich kümmerten uns um Simone, die sich in den ersten Jahren normal entwikkelte.

Und dann, Etienne war gerade zehn und Simone fünf Jahre alt, starben kurz hintereinander mein Sohn und seine Frau und ich blieb mit meinen Enkeln allein zurück.

Ein halbes Jahr später zeigten sich bei Simone die ersten Anzeichen der Krankheit ... Und sie schritt schnell voran bei ihr, schneller als bei Roxane. Das schlimmste aber war, daß Simone ihrer Mutter immer ähnlicher wurde. Immer wenn ich sie ansehe, habe ich das Gefühl, Roxane zu sehen, so sehr ähnelt sie ihr.

Die Jahre vergingen, und Simone wurde immer schwieriger zu bändigen. Schließlich blieb mir keine andere Wahl, als sie in den Westflügel einzusperren, wie Jahre zuvor schon ihre Mutter.

Etienne war inzwischen erwachsen. Er ging nach Paris, lernte dort Nicole kennen und heiratete sie. Etwa um die gleiche Zeit gelang es Simone zum erstenmal, den Westflügel zu verlassen. Bis heute sind wir nicht dahintergekommen, auf welchem Weg ihr das gelingt. Zuerst dachten wir, daß es ihr irgendwie gelungen sei, an einen Schlüssel zu kommen. Wir durchsuchten alles, fanden jedoch nichts.«

Madame Marguerite schwieg erschöpft, und mir fiel wieder das Taschentuch ein, das ich auf dem Friedhof gefunden hatte. SdB. Simone de Bonnadoux. Roxanas Tochter, die ihrer Mutter aufs Haar glich.

Das war also das Geheimnis von Châtcau Avoines!

Ich wollte gerade sagen, daß ich Simone immer aus dem blauen Salon hatte kommen sehen, und daß Victor dort einen geheimen Zugang zum Westflügel vermutete, als Madame Marguerite weitersprach. Ihre Geschichte war noch nicht zu Ende.

»Drei Wochen nach seiner Hocheit kam Etienne mit seiner jungen Frau für eine Woche zu Besuch ins Château«, erzählte Madame Marguerite. »Ich hatte angeordnet, daß Marthe während dieser Zeit bei Simone schlafen und aufpassen sollte, daß sie den Westflügel nachts nicht verließ. Genau wie bei ihrer Mutter, kam auch bei Simone die Krankheit am heftigsten nachts zum Ausbruch, und nur in der Nacht verließ sie den Westflügel und streifte durch das Château. Marthe schlief also bei Simone. Doch dann ...«

Madame Marguerites Stimme versagte, und Etienne erzählte mit bleichem Gesicht weiter: »Marthe muß fest geschlafen haben. Es gelang Simone jedenfalls, den Westflügel zu verlassen, ohne daß Marthe etwas bemerkte. Nicole, meine erste Frau, muß Simone wohl draußen gehört haben. Ohne daß ich aufwachte, schlich sie aus unserem Schlafzimmer, wohl um nachzusehen, wer durch das Château schlich. Was dann wirklich geschah, wird sich wohl nie ganz klären lassen. Möglicherweise entdeckte Nicole Simone, erschrak, wollte vielleicht flüchten, stolperte dabei und fiel, vielleicht stieß Simone sie auch die Treppe hinab ... Wir wissen es nicht, und von Simone war nichts zu erfahren ... Marthe wachte schließlich auf, stellte fest, daß Simone verschwunden war und suchte nach ihr. Sie fand sie unten an der Treppe. Sie kniete neben der toten Nicole und lachte leise.«

Etienne schwieg einen Moment, dann schüttelte er langsam den Kopf.

»Ich hätte Nicole damals alles erzählen müssen, ehe ich sie hierherbrachte«, sagte er schließlich leise. »Vermutlich wäre das alles nie passiert, wenn sie Bescheid gewußt hätte ... Es war meine Schuld.«

Einige Zeit herrschte betretenes Schweigen.

»Ich erfand dann die Geschichte mit dem Schlafwandeln, um Nicoles Tod zu erklären«, sagte Madame Marguerite schließlich leise. »Die Wahrheit hätte ohnehin niemandem etwas genutzt. Außerdem war ich davon überzeugt, daß der Tod Nicoles wirklich nur ein Unfall gewesen sei.

Etienne ging nach Paris zurück, und ich kümmerte mich weiter um Simone, die immer schwieriger wurde. Außer Etienne und mir konnte sich bald niemand mehr in ihre Nähe wagen. Nachdem Simone sie einige Male angegriffen hatte, weigerte sich Marthe, den Westflügel noch einmal zu betreten. Sie bewahrte zwar unser Geheimnis weiter, wollte jedoch nichts mehr mit Simone zu tun haben. Ich kam mit Simone einigermaßen zurecht. Sie fauchte mich zwar wütend an und beschimpfte mich unflätig, sobald ich in ihre Nähe kam, wagte es jedoch nicht, mich anzugreifen. Ich nehme an, daß sie mich irgendwie fürchtet. Am besten kam von jeher Etienne mit ihr zurecht. In seiner Gegenwart war Simone bisher immer sanft wie ein Lamm. Ich weiß nicht, was in ihrem kranken Kopf vorgeht, aber irgendwie scheint sie Etienne zu vergöttern.«

Wieder schwieg Madame Marguerite.

»Ich sehe ein, daß es ein großer Fehler war, Simones Krankheit so lange zu verschweigen«, sagte sie schließlich heiser. »Gleich morgen werde ich mich darum kümmern, daß Simone in eine psychiatrische Klinik eingewiesen wird ... Vermutlich hätte ich das schon längst tun sollen ... Es war nur mein verdammter Stolz, der es nie zugelassen hat.«

Wir hatten uns alle wieder auf unsere Zimmer zurückgezogen. Zwangsläufig hatte ich mein Urteil über Madame Marguerite, die ich bisher für eiskalt und hartherzig gehalten hatte, revidieren müssen. Falsche Moralvorstellungen und ein anerzogener Stolz hatten sie so handeln lassen, wie sie es getan hatte.

Ich hatte nichts mehr vom blauen Salon und von Victors Vermutung, daß es dort einen geheimen Zugang zum Westflügel gab, erwähnt. Wozu auch? Den Rest der Nacht würden wir alle hinter verschlossenen Zimmertüren verbringen, und am Morgen würde Madame Marguerite einen Arzt kommen lassen, und Simone würde weggeschafft werden.

Es konnte also nichts mehr geschehen, selbst wenn Simone den Westflügel in dieser Nacht noch einmal verlassen sollte.

Wie sehr ich mich in diesem Punkt irrte, und welchen Schrecken Linda und ich in dieser Nacht noch ausgesetzt werden sollten, konnte ich nicht ahnen ...

Es ging schon auf zwei Uhr, als ich endlich wieder im Bett lag und das Licht löschte. Ich glaubte zwar kaum, daß ich überhaupt noch würde schlafen können in dieser Nacht, doch der wenige Schlaf der letzten Nächte und die Aufregung dieses Abends hatten mich so erschöpft, daß ich doch ziemlich schnell eingeschlafen sein muß.

Ein leises Geräusch in meinem Zimmer weckte mich schließlich. Ich schlug die Augen auf und blinzelte benommen in die Dunkelheit.

Im ungewissen Licht des Mondes, das durch das breite Fenster ins Zimmer drang, sah ich eine schemenhafte Gestalt, die sich über mich beugte. Im nächsten Augenblick wurde die Nachttischlampe angeknipst, und ich erkannte das haßverzerrte Gesicht Simones dicht vor dem meinen.

Noch benommen vom Schlaf reagierte ich wohl zu langsam. Ehe ich endlich den Mund öffnete und um Hilfe rufen wollte, sah ich die breite, spitz zulaufende Klinge eines Messers in Simones Hand aufblitzen.

»Still!« befahl Simone, und im nächsten Moment spürte ich die kalte Schneide an meiner Kehle. »Ein Laut, und du stirbst sofort!«

Ihren Augen, in denen der nackte Wahnsinn leuchtete, sah ich an, daß Simone es ernst meinte. Wenn ich nicht tat, was sie wollte, würde sie mir, ohne zu zögern, die Kehle durchschneiden.

Wie war sie überhaupt ins Zimmer gelangt? Ich hatte doch die Tür verschlossen und sogar noch die Riegel vorgeschoben, ehe ich mich hingelegt hatte?

Ich kämpfte gegen die Angst und die Panik an, die mich zu überwältigen drohten. Wenn ich aus dieser Situation noch einmal mit heiler Haut herauskommen wollte, mußte ich einen klaren Kopf bewahren und auf meine Chance warten. Und vor allen Dingen mußte ich Zeit gewinnen.

»Wie bist du hierhergekommen?« fragte ich deshalb. Ich hoffte, daß Simone irgendwann in ihrer Aufmerksamkeit nachlassen würde, so daß ich um Hilfe rufen oder ihr entkommen konnte.

»Steh langsam und vorsichtig auf, dann zeige ich es dir«, erklärte Simone.

Ich befolgte Simones Anweisung und stand langsam auf. Irgendwie brachte sie es dabei fertig, daß das Messer die ganze Zeit über an meiner Kehle blieb.

Als ich neben dem Bett stand, schob sie sich hinter mich. Einen Arm legte sie um meinen Oberkörper, mit der anderen Hand drückte sie weiter das Messer gegen meine Kehle.

Kalter Schweiß traf auf meine Stirn und rann mir den Rücken herab.

Lange würde ich diese Anspannung nicht mehr aushalten, das spürte ich genau. Entweder würde ich durchdrehen und irgend etwas Unbedachtes tun, oder ich würde in Ohnmacht fallen.

Simone ließ ihr leises, irres Lachen hören. »Jetzt geh' zum Fenster!« befahl sie dicht neben meinem Ohr.

Mit zitternden Knien gehorchte ich. Dabei sah ich, daß das Fenster, das ich nur einen Spaltbreit geöffnet hatte, als ich zu Bett ging, jetzt weit auf stand.

»Sieh hinaus!« befahl Simone weiter. »Siehst du den Sims darunter?«
Ich sah ihn. Er war sehr schmal, nur etwa einen Fuß breit.
»Im blauen Salon bin ich aus dem Fenster gestiegen und darauf entlanggegangen, bis ich hier war.« Simone kicherte wieder irr. »Und jetzt kommst du mit mir.«
»Da hinaus?« fragte ich mit bebender Stimme.
»Nein, zur Tür«, sagte sie. »Vorwärts, die andere wartet schon!«
Ich erschrak. Wen meinte Simone mit »die andere«? Etwa Linda? Hatte sie meine Schwester schon in ihre Gewalt gebracht?
Mir blieb nichts anderes übrig, als zur Tür zu gehen, aufzuschließen und den Riegel zurückzuschieben.
Während der ganzen Zeit spürte ich das Messer an meiner Kehle und hatte eine furchtbare Angst, daß Simone den Druck verstärken und mich lebensgefährlich verletzen könnte. Wenn sie mir die Halsschlagader durchschnitt, würde ich verbluten müssen.
»Keinen Laut«, zischte sie noch, ehe sie mich aus dem Zimmer schob und in den blauen Salon dirigierte. Sie schob mich auf die Wand neben dem Kamin zu. Dann ging alles so schnell, daß ich bis heute nicht weiß, wo sich der auslösende Kontakt befindet. Jedenfalls schwang plötzlich ein Teil des mächtigen, alten Regals neben dem Kamin zur Seite und gab einen Durchlaß in den Westflügel frei. Simone schob mich weiter, und hinter uns schloß sich die Öffnung wieder.
Ich gelangte in einen großen Raum mit schweren, alten Möbeln und entdeckte Linda, die in einem mächtigen Sessel saß, geknebelt, Füße und Hände an den Sessel gebunden.
Aus großen Augen in denen deutlich die Todesangst zu lesen stand, sah meine Schwester mir entgegen.
Simone stieß mich in einen zweiten Sessel. Dabei mußte sie ihren Griff um meinen Oberkörper lösen, und gleichzeitig entfernte sich das Messer ein Stück von meiner Kehle.
Sofort nutzte ich die winzige Chance, die sich mir bot.
Ich schrie gellend um Hilfe, gleichzeitig packte ich Simones Hand und wollte ihr das Messer entwinden.
Doch die Wahnsinnige entwickelte geradezu unmenschliche Kräfte. Keuchend rangen wir eine Weile miteinander, wobei ich durch meine halb im Sessel sitzende Position ohnehin im Nachteil war. Mit ihrer freien Hand versetzte Simone mir plötzlich einen Schlag ins Gesicht, daß ich aufschreiend zurückgeworfen wurde und dabei automatisch ihre Messerhand losließ.
Und das war das Ende unseres Kampfes.
Die Wahnsinnige nutzte sofort ihre Chance, und ehe ich wußte, wie mir geschah, spürte ich den kalten Stahl der Klinge wieder an meiner Kehle.
»Noch ein Laut, und ich töte dich sofort!« stieß die Wahnsinnige schwer atmend hervor.
Was blieb mir anderes übrig, als mich still zu verhalten? Ich konnte nur

hoffen, daß man meinen Hilferuf gehört hatte, Lindas und mein Verschwinden entdeckte und daraus die richtigen Schlüsse zog.

»Ihr werdet mir Etienne nicht wegnehmen«, erklärte Simone gehässig. »Das hat schon einmal eine Frau versucht und mußte dafür sterben! Ich habe sie die Treppe hinuntergestoßen.« Sie lachte hysterisch, und mir rieselte es wieder eiskalt den Rücken hinab.

Also war Etiennes erste Frau doch keinem Unfall zum Opfer gefallen, wie Madame Marguerite annahm, sondern Simone hatte sie ermordet!

»Wenn ihr erst tot seid, wird Etienne sich wieder um mich kümmern», redete Simone weiter. »Wie früher wird er wieder zu mir kommen und mir Geschichten erzählen ... Und eines Tages, wenn die böse, alte Frau tot ist, wird er mich hier herauslassen und mich mitnehmen ... nach Paris ... oder sonst irgendwohin ...« Ein gefährliches Funkeln stand in ihren Augen. »Die alte Frau ist nämlich böse«, erklärte sie. »Sie ist es, die mich hier eingesperrt hat und mich nicht herausläßt, wißt ihr ... Aber ich kann ihr nichts tun ... Ich habe Angst vor ihr ... Wenn sie mich mit ihren bösen Augen anschaut, kann ich nicht mehr denken ... Aber das macht nichts ... Sie ist alt und lebt nicht mehr lange ... Und dann wird Etienne mich hier herausholen ... Ganz bestimmt.«

Sie sprach immer abgehackter, und der Wahnsinn leuchtete mir aus ihren Augen immer deutlicher entgegen.

Ich ahnte, daß mir nicht mehr viel Zeit blieb. Jeden Moment würde der Wahnsinn sie völlig packen, und sie würde ihre Absicht, uns zu töten, in die Tat umsetzen ...

Warum kam denn niemand? Hatte denn niemand meinen verzweifelten Hilfeschrei gehört?

Der Druck der Klinge verstärkte sich an meiner Kehle. Simones Augen sah ich an, daß es soweit war ... Sie wollte nicht mehr länger warten ...

Ich wollte noch einmal schreien, doch die Angst schnürte mir die Kehle zu, und über meine Lippen drang nur ein heiseres Stöhnen.

In diesem Augenblick flog krachend die Tür des Zimmers auf. »Simone!« hörte ich scharf Etiennes Stimme.

Die Wahnsinnige zuckte zurück. Die Klinge entfernte sich von meiner Kehle, als sie herumfuhr und zur Tür starrte.

Durch einen Tränenschleier sah ich Etienne auf Simone zulaufen. Hinter ihm kam Victor und Gustave.

Widerstandslos ließ Simone sich von Etienne das Messer abnehmen.

»Du mußt bei mir bleiben, Etienne! Für immer bei mir bleiben«, hörte ich sie mit flehender Stimme ausrufen, ehe sie sich schluchzend an Etienne klammerte.

»Simone, ich kann nicht bei dir bleiben, das mußt du verstehen.« Etienne schob sie sanft von sich.

Nie werde ich den irren, gehetzten Blick vergessen, mit dem sie uns alle der Reihe nach anstarrte. Nie den gepeinigten Klang ihrer Stimme, als sie plötzlich hysterisch, mit sich überschlagender Stimme losschrie: »Du haßt mich! Du bist genauso böse wie die alte Frau! Darum bist du so lange nicht mehr gekommen, um mir Geschichten zu erzählen ... Darum hast du die anderen angeschleppt.«

Ehe jemand sie zurückhalten konnte, wirbelte sie herum, rannte auf die Fenster zu, die im ersten Stock des Westflügels nicht vergittert waren, und schnellte sich, kurz bevor sie sie erreichte, ab.

Wir hörten das Klirren von Glas, als sie durch die geschlossene Scheibe katapultierte, und danach ihren gellenden Schrei, der mit einem dumpfen Aufprall endete.

Für einen Moment schien die Zeit stillzustehen, und das Entsetzen lähmte uns alle noch einmal.

Dann kam wieder Leben in die Männer.

Gustave wirbelte erstaunlich schnell herum und rannte nach draußen, vermutlich um nach Simone zu sehen, der er jedoch kaum noch würde helfen können.

Victor rannte zu Linda und begann ihre Fesseln zu lösen, während Etienne auf mich zukam und sich über mich beugte. Ich spürte noch, daß er mich mit seinen starken Armen aufhob, dann verlor ich das Bewußtsein.

Als ich wieder zu mir kam, lag ich auf meinem Bett, und Etienne beugte sich mit besorgtem Gesicht über mich, wie schon einmal in meiner ersten Nacht auf Château Avoine.

Ich fühlte mich schwach und elend wie noch nie zuvor in meinem Leben. Am liebsten hätte ich die Augen wieder geschlossen, um nichts mehr sehen und hören zu müssen. Aber das ging nicht. Da gab es noch zu viele quälende Fragen, auf die ich die Antwort wissen mußte.

»Was ist mit Linda?« fragte ich mit zitternder Stimme. »Wie geht es ihr?«

Ich wollte mich aufrichten, doch Etienne drückte mich wieder zurück. »Bleibe ganz ruhig liegen, Sheila«, sagte er leise. »Deiner Schwester geht es soweit ganz gut. Sie steht allerdings unter einem schweren Schock. Der Arzt war gerade bei ihr. Er hat ihr eine Spritze gegeben und nimmt sie nachher mit ins Krankenhaus. Nach dir wird er auch gleich sehen, er kümmert sich nur rasch um meine Großmutter.«

»Was ist mit Madame Marguerite?« fragte ich schwach.

Etienne zögerte. Es schien, als wolle er meine Frage nicht beantworten.

»Für ihr ohnehin schwaches Herz war die Aufregung wohl zuviel«, erklärte Etienne zögernd. »Sie ist zusammengebrochen.«

»Und Simone?« fragte ich, als er schwieg.

Etienne schüttelte den Kopf. »Für sie kam jede Hilfe zu spät«, sagte er leise. »Sie muß sofort tot gewesen sein. Vielleicht ist es besser so.

Ein dicker Mann mit einem gutmütigen, runden Gesicht trat ins Zimmer, und Etienne wandte sich ihm zu. »Wie geht es meiner Großmutter, Doktor?« fragte er.

»Sie wissen ja selbst, wie schwach ihr Herz war, Comte«, hörte ich den Arzt sagen. »Es tut mir leid, aber ich konnte nichts mehr für sie tun.«

Also war Madame Marguerite auch tot! Es war ihr Stolz, der sie letzten Endes umgebracht hatte. Hätte sie früher gesprochen, früher dafür gesorgt, daß Simone in eine geschlossene Klinik gekommen wäre, wären ihr die Aufregungen dieser Nacht erspart geblieben, und sie würde vermutlich noch leben.

Der Arzt war neben mein Bett getreten. »Sie nehme ich wohl besser auch mit ins Krankenhaus, Mademoiselle«, sagte er.

Ich schüttelte den Kopf. »Nein«, flüsterte ich. »Kümmern Sie sich nur um Linda, Doktor. Ich bin stärker als meine Schwester. Ich werde schon so mit allem fertig.«

Ich wollte auf keinen Fall ins Krankenhaus. Jemand mußte doch im Schloß bleiben und sich um Etienne kümmern, zumindest so lange, bis Linda wieder zurückkam. Zumindest redete ich mir ein, daß das der Grund war. In Wirklichkeit war es wohl eher der reine Egoismus. Ich wollte Etienne wenigstens ein paar Tage für mich haben.

Der Arzt sah mich nachdenklich an. »Nun gut«, meinte er schließlich. »Es scheint mir, als hätten Sie wirklich die stärkere Konstitution. Ich werde Ihnen aber wenigstens eine Spritze geben, und in den nächsten Tagen sollten sie sich schonen. Sie brauchen jetzt zumindest viel Ruhe.«

Ich machte meinen Arm frei und erhielt eine Injektion. Die Wirkung spürte ich fast augenblicklich. Meine Augenlider wurden schwer wie Blei und fielen mir zu. Es kann nur Sekunden gedauert haben, bis ich in einen tiefen, traumlosen Schlaf fiel, aus dem ich erst am späten Vormittag wieder aufwachte.

Etienne sah ich erst beim Mittagessen wieder. Wir hatten beide nicht viel Appetit und aßen nur wenig. Etienne war blaß und sehr schweigsam.

Victor hatte das Schloß schon vor dem Essen verlassen, angeblich, um etwas zu erledigen. Wohin er gefahren war, wußten wir beide nicht.

»Weißt du, in welches Krankenhaus Linda gebracht wurde, Etienne?« erkundigte ich mich. »Ich möchte sie nachher besuchen.«

Der Mann nickte. »Sie ist im Hospital von Le Port Boulet«, erklärte er. »Wir können gemeinsam hinfahren.«

Das taten wir dann auch. Gleich nach dem Essen brachen wir auf.

»Sheila, ich glaube, du weißt, was ich für dich empfinde«, begann Etienne unterwegs leise.

»Bitte nicht«, unterbrach ich ihn. »Laß uns nicht darüber sprechen. Sobald Linda aus dem Hospital entlassen wird, fahre ich nach London zurück. Du wirst mich mit der Zeit vergessen und mit Linda glücklich werden.«

»Ich könnte doch mit Linda sprechen«, meinte Etienne unglücklich. »Sie würde es bestimmt verstehen.«

»Nein«, erklärte ich schroff, obwohl mir dabei das Herz blutete. »Ich will das nicht. Nicht nach dem, was Linda hier durchgemacht hat.«

Schweigend fuhren wir den Rest der Strecke.

»Geh ruhig schon vor, ich komme gleich nach, Sheila«, erklärte Etienne, als er den Wagen vor dem Hospital geparkt hatte.

Als ich Lindas Krankenzimmer betrat, sah ich Victor an ihrem Bett sitzen. Die beiden hielten sich an den Händen und lächelten sich glücklich an.

»O Sheila, ich weiß, es klingt furchtbar dumm, aber ich habe mich in Victor verliebt, und er liebt mich«, erklärte Linda mir verlegen, und mein Herz schlug vor Freude schneller. »Glaubst du, daß Etienne mir sehr böse sein wird, wenn ich ihm gestehe, daß ich ihn nicht heiraten kann? Ich möchte vor allem nicht, daß er glaubt, daß die schrecklichen Geschehnisse auf dem Schloß oder diese furchtbare Erbkrankheit in seiner Familie der Grund sind.«

Ich lachte. »O nein, Etienne wird dir überhaupt nicht böse sein«, erklärte ich. »Ganz im Gegenteil.«

Linda sah mich an, als sei ich übergeschnappt. »Wieso? Wie meinst du das?« fragte sie verwirrt.

»Weil . . .« setzte ich zu einer Erklärung an, unterbrach mich aber sofort. »Ach was, das erkläre ich dir später«, sagte ich und rannte aus dem Zimmer.

Ich lief Etienne, der gerade den Flur entlangkam, direkt in die Arme. »Um Himmels willen, was ist passiert, Sheila?« fragte er.

»Linda«, keuchte ich, ». . . sie wird Victor heiraten.« Weiter kam ich nicht, denn Etienne zog mich in seine kräftigen Arme und verschloß meine Lippen mit seinen Küssen.

Später erfuhren wir dann, daß Simone auf dem gleichen Weg, auf dem sie auch zu mir gelangt war, zuvor in Lindas Zimmer eingedrungen war. Zweimal war sie in jener Nacht im blauen Salon aus dem Fenster geklettert und über den schmalen Sims balanciert. Zuerst zu Linda und dann zu mir. Es war ein Wunder, daß sie nicht schon dabei in die Tiefe gestürzt war.

Ein halbes Jahr nach diesen Geschehnissen feierten wir in Paris Doppelhochzeit. Victor heiratete meine Schwester Linda, ich Etienne. So hatten wir zum Schluß doch alle noch den richtigen Partner gefunden.

Es ist inzwischen fast fünf Uhr. Vor den Fenstern meines Hotelzimmers dämmert bereits der neue Tag herauf.

Vorhin ist unten ein Wagen vorgefahren. Ich hätte nicht ans Fenster zu gehen brauchen, um zu wissen, daß es Etienne war, der gekommen ist. Vermutlich hat er sich Sorgen um mich gemacht, als ich ihn gestern abend anrief. Aber mir bleiben noch ein paar Minuten, um meinen Bericht zu beenden, ehe Etienne heraufkommen wird. Ich habe gesehen, daß er sich eine

Zigarette angezündet hat. Und Etienne hat die Angewohnheit, seine Zigarette immer erst zu Ende zu rauchen, ehe er ein Haus betritt.

Linda und Victor leben heute in Paris. Für uns hat Etienne ein kleines Haus in Tours gekauft. Wir beide sind noch immer so ineinander verliebt wie am ersten Tag. Wir könnten glücklich sein und frei von allen Sorgen und Ängsten. Und dennoch lassen uns die Schatten der Vergangenheit nicht los. Denn da sind unsere Kinder . . . Louis und Marguerite. Ja, das Mädchen haben wir nach Etiennes Großmutter genannt.

Bis jetzt ist alles gutgegangen. Unsere Kinder sind gesund und entwikkeln sich prächtig.

Und doch läßt mich die Sorge nicht los, daß die heimtückische Krankheit doch noch zuschlagen könnte. Etienne geht es ebenso. Er spricht zwar nie darüber, aber ich sehe zuweilen die Sorge in seinen Augen, wenn er unsere Kinder ansieht.

Wir können nur hoffen, daß wir verschont bleiben, daß die Schatten der Vergangenheit endgültig und für immer verschwunden sind.

Ich höre Etiennes Schritte auf der Treppe. Gleich wird er hereinkommen und mich in seine starken Arme schließen.

Komisch, wir waren nur einen Tag getrennt, und trotzdem sehne ich mich nach seiner Gegenwart, die mich beruhigt und meine Ängste verscheucht.

Wenn Etienne bei mir ist, bin ich voller Zuversicht, daß der Fluch der Vergangenheit uns verschont. Dann glaube auch ich, daß Simone vielleicht das letzte Opfer dieser heimtückischen Krankheit war.

Trotzdem werde ich meine Geschichte meinen Kindern eines Tages zu lesen geben. Sie müssen wissen, daß eines Tages die Krankheit wieder ausbrechen kann. Vielleicht bei ihren Kindern oder Enkeln.

Aber ich hoffe und bete zu Gott, daß es nie wieder geschehen wird.

Judith Parker

Das Rosenkreuz

Voller Entsetzen starrte ich auf die Nebelschwaden über dem Rosenkreuz, die sich zusammenzogen und zu einer Gestalt formten. Das unheimliche Wesen kam auf mich zu. In meinem Kopf rauschte es, und das Blut pochte in meinen Schläfen. Dann wurde es dunkel um mich...

Die Hauptpersonen:

Lizbeth Collins – Zwei Dinge bestimmen das Leben der Siebzehnjährigen: das Rosenkreuz im Park von Coleridge Castle und ihre Liebe zu Cedric Cunning. Bald lernt sie dadurch Angst und Grauen kennen.

Percy Cunning – Er ist der zweite Sohn des alten Lords. Der junge Mann liebt Lizbeth und bringt sie dadurch in Lebensgefahr.

Cedric Cunning – Er liebt alle Frauen und genießt sein Leben in vollen Zügen. Doch eines Tages muß auch er büßen.

Tante Phineas – Eine hundertjährige Frau, die alle für eine Hexe halten.

Tante Phineas war der Meinung, daß meine leidenschaftliche Zuneigung zu Cedric Cunning mir nur Unglück bringen würde. Ich aber wollte nichts von ihren Ermahnungen wissen. Was wußte die alte Frau schon von der Liebe? Als sie mich nach dem Tode meiner Mutter, die bei meiner Geburt gestorben war, zu sich genommen hatte, war sie bereits über achtzig gewesen. Es erschien mir unvorstellbar, daß die Greisin einmal jung und verliebt gewesen war – oder gar die wirkliche Liebe kennengelernt hatte.

Ich war jetzt siebzehn Jahre alt und ging an keinem Spiegel vorbei, ohne meine Person zu bewundern. Ja, ich war eitel und glücklich darüber, daß die Natur mich in keiner Weise vernachlässigt hatte. Ich wollte für Cedric schön sein.

Nach einem schnellen Blick in die Wohnstube, in der meine alte Tante ihren Mittagsschlaf hielt, schloß ich leise die Tür und stieg auf Zehenspitzen die Stiege hinauf, darauf achtend, alle Stellen zu umgehen, die die Stufen knarren ließen.

Tante Phineas hatte sich jedesmal aufgeregt, wenn ich den Speicher durchsucht hatte, auf der Jagd nach der Vergangenheit. Dort oben unter dem Dach standen einige Dinge herum, die einst meinen Eltern gehört hatten.

Außerdem hatte man von einem der winzigen Fenster einen herrlichen Ausblick bis hinüber nach Coleridge Castle, in dem der Mann lebte, für den ich von klein auf schwärmte. Inzwischen hatten sich meine einst kindlichen Gefühle für ihn in leidenschaftliche Liebe gewandelt.

Die Bodentür quietschte in den Angeln, und ich hielt den Atem an, aber unten blieb alles still. Zuerst eilte ich zu dem offenstehenden Fenster, um einen sehnsüchtigen Blick auf das Schloß von Lord Coleridge zu werfen. Cedrics und Percys – Percy war der um zwei Jahre jüngere Bruder von Cedric – Vater hatte in seiner Jugend einige Länder bereist. Am besten hatte es ihm in Florenz gefallen, darum hatte er auch das Schloß seiner Väter umbauen lassen. Hohe glatte Marmorsäulen stützten das Dach der offenen Wandelhalle. Tante Phineas jedoch war empört über diese florentinische Bauart. Sie sagte, sie passe in keiner Weise in unsere Landschaft.

Ich blickte immer noch hinüber nach Coleridge Castle und dachte an das Rosenkreuz, um das sich seltsame Geschichten rankten. Es war ein verzaubertes Kreuz.

Gedankenverloren durchquerte ich den Speicher und sah zu dem anderen Fenster hinaus. Ein Schauer lief mir über den Rücken. Fotheringhay Castle hockte wie ein geducktes Tier in der kahlen Landschaft, über die sich ein Schleier des nahen Frühlings ausbreitete. Die schottische Königin Maria

Stuart, die dort wie eine Gefangene lebte, bewohnte die düsteren Räume seit drei Monaten.

Daß unsere Königin Elisabeth sie zum Tode verurteilen würde, schien gewiß zu sein. Was nutzt es schon, eine Königin zu sein, wenn man wahrscheinlich sein Leben auf dem Schafott aushauchen mußte? Ich zitterte plötzlich vor Kälte.

Doch ich fand das Leben viel zu schön, um solchen häßlichen Gedanken lange nachzuhängen. Mein Interesse wandte sich der uralten Seekiste zu, die einst meinem Vater gehört hatte. Tante Phineas war seine Tante gewesen, die Schwester seiner Mutter, und in diesem alten Haus aus groben Steinen erbaut und mit Eichenholz ausgestattet, hatte mein Vater das Licht der Welt erblickt. Eines Tages hatte er meine Mutter mitgebracht, eine Katholikin aus Schottland. Die Leute, die nach außen hin protestantisch waren, weil ihnen ihr Leben lieb war, hatten sie damals nicht in ihrer Mitte aufgenommen. Auch ich hatte bisher mit ihnen keinen richtigen Kontakt bekommen. Nur Cedric und Percy hatten mich stets akzeptiert.

Somit war ich wieder bei Cedric. Ich öffnete den Deckel der Seemannskiste und nahm das fliederfarbene Kleid mit der goldenen Verzierung heraus. Das Kleid war Mode gewesen, als meine Großmutter und auch Tante Phineas noch jung gewesen waren.

Meine Mutter hatte andere Dinge und diese Robe aus Schottland mitgebracht und auch darin ihre Hochzeit gefeiert. Das wußte ich alles von Tante Phineas.

Obwohl es erst Februar war, schien an diesem Tag die Sonne frühlingshaft warm, so daß ich impulsiv mein altes Wollkleid auszog und mir das seidene Gewand über den Körper streifte. Der Stoff war zwar schon sehr dünn, aber noch nicht verschlissen. In einem Anfall von kindlichem Übermut entledigte ich mich meiner klobigen Schuhe und zog auch die dicken Strickstrümpfe aus. Barfuß lief ich über die Holzdielen bis zu dem halbblinden Spiegel, der an der schrägen Wand lehnte, und betrachtete mich voll Seligkeit. Ich zog eine Nadel nach der anderen aus meinem rotblonden Haar, so daß es füllig über meine Schultern fallen konnte.

Wenn mich doch nur Cedric so sehen könnte! Dann begrifff er endlich, daß ich schön war.

Ich sah wieder hinaus zum Dachfenster und hinüber nach Coleridge Castle. »Cedric, lieber Cedric«, flüsterte ich und warf eine Kußhand zum Schloß hinüber.

Cedric.

Was für ein Zufall! Er trat in diesem Augenblick aus dem mit Eisenbändern beschlagenen Portal. Wie prachtvoll der geliebte Mann aussah, wie stark und anmutig zugleich seine Erscheinung war. Mein Herz begann heftiger zu pochen, und das Blut floß schneller durch meine Adern. Warum schaute Cedric nicht zu mir herauf? Selbst, wenn er das täte, konnte er mich ja doch nicht sehen. Aber er sollte mich unbedingt in diesem Gewand bewundern.

Ich handelte von nun an wie in Trance. Mit den Schuhen in der einen und einem Wollumhang in der anderen Hand verließ ich den Boden und stieg die Stufen hinunter. Unten schlüpfte ich in die häßlichen Schuhe und warf mir einen schweren Wollumhang über die Schultern.

Tante Phineas lautes Schnarchen war deutlich zu hören, wie ich erleichtert feststellte. Glücklicherweise lag unser Haus etwas abseits vom Dorf Coleridge und ziemlich nahe an der Mauer des Parks von Coleridge Castle. Ich lief über die Wiese, kroch zwischen den dichtstehenden Sträuchern durch und erreichte den Durchschlupf in der Parkmauer. Die Schuhe wurden in dem hohen Gras naß, ich wollte sie sofort ausziehen, wenn ich Cedric erreicht hatte. Obwohl es die Sonne an diesem Februartag gut meinte, wehte doch ein kalter Wind, aber ich achtete nicht darauf.

Ich konnte nur an Cedric denken. Wie gut ihn der knappsitzende grüne Lederhut kleidete und das anliegende Lederwams unterstrich noch seine breiten Schultern. Die langen schwarzen Stiefel, die ein schmales Stück der strumpfartigen Beinkleider sehen ließen, betonten die Länge seiner Beine. Die Sonne spielte sicher jetzt in seinem blonden Haar und ließ es silbrig schimmern. Sein sonnenverbranntes Gesicht hob das Blau seiner Augen hervor.

Dieses Bild sah ich deutlich vor mir, als ich mich durch das dichte Gestrüpp kämpfte, das mich noch von dem englischen Rasen trennte, der sich bis zu den hohen, glatten Säulen der florentinischen Wandelhalle ausdehnte.

Außer Atem stand ich schließlich auf dem weichen ebenen Boden.

Ich ließ den Umhang zu Boden fallen und schlüpfte aus den häßlichen Schuhen. Ich war so aufgeregt, daß ich das feuchte Gras unter meinen nackten Füßen kaum spürte. Mein Blick suchte das Rosenkreuz, das im Sommer wie im Winter blühte; eines der Wunder, die man sich nicht erklären konnte, ein wahres Phänomen, mit dem sich sogar weise Männer beschäftigten.

Aber wo war Cedric? Ich war zu spät gekommen. Tränen der Enttäuschung stiegen mir in dic Augen. »Cedric, warum hast du nicht auf mich gewartet?« fragte ich leise und spürte plötzlich wie empfindlich kalt es war. Der Wind streifte über das Dekolleté, und das tief ausgeschnittene Mieder schien mir zu eng zu werden.

Ich lief über den Rasen bis zum Rosenkreuz. Wie unheimlich die Blüten aussahen. Sie waren so rot wie frisches Blut, das unaufhaltsam aus einer Wunde sickerte, und der schwere süße Duft, der den Blumen entströmte, machte mich schwindlig.

Ich fühlte mich einer Ohnmacht nahe. Alles um mich herum wurde weit. Was dann geschah, konnte nicht Wirklichkeit sein. Voller Entsetzen starrte ich auf die Nebelschwaden über dem Kreuz, die sich zusammenzogen, nach oben strebten und sich zu einer Gestalt formten. Eine Frau mit offenem blonden Haar und großen blauen Augen, umhüllt von lichtblauen

Schleiern, lächelte mich traurig an und streckte mir die durchsichtigen Hände entgegen.

Das unheimliche Wesen kam auf mich zu. In meinem Kopf rauschte es und das Blut pochte in meinen Schläfen, dann wurde es dunkel um mich.

Als ich wieder zu mir kam, trug mich jemand durch die offene Wandelhalle, vorbei an den hohen glatten Säulen.

Einen Augenblick lang gab ich mich dem glücklichen Gefühl hin, von Cedrics Armen umschlossen zu sein. Doch dann sah ich, daß es Percy war. Seine fast schwarzen Augen richteten sich besorgt auf mich, und seine Züge wirkten noch ernster als gewöhnlich. Wie eine Kappe schmiegte sich sein blauschwarzes Haar an seinen schmalen Kopf.

»Na endlich«, sagte der Mann zufrieden, als ich seinen Blick erwiderte. »Lizbeth Collins, bist du denn von allen guten Geistern verlassen? Zu dieser kühlen Jahreszeit trägt man Wollsachen und nicht eine Robe aus dünner Seide. Außerdem bist du barfuß. Kein Wunder, daß du in Ohnmacht gefallen bist.«

»Percy, nein . . .« Ich sprach nicht weiter, sondern starrte die Spange an, die den schwarzen Umhang mit den breiten roten Streifen zusammenhielt. Es war eine goldene Schlange mit winzigen Smaragdaugen über einem in Gold gefaßten auffallend großen Rubin.

»Laß mich runter«, bat ich und strampelte mit den Beinen.

»Nein, das werde ich auf keinen Fall tun.«

»Ich habe über dem Kreuz etwas gesehen. Eine Frau in lichtblauen Schleiern mit blonden Haaren und blauen Augen. Ja, zuerst war nur Nebel da.«

»Dann hast du sie auch gesehen? Es ist der Geist von Lady Barbara.« Percy schien keineswegs überrascht zu sein.

»Von Cedrics Mutter?«

»Nur wenige können den Geist sehen. Die Frau findet keine Ruhe. Ich werde dir die Geschichte drinnen erzählen. Du zitterst ja vor Kälte, Lizbeth.«

»Ich kann doch selbst gehen.«

»Mit deinen bloßen Füßen, die fast blau gefroren sind? Ich trage dich in die Halle bis zum Kamin, in dem ein Feuer brennt. Du frierst ja entsetzlich.«

»Es ist nicht nur die Kälte. Der Geist hat mich erschreckt.« In einer Aufwallung meiner Furcht schlang ich die Arme um den Nacken meines einzigen und besten Freundes.

»So ist es recht. Natürlich wäre es dir lieber, wenn Cedric an meiner Stelle wäre. Ist es nicht so?« Mir entging nicht der bittere Unterton in seiner Stimme. »Lizbeth, du jagst einem Phantom nach. Cedric wird in Kürze Cindy Cheveley heiraten.«

»Die Tochter von Earl Morningstar?« fragte ich zutiefst erschüttert. »Er wird nicht glücklich mit ihr werden. Cindy ist eine eiskalte Frau.« Tränen erstickten meine Stimme. Oh, wie ich diese Person mit den silberblonden Haaren und den steingrauen Augen haßte. Sie behandelte mich immer wie eine Aussätzige, wie eine Magd für die niedrigsten Arbeiten. Bei jeder unserer Begegnungen hatte sie mich spüren lassen, daß mein Vater nur ein einfacher Seemann gewesen war. Meine Mutter, die aus Schottland stammte, war adlig gewesen, doch das schien für Cindy nicht zu zählen.

Percy spürte, wie sehr ich litt und redete mit sanfter Stimme auf mich ein.

In der Halle mit dem riesigen, offenen Kamin, in dem ein Baumstamm verglühte, setzte der Mann mich in einen Sessel. Der Raum war fast dunkel und luxuriös mit schweren Möbeln ausgestattet, massives Silber stand herum, und die Tapisserien, die von den Wänden herabhingen, verliehen ihm eine gemütliche Atmosphäre. Ein intensiver Duft von Holz und Kerzen umschmeichelte mich.

Die anheimelnde und angenehme Wärme, die mich umhüllte, entspannte mich und ließ mich meinen Schock über die Nachricht von Cedrics bevorstehender Hochzeit mit meiner Erzfeindin leichter überwinden. Ich streckte meine kalten Hände den kleinen züngelnden Flammen entgegen.

Percy ließ mir Zeit, mich zu fassen. Mit dem Feuerhaken lockerte er die Glut auf. Funken sprühten auf den Steinboden und erloschen wie Glühwürmchen.

Percy nahm seinen Umhang ab und warf ihn samt der kostbaren Spange achtlos auf einen Stuhl. Der Mann war ebenso groß wie sein Halbbruder, nur feingliederiger. Seine Mutter war Florentinerin gewesen. Von ihr hatte er das schwarze Haar und die dunklen Augen. Auch Lady Fiametta war Katholikin gewesen. Percy und ich hatten darin ein ähnliches Schicksal und befanden uns in dem von der protestantischen Königin Elisabeth beherrschten England in der gleichen Lage. Im Dorf munkelte man, daß Percy Katholik geworden sei und in Fotheringhay Castle heimlich ein und aus ginge. Er solle ein ergebener Diener der gefangenen schottischen Königin sein.

Percy reichte mir einen Becher Wein und sagte: »Trink, Lizbeth. Nimm einen kräftigen Schluck, damit dir richtig warm wird. Du bist ein schreckliches Mädchen.« Er hüllte mich in eine dicke Wolldecke ein. »Abgesehen davon siehst du bezaubernd in dem Kleid aus.«

»Es gehörte meiner Mutter«, erwiderte ich und trank. Sofort spürte ich eine angenehme Wärme, die sich schnell in meinem ganzen Körper ausbreitete. Trotz meines Kummers wegen Cedric fühlte ich mich sehr behaglich. Ich wünschte mir, der Zeiger meiner Lebensuhr würde stehenbleiben, damit ich ewig hier sitzen bleiben könnte.

»Percy, bitte nimm mich einmal mit«, bat ich impulsiv.

»Mit? Wohin denn?« Erstaunt sah er mich an.

»Nach Fotheringhay Castle.«

»Um alles in der Welt, woher weißt du davon?«

»Es stimmt doch, daß du dort ein gerngesehener Gast bist?«

»Nun gut.« Percy schien sich zu einem Entschluß durchgerungen zu haben. Aus der Tiefe seiner nachtdunklen Augen stieg förmlich ein helles Licht auf. »Ich kenne dich gut genug, um zu wissen, daß du nicht zu den geschwätzigen Jungfern gehörst, die nichts weiter zu tun haben, als mit ihrem Geplapper nur Unheil anzurichten. Wir wollen der schottischen Königin zur Flucht verhelfen. Meine Freunde und ich unternehmen alles, um Marias Leben zu retten.«

»Percy, das kann dich deinen Kopf kosten.«

»Dieses Risiko nehmen wir auf uns. Ich fürchte weder Tod noch Teufel.« Seine Augen blitzten vor Begeisterung. »Also dann möchtest du Maria Stuart kennenlernen? Einverstanden, ich werde dich mitnehmen.«

»Danke, Percy. Schließlich war meine Mutter Schottin.«

»Eben, Lizbeth.« Er setzte sich mir gegenüber auf die Eichenbank mit der dunkelroten Polsterung und streckte seine langen Beine in den schwarzen Stiefeln und tintenblauen Strumpfhosen aus. Das Spiel seiner sportgestählten Muskeln fasziniert mich. Wie einfach wäre doch alles, wenn ich Percy statt Cedric lieben würde. Percy würde meine Liebe mit Leidenschaft erwidern, aber ich sehnte mich nach seinem Bruder.

Plötzlich war ich mit meinen Gedanken wieder bei der Erscheinung über dem Rosenkreuz. »Percy, bitte erzähle mir vom Rosenkreuz«, bat ich deshalb leise. Im Augenblick fühlte ich mich berauscht. Dieser angenehme Zustand wurde nicht nur von dem roten Wein hervorgerufen, sondern auch von dem Blick der Männeraugen, der mich zu streicheln schien.

Bis zum heutigen Tag hatte ich in Percy nie Hoffnungen erweckt, doch nun erwiderte ich sein zärtliches Lächeln. Was war nur mit mir los? Wollte ich mich an dem Schicksal rächen, weil es mir Cedric nicht gab?

»Lizbeth, wir alle wissen, daß deine Mutter eine schottische Aristokratin war. Sie ist mit deinem Vater durchgebrannt.«

»Mit diesem Kleid«, ergänzte ich und schlug die Decke zurück, um über den weichen Seidenstoff zu streicheln. »Es war ihr Hochzeitskleid. Wie sehr muß sie meinen Vater geliebt haben. Auch er ist ihretwegen zum katholischen Glauben übergetreten. Doch das sage ich nur dir. Tante Phineas hat es mir anvertraut. Für sie ist das alles nicht so wichtig. Sie ist sehr alt und weise und sagt, daß sich die Menschen das Leben unnötig schwermachen. Sie schimpft auch auf diesen deutschen Martin Luther, der im vorigen Jahrhundert gelebt hat.«

»Er wurde am Ende des vergangenen Jahrhunderts geboren und ist erst vor etwa vierzig Jahren gestorben.«

»Als Protestantin müßte ich das ja wissen. Percy, ich möchte lieber mehr über die Rosenkreuzer wissen. Sie interessieren mich mehr als der Reformator Luther.«

»Aber ich habe dir doch schon vieles über den Orden der Rosenkreuzer erzählt.«

»Ich möchte aber, daß du mir alles noch einmal erzählst.« Bittend streckte ich die Hände aus, und Percy ergriff sie, um sie abwechselnd zu küssen.

Meine Wangen brannten plötzlich vor Verlegenheit. Mit einem kleinen Lachen gab er meine Hände wieder frei und lehnte sich zurück.

»Wie du ja weißt, wachsen die Rosen nie über die Grenze des Kreuzes hinaus, so, als ob eine unsichtbare Mauer ihren Wuchs bestimmen würde. Und du weißt auch, daß kein Gärtner sich jemals um diese Rosen, die ungefähr vor einhundertundfünfzig Jahren von einem Ordensbruder des Rosenkreuzordens gepflanzt worden sind, gekümmert hat. Sie müssen weder gegossen noch beschnitten werden.«

»Und weshalb hat der Ordensbruder das Kreuz hier bei euch eingepflanzt?«

»Das weiß niemand. Wahrscheinlich wird man das auch nie erfahren.«

Ich nahm noch einen Schluck Wein und umschloß dann mit beiden Händen den Becher. Ich blickte in die Flammen und dachte daran, was Tante Phineas und Percy mir im Laufe der Zeit darüber erzählt hatten. Das Rosenkreuz im Park von Coleridge Castle spielte eine bedeutende Rolle im Leben der Cunnings. Sobald ein familiäres Ereignis stattfand, leuchten die Rosen so intensiv, daß man sie aus weiter Ferne glühen sehen kann, sogar im Winter geschah das. Bei jeder Hochzeit, bei jeder Geburt und jedem Tod in der Familie gleichen die Blütenblätter glänzenden Rubinen.

Und noch etwas wußte ich von Tante Phineas. Bei Cedrics Geburt hatten die Rosen nicht geleuchtet und auch nicht, als Lady Barbara gestorben war. Lord Coleridge hatte daraufhin in einem Anfall von Jähzorn jede Rose ausgerissen und die Blumen zertrampelt. Doch am nächsten Morgen waren sie wieder nachgewachsen. Die Blüten hingen allerdings matt an ihren Stengeln. Allmählich aber erholten sie sich wieder. Schon wenige Tage später leuchteten sie wieder dunkelrot. Am selben Tag, als das geschah, wurde mein Bruder Henry geboren. Meine schöne Mutter hatte damals als Dienstbote im Schloß von Lord Coleridge arbeiten müssen, weil mein Vater sie so viele Jahre allein gelassen hatte. Dadurch waren Tante Phineas und sie in finanzielle Schwierigkeiten geraten. Mein Bruder verstarb nach seinem zweiten Lebensjahr. Am Tage seines Todes hatten die Rosen auf dem Kreuz ebenfalls blutrot geleuchtet. Natürlich war das ein gefundenes Fressen für die Leute gewesen, und meine Mutter hatte kein leichtes Leben gehabt. Sie und Tante Phineas hatten sehr zurückgezogen gelebt. Als mein Vater endlich wieder nach Hause gekommen war, war er mehr als zwei Jahre geblieben, dann hatte es ihn wieder in die weite Welt hinausgezogen. Als ich geboren wurde, war er bereits während eines Kampfes zwischen seinem Schiff und einem Piratenschiff gefallen.

Percys Blick hielt mich fest. Erriet er meine Gedanken? Fast hatte es den Anschein. Aber wir schnitten dieses heikle Thema nicht an.

Rosenkreuzer, Rosenkreuz, die Rose vom Kreuz. Welche geheimnisvolle Macht verbirgt sich hinter der Tätigkeit des Rosenkreuzordens?« Percy schenkte mir wieder Wein ein.

Das Holz knisterte im Kamin, und der Wein und das Feuer brachten mein Blut langsam in Wallung. Fasziniert sah ich mein Gegenüber an. Dabei dachte ich an die Jahre, in denen Percy und ich als Kinder zusammen gespielt hatten.

Er hatte mir damals die schönsten Geschichten über Hexen, Seherinnen und Prophetinnen erzählt, die es bei uns zahlreich gab.

»Sprich weiter«, bat ich leise und streckte ihm erneut impulsiv meine Hand hin, die der Mann umschloß und voller Zärtlichkeit drückte. Ich ließ ihn gewähren.

»Der Begründer vom Rosenkreuz, zugleich der Gründer des Rosenkreuzordens, Christian Rosenkreutz, hat von 1378 bis 1484 gelebt.«

»Aber das steht doch nicht genau fest«, erinnerte ich Percy.

»Nun gut, er soll um diese Zeit gelebt haben. Seine persönliche Existenz wird zuweilen bezweifelt. Aber in der Grundschrift der Rosenkreuzer ist sein Geburtsjahr mit 1378 und sein Sterbealter mit einhundertundsechs Jahren angegeben. POST CXX ANNOS PATEBO. Das heißt: In einhundertzwanzig Jahren werde ich zutage treten. Die übliche Abkürzung für Rosenkreuz ist R und C. Die Lehre der Rosenkreuzer ist eine Synthese von Religion, Wissenschaft und Philosophie, als eine Theosophie im engen Zusammenhang mit den Mysterien und den Wahrheiten des Lebens von den frühesten Zeiten bis zur Gegenwart.«

»Das ist zu hoch für mich«, sagte ich leise. »Christian Rosenkreuz war doch Deutscher?«

»Ja, Lizbeth. Aber seine Anhänger verteilen sich in ganz Europa.«

»Was für ein reizendes Idyll«, wurde Percy von einer hellen Mädchenstimme unterbrochen. »Lizbeth, wie komisch du aussiehst. Ich wußte nicht, daß es hier ein Kostümfest gibt.«

Die Sprecherin nahm den königsblauen, mit Feh verbrämten Kapuzenumhang ab und legte ihn über eine Stuhllehne. Das blaue Samtkleid mit dem knappsitzenden Mieder und dem Rock stand ihr gut. Die eierschalenfarbene Halskrause umschmeichelte ihr rundes Kinn mit dem Grübchen. Das silberblonde Haar schimmerte fast weiß, und die rosigen Wangen brachten das Grau ihrer Augen gut zur Geltung. Ihre Lippen waren kirschrot. Sie kräuselten sich spöttisch und die hellen Augenbrauen schnellten nach oben.

Dann betrat Cedric die Schloßhalle. Sein hoher Wuchs, seine Kraft, die von ihm ausging, und sein selbstsicheres Auftreten machten ihn für mich zum schönsten Mann von England.

»Lizbeth, was für eine reizende Überraschung«, sagte er liebevoll und sah mich lächelnd an. »Deine Robe ist bezaubernd. Warum kleiden sich heutzutage die Frauen nur so verrückt? Dein Kleid unterstreicht die weiblichen Formen und ...«

»Hör auf, Cedric«, fiel ihm Cindy ins Wort. »Siehst du denn nicht, daß Lizbeths Kleid uralt ist? Die Farbe ist verblichen und die Goldverzierungen sind stumpf.« Sie stampfte wie ein ungezogenes Kind mit dem Fuß auf. »Lizbeth ist albern. Sieh doch nur, sie ist sogar barfuß!« fügte sie gehässig hinzu.

»Sie hat wunderschöne Füße.«

Die Stimme des Mannes, den ich liebte, klang wie Musik in meinen Ohren. Seine Worte nahmen die Spitze von Cindys boshafter Bemerkung.

»Diese Robe war modern, als meine Großmutter noch jung gewesen ist«, klärte ich ihn auf. »Man fühlt sich darin leicht und beweglich.« Ich riskierte einen schnellen Blick in den Spiegel über der Kommode und stellte hocherfreut fest, daß ich durchaus mit Cindy konkurrieren konnte. Allerdings war sie die Tochter eines Earls.

»Sie steht dir gut, Lizbeth.« Cedric trat an meinen Sessel heran und zwinkerte mir zu. Mein Herz hüpfte voller Freude über das Lächeln, das seine Lippen umspielte. Einen Augenblick gab ich mich der Illusion hin, mit Cedric allein zu sein. Doch dann, als Percy sich erhob, um für mich wärmere Kleider zu holen, und Cindy albern kicherte, kehrte ich unglücklich in die Welt zurück, in die ich gehörte.

Cindy legte die kleine zierliche Hand mit den vielen Ringen auf Cedrics kräftigen Arm. »Komm, Cedric, dein Vater erwartet uns«, erinnerte sie ihn mit flötender Stimme und starrte mich böse an.

Plötzlich war mir entsetzlich kalt, und ich war froh, als Percy mit einem Wollkleid zurückkam. Ich kleidete mich in aller Eile im Nebenzimmer um und schlüpfte in die ebenfalls mitgebrachten Lederschuhe.

»Hallo, meine Schöne«, sagte plötzlich eine tiefe Männerstimme, als ich das Hauptzimmer wieder betreten hatte.

Robin Lord Coleridge stand auf der Schwelle. Der Adelige war ein großer, kräftiger Mann, dem man sein ausschweifendes Leben ansehen konnte. Viele behaupteten, er gliche dem Vater von Königin Elisabeth. Daß meine Mutter einst ein Techtelmechtel mit diesem Mann gehabt hatte, stand für mich fest. Hätten sonst die Rosen auf dem Kreuz bei Henrys Geburt geleuchtet und auch bei seinem frühen Tod?

»Jungfer, Sie sind eine kleine Schönheit, selbst in diesem Gewand. Wie sehr gleichst du deiner Mutter, Kind, wie sehr. Wenn ich dich anschaue, denke ich an meine Jugendzeit zurück.«

»Sir, ich möchte gehen.« Ich fand es geschmacklos, daß der Lord dieses heikle Thema überhaupt erwähnte.

»Aber ja, Jungfer.« Der Mann lachte roh und grinste mich unverschämt an. Percy ergriff mich bei der Hand und führte mich hinaus.

Die Sonne war verschwunden, und dicke Wolken kündigten Regen an. Ich hatte die Seidenrobe zusammengerollt und unter dem Umhang versteckt. Bestimmt war Tante Phineas inzwischen aufgewacht und hatte festgestellt, daß ich, ohne sie zu fragen, heimlich das Haus verlassen hatte.

Percy hob mich auf das Pferd, das ein Stallbursche hielt, und schwang sich dann hinter mich in den Sattel. Die Straße zum Dorf machte einen großen Bogen und war sehr viel länger als der Weg, den ich genommen hatte.

»Du bist eine kleine Närrin«, stellte Percy hinter mir fest. »Aber dennoch bleibe ich dein Freund. Willst du mich tatsächlich nach Fotheringhay Castle begleiten?«

»O ja, Percy«, erwiderte ich. »Morgen?«

»Gut, ich werde dich morgen vormittag abholen. Aber deine Tante.«

»Tante Phineas wird nichts dagegen haben. Sie mag dich mehr als Cedric, den sie für einen Windhund hält.«

»Womit sie nicht ganz so unrecht hat. Wir sind gleich da.« Percy lenkte den Hengst auf einen Seitenpfad, der direkt zu unserem Haus führte. Auf diese Weise brauchten wir nicht durchs Dorf reiten, was ich sehr begrüßte. Die Leute dort redeten sowieso schon viel über Tante Phineas und mich. Die Bewohner hätten bestimmt neuen Stoff für ihren Klatsch gehabt, wenn sie mich vor Percy Cunning auf dem Pferd hätten sitzen sehen.

Tante Phineas stand vor der Gartentür und hatte ihre getigerte Katze Milly auf ihrer Schulter.

Percy sprang aus dem Sattel und hob mich dann vom Pferd herunter.

»Hallo, Madam, ich bringe Ihnen Lizbeth zurück«, sagte er liebenswürdig. Sein Charme schien für meine Tante wie eine Offenbarung zu sein. Ihr eben noch finsteres Gesicht erhellte sich.

»Danke, Sir«, entgegnete sie. »Dann war meine Nichte also bei Ihnen?«

»So ist es, Madam.« Percy lächelte die Greisin an. »Wir haben uns gut unterhalten.«

»Danke, Sir, daß Sie Lizbeth nach Hause gebracht haben.« Meine Tante musterte mich von oben bis unten und sagte dann: »Ich kenne weder den Umhang noch was darunter ist«, begann sie.

»Danke Percy!« rief ich einfach und schob mich an der alten Frau vorbei ins Haus hinein, um im Augenblick weiteren unangenehmen Fragen aus dem Weg zu gehen.

In meiner Kammer versteckte ich die Robe unter meinem Bett. Durch das offene Fenster hörte ich die Stimmen von Tante Phineas und Percy, dann vernahm ich den Hufschlag seines Pferdes. Was hatte mein Freund der Frau erzählt? Noch heute wollte ich meinen eigenen Umhang und auch die Schuhe zurückholen, die ich so achtlos unterwegs zum Castle hatte liegenlassen.

»Lizbeth, ich mag es nicht, daß man dir etwas schenkt. Ich meine die Leute vom Schloß. Ich habe nichts gegen Percy persönlich, aber er ist ein Cunning. Ich möchte, daß jemand aus dem Dorf diese Kleidungsstücke zurückbringt. In was für einem Kleid bist du zum Schloß gelaufen?« Die alte Frau betrat meine Kammer.

Eine heiße Welle schoß mir in den Kopf. Die tiefliegenden Augen der Greisin waren auf mich gerichtet. Ihr Blick ließ mich nicht los, und mir war klar, daß jedes Leugnen sinnlos war. Auch würde Tante Phineas keine fadenscheinigen Ausreden akzeptieren. Von klein auf hatte sie mich wie Glas durchschaut.

»Also gut.« Ich bückte mich und zog die Seidenrobe unter dem Bett hervor. »Darin habe ich das Haus verlassen.«

»Warum, Lizbeth? Um Cedric zu gefallen? Du bist bildhübsch mit deinen rotblonden Haaren und deinen blauen Augen, die oft so violett wie Stiefmütterchen aufleuchten. Du bist ebenso schön wie deine Mutter. Diese Närrin hat...« Die Frau schwieg abrupt, und ich ahnte, an was sie dachte. Ich wußte, daß an jedem Klatsch ein Körnchen Wahrheit war. Daß die Rosen bei der Geburt meines Bruders geleuchtet hatten, hatten sich die Dorfbewohner bestimmt nicht aus den Fingern gesogen. Und als er starb, war dasselbe geschehen.

Demnach war Henry ein Cunning gewesen, ein Sohn von Robin Lord Coleridge. Im Dorf gab es wohl noch mehr Kinder, in denen das Blut dieses Wüstlings floß. Doch die vielen anderen Ereignisse hatten diese Geburten bei den Leuten in Vergessenheit geraten lassen.

»Percy will dich morgen vormittag abholen. Bei ihm bist du in guten Händen. Er ist ein braver Junge. Trotzdem wird er dich nicht heiraten können.«

»Heiraten? Aber ich liebe Percy doch nicht. Er ist mein Freund. Das war er immer gewesen. Ich liebe ...«

»Den Taugenichts liebst du. Cedric wird alles versuchen, um dich zu verführen. Aber heiraten wird er dich nie. Die Leute im Dorf erzählen, er würde die Tochter von Earl Morningstar heiraten.«

»Ich weiß es, Tante Phineas.« Ich blinzelte meine Tränen weg. »Soll er doch mit Cindy glücklich werden. Aber Cindy ist ein Luder.«

»Pst, meine Kleine, das alles hat keinen Sinn. Deine Lage ist tragisch. Das gebe ich zu. Deine Mutter war eine schottische Aristokratin und eine Katholikin. Du verstehst hoffentlich, was ich damit sagen will.«

»Was soll ich denn tun? Nach London reisen?« Die nächsten Worte wurden von meinen Tränen erstickt.

»Du weißt doch, daß man mich für eine Hexe hält?«

»Die Leute sind dumm.«

»Sie sind dumm und böse, meine Kleine. Dahinter wirst du auch noch kommen. Wäre ich eine wirkliche Hexe, könnte ich dir helfen, dann könnte ich dir einen guten Mann herhexen, der dich von hier wegbringt. Ich war noch sehr jung, als die Menschheit im vergangenen Jahrhundert eine Periode tiefster Depression durchlebte. Der Schwarze Tod ging um und raffte unzählige Leute dahin. Das und noch vieles trug dazu bei, den Hexenglauben zu festigen. Eines Tages wird man auch mich holen und auf dem Scheiterhaufen verbrennen. Doch das wäre nicht so schlimm, denn ich habe viele Jahre gelebt. Ich habe die Jahre in der letzten Zeit nicht mehr gezählt. Meine Lebensuhr ist abgelaufen. Aber du?«

»Wie meinst du das, Tante Phineas?«

»Du hast mit mir gelebt. Viele glauben, daß das Hexen eine ansteckende Krankheit ist.«

»O nein«, flüsterte ich entsetzt. »Man kann doch nicht mich auch verbrennen.«

»Kind, die Menschen sind schlecht, und sie sind böse.«

Ich brauchte eine Weile, um Tante Phineas Worte zu verkraften. Sie hatte mich noch gebeten, die Robe wieder auf den Speicher zu tragen und danach meinen Umhang und meine Schuhe zu holen, nachdem ich ihr alles erzählt hatte.

Sollte ich das Dorf verlassen? Ich brauchte doch nur mein Bündel schnüren und mich auf den Weg nach London zu machen. Das würde aber ein Abschied von Cedric und Percy bedeuten. Ich war schon glücklich, wenn ich den Mann, der mir alles bedeutete, nur sehen durfte. Im Schloß hatte er mich zärtlich angelächelt und meine Schönheit bewundert. Er hatte mich in Schutz genommen, als Cindy mich beleidigt hatte. Vielleicht mußte er sie heiraten, weil die Familien einen Ehevertrag unterschrieben hatten. In Wirklichkeit aber liebte er mich, nur mich.

Ich betrat den Speicher und legte die Robe in die Seemannskiste zurück, dann lief ich zum Dachfenster, von dem aus man Coleridge Castle sehen konnte.

Wenig später lief ich die Stufen hinunter, huschte in die Küche und rief: »Ich hole jetzt meine Sachen.« Ohne auf eine Antwort zu warten, stürmte ich aus dem Haus. Das Kleid, das man mir im Schloß gegeben hatte, war aus dunkelbraunem Samt und stand mir gut zu Gesicht. Der dazu passende Umhang war mit Hasenfell gefüttert und mit Fuchsschwänzen verbrämt. Natürlich hätte ich es gern behalten, aber andererseits gab ich Tante Phineas recht.

Es nieselte leicht, aber das störte mich nicht. Ich nahm die Abkürzung, kroch durch die Sträucher und den Durchschlupf in der Parkmauer.

Dort lag mein alter Umhang und auch die Schuhe waren noch da. Die ich vom Schloß bekommen hatte, waren aus weichem Leder. Jäh entschloß ich mich, Tante Phineas zu erzählen, daß ich die Schuhe nicht mehr gefunden hätte. Dann konnte sie doch nichts dagegen haben, wenn ich die neuen behielt.

»Hallo, schönes Kind!« hörte ich eine mir wohlbekannte Stimme. Mein Blut wallte auf vor Glück, als ich direkt in blaue Männeraugen blickte.

»Warum siehst du mich so erschreckt an? Ich beiße doch nicht.« Der Mann umfaßte meine Oberarme und zog mich dichter an sich heran. »Du bist sehr schön, Lizbeth. Sogar wunderschön.« Sein Gesicht näherte sich dem meinen, und sein Atem streifte mich. Es war ein angenehmer Atem, der nach Veilchen duftete. Mir war bekannt, daß Cedric eine Vorliebe für Veilchenpastillen hatte.

»Cedric!«

Der Mann ließ mich abrupt los und wandte sich um. Ich starrte die Frau mit dem Silberhaar schuldbewußt an und zuckte unter dem eisigen Blick der funkelnden grauen Augen zusammen. Daß ich vor dieser Person von nun ab auf der Hut sein mußte, wußte ich sofort. Durch diese Situation, in der sie Cedric und mich überrascht hatte, hatte ich mir in ihr eine Todfeindin geschaffen.

»Du bist ein Flittchen. Du ...« Cindy Cheveley suchte sichtlich nach einem passenden Schimpfwort, mit denen sie schnell bei der Hand war, wie ich aus Erfahrung wußte. Diesmal jedoch schien es ihr die Sprache zu verschlagen.

Cedric ließ mich grußlos stehen und folgte Cindy, die herumgewirbelt war und aufs Schloß zulief.

»Du bist eine dumme Gans«, sagte ich laut zu mir und verließ den Park auf demselben Weg, den ich gekommen war. Hätte Cedric mich geküßt, wenn Cindy nicht plötzlich erschienen wäre? Diese Frage beschäftigte mich auf dem Heimweg.

Wie still es um mich herum war. Ich wandte mich um und starrte hinüber zu den schottischen Hügeln, die sich blaugrau gegen den Horizont abhoben. Der Nieselregen verschleierte die Landschaft um mich herum. Es war empfindlich kalt geworden, und ich wünschte, ich wäre schon zu Hause. Ja, ich war in der Tat eine Närrin. Percy hatte recht gehabt. Cedric bandelte mit jedem hübschen Mädchen an. Es würde keine reine Freude sein, an seiner Seite zu leben. Cindy würde zwar seine Frau werden, aber sie würde ihren Mann mit unzähligen Rivalinnen teilen müssen. Ich wollte nicht eine von ihnen sein. Ich gewiß nicht, nahm ich mir vor und leckte die Tränen von meinen Lippen.

Die Abenddämmerung senkte sich über das Land, und ich dachte an mein unheimliches Erlebnis am Rosenkreuz. Mit angehaltenem Atem blieb ich stehen.

Hatte es da nicht eben zwischen den Hecken geraschelt? Irgend etwas lauerte im Hintergrund. War es ein Wolf? Oder gar ein Bär, die sich manchmal bei uns herumtrieben? Ich ging weiter, ich wagte kaum zu atmen. Wie schnell die Dunkelheit übers Land hereinbrach.

Ich wollte rennen, aber die Angst, die sich bis zur Panik steigerte, schien meine Füße an den Boden zu fesseln. Mein Herz fing an zu rasen.

Ich schrie gellend auf, als zwei Männer mit bärtigen Gesichtern und struppigen Haaren plötzlich vor mir standen. Beide grinsten mich unverschämt an, und der eine streckte seine Hand mit den ausgefransten Nägeln aus, um mich zu packen. Doch der andere hielt ihn zurück. »John, das nicht. Noch nicht«, sagte er krächzend. »Unser Auftrag lautet: Erschreckt sie nur.«

»Schade.« Der Angesprochene schleckte sich über seine dicken Lippen, die zwischen den Barthaaren dunkelrot leuchteten. Obwohl es fast schon dunkel war, nahm ich doch jede Einzelheit wahr.

»Das war eine Warnung, Dirne«, sagte der eine Mann grinsend.

Mein Mund war knochentrocken geworden, und ich befeuchtete meine Lippen mit der Zunge, dann rannte ich los.

Ich kann nicht mehr sagen, wie ich das Haus erreichte, in dem meine Tante vor der Kochstelle auf einem Schemel saß und in der Bohnensuppe rührte. Es duftete nach Hammelfleisch und nach Kräutern.

»Tante Phineas, ich ...« Aufschluchzend sank ich vor ihr auf die Knie und barg meinen Kopf in ihrem Schoß. Ich erzählte ihr von meinen heutigen Erlebnissen.

Schweigend hörte die alte Frau mir zu, dann streichelte sie mein Haar. »Du gehörst nicht in die Welt der Cunnings, meine Kleine. Und du solltest morgen auch zu Hause bleiben. Ich werde Percy wegschicken. Die Kerle sind bestimmt von Cindy bezahlt worden.«

»Ja, Tante Phineas.« Im Augenblick war ich mit allem einverstanden. Ich wollte alles tun, um nicht ermordet zu werden.

Die Frau erhob sich und legte den Holzbalken vor die Tür. »Für alle Fälle«, meinte sie. »Glücklicherweise sind die Fenster so klein, daß niemand durchkriechen kann. Jaja, es ist schwer für uns. Ich hätte dich als kleines Kind weggeben sollen. In eine ehrbare Familie, die dich an Kindes Statt aufgenommen hätte.«

Wenn man erst siebzehn ist und das Leben noch vor einem liegt, scheint man schnell zu vergessen. Am nächsten Morgen konnte ich es kaum erwarten, mit Percy nach Fotheringhay Castle zu reiten. Man erzählte sich so viel über die schottische Königin Maria, daß meine Neugierde täglich stärker geworden war. Also heute würde ich ihr endlich gegenüberstehen.

»Kind, sei vernünftig, ich werde Percy sagen, du wärst krank.«

»Tante Phineas, ich will mit ihm ausreiten. Er hat mir versprochen, ein Pferd für mich satteln zu lassen.«

Die Frau unterdrückte einen Seufzer und musterte mich nachdenklich. Trotz ihrer Bitte, das Kleid zurückzugeben, hatte ich es heute früh wieder angezogen. Der braune Samt schmiegte sich weich an meinen Körper. Ich hatte das Gewand mit einem Spitzenkragen und Manschetten geschmückt. Der mit Kaninchenfell gefütterte und mit Rotfuchsschwanz verbrämte Umhang lag über meinen Schultern. Noch niemals in meinem ganzen Leben hatte ich so hübsche Kleidungsstücke besessen.

»Lizbeth, du stürzt dich mit offenen Armen ins Unglück«, meinte die Greisin. »Aber uns Alten ist es noch nie gelungen, die Jugend vor Torheiten zurückzuhalten und auf diese Weise zu schützen. Als ich jung war, da ...« Ihr Blick irrte ab.

Im selben Augenblick hörte ich den Hufschlag von Pferden. Voller Freude verließ ich das Haus. Percy war wie meist in Dunkelblau, Rot und Schwarz gekleidet. Die Spange mit der Schlange und dem Rubin funkelte und glitzerte. Seine dunklen Augen leuchteten auf, als er aus dem Sattel sprang.

»Guten Morgen, Madam«, begrüßte er mit einer Verbeugung und dem Schwenken seines Baretts mit der weißen Feder die Greisin. »Du siehst bezaubernd aus, Lizbeth.« Sein bewundernder Blick richtete sich auf mich.

»Sir.« Meine Tante trat einen Schritt vor, ich aber zwinkerte meinem Freund zu. Er hob mich in den Sattel. Zärtlich streichelte ich die blonde Mähne der Fuchsstute, die ich schon öfter geritten hatte.

Meine Tante zog die Schultern hoch und kehrte ins Haus zurück. Ich lachte leise. »Es kann losgehen!« rief ich und trieb das Pferd an.

Wir ritten Seite an Seite. Percy sah mich ernst an. »Lizbeth, du kannst noch umkehren. Dir ist doch bekannt, daß ein Besuch in Fotheringhay Castle schlimme Folgen für dich haben könnte. Es ist unverantwortlich von mir, dich mitzunehmen.«

»Bitte, Percy, mach dir doch deswegen keine Gedanken. Ich habe keine Angst.« Meine Worte entsprachen der Wahrheit. Ich war fest davon überzeugt, daß weder Percy noch mir etwas zustoßen konnte. Impulsiv erzählte ich dem Mann von den bärtigen Männern, die mich am vergangenen Tag in der beginnenden Dunkelheit bedroht und auch gewarnt haben.

»Vor wem haben sie dich gewarnt?« Percy ritt langsamer, auch ich zügelte die Stute.

»Das weiß ich nicht. Aber ich bin sicher, daß Cindy die beiden Kerle gedungen hat. Aus Eifersucht. Ja, gestern bin ich Cedric zufällig begegnet.«

»Du wirst ja rot, Lizbeth. Mein Gott, was für eine Närrin du nur bist. Cindy ist ein Satansweib. Sie ist außerdem eine Intrigantin und hat in Rosamund Howard eine Komplicin gefunden. Mein Vater ist ebenfalls ein alter Narr. Merkt er denn nicht, daß dieses Weib ihn ausnutzt? Sie treibt es mit jedem. Na ja, der Alte ist auch nicht viel besser.« Percy sprach nicht weiter.

Ich verstand ihn auch ohne eine weitere Erklärung.

Als wir die Festung erreicht hatten, spürte ich so etwas wie Panik. Das Schloß war ein schrecklicher, düsterer Ort mit einem doppelten Wallgraben und einem großen Tor mit einem dunklen mächtigen Wachtturm.

Unwillkürlich verglich ich das Tor mit dem Eingang zur Hölle.

Gespenstisch ragte die Burg über dem stehenden schwarzen Wasser des Grabens, das mit grünen Schlingpflanzen bedeckt war. Darin wimmelte es von Kröten, Schlangen und Würmern.

Ich blickte mich um. Auch rings um Fotheringhay Castle wirkte alles erschreckend und wenig einladend. Die Stoppelfelder und das Dorf, durch das wir geritten waren, hatten mich ebenfalls erschreckt. Zerlumpte Kinder hatten im Schlamm gespielt. Und die Herberge »Zum Hahn und Kaninchen« hatte einen schrecklichen Ruf. Es war die elendste aller Herbergen in unserer Gegend.

Percy wechselte einige Worte mit der Wache. Der Mann öffnete uns das Tor, und wir ritten in einen Hof.

Sofort fiel mir auf, was für eine düstere Stimmung innerhalb des Schlosses herrschte. Es wurde nur flüstend gesprochen. Mein Herz war von Angst erfüllt, und ich bereute meine jähe Bitte, Percy hierher begleiten zu dürfen. Der Mann neben mir sprach kein Wort mit mir. Seine Züge wirkten sehr viel strenger als sonst. Jeder Muskel und jede Sehne seines Körpers schienen angespannt zu sein.

Wir wurden sofort bei der Königin vorgelassen. Mit einem diamantbesetzten Kruzifix geschmückt und ganz in Schwarz gekleidet, saß sie auf einem hohen, vergoldeten Armstuhl mit karminroten Polster vor dem Kamin, in dem die Flammen loderten. Einige Hofdamen, die etwas abseits standen und sich leise unterhielten, verstummten jäh, als Percy und ich den Saal betraten.

»Mein lieber Freund, also das ist Lizbeth Collins, das Mädchen, von dem Sie mir erzählt haben«, sagte die Königin mit einem traurigen Lächeln. »Bitte, mein Freund, gehen Sie wieder. Warum wollen Sie sich und dieses halbe Kind unnötig in Gefahr bringen? Das Schloß ist voller Spitzel.« Nervös spielte die Frau mit dem Kruzifix.

Wie majestätisch und schön diese Königin ist, dachte ich.

Eigentlich war sie nicht im üblichen Sinne schön, doch ihre Ausstrahlung und starke Anziehungskraft auf ihre Umwelt machte sie zu einer wahrlich königlichen Frau. Ihre Züge wirkten auffallend belebt. Trotz ihrer tragischen Lage funkelten ihre Augen vor Lebensfreude. Sie war nicht mehr jung, aber die frauliche Reife machte sie sehr anziehend.

»Eure Majestät, ich bin glücklich, Sie kennengelernt zu haben«, hörte ich mich antworten. »Es wird alles gut werden.«

Plötzlich sah sie alt und verzweifelt aus. »Ich kenne meine teure Cousine. Sie fürchtet mich, und ihre Macht erlaubt ihr, ihre Feinde aus der Welt zu räumen.« Die Königin wandte sich von uns ab.

Percy faßte nach meiner Hand. »Komm«, bat er sanft. »Nun hast du sie gesehen.«

Ich versank in einem Knicks, aber Maria Stuart kümmerte sich nicht mehr um uns. Gedankenverloren streichelte sie ihrem Schoßhund über das Köpfchen. Mir war es unendlich schwer ums Herz.

Daß man Frauen und Männer zum Tode verurteilte und auf grausame Weise tötete, wußte ich. Einmal hatte ich gegen meinen Willen einer Hexenverbrennung zusehen müssen. Damals war ich höchstens acht gewesen. Und ich hatte auch schon Tote am Galgen gesehen. Aber es erschien mir unvorstellbar, daß unsere Königin ihre Cousine hinrichten lassen würde.

Das sagte ich auch Percy, als wir durch die kalten Gänge zurückeilten. Und dann sah ich den Mann wieder, der mich zusammen mit seinem Kumpan gestern auf dem Heimweg so erschreckt hatte. Seine kleinen Augen richteten sich mit einem stechenden Blick auf mich.

Ein Schauer lief mir über den Rücken, und ich beschleunigte meine Schritte. Was tat dieser Bandit hier im Schloß?

»Percy, der Mann an der Mauer war einer von denen, die mir gestern gedroht haben. Bestimmt ist er ein Spitzel.«

»Es gibt viele bärtige Männer, die sich auf den ersten Blick gleichen«, versuchte mein Begleiter mir die Angst zu nehmen.

»Percy, du darfst nicht mehr ins Schloß gehen. Bitte, tue es nicht«, flehte ich, als wir durch den Hof gingen.

»Sie braucht mich, Lizbeth. Die schottische Königin hat nur noch wenige wirkliche Freunde. Du kannst recht haben«, fügte der Mann leise hinzu und wandte sich um. »Dieser bärtige Kerl starrt uns nach. Ich hätte dich nicht mit hierher nehmen dürfen. Ich bereue es bitter.«

Im stillen gab ich meinem Freund recht. Was würde mit uns geschehen? In welchem Auftrag handelten diese unheimlichen Männer? Steckte die englische Königin dahinter? Würde sich aber eine so hochwohlgeborene Frau um ein so unbedeutendes Mädchen wie mich kümmern und sich für meine Handlungsweisen interessieren? Vielleicht aber meinte sie Percy, denn die Lords Coleridge hatten stets eine bedeutende Rolle in der englischen Geschichte gespielt, im guten und im schlechten Sinn.

Wieder dachte ich an Cindy. Nur sie konnte mich durch diese furchteinflößenden Kerle in Angst und Schrecken versetzen wollen – aus blindwütiger Eifersucht.

»Percy, Cindy Cheveley mag dich nicht, nicht wahr?« fragte ich, als er mir in den Sattel half.

»Sie haßt mich sogar, Lizbeth, weil ich sie durchschaue. Mein Bruder wird sie heiraten, aber er wird sie nach Strich und Faden betrügen. Doch das wird sie in Kauf nehmen, weil sie nicht in Armut leben will.«

»Aber Earl Morningstar ist doch reich.«

»Leider nicht. Warst du schon einmal in Cheveley House? Alles dort ist heruntergekommen. Der Earl ist ein leidenschaftlicher Glücksspieler, und er hat unzählige Weiber. Ich sage Weiber, weil jede einzelne von ihnen eine Schlampe ist. Mein Vater ist gegen den Earl in dieser Beziehung ein Waisenknabe.«

Das Wetter hatte gewechselt, und ein heftiger Wind war aufgekommen. Wir ritten durch den feinen Nieselregen.

Plötzlich hörten wir Hufgetrappel hinter uns. Ich sah mich um. »Es sind die bärtigen Männer, Percy!« rief ich. »Sie folgen uns.«

Percy zückte seinen Dolch, und seine Augen wurden tiefschwarz. »Ich werde den Burschen eine Lektion erteilen«, erklärte er und knirschte mit den Zähnen. Ich hatte bisher Percy für einen Romantiker gehalten, der jeden offenen Kampf mied, doch nun bewies er mir das Gegenteil.

Der kurze Kampf zwischen den Männern endete mit einer schmerzlichen Lektion für die Angreifer.

Percy, der am Handgelenk blutete, verlor nach dem gewonnenen Kampf keine Zeit. Er sprang in den Sattel, und wir preschten in Richtung Coleridge Castle davon.

Schweigend hob er mich vor dem Schloßportal vom Pferd. Mit gesenktem Kopf betrat ich neben ihm die Halle mit der Galerie und den Flaggen, die Trophäen der Lords Coleridge, die sich für ihre Könige tapfer geschlagen hatten. Der in einer blauroten Livree gekleidete Haushofmeister verneigte sich höflich, aber mir entging nicht das Grinsen, das seinem häßlichen Gesicht mit der langen spitzen Nase etwas Satanisches verlieh.

»Carpenter, ist mein Bruder im Haus?« erkundigte sich Percy.

»Sehr wohl, Sir. Er befindet sich mit Miß Cindy in der Bibliothek.«

»Ich möchte lieber nicht mitkommen.«

»Lizbeth, ich begegne dem Feind am liebsten immer von vorne. Cindy wird die Wahrheit sagen müssen. Habe keine Angst. Ich bin bei dir.«

Das ist es ja, dachte ich unglücklich. Cedric wird glauben, daß ich mit seinem Bruder angebandelt habe. Soll er doch, dachte ich plötzlich aufgebracht. Cedric ist es nicht wert, daß ich auch nur eine Träne seinetwegen vergieße. Und Cindy?

Hocherhobenen Hauptes betrat ich hinter meinem Begleiter den großen Raum mit den holzgetäfelten Wänden und den hohen Regalen, in denen Folianten und eine Menge Bücher standen. Seitdem Johannes Gutenberg die Buchdruckerkunst erfunden hatte, sammelten die wohlhabenden Leute alle Bücher, die auf den Markt kamen. Percy hatte mir erzählt, daß viele Bücher hier fein säuberlich mit der Hand geschrieben waren.

Ich hatte bei unserem Pfarrer Lesen und Schreiben gelernt und war stolz, daß ich in dieser Beziehung auf der gleichen Stufe wie Cindy und alle gebildeten Leute stand. Tante Phineas konnte nichts davon, sie hatte mir einmal gesagt, sie wolle es auch nicht lernen. Lesen und Schreiben unterdrücke die eigenen Gedanken. Ich aber war da anderer Meinung.

Nach einiger Zeit entdeckte ich Cindy. Sie trug ein Kleid aus himmelblauem und silbernem Stoff. Das silberblonde Haar war dicht an den schmalen Kopf gesteckt und ließ die zarten Konturen ihres engelsgleichen Antlitzes noch stärker hervortreten.

Aber der Ausdruck in ihren steingrauen Augen strafte ihre scheinbare Sanftheit Lügen. Ihr Blick war höhnisch und giftig zugleich.

»Percy, seit wann dürfen Mägde sich hier niederlassen?« fragte sie, als mein Freund mir einen Stuhl anbot.

»Lizbeth ist mein Gast«, erwiderte der Mann gelassen.

Cedric beschäftigte sich mit dem Feuer in dem riesigen Kamin. Der Mann hatte mir nur kurz zugenickt und sich dann wieder seiner Arbeit zugewandt.

»Ich werde bald die Herrin von Coleridge Castle sein«, berichtete Cindy mit einem leichten Beben ihrer Nasenflügel. »Nun gut, Percy, du hast hier Wohnrecht und kannst auch Gäste einladen.«

»Nun ist es genug!« erklärte Cedric und starrte seine zukünftige Frau erzürnt an. »Noch bin ich nach Vater der Hausherr hier. Vater würde es nie erlauben, in einem solchen Ton mit einem Gast zu sprechen.«

»Da hast du recht, mein Sohn.« Der Lord hatte unbemerkt den Raum betreten. »Lizbeth ist mir ein lieber Gast.«

Cindys Augen schleuderten förmlich Blitze, und ich wußte, daß ich mich von nun an noch mehr vor dieser Frau in acht nehmen mußte.

Percy sagte kalt: »Wir sind vorhin von zwei Banditen überfallen worden. Cindy, ich nehme an, das war dein Werk. Ich warne dich.«

»Du – mich warnen!« schrie die Angesprochene erbost. »Ich brauche nur eine Nachricht nach London zu schicken.«

»In meinem Haus dulde ich keine Verräter.«

»Aber Mylord. Ihr Sohn besucht die schottische Königin.« Cindy kannte sich kaum mehr vor Wut.

»Und wenn schon. Percy ist ein erwachsener Mann. Die arme Gefangene in Fotheringhay Castle ist bedauernswert.« Der Lord hatte mich nicht aus den Augen gelassen. »Wie sehr du doch deiner Mutter gleichst«, meinte er sinnend.

»Ich möchte gehen«, erklärte ich erregt, sprach nicht weiter, sondern stürmte aus der Bibliothek. Cindys spöttisches Lachen folgte mir.

Verstört blieb ich in der Halle stehen. Jemand kam um die Biegung der Wendeltreppe, die zur Galerie hinaufführte. Es war eine wunderschöne, blondhaarige Frau in einem mit Goldornamenten bestickten dunkelroten Mieder und einem faltigen Rock mit einer schweren Schleppe.

Wer war diese Frau? Hatte Lord Coleridge Besuch? War sie seine Geliebte? Aber nein, Rosamund Howard war dunkelhaarig und vollbusig, während diese Frau zart und zerbrechlich wirkte.

Ich starrte auf die Stufe, auf der ich die Frau eben noch gesehen hatte. Sie schien sich in Luft aufgelöst zu haben. Ich dachte angestrengt nach, dann fiel es mir plötzlich ein. Ich hatte die Frau gestern schon einmal gesehen.

Ich war dem Geist von Barbara Lady Coleridge zum zweitenmal begegnet. Gestern auf dem Rosenkreuz und heute auf dieser Treppe.

Wie von Furien gehetzt rannte ich davon. Ich hatte die wahnwitzige Vorstellung, den Verstand zu verlieren. Eine schwere Tür mit Eisennägeln versperrte mir den Weg. Ich drehte den Knauf, in der Hoffnung, daß er sich bewegen ließ. Ich wollte nach Hause und mit Tante Phineas sprechen.

Aber die Tür führte in die Wachstube. An den nackten Wänden hingen Speere und Hellebarden, und in den Ecken standen Ritterrüstungen.

»Lizbeth!«

Ich wirbelte herum. »Percy, ach, du bist es.« Ich flüchtete mich in seine Arme. »Ich bin ihr wieder begegnet. Dem Geist von Barbara Coleridge. Sie trug diesmal ein rotes Kleid mit einer Goldstickerei.«

»Das ist typisch für Lady Barbaras Geist«, antwortete der Mann keineswegs überrascht. »Sie findet keine Ruhe. Du kennst ja die Geschichte, die sich um Cedrics Geburt webt. Sie scheint dir zu vertrauen, darum zeigt sie sich dir immer wieder.«

»Vielleicht haßt sie mich auch, weil ich die Tochter der Frau bin, die mit ihrem Mann ein Verhältnis gehabt hatte.«

»Dann weißt du es?«

»Warum sollte ich es nicht wissen, Percy? Alle im Dorf wissen es. Es ist das Rosenkreuz, das deinen Vater und meine Mutter verraten hat. Vielleicht will Lady Barbara mir etwas antun.«

»Unsinn.« Mein Begleiter bemühte sich, mir die Angst zu nehmen, aber ich wurde das Gefühl nicht los, daß er ähnliche Gedanken wie ich hegte.

Nicht wahr, das ist die Wachstube?« lenkte ich ab, weil ich nicht mehr an den Geist denken wollte, der mir am hellichten Tag zweimal erschienen war.

Percy nickte: »So ist es. In früheren Zeiten brachte man die Gefangenen hierher, ehe man sie ins Verlies warf. Du weißt ja, daß wir Verliese haben. Dort drüben ist die Falltür. Darunter führt eine Wendeltreppe tief hinunter, und die eisenbeschlagene Tür ist so dick, daß keiner sie aufbrechen kann.«

»Wie schrecklich.« Ich fand, daß diese Wendung unseres Gesprächs bestimmt nicht dazu angetan war, mich von meiner Angst zu befreien. »In Fotheringhay Castle gibt es sicherlich auch Verliese.«

»Ja. Ebenso unterirdische Gänge, deren Eingänge jedoch zur Zeit auf Befehl von Königin Elisabeth streng bewacht werden. Deshalb müssen wir die Wachleute töten, um Maria befreien zu können!«

»Percy, das kann dich den Kopf kosten«, flüsterte ich.

»Würde dich mein Tod betrüben?« Gespannt wartete er auf meine Antwort.

»Was für eine Frage.« Ich versuchte zu lachen, was mir aber kläglich mißlang. »Du bist mein Freund, mein einziger Freund. Bitte, bringe mich jetzt nach Hause.«

»Gut, Lizbeth. Ja, ja, ich bin dein Freund«, setzte er mit leichter Ungeduld hinzu. Daß meine Antwort ihn enttäuscht hatte, schien sicher zu sein. Wenn ich Percy lieben könnte, so wie ich Cedric liebte, wäre sehr viel gewonnen. Aber ich liebte den falschen Mann.

Tante Phineas bekam einen Wutanfall, nachdem ich ihr beim Essen ein Geständnis abgelegt hatte. »Bist du denn von allen guten Geistern verlassen? Hätte ich gewußt, daß Fotheringhay Castle euer Ziel gewesen ist, hätte ich nie meine Erlaubnis für diesen Ausritt gegeben. Auf keinen Fall darfst du noch einmal die schottische Königin besuchen. Du bist die Tochter einer katholischen Schottin und nicht sehr beliebt in unserer Gegend. Und ich gelte als Hexe. Es kann jeden Tag geschehen, daß die Häscher der kirchlichen Würdenträger genügend Material gegen mich für die Inquisition zusammengetragen haben, um mich auf dem Scheiterhaufen zu verbrennen.«

»O nein, Tante Phineas, so etwas darfst du nicht sagen. Du bist doch keine Hexe.«

»Die Leute sind da anderer Meinung.«

Die Bohnensuppe mit dem Hammelfleisch schmeckte plötzlich nicht mehr. Ich hörte auf zu essen und legte den Holzlöffel auf den Tisch. »Dann würde man auch mich verbrennen?«

»Kind, ich möchte, daß du mich verläßt. Gleich morgen früh. Ich habe einige Goldstücke. Gehe nach London. Du bist noch jung.«

»Niemals!« entgegnete ich. Ich glaubte nicht daran, daß etwas Schlimmes mit Tante Phineas und mir geschehen könnte. Meine Tante war uralt geworden. Man würde doch keine Greisin auf dem Scheiterhaufen verbrennen. Und ich hatte doch keinem Menschen jemals etwas zuleide getan. Nur Cindy haßte mich. Nur? fragte ich mich. Ich durfte diese hinterlistige Frau nicht unterschätzen. Sie wollte nicht nur mir schaden, sondern auch Percy, der schien ihr im Wege zu sein. Daß sie uns beide bespitzeln ließ, schien so gut wie sicher zu sein.

Ein Besuch bei der gefangenen schottischen Königin war lebensgefährlich. Nun erst begriff ich, daß meine Neugier mich in eine Lage gebracht hatte, die mir das Leben kosten konnte. Aber ich wollte leben. Ich wollte Cedrics Frau werden: ein hochgestecktes Ziel, das ich nie erreichen würde.

»Iß Lizbeth, deine Suppe wird kalt.«

»Mein Magen ist wie zugeschnürt.«

Ich stand auf und streckte meine Hände den Flammen entgegen, die in dem kleinen Kamin brannten. »Uns wird nichts geschehen, Tante Phineas«, sagte ich nach einem tiefen Atemzug, um mir selbst Mut zu machen.

Später in meiner Kammer lauschte ich auf die Geräusche, die von unten heraufdrangen. Tante Phineas schien ebenfalls keine Ruhe zu finden.

Entsetzliche Bilder gaukelte mir meine Phantasie vorf. Ich sah die Greisin an Händen und Füßen gefesselt an einem Pfahl festgebunden. Strohballen waren unter ihren Füßen aufgestapelt, und dann wurde einer entzündet. Die Flammen wuchsen, schlugen in die Höhe.

»Nein, nein«, stöhnte ich. »Das darf nicht geschehen. Niemals!« Ich vergrub mein Gesicht in dem Kissen und schluchzte verzweifelt.

Der Schlaf erlöste mich nach einiger Zeit von meiner Pein.

Irgendwann erwachte ich. Jeder Nerv meines Körpers war angespannt. Was hatte mich geweckt? Außer dem Wind, der in den Kronen der alten Bäume rauschte, war es totenstill. Trotz der Kälte, die durch die Ritzen zwischen dem Fensterrahmen und der Mauer drang, war ich schweißgebadet. Meine Sinne schärften sich, als ich erregtes Flüstern hörte.

Unendlich langsam erhob ich mich und stieg aus dem Bett. Ich trat an das winzige Fenster. Und dann sah ich die Männer, die unter den ausladenden Ästen der alten Buche standen.

Der Sturm, der plötzlich aufgekommen war, jagte dunkle Wolken über den Himmel. Für einige Augenblicke zeigte sich der Mond. Er hatte die Form einer Mandel, in wenigen Nächten würde Vollmond sein. Der Schein beleuchtete die bärtigen Gesichter, dann wurde es wieder finster.

Aber meine Augen hatten sich inzwischen an die Dunkelheit gewöhnt und ich beobachtete die Unbekannten mit steigender Angst, die sich allmählich in Panik wandelte.

Als ich Schritte auf der Stiege hörte, wirbelte ich herum, darauf gefaßt, daß jede Sekunde die Tür von außen aufgestoßen wurde und einer der Bärtigen hereinstürmen würde.

Zu meiner Erleichterung betrat Tante Phineas mein Zimmer. Die Nachthaube der alten Frau saß schief, und der lange Wollschal hüllte ihre mageren Schultern ein. Sie hielt eine Kerze in der rechten Hand, die jedoch leicht zitterte.

»Die Kerle haben etwas vor«, sagte sie. »Lizbeth, du mußt dich im Keller verstecken.«

»Ich laß dich nicht allein, Tante Phineas. Du mußt mitkommen, Oh, sieh nur, sie werfen brennende Fackeln auf das Strohdach!« schrie ich, als ich zum Fenster hinaussah, und warf mir den mit Hasenfell gefütterten und Fuchsschwanz verbrämten Umhang über die Schultern. »Wir müssen hier raus!« Meine Panik hatte ihren Höhepunkt erreicht.

Die alte Frau wurde erstaunlich ruhig. »Ich wußte, daß das eines Tages geschehen würde. Lizbeth, sowie wir das Haus verlassen haben, fliehe zu den Cunnings. Der Lord ist trotz seines wüsten Lebenswandels ein Mensch, der dich schützen wird. Die Meute will mich.«

»Nein, Tante Phineas, nein!« Ich klammerte mich an die Frau, die für mich alles war. Mutter und Vater, Großmutter und Großvater. Ein Leben ohne sie erschien mir undenkbar.

»Komm.« Tante Phineas ergriff mich am Arm. Daß sie immer noch so viel Kraft besaß, erstaunte mich. Sie wirkte eher gebrechlich und völlig kraftlos. War sie vielleicht doch eine Hexe?

Selbst wenn es so wäre, würde ich bei ihr bleiben. Ich würde sie niemals verlassen, niemals.

Mit erstaunlicher Schnelligkeit verbreitete sich das Feuer auf dem Strohdach. Obwohl es durch den Regen naß war, brannte es wie Zunder.

Ich umklammerte das braune Samtkeid und folgte der Greisin die Treppe hinunter. Wir hofften, daß wir durch die schmale, niedrige Tür, die zum Brunnen hinausführte, fliehen konnten.

Tante Phineas zeichnete ein imaginäres Kreuz auf meine Stirn. Für einige Sekunden vergaß ich unsere schreckliche Lage. War die alte Frau eine Katholikin? Nur sie schlugen ein Kreuz, um einen geliebten Menschen zu segnen.

»Tante Phineas, bist du katholisch getauft worden?«

»Ja, meine Kleine. Als ich geboren wurde, waren noch die meisten Menschen katholisch, weil der Protestantismus noch nicht um sich gegriffen hatte. Warum begreifen die Narren, die sich wegen der Religion bekämpfen, nicht, daß wir alle Christen sind? Doch vielleicht können wir uns zu einem günstigeren Zeitpunkt darüber unterhalten.« Die Frau drehte vorsichtig den Schlüssel der Hintertür um und zog sie dann auf.

Ein baumlanger Mann stand vor uns. Er packte die Greisin, die keinen Ton von sich gab. »Da habt ihr die alte Hexe!« schrie er seinen Kumpanen zu. »Bringt sie dorthin, wohin sie gehört. Und jetzt zu dir, mein Schätzchen.«

Im ersten Augenblick war ich wie versteinert vor Grauen, doch dann siegte mein Lebenswille. Ich sah ein, daß ich Tante Phineas nicht helfen konnte. Sie war sehr alt, aber ich hatte erst siebzehn Lenze erlebt. Ich wollte leben.

Der Bandit schien nicht mit meiner Reaktion gerechnet zu haben. Mit voller Wucht trat ich gegen sein Schienbein. Als der Mann einen Wutschrei ausstieß und zurückwankte, rannte ich los. Ich lief um mein Leben.

In dieser unwegsamen Gegend war ich zu Hause und kannte jeden Stock und Stein. Ich erreichte das Dornengestrüpp und kroch hinein. Das Keuchen meines Verfolgers kam näher. Mehrere Male blieb ich an den Dornen hängen, doch ich konnte mich gleich wieder losreißen. Das Nachthemd hing in Fetzen von meinem Körper, aber ich war gerettet, als ich den Durchschlupf in der Parkmauer hinter mir hatte.

Die Hunde begannen zu bellen, als ich über den englischen Rasen zum Rosenkreuz lief. Der Mond kam hinter den Wolken hervor und sein Licht fiel auf die Rosen, die zu brennen schienen.

Im Schloß war es lebendig geworden. Das Feuer hatte die Bewohner alarmiert. Hinter den Fenstern sah ich huschende Lichter, dann wurde das Portal aufgerissen. Cedric eilte mir entgegen.

»Sie bringen Tante Phineas um!« schrie ich. »Sie werden sie als Hexe verbrennen. Aber sie ist keine Hexe!«

»Ruhig, Lizbeth, ganz ruhig. Wir werden deine Tante retten.«

»Wenn es nicht schon zu spät ist.«

Percy kam aus dem Schloß. Im Nu war der Hof voller Männer, die Schwerter und Dolche trugen. Stallknechte führten gesattelte Pferde aus den Ställen. Es war eine unwirkliche Szenerie, die mir das Gefühl vermittelte, einen furchtbaren Alptraum zu haben. Ich konnte mich kaum noch auf den Beinen halten, und die Kratzer, die mir die Dornen zugefügt hatten, machten sich unangenehm bemerkbar und fingen zu brennen an.

Rosamund Howard, Lord Coleridges Geliebte, erschien ebenfalls auf der Bildfläche. Das mit Feh gefütterte Samtcape unterstrich noch ihre Schönheit. Das dunkle Haar fiel in weichen Wellen bis zu ihren runden Hüften.

»Was ist denn hier los? Greifen die Schotten an?« fragte sie Sir Robin, der ihr gefolgt war.

Percy sprach mit seinem Vater, woraufhin der Lord meine Hände umfaßte. »Rosamund, kümmere dich um das arme Kind!« befahl er seiner Mätresse.

»Wie Sie wollen, Sir«, entgegnete die Frau gereizt.

»Ich werde mich nur schnell ankleiden und dann mit den Männern reiten.«

Ich hatte keine Lust, bei Rosamund Howard zu bleiben. Ich fürchtete nicht nur ihre scharfe Zunge, sondern auch die von Cindy.

»Ich werde mitreiten!« rief ich deshalb und riß mich von dem Schloßherrn los. Im Stall kleidete ich mich in Windeseile an. Das zerfetzte Nachthemd ließ ich am Boden liegen. Ein Glück, daß ich das Samtkleid gerettet hatte. Diese Robe verlieh mir ein sicheres Gefühl und stärkte meinen Mut.

Percy hatte die Stute für mich satteln lassen, mit derem Charakter ich bereits vertraut war. Daß es regnete, bemerkte ich kaum, als wir die Verfolgung der Verbrecher aufnahmen.

Als wir die große Dorfwiese erreicht hatten, sahen wir die Männer dicht vor uns. Sie stießen Tante Phineas vor sich her, und ihr rohes Gelächter schallte durch die Nacht.

Der Riese, scheinbar der Anführer der Banditen, drehte sich um.

»Der gehört mir!« schrie Cedric. »Ich werde dem Burschen eine Lektion erteilen, die er nie vergessen wird. Befreit die alte Frau!«

Lord Coleridge war uns in einigem Abstand mit einer Meute seiner Jagdhunde gefolgt. Er rief ihnen Befehle zu und sie stürzten sich kläffend und mit gefletschten Zähnen auf die Männer.

»Sir, das ist nicht fair!« schrie Cedric wütend.

»Nicht fair? Ist es fair, zwei hilflose Frauen zu überfallen und ihr Haus abzubrennen? Faßt!«

Die Tiere waren auf Menschenjagd dressiert. Die fünf Banditen begriffen sofort. Sie rannten um ihr Leben. Der Fluchtweg führte sie direkt ins Sumpfgebiet.

Die Hunde nahmen mit langgestreckten Hälsen bellend die Verfolgung auf. Cedric war wütend.

Ich war aus dem Sattel geglitten und kniete neben meiner Tante nieder, die trotz der hinter ihr liegenden Strapazen noch lebte. Einmal hatte sie mir gesagt, sie sei zäh wie eine Katze und hätte sieben Leben.

»Ich werde mich wieder erholen«, flüsterte sie und schloß die Augen. Ich bettete ihren Kopf mit den zerzausten weißen Haaren in meinen Schoß.

»Rufen Sie sofort die Hunde zurück!« schrie Cedric seinem Vater zu. »Oder halten Sie uns für Feiglinge? Sir, Sie haben die halbe Nacht fröhlich gebechert. Zurück!« brüllte er die Vierbeiner an.

Sie folgten sofort, aber für drei Männer kam dieser Befehl zu spät. Sie versanken vor unseren Augen im Morast. Zwei Banditen stürzten sich mit gezückten Degen auf die Brüder Cunning und die Männer, die nur auf einen Befehl ihrer Herren warteten, um die Bärtigen zu töten.

»Sie gehören uns beiden. Percy, nimm den kleineren, der Riese gehört mir.« Es hatte inzwischen zu regnen aufgehört, und der Himmel war sternenklar.

Ich hatte nur Augen für Cedric. Mit gezückten Degen standen sich die

Kämpfenden gegenüber. Cedric war ein meisterhafter Fechter und schien diesen Kampf als Vergnügen zu empfinden. Der Riese lachte überheblich.

Percy hatte seinen Gegner schon besiegt, aber sein Bruder kämpfte noch. Ich fürchtete um Cedrics Leben und betete das Vaterunser.

»Nicht so laut, Lizbeth«, warnte Tante Phineas, die sich aufgesetzt hatte. »Das ist die katholische Version des Vaterunsers.«

Ich hörte nicht auf sie. Einige Male sah es so aus, als würde der Riese Cedric umbringen, doch der zukünftige Lord war trotz seiner kräftigen Statur wendig und wich geschickt den tödlichen Stößen aus. Die Männer bewegten sich nun im Kreis, wichen zurück und sprangen wieder aufeinander zu.

Der Riese stolperte, und Cedric durchbohrte die haarige Brust des Riesen, der langsam in die Knie ging. In diesem Augenblick sah ich plötzlich Barbara Lady Coleridge. Sie nickte mir zu, dann löste sie sich in Nichts auf.

Hatte der Bandit den Geist auch gesehen? Mir war aufgefallen, daß der Mann erschrocken den Blick von seinem Gegner abgewendet hatte. Diese kleine Unaufmerksamkeit hatte ihm das Leben gekostet.

Sir Robin hatte meine Tante und mich in dem alten Gärtnerhaus einquartiert. Das massiv gebaute Gebäude lehnte sich innerhalb des Parks an die hohe Mauer. Ursprünglich wollte der Schloßherr uns in dem linken Flügel des Schlosses unterbringen, aber Tante Phineas hatte nichts davon wissen wollen.

Unser Haus am Rande des Dorfes war nur noch eine geschwärzte Ruine. Das Feuer hatte gründliche Arbeit geleistet.

Und noch etwas war geschehen, etwas Merkwürdiges, das ich, einige Tage später von Cindy erfuhr, für die unsere Anwesenheit im Schloßpark von Coleridge Castle ein Dorn im Auge war.

Tante Phineas ruhte in der Wohnstube in einem Sessel. Die brutale Behandlung der Banditen hatte sie arg mitgenommen. Für mich stand fest, daß Cindy hinter dieser gemeinen Brandstiftung steckte. Tante Phineas aber tippte auf die Dorfleute, die sich nichts mehr wünschten, als sie auf dem Scheiterhaufen brennen zu sehen.

Aber ich glaubte nicht an diese Theorie. Ich fütterte gerade die Hühner, die sich während des Brandes in den Wald geflüchtet und die ich wieder eingefangen und hierher gebracht hatte, als ich das Schnauben eines Pferdes dicht hinter mir hörte.

Ich wandte mich langsam um und starrte die Reiterin an. Cindy trug ein grasgrünes Reitkleid mit einem dazu passenden Hut mit einer Reiherfeder. Ihre grauen Augen waren hämisch auf mich gerichtet. Tausend Teufelchen schienen darin zu tanzen. Mehr denn je wurde mir bewußt, daß dieses bildschöne Geschöpf voller Bosheit steckte. Was hatte sie nun schon wieder im Sinn?

Dann änderte sich der Gesichtsausdruck der Frau plötzlich, aber ihr süßes Lächeln schien mir noch gefährlicher zu sein. Ich senkte nicht die Lider, sondern erwiderte das falsche Lächeln.

»Welche Ehre«, sagte ich mit gespielter Demut.

»Hör zu, Lizbeth, vielleicht hast du schon davon gehört.«

»Gehört? Was soll ich gehört haben?«

Die Frau glitt aus dem Sattel und gab ihrem Pferd einen leichten Klaps. Das Tier trabte auf die Wiese zu, um dort zu grasen. Cindy lehnte sich an den Brunnenrand und musterte mich. »Dir ist doch klar, daß du unmöglich jemals einen von den Cunnings heiraten kannst.«

»Wer sagt dir denn, daß ich einen von ihnen heiraten will?« Ich ließ den Eimer in den Brunnen hinunter, um Wasser zu schöpfen.

»Daß du über beide Ohren in Cedric verliebt bist, kann sogar ein Blinder sehen. Er wird dich verführen, mehr aber nicht, aber auch das wäre schon Blutschande.«

»Hör mal, Cindy, du hast wohl schlecht geschlafen«, erwiderte ich kühl.

»Als deine Großtante in Lebensgefahr schwebte, haben die Rosen dunkelrot geleuchtet. Und das mitten in der Nacht. Rosamund hat es gesehen. Jede Rose glich einem glühenden Docht.«

»Was willst du damit sagen?« Ich versuchte, mich an das Rosenkreuz zu erinnern, als ich direkt darauf zugelaufen war, um im Schloß Hilfe zu holen. Tatsächlich hatten die Rosen damals geglüht. Hatten sie aber nicht nur matt geschimmert? Nein, dann hätte ich sie wohl kaum in der Dunkelheit sehen können.

»Daß Tante Phineas eine Frucht der Sünde ist. Sie ist doch die Schwester deines Großvaters?«

»Meiner Großmutter väterlicherseits.«

»Die Cunnings haben viele Bastarde gezeugt. Hätten sonst die Rosen geleuchtet?«

»Wer sagt dir denn, daß sie geleuchtet haben, weil Tante Phineas in Gefahr war? Schließlich waren auch Percy und Cedric in Gefahr.«

»Da noch nicht. Rosamund hat mir erzählt, daß ihr kaum den Hof verlassen hättet, als die Rosen zu leuchten begannen. Sie waren dunkelrot.«

Was Cindy mir da erzählte, stimmte. »Das bedeutet noch lange nicht, daß auch Tante Phineas Schwester, also meine Großmutter, eine Cunning gewesen ist.«

»Wahrscheinlich war deine Urgroßmutter eine Magd im Schloß, und der damalige Lord Cunning hat es auch mit ihr getrieben. Vielleicht bist auch du eine uneheliche Tochter von Sir Robin. Schließlich weiß es jeder, daß er es mit deiner Mutter getrieben hat.« Cindy brach in Gelächter aus, dann pfiff sie ihrem Pferd, das sofort angetrabt kam. Elegant stieg sie in den Sattel und trieb die Stute an.

Wie erstarrt blieb ich am Brunnen stehen. Erst als sich die Hühner um mich scharten und gackerten, kehrte ich in die rauhe Gegenwart zurück. Ich zog den Eimer aus dem Brunnen hoch und schüttete Wasser in den großen Napf, dann verstreute ich noch Körner für das Federvieh und kehrte in das alte Haus zurück, das sehr viel massiver gebaut war als das unsere. Auch die Räume waren größer, und die Möbel waren sehr viel hübscher als die in unserem ehemaligen Häuschen am Rande von Coleridge Village.

Tante Phineas hatte sich erhoben. Sie sah sehr blaß aus, aber sie lächelte freundlich. Erstaunlicherweise fehlten ihr trotz des hohen Alters nur zwei Zähne. Sie war fest davon überzeugt, daß die Heilkräuter, die sie bei jeder Zahnfleischentzündung angewendet hatte, den Zahnausfall verhindert hatten.

»Tante Phineas, ich möchte dich etwas fragen.«

»Aber ja, Lizbeth.« Sie setzte sich auf den Schemel vor der Kochstelle und warf Kräuter in den großen Eisentopf, der über dem Feuer hing.

»Bist du eine Tochter von dem Lord Coleridge, der zur Zeit deiner Geburt gelebt hat?«

»So ist es, Lizbeth.« Ein Lächeln umspielte ihre Lippen.

»Also doch. Und deine Schwester?«

»Deine Großmutter ist die Tochter ihres Vaters. Meine Mutter hat mich mit in die Ehe gebracht, nachdem sie einen heiligen Eid abgelegt hatte, den Lord nie wiederzusehen.«

»Und ich?«

»Du bist eine echte Collins, Lizbeth. Auch deine Mutter hat während der Zeit, als dein Vater zwei Jahre zu Hause gewesen ist, das Anwesen niemals verlassen. Dafür kann ich meine Hand ins Feuer legen.«

»Als die Banditen dich umbringen wollten, haben die Rosen auf dem Kreuz im Park von Coleridge Castle geglüht, Tante Phineas.«

Die Frau blieb mir eine Antwort schuldig, ich erwartete auch keine. Ich war unendlich glücklich, keine Cunning zu sein.

Cedric, dachte ich voller Sehnsucht. Oh, geliebter Cedric. Als ich die Hufschläge eines Pferdes hörte, zuckte ich zusammen. Ich lief zum Fenster und konnte es kaum fassen, als ich den Reiter erkannte. Was wollte er von uns? Weshalb kam Cedric hierher? Wollte er mich besuchen? Dann liebte er mich vielleicht?

Ohne auf Tante Phineas zu achten, die mich zurückhalten wollte, eilte ich aus dem Haus. Cedric sprang gerade aus dem Sattel.

»Hallo, schönste aller Jungfern!« begrüßte er mich mit strahlenden Augen.

Dann küßte er mich auf den Mund. Wenn es auch nur ein flüchtiger Kuß war, hatte ich doch das Gefühl, im siebenten Himmel zu sein. Die Farben um mich herum schienen heller zu leuchten.

»Sir, Sie wünschen?« Die Greisin stand nun auf der Türschwelle. Ihre Züge drückten Mißbilligung aus.

»Ich komme im Auftrag meines Vaters«, wurde ihr geantwortet. Der Blick des Mannes ließ mich nicht los, er schien mich zu streicheln und liebkosen.

Noch niemals in meinem ganzen Leben war ich von dem Gefühl beherrscht worden, schön und begehrenswert zu sein. Doch in diesem wundervollen Augenblick fühlte ich eine Art von Euphorie.

Zwei Knappen waren Cedric mit prallgefüllten Satteltaschen gefolgt.

»Lizbeth, du und auch deine Tante, ihr habt alles verloren, woran euer Herz gehangen hat. Die wunderschöne Robe, in der deine Mutter geheiratet hat, ist mit noch vielen anderen Gegenständen vernichtet worden. Ich weiß, wer für das Feuer verantwortlich ist, aber mir sind die Hände gebunden. Dennoch habe ich den Wunsch, einiges gutzumachen. Ja, ich fühle mich dazu verpflichtet.« Er wandte sich zu den Knappen um und rief ihnen etwas zu.

Die beiden Männer trugen die Satteltaschen in das Haus. Tante Phineas wollte sie zuerst daran hindern, doch dann resignierte sie. Ich aber war Feuer und Flamme vor Begeisterung. Natürlich hatte ich der Seemannskiste meines Vaters nachgetrauert, in der nicht nur die Seidenrobe meiner Mutter gewesen war, sondern auch noch Dinge, die meinem Vater gehört und ihn mir sehr nahe gebracht hatten.

Zwei Taschen waren mit Lebensmitteln gefüllt, und in den beiden anderen befanden sich Kleidungsstücke und Gegenstände, die mein Herz höher schlagen ließen.

Begeistert breitete ich die Schätze auf dem Tisch in der Stube aus. Eine silberne Haarbürste, einen Kamm, eine Flasche Parfüm für Hände und Gesicht und zwei zauberhafte Kleider aus Samt. Das eine war purpurrot und das andere moosgrün. Ein schwarzes Wollkleid und mehrere Häubchen für meine Tante legte ich auf den Sessel.

»Niemals!« sagte die alte Frau. »Sir, nehmen Sie die Sachen wieder mit. Die Lebensmittel lasse ich noch gelten. Aber die Kleider sind reiner Luxus. Wann sollte meine Nichte je eines von ihnen tragen?«

»Mein Vater, der Lord, würde böse sein, wenn Sie die Kleider und andere Dinge zurückschicken. Vergessen Sie nicht, Madame, daß Sie sein Gast sind.« Cedric ließ seinen ganzen Charme spielen.

»Das vergesse ich nicht, Sir. Worauf sie sich verlassen können.« Diese bitter hervorgestoßenen Worte ließen mich jäh begreifen, wie unglücklich die Frau war, ihr Hab und Gut verloren zu haben und von den Cunnings ahbängig zu sein.

Tante Phineas zog sich zurück. Für einen glücklichen Augenblick waren Cedric und ich ganz allein. Die Knappen hatten bereits das Haus wieder verlassen. Ich hörte das Schnauben der Pferde und die Stimmen der Männer.

Im Zimmer jedoch war es sehr still, es war eine Stille, die für mich voller Stimmen war, Stimmen, die nur ich hörte. Und als Cedric mich an sich zog, erbebte ich vor Glück. Ein wunderbarer Schauer lief mir über die Haut, und als seine Lippen die meinen berührten, fühlte ich mich einer Ohnmacht nahe. Sein Kuß wühlte mich auf und machte mich mehr denn je zu seiner Sklavin.

Viel zu schnell wurde ich aus diesem Zustand gerissen. Als Cedric mich losließ, sah ich draußen vor dem Fenster kurz ein totenbleiches Gesicht. Cindy? Ja, sie muß ihm gefolgt sein, überlegte ich.

»Du spielst mit dem Feuer«, bemerkte Tante Phineas später, als Cedric, Cindy und die Knappen weggeritten waren.

»Er liebt mich, Tante Phineas.«

»Er wird dich vergessen. Willst du denn dasselbe Los erleiden wie deine Mutter? Cindy Cheveley wird so etwas nicht dulden.«

»Cedric ist schrecklich wütend geworden, weil Cindy ihm gefolgt ist. Diese Cindy ist schamlos, und sie besitzt keinen Stolz.«

»Trotzdem, wie kannst du all die Dinge von einem Mann annehmen?«

»Sie sind von Lord Coleridge, Tante Phineas. Der Lord könnte mein Vater sein. Cedric weiß, wer die Kerle gedungen hat, die unser Haus zerstört haben.«

»Du wirst eines Tages alles besser begreifen, mein Kind.«

Ich aber achtete nicht mehr auf ihre Worte, sondern bewunderte die Silberbürste, den Kamm, das Parfüm und die Kleider. Impulsiv probierte ich sie in meiner Kammer an. Eigentlich war sie schon ein richtiges Zimmer, in dem ein breites Bett mit verblichenen blauen Vorhängen stand und ein Waschtisch mit einer Schüsesl und einem Krug aus Steingut. Auf dem Fußboden lagen saubere Binsen. Auf die Wände waren Pferde und Reiter in Ritterrüstungen mit Lanzen gemalt. Es gab sogar einen Spiegel, dessen Glas allerdings einige schwarze Flecken aufwies, aber dennoch konnte ich mich darin bewundern.

Die Roben paßten wie angegossen. Ich ahnte, daß sie einst Lady Barbara gehört hatten, Cedrics Mutter also.

Ich fröstelte plötzlich, weil ich daran dachte, daß sie mir zweimal als Geist erschienen war. Würde sie es dulden, daß ich, eine halbe Schottin, deren Vater zudem ein sehr einfacher Mann gewesen war, ihre Kleidungsstücke trug?

Was für Gedanken, sagte ich mir und schlüpfte hastig aus dem moosgrünen Samtkleid, das mir besonders gut stand. Ich legte beide Gewänder in die Truhe, entschlossen, sie nun doch nicht zu tragen. Aber vielleicht hatte ihr auch das braune Samtkleid gehört, das bisher mein einziges hübsches Kleid gewesen war. Percy hatte es mir gebracht. Sicherlich hatte es seiner Mutter gehört. Ich wollte ihn bei unserer nächsten Begegnung danach fragen. Aber die Ereignisse überstürzten sich, so daß dieses Problem völlig unwichtig wurde.

Von Unruhe getrieben, verließ ich den Raum und lief die Holztreppe hinunter. Tante Phineas rührte in dem großen Eisentopf über der offenen Feuerstelle in der Linsensuppe. Die Lebensmittel lagen unberührt auf dem Tisch mit der blankgescheuerten Platte.

»Warum kochst du nicht etwas anderes?« wollte ich wissen.

»Morgen, Lizbeth. Trage das Fleisch, die Milch und die Eier hinunter in den Keller. Dort ist es kalt«.

»Gut, Tante Phineas. Hör doch«, rief ich. »Eine Katze miaut.«

»Milly!« Die Frau erhob sich behende. »Sie lebt und kommt zu mir zurück. Ich hatte schon jede Hoffnung aufgegeben. Sie ist es bestimmt.«

Die alte Frau hing sehr an der Katze und hatte bisher unendlich unter ihrem Verlust gelitten. Ich hoffte von ganzem Herzen, daß das Tier Milly war.

Ich lief hinaus und lockte die Katze mit leisen Rufen. Als die getigerte Katze tatsächlich langsam näher kam, traten mir Freudentränen in die Augen. Es war Milly.

Tante Phineas liebkoste das Fell ihres verloren geglaubten Lieblings, während ich die Lebensmittel in den Keller hinuntertrug und in die Fächer des Regals verteilte. Wie kalt es hier unten war. Irgend etwas Unheimliches war um mich herum, etwas, das mir Angst einjagte. Mein Blick fiel auf eine Falltür. In den meisten stabil gebauten Häusern gab es solche Schlupfwinkel.

Obwohl ich mich immer noch fürchtete, siegte doch meine Neugier. Keuchend zog ich die Falltür an dem Eisenring hoch. Eine Treppe führte hinunter, die sich im Dunkeln verlor.

Zufrieden ließ ich die Tür wieder zufallen und lief die Stufen hinauf.

»Was war denn das für ein Getöse dort unten?« erkundigte sich Tante Phineas besorgt und drückte Milly fester an ihre Brust.

»Es gibt dort unten eine Falltür. Ich möchte gern wissen, wohin die Treppe führt. Ich brauche aber dafür eine Pechfackel.«

»Auf keinen Fall erlaube ich das. Diesmal wirst du mir gehorchen. Niemals darfst du allein diese Treppe hinuntersteigen. Wer weiß, was sich dort unten befindet?«

»Also gut. Aber Percy könnte doch nachschauen.«

»Meinetwegen. Wenn er dich besucht, dann ... wenn man den Teufel an die Wand malt, erscheint er«, erklärte sie humorvoll, als sie zum Fenster hinausschaute.

Tatsächlich sprang Percy von seinem Hengst und schlang die Zügel um den Eisenring. Ich lief hinaus, um den Mann zu begrüßen.

»Weißt du, daß Cedric hiergewesen ist, um uns Sachen von deinem Vater zu bringen?«

»Vater hatte mich darum gebeten es zu tun, aber Cedric hat die Sachen genommen und ist davongeritten. Lizbeth, ich bitte dich, hänge dein Herz nicht an meinen Bruder. Der Hochzeitstermin ist festgelegt. Cedric und Cindy heiraten in Kürze.«

»Aber er kann sie nicht heiraten, weil er sie nicht liebt. Cedric liebt mich!« beteuerte ich aufsässig. »Er hat mich geküßt.«

»Das bedeutet nichts für ihn. Er küßt jedes hübsche Mädchen, das sich willig zeigt.«

Ich schwieg und geleitete Percy ins Haus.

Später erzählte ich dem Besucher von meiner Entdeckung im Keller. Tante Phineas gab Percy eine Pechfackel, die er entzündete, dann stieg er vor mir die Stufen der Kellertreppe hinunter.

Voller Angst beobachtete ich ihn, als er, nachdem er mir die Fackel gereicht hatte, die Falltür hochzog. Dann nahm er mir die Fackel wieder ab und leuchtete in die Tiefe.

»Die Treppe ist so lang, daß man von hier aus nicht sehen kann, wo sie endet.« Vorsichtig setzte er den Fuß auf die erste Stufe. »Die Stufen sind aus Stein gehauen. Warte hier oben.«

»Ich komme mit«, erwiderte ich entschlossen. Noch hatte ich meinen Gedanken über die kurz bevorstehende Hochzeit von Cedric nicht verdrängen können. Heiß brannten die Tränen unter meinen Lidern, und ich folgte Percy halbblind in die unheimliche schwarze Tiefe.

Die Stufen schienen kein Ende nehmen zu wollen. Doch endlich erreichten wir einen Gang. Von den Wänden tropfte Wasser, und die Luft war sehr dünn.

Percys Neugier war nicht mehr zu bremsen. Nach einiger Zeit schimmerte Licht von hoch oben in den Gang.

»Der Erbauer dieses unterirdischen Ganges hat sogar an Luftschächte gedacht. Der Gang führt weiter.«

Ich weiß nicht, wieviel Zeit vergangen war, als wir eine Treppe erreichten, die nach oben führte. Percy blieb stehen. »Wir müßten uns ganz in der Nähe des Schlosses befinden. Seltsam, daß niemand von uns etwas von diesem Gang weiß. Es gibt einen Bauplan von Coleridge Castle, aber dieser unterirdische Gang ist nicht eingezeichnet. Komm, Lizbeth«, bat er dann und umschloß meine eiskalte Hand. »Vielleicht kommen wir irgendwo im Park raus. Auf keinen Fall dürfen wir jemandem von dem unterirdischen Gang erzählen.«

»Denkst du an die Königin Maria?« fragte ich sofort.

»Ja. Jeden Tag versuchen wir, sie zu befreien, aber die Wachen sind verstärkt worden. Und zwei meiner Freunde hat man heute früh verhaftet.«

»Percy, du darfst nicht mehr in die Festung gehen. Bitte, tue es nicht«, flehte ich ihn an.

Der Mann antwortete nicht. Dicht hinter ihm stieg ich die Stufen hinauf. Sie endeten in einem Raum, in dem ein Sarkophag stand. »Eine Grabkammer!« erklärte Percy überrascht und trat näher an den Sarg heran. Ich blieb am Ende der Stufen stehen, mein Puls raste.

»Wer mag wohl darin liegen?« Percy versuchte den schmucklosen Dekkel des Sarkophags langsam zur Seite zu schieben. Die Muskeln des Mannes spannten sich, und Schweißtropfen standen auf seiner Stirn, als es ihm endlich gelungen war. Schwer atmend stand er davor.

Ich ging einen Schritt näher und unterdrückte einen Schrei, als mein

Blick auf das Skelett fiel. Es war das einer Frau in einem silbergrauen Brokatkleid, das noch gut erhalten war. Ein Rosenkranz war um die Hände des Skeletts geschlungen, dessen Finger sich um ein Pergament krallten.

»Rühre nichts an!« bat ich. Wie fast alle Leute war ich sehr abergläubisch und fürchtete mich vor den Toten.

Percy hörte nicht auf mich, sondern nahm vorsichtig das Pergament an sich und las es. Nach einer Weile erklärte mein Begleiter: »Die Frau hieß Sylvia Shrewsbury. Sie ist 1493 geboren und 1513 gestorben. Also war sie zwanzig Jahre alt, als sie ihren letzten Atemzug tat. Wer mag die Frau gewesen sein? Und was soll diese Nachricht bedeuten?«

»Was für eine Nachricht?« Ich hatte meine Vorsicht überwunden und ging noch einige Schritte näher.

»Höre zu: ›Solange diese Rosen blühen, wirst du der Hölle nicht entfliehen‹. Mein Gott, wir müssen uns direkt unter dem Rosenkreuz befinden. Der Mann, der diesen unterirdischen Gang entdeckt hat – denn er kann ihn nicht gebaut haben, weil so etwas Jahre dauern würde –, hat womöglich diese Sylvia Shrewsbury ermordet und hier begraben. Danach hat er die Rosen über diese Grabkammern gepflanzt. Dieser Mann muß ein Magier gewesen sein und übernatürliche Kräfte gehabt haben. Mit seinem Zauber hat er das Kreuz belegt. Was für eine seltsame Geschichte. Ich werde in der Bibliothek in Coleridge Castle nach einem Hinweis suchen, der mich vielleicht auf die Spur von Sylvia Shrewsbury führt.«

»Ob es von hier einen Ausstieg nach oben gibt?«

Percy sah sich um und tastete dann die Quadersteine ab. »Wenn, dann müßte es irgendwo einen Punkt geben, der einen Mechanismus auslöst. Die Architekten waren in den vergangenen Jahrhunderten schon raffiniert im Ausklügeln von Geheimgängen. Wenn es darum geht, sich vor Gefahren zu schützen, arbeitet ein Menschengehirn präziser. Die Angst vor einem frühen Tod läßt uns erfinderisch werden.«

Percy suchte nach irgendeiner Erhebung oder Vertiefung, doch scheinbar gab es keinen geheimen Ausgang aus dieser Grabkammer.

Die Pechfackel war bereits halb abgebrannt, so daß wir umkehren mußten. »Wer hätte auch daran gedacht, daß der Gang so lang ist«, meinte mein Begleiter. »Ich werde alles tun, um diesem Geheimnis hier auf die Spur zu kommen.«

Der Weg zurück erschien mir unendlich lang. Schließlich aber erreichten wir die Treppe, die zur Falltür im Keller des alten Gärtnerhauses emporführte.

Die Pechfackel verglühte allmählich, das bedeutete, daß wir mehr als eine Stunde unterwegs gewesen waren.

Tante Phineas erwartete uns im Keller. Ihre Züge waren streng, und sie schien in dieser Zeit, die wir weg gewesen waren, um Jahre gealtert zu sein.

»Ich habe für euch gebetet«, sagte sie und atmete wie befreit auf. »Was habt ihr nur so lange dort unten gemacht?«

Ich beeilte mich, die Kellertreppe hinaufzusteigen, denn ich hatte das Bedürfnis nach frischer Luft.

Auch Percy war ungewöhnlich blaß. Er schnappte gierig nach Luft, als wir endlich unter freiem Himmel standen. Tante Phineas bediente uns mit Wein. Danach fühlten wir uns viel besser und erzählten ihr von unserer Entdekkung.

»Sylvia Shrewsbury?« wiederholte sie den Namen der Toten in der Grabkammer, die sich mit hundertprozentiger Wahrscheinlichkeit unter dem Rosenkreuz befand. »O ja, ich erinnere mich an den Namen. Ich war ungefähr zehn Jahre, als diese Sylvia Shrewsbury sich mit dem damaligen Lord Coleridge verlobte. Sie war die Tochter eines Peers, der in London unter dem englischen König Heinrich VII. einen hohen Staatsposten innehatte. Sylvia Shrewsbury soll eine Schönheit gewesen sein, ein sanftes frommes Geschöpf, das von allen geliebt wurde. Doch dann geschah etwas Seltsames mit ihr.

Die Leute sagten, sie wäre vom Teufel besessen, der ihr in der Gestalt eines auffallend gutaussehenden jungen Mannes erschienen sei. Dieser Teufel, der sich Henry Butterfield nannte, behauptete, er wäre ein Ordensbruder der Rosenkreuzer. Er wäre viele Monate mit Christian Rosenkreuz beisammengewesen – in Deutschland. Er hätte es sich zur Aufgabe gemacht, die Lehre der Rosenkreuzer in seinem Heimatland zu verbreiten.«

»Aber man erzählte sich doch, daß die Aufgaben, die sich die Anhänger des Rosenkreuzordens gestellt hatten, nur Gutes beinhalten«, meinte Percy nachdenklich.

»Aber ja, das wußten auch alle, darum glaubten sie auch nicht daran, daß dieser Henry Butterfield wirklich ein echter Ordensbruder der Rosenkreuzer war.«

»Aber es wird doch behauptet, daß es auch hilfreiche Teufel gibt«, bemerkte ich leise.

Zu dritt saßen wir auf der weiß angestrichenen Holzbank neben der Haustür. Die Sonne schien sehr warm, fast so warm wie an einem richtigen Frühlingstag.

»Ja, so sagt man, aber dieser Henry Butterfield gehörte zu den Helfern des Bösen. Er war Satan in seiner körperlichen Gestalt. Sylvia Shrewsbury soll einen Pakt mit ihm geschlossen haben, der mit dem Teufelsstigma besiegelt worden sei, das als wichtigstes Erkennungszeichen der Teufelsanbeter gilt. Sie soll deshalb eine Zeichnung, einen Frosch, in der Haut am linken Oberarm gehabt haben.«

Tante Phineas Blick verlor sich in die Ferne, als sie noch leiser weiterredete: »Lord Coleridge löste seine Verlobung natürlich, doch vorher hat er die junge Sylvia Shrewsbury entehrt. Sie erwartete ein Kind von ihm. Die Eltern waren entsetzt und verfluchten ihre Tochter. Einen Tag später war das Mädchen wie vom Erdboden verschwunden. Und die Rosen, die noch heute ein Kreuz bilden, waren über Nacht gewachsen. Zeigen Sie mir bitte noch einmal das Pergament und du Lizbeth, lies mir die beiden Zeilen vor.«

»So lange diese Rosen blühen, wirst du der Hölle nicht entfliehen«, sagte ich, wobei mir ein kalter Schauer über den Rücken lief.

Tante Phineas wiederholte die Worte. »Das ist der Fluch des Teufels, der als Henry Butterfield auf Erden gewandelt ist. Wahrscheinlich wollte er sich auf diese Weise an den Coleridges rächen. Er hat Sylvia Shrewsbury wohl wirklich geliebt. Er wollte sie für sich allein haben.«

»Es soll tatsächlich eine Hierarchie der Hölle geben«, sagte Percy ernst. »Baal ist der höchste Herrscher der Hölle. Er soll im Orient beheimatet sein und drei Köpfe haben, einen Kröten-, Menschen- und Katzenkopf. Seine Stimme soll rauh und er ein Rechtsexperte sein und Wortgefechte lieben. Er soll den Menschen Weisheit verleihen und sie auch unsichtbar machen können. Er soll über sechsundsechzig Legionen Teufel befehlen.«

»Das klingt unheimlich«, erwiderte ich und zog fröstelnd die Schultern hoch. »Die Sonne ist verschwunden. Tante Phineas, müssen wir den Leuten erzählen, was wir entdeckt haben?«

»Das soll Percy entscheiden«, meinte die Greisin.

»Ich weiß nicht, was ich . . . Da kommt ein Reiter.« Der Mann sprang auf und rief: »Es ist Charles Kent, mein bester Freund und auch ein aufopfernder Freund der schottischen Königin.«

Der Mann stieg kurz danach aus dem Sattel. »Gut, daß ich dich gefunden habe, Percy«, sagte er außer Atem. »Wir müssen fliehen. Man hat Maria enthauptet.«

»Nein, das ist doch nicht möglich!« Percy stand wie versteinert da. »Mein Freund, das kann ich nicht glauben.«

»Und doch ist es so. Man ist hinter unser Komplott gekommen. Sechs von unseren Freunden sind verhaftet worden.«

»Kommen Sie ins Haus, Gentlemen«, bat Tante Phineas die beiden Männer.

Charles Kent schilderte die Hinrichtung der schottischen Königin so anschaulich, daß ich das tragische Geschehen deutlich vor mir sah.

»Ja, es war grauenvoll, mein Freund.« Charles Kent wischte sich die Tränen ab. »Ich bin gerade noch im rechten Augenblick geflohen, denn kurz nach der Enthauptung nahmen die Soldaten die Verhaftungen vor. Während ich davonjagte, war das ganze Schloß vom Dröhnen der Trommeln erfüllt. Man wird nach uns suchen, Percy. Unsere Freunde werden alle Namen unter der Folter verraten, die an dem Komplott beteiligt gewesen sind. Ich reite sofort weiter und werde mich bei meiner heimlichen Geliebten in London verstecken, so lange, bis Gras über diese Tragödie gewachsen ist. Komm mit, mein Freund.«

»Nein, Charles, reite du nach London. Ich kenne ein Versteck, in dem mich niemand finden wird. Alles Glück für dich, Freund.«

Die Männer umarmten sich. Wir blickten dem Flüchtenden nach. Die Hufe seines Hengstes wirbelten den Sand auf und ließen die Steine nach allen Seiten auffliegen.

»Ich ahne, was du vorhast, Percy. Ja, versteck dich dort. Ich werde dich mit Lebensmitteln versorgen. Aber die Luft. Wirst du genügend Luft dort haben?«

»Du denkst an die Grabkammer unter dem Rosenkreuz, nicht wahr, Lizbeth?«

»Ja.«

»Ich werde mich dort verstecken, wo sich der erste Luftschacht befindet. Lizbeth, du mußt mit meinem Vater sprechen und ihn bitten, alles zu tun, um mich zu retten. Lord Coleridge ist zwar ein Wüstling, wenn es um Frauen geht, aber er liebt mich. Mehr als Cedric. Versprich mir, daß Cedric nichts von meinem Versteck erfährt. Cindy würde es von ihm erfahren. Sie haßt mich so sehr, daß sie meinen Tod wünscht. Nur mein Vater darf deshalb etwas von meinem Versteck erfahren.«

»Gut, Percy, du kannst dich auf mich verlassen. Ich werde die Regale über die Falltür stellen.«

»Das ist unnötig. Niemand vermutet in diesem Keller eine Falltür oder gar einen Geheimgang zu einem unterirdischen Gang. Der alte Gärtner, der zuletzt hier gewohnt hat, war stumm und außerdem menschenscheu gewesen. Er verrichtete still seine Arbeit und ist ebenso still verschieden. Es müßte schon an ein Wunder grenzen, wenn jemand von der Falltür weiß.«

Tante Phineas ließ die Perlen ihres Rosenkranzes, den sie stets in der tiefen Tasche ihres Rockes bei sich trug, durch die Finger gleiten. »Ich bin sicher, Sir, daß man Sie nicht bei uns suchen wird.«

Percy umarmte mich, als ich ihn bis zu der Falltür begleitet hatte. Tante Phineas hatte ihm einen Korb mit Lebensmitteln, Wasser und Wein mitgegeben. Der Vorrat reichte für mehrere Tage. Meine Tante und ich, wir waren uns klar darüber, was es für uns bedeutete, wenn wir einen Abtrünnigen versteckten und er entdeckt wurde. Aber wir hatten uns entschlossen, dieses Risiko auf uns zu nehmen.

Eine Weile blieb ich im Keller stehen und starrte auf die Falltür, die hinter Percy zugefallen war. Ich fühlte mich sehr verlassen und ließ meinen Tränen freien Lauf. Dann faltete ich die Hände zum Gebet. Sehr langsam stieg ich die Stufen hinauf. Mir war es unendlich schwer ums Herz.

»Was wird weiter geschehen?« fragte Tante Phineas traurig. »Armer Percy. Arme Maria Stuart. Unsere Königin hätte niemals das Todesurteil von Maria Stuart unterschreiben dürfen. Aber die Angst, den Thron zu verlieren, hat ihre Hand mit dem Federkiel geführt.«

Diese Worte gingen mir im Kopf herum, als ich die Richtung zum Schloß einschlug. Ich mußte heute noch unbedingt mit Percys Vater sprechen. Erleichtert erreichte ich den englischen Rasen. Die Rosen auf dem

Kreuz glichen mattem Samt. Bei dem Gedanken an Sylvia Shrewsbury, deren Grabkammer wir entdeckt hatten, erschauderte ich.

Ich lief an dem Rosenkreuz vorbei, ohne ihm Beachtung zu schenken, und erreichte den Schloßhof. Es herrschte reger Trubel. Große Leiterwagen standen dort, Männer trugen Weinfässer ins Schloß, Bierfässer wurden von mehreren Wagen gerollt. Geschlachtete Schweine, Rinder und Hasen wurden an Stangen an mir vorbeigeschleppt. Gackernde Hühner und schnatternde Gänse liefen aufgescheucht umher.

Vorbereitungen für ein Fest waren in vollem Gang. Würden Cedric und Cindy in Coleridge Castle heiraten? Das war doch nicht gebräuchlich. Die Hochzeitsfeierlichkeiten fanden doch stets im Haus der Braut statt. Außerdem wollte Cedric doch noch nicht so schnell heiraten, erst in wenigen Wochen.

An diese Hoffnung klammerte ich mich. Immer noch glaubte ich an ein Wunder. Cedric würde Cindy nicht zur Frau nehmen – weil er mich liebte.

Ich entdeckte den Schloßherrn. Er lehnte an einer Säule der Wandelhalle, die er im florentinischen Stil hatte anbauen lassen.

»Sir Robin!« rief ich und eilte zu ihm hin. »Ich muß mit Ihnen sprechen.«

»Ach, Jungfer Lizbeth, was wünschst du? Ich möchte nichts Unangenehmes hören.«

»Aber es ist etwas Unangenehmes.«

Mit einer Handbewegung gebot er mir zu schweigen. Mit leicht gespreizten Beinen, deren kräftige Oberschenkel sich unter den Strumpfhosen muskulös abzeichneten, klatschte er in die Hände. »Wein her!« befahl er. »Bringt mir sofort Wein!«

Zwei Knappen eilten mit Humpen herbei. Der Lord ergriff einen und hielt ihn zwischen seinen dicken Händen fest, dann setzte er das Trinkgefäß an die Lippen und trank den Wein wie ein Verdurstender. Er leerte den Humpen in einem Zug und umklammerte den zweiten, nachdem der erste polternd über den Marmorboden rollte.

Sprachlos beobachtete ich den dicken Mann, dessen Gesicht blaurot anlief. Eines Tages würde ihn der Schlag treffen, dessen war ich mir ganz sicher.

»Sir Robin!«

Aus glasigen Augen stierte der Schloßherr mich an. »Ich will nichts wissen«, erklärte er und spazierte die Wandelhalle entlang.

Rosamund Howard ganz in Kanariengelb gekleidet ging dem Mann entgegen und hängte sich bei ihm ein. Lord Coleridge lachte schallend und gab der Frau dann einen Klaps auf die verlängerte Rückseite.

Ich seufzte tief auf.

»Vater ist in keinem guten Zustand«, hörte ich eine Stimme und wandte mich halb um. Cedric stand neben mir. Seine blauen Augen glänzten. Seine breiten Schultern wirkten durch das wattierte Wams aus Satin und Seide mit den gebauschten, geschlitzten Ärmeln noch wuchtiger. Die taubenblauen

Strumpfhosen waren nur wenig zu sehen, denn die Stiefel aus feinstem schwarzen Leder reichten ihm weit über die Knie.

»Cedric, Sir«, stotterte ich. »Ich muß Sir Robin unbedingt sprechen. Es ist wichtig.«

»Kanst du nicht mir erzählen, was dich bedrückt, Lizbeth?«

»Nein, wirklich nicht!« entgegnete ich und dachte an das Versprechen, das ich Percy gegeben hatte.

»Vater ist wütend und traurig zugleich. Die schottische Königin ist enthauptet worden.«

»Ich weiß«, sagte ich leise.

»Woher? Aber ja, so eine Tragödie spricht sich schnell herum. Es geht um Percy. Bisher wissen wir noch nicht, ob er nicht auch unter den Verhafteten ist.«

»Percy?« fragte ich gedehnt und senkte die Lider.

»Wußtest du denn nicht . . . oder weißt du nicht, daß mein Bruder in Fotheringhay Castle ein und aus gegangen ist, daß seine Freunde und er ein Komplott geschmiedet haben, um Maria Stuart zu befreien? Sie wollten ihr zur Flucht verhelfen.«

»Ich hatte keine Ahnung«, log ich und hielt diesmal dem Blick der blauen Männeraugen stand. Das Klopfen meines Herzens war so laut, daß ich befürchtete, Cedric müßte es hören. »Was für ein Fest feiert ihr denn?« lenkte ich deshalb ab.

»Meine Hochzeit, Lizbeth.«

»Oh.«

»Cindy und ich sind bereits in den Kinderjahren miteinander verlobt worden. Der Earl und mein Vater haben vor vielen, vielen Jahren den Ehekontrakt unterschrieben. Aber ich liebe dich, Lizbeth, nur dich«, fügte der Mann leidenschaftlich hinzu. »Cindy weiß das, darum will sie dich beseitigen.«

Trotz des seelischen Ttiefschlages, den ich durch die kurz bevorstehende Hochzeit zwischen Cedric und Cindy erlitten hatte, fühlte ich eine heiße Glückswelle in mir hochsteigen. Cedric liebte mich. Dann durfte ich noch hoffen. Vielleicht würde Cindy etwas zustoßen, vielleicht.

Erschreckt schob ich diesen häßlichen Gedanken weit von mir. Ich dachte wieder an Percy, der sich unten in dem unterirdischen Gang versteckte.

»Lizbeth, komm mit«, flüsterte Cedric mir ins Ohr. »Wir werden ganz allein sein. Ich will dich in die Arme nehmen.«

»Nein, Cedric.« Plötzlich begriff ich, daß Tante Phineas recht gehabt hatte. Cedric würde mich rücksichtslos verführen und dann kaum noch beachten. Die Cunnings waren in dieser Beziehung skrupellos. Percy war allerdings ganz anders.

»Komm morgen wieder.« Cedrics eben noch lachendes Gesicht zeigte einen bösen Ausdruck. Eine dralle Magd mit geschürzten Röcken ging dicht an uns vorbei. Der Mann, den ich so sehr liebte, ließ mich stehen und folgte dem Mädchen.

Traurig wandte ich mich um, Wut wallte in mir auf. Der Teufel soll dich holen, Cedric, dachte ich zornig. Ich war wirklich eine Närrin.

Vergeblich bemühte ich mich weiter, mit dem Lord zu sprechen. Die Männer, die die Tischplatten auf die Holzböcke legten, warfen mir unverschämte Blicke zu.

In zwei Tagen würde Cedric heiraten. Aber warum fand die Hochzeit hier statt? Das war sehr eigenartig.

Nach einiger Zeit kehrte ich in unser Gärtnerhaus zurück. »Ich konnte ihn nicht sprechen, Tante Phineas«, berichtete ich aufgeregt. »Percy kann doch nicht Tag und Nacht dort unten bleiben.«

»Wenn wir gut aufpassen, kann er einige Stunden heraufkommen«, meinte die Greisin. »Sobald Gefahr besteht, hat er noch immer genügend Zeit, um in das Versteck zurückzukehren.«

Ich blickte zum Fenster hinaus. »Im Augenblick scheint alles ruhig zu sein. Niemand schleicht sich in der Nähe herum. Alle denken vermutlich nur an die bevorstehende Hochzeit von Cedric und Cindy. Findest du es nicht auch seltsam, daß Cindy nicht im Schloß ihres Vaters getraut wird?«

»In meinem langen Leben habe ich viele Erfahrungen gesammelt und bin längst dahintergekommen, daß die hohen Herrschaften seltsamen Launen unterworfen sind. Percy wird vermutlich den Grund kennen. Hole ihn jetzt rauf.«

»Ja.«

Percy saß mir in der guten Stube gegenüber. Tante Phineas hatte sich auf der Fensterbank niedergelassen, um Wache zu halten. Von diesem Platz aus konnte man den Weg gut übersehen. Es war kaum anzunehmen, daß die Schergen sich von hinten an das Haus anschleichen würden, weil die Rückwand an die Parkmauer gebaut war, die zu hoch war, um sie nicht ohne große Anstrengung überklettern zu können.

»Lizbeth, der Grund dafür sind die finanziellen Verhältnisse des Earls. Sein Schloß ist von Königin Elisabeths Leuten besetzt worden«, beantwortete der Mann mir die Frage ernst. »Außerdem hat man Robert Cheveley Earl Morningstar vom Hof verbannt. Seine Söhne taugen auch nicht viel. Sie suchen mit jedem Streit, und die Goldstücke rinnen wie Sand durch ihre Finger. Der Earl ist zudem ein todkranker Mann. Er leidet unter Gicht und steht kurz vor einem Schlaganfall. Deswegen hat sich mein Vater dazu bereit erklärt, die Hochzeit seines ältesten Sohnes mit der Tochter des Earls auszurichten. Cindy ist eiskalt im Herzen. Sie denkt nur an ihren Vorteil. Cedric kann ihr das Leben bieten, von dem sie wohl seit langem träumt.«

»Cedric wird es nicht leicht mit ihr haben«, meinte ich leise.

»Vermutlich nicht. Mein Bruder ist oberflächlich. Eine Ehefrau hat ihm Söhne zu schenken, mehr verlangt er nicht von ihr. Die meisten Männer denken genauso. Es gibt kaum treue Ehemänner. Ich habe eben draußen ein Geräusch gehört«, erklärte unser Gast plötzlich.

»Weit und breit ist keine Menschenseele zu sehen«, sagte Tante Phineas nach einer Weile. »Warum sollte man Sie ausgerechnet bei uns suchen, Sir?«

»Ich hoffe, Madam, daß Sie recht haben. Ich mache mir Sorgen wegen euch beiden. Wenn man mich hier findet . . .« Er sprach nicht weiter, sondern wechselte das Thema: »Vater müßte schon morgen nach London aufbrechen. Wir dürfen keine Zeit verlieren. Er ist bei der Königin gut angesehen und könnte mein Leben und das meiner Freunde retten. Aber wahrscheinlich ist Vater im Augenblick unansprechbar. Erst nach der Hochzeit wird er mit dem unmäßigen Trinken aufhören. Doch dann kann es für meine Freunde zu spät sein. Außerdem werden die Schergen die Suche nach den geflüchteten Hochverrätern, wie sie uns nennen, nicht aufgeben. Ich kann nur noch für meine Freunde beten.«

»Morgen versuche ich wieder, mit deinem Vater zu sprechen. Daß er sich um dich Sorgen macht, weiß ich von Cedric. Heute war er zu betrunken, um zuhören zu können.«

»Das kann ich mir vorstellen.« Percy legte den abgenagten Hühnerknochen auf den Holzteller und tauchte die Hände kurz in die Kupferschale mit Wasser und trocknete sie dann ab.

»Ist es nicht sonderbar, daß der angebliche Ordensbruder der Rosenkreuzer Henry Butterfield erreicht hat, was er wollte? Er hat die Lord Coleridges mit seinem Fluch belegt. ›Solange diese Rosen blühen, wirst du der Hölle nicht entfliehen.‹ Am Morgen, als man das Rosenkreuz entdeckte, wurde aus dem damaligen einst großmütigen und soliden Schloßherrn ein wüster und hemmungsloser Mann. Er begann zu trinken, und er konnte keine junge Frau in Ruhe lassen. Und diese schlechten Eigenschaften haben sich jeweils auf den ältesten Sohn vererbt.«

»Aber Cedric!« Ich wagte nicht meinen Gedanken auszusprechen.

»Ich weiß, was du meinst, Lizbeth. Cedric ist wahrscheinlich ein Bastard und kein echter Cunning. Demnach würde ich der wirkliche Erbe des Titels und des Vermögens sein. Auch das ist mir klar. Aber bis jetzt fühle ich noch kein Verlangen, ein Wüstling zu werden.« Er lächelte mich an.

»Vielleicht würden in dem Fall, daß du einen anständigen Lebenswandel führst, die Rosen verblühen und für immer verschwinden.«

»Vielleicht.«

»Da kommen Reiter!« rief die Greisin plötzlich.

Percy sprang auf und riß die Kellertür auf. Ich folgte dem Fliehenden und half ihm beim Anheben und Schließen der Falltür. Ich raffte schnell einige Lebensmittel zusammen, um mein Hinuntergehen in den Keller zu begründen, dann stieg ich voller Angst die Stufen wieder hinauf.

Vier Soldaten standen in der Stube. Tante Phineas saß immer noch auf der Fensterbank. Ich bewunderte ihren Mut, denn ich selbst war nur noch ein Nervenbündel. Würde man Percy finden, würde man meine Tante und mich ebenfalls verhaften.

»Jungfer, uns ist zugetragen worden, daß Percy Cunning ein guter Freund von Ihnen ist.« Der Sprecher und seine Männer starrten mich lüstern an.

»Das stimmt, Gentlemen. Wir sind von Kindheit an befreundet.«

»Wir suchen diesen Verräter, Jungfer.«

»Warum?« Ich stellte die Lebensmittel in ein Regal. Ich betete inständig, die Männer sähen nicht so genau hin, denn dann hätten sie meine zitternden Hände bemerkt.

»Sind Sie ganz sicher, Percy Cunning heute nicht getroffen zu haben?« fragte der älteste der Männer.

»Natürlich bin ich da ganz sicher.« Ich drehte mich um und sah den Soldaten mit einem Lächeln an, das ihn zu bezaubern schien. Doch als er hinzufügte: »Madam, Sie haben doch nichts dagegen, wenn wir das Haus durchsuchen?« wurde es mir heiß und kalt vor Schreck.

»Selbstverständlich habe ich nichts dagegen, Mister«, erwiderte meine Tante und erhob sich.

»Dort ist die Tür zum Keller, Gentlemen. Und die Treppe draußen in der Diele führt hinauf zu den Dachzimmern und zum Speicher.«

Womöglich war es die Gelassenheit der alten Frau, die uns rettete. »Ich glaube, wir können auf eine Durchsuchung des Hauses verzichten«, erklärte der älteste Soldat grinsend. »Jungfer, ein Jammer, daß Sie nicht in London leben.« Nach diesem Kompliment gab er den anderen Männern ein Zeichen, worauf alle das Haus wieder verließen.

Ich umklammerte die Kante des Tisches, weil ich plötzlich am ganzen Körper zu zittern begann. »Das war knapp«, flüsterte ich und starrte durch das Fenster hinter den Männern her, die bereits in die Sättel gestiegen waren und ihre Pferde anspornten. Noch eine Weile hörten Tante Phineas und ich die Hufschläge, dann herrschte eine fast unheimliche Stille im Haus.

Tante Phineas saß jetzt am Küchentisch. Nur das leichte Zittern ihrer Hände, als sie die Kräuter hackte, verriet die hinter ihr liegende Aufregung.

Ich begann zu weinen wie ein kleines Kind. »Tante Phineas, du warst wundervoll. Wärst du nicht so ruhig geblieben, hätten die Männer bestimmt unten im Keller die Falltür gefunden. Sie wären ... sie hätten ...« Ich konnte nicht weitersprechen.

»Du warst ebenfalls sehr beherrscht, mein Kind. Ich bin stolz auf dich, sogar sehr stolz. Bei mir ist so etwas nichts ungewöhnliches. In meinem langen bewegten Leben stand ich bestimmt schon hundert Male solchen gefährlichen Situationen gegenüber. Ich war nicht nur einmal dem Tod ganz nahe gewesen. Doch du bist noch so jung und unerfahren. Aber du wirst später ebenso wie ich voller Stolz auf deine Vergangenheit zurückblicken können.«

»Hoffentlich, Tante Phineas. Ich werde jetzt zu Percy hinuntersteigen und ihm berichten, daß die Gefahr vorbei ist.«

Lange hatten wir noch zusammen vor dem Kamin gesessen und uns unterhalten. Percy hatte das Feuer in Schach gehalten. Ich hatte vorsichtshalber die Fensterläden geschlossen. Tante Phineas hatte sich bereits in ihr Schlafzimmer zurückgezogen und uns allein gelassen.

Daran dachte ich jetzt, als ich die Kellertür hinter mir abschloß und den Schlüssel in die Tasche meines Rockes gleiten ließ.

Ich wollte gerade nach oben gehen, als jemand mit den Fäusten ungeduldig an die Haustür schlug. Wie erstarrt blieb ich stehen. Was sollte ich nur tun?

»Wer ist da?« rief ich und hoffte, daß Tante Phineas nicht aufgewacht war.

»Jemand, der es gut mit Ihnen meint, Jungfer.«

»Den Namen bitte!«

»Ich habe eine Nachricht für Sie, Jungfer!«

»Ein Schreiben?«

»So ist es, Jungfer.«

»Dann schieben Sie es unter der Tür durch.«

»Ich muß es Ihnen persönlich übergeben. Öffnen Sie!«

»Nein! Kommen Sie morgen früh wieder, Mister.« Ich starrte auf die massive Tür. Um sie aufzubrechen, mußte man schon viel Kraft haben. Würde der Mann es versuchen? Ich zitterte vor Angst am ganzen Körper. Als ich hörte, daß der Unbekannte sich mit lauten Schritten entfernte, atmete ich erleichtert auf. Dann hörte ich den Hufschlag eines Pferdes. Vielleicht hatte er das Schreiben vor die Tür gelegt?

Ich wagte aber nicht die Tür zu öffnen. Möglicherweise lag der Mann auf der Lauer und wartete nur auf einen solchen Fehler von mir. Auf keinen Fall wollte ich Tante Phineas und mich in unnötige Gefahr bringen.

Langsam stieg ich die Stufen hinauf. In meinem Zimmer trat ich vorsichtig ans Fenster, um die Läden zu schließen. Der Mond war wie eine runde Scheibe und beleuchtete den Park vor mir gespenstisch. Ich wollte gerade den zweiten Fensterladen zuziehen, als ich am Ende des schmalen Weges, der in die große Allee mündete, eine Bewegung wahrnahm. Dann sah ich einen Mann, der sich silhouettenhaft gegen den helleren Hintergrund abzeichnete.

Cedric? Hatte er vorhin an der Tür seine Stimme verstellt?

Es war gut, daß ich seine Stimme nicht erkannt hatte. Denn Cedric besaß eine schreckliche Macht über mich. Ich wäre sicherlich meiner Mutter gefolgt und dem Charme eines Cunnings erlegen – so wie auch Tante Phineas Mutter.

Ich lag die halbe Nacht wach und grübelte über meine Zukunft nach. Was würde aus mir werden, wenn Cedric für mich verloren war?

Noch ahnte ich nicht, daß das Schicksal mir noch eine Chance geben würde.

Am nächsten Vormittag, nachdem Percy mit uns gefrühstückt hatte und wieder in sein Versteck zurückgekehrt war, verließ ich das Haus, um endlich mit Lord Coleridge zu sprechen.

Aber ich erfuhr von einer Magd, daß Sir Robin in aller Frühe fortgeritten sei. »Sein Sohn begleitete ihn«, fügte das Mädchen hinzu. Es war diese Magd, mit der Cedric gestern verschwunden war.

Tante Phineas, Percy und ich lebten in höchster Anspannung. Im Schloß hatten die Vorbereitungen für die Hochzeit ihren Höhepunkt erreicht.

Voller Unruhe zog es mich später wieder zum Schloß hin. Vor dem Rosenkreuz blieb ich stehen. Die Blüten leuchteten purpurn. Ich bezog das Glühen auf Cedrics bevorstehende Heirat, doch dann wurde mir klar, daß nur Percy der Grund dafür sein konnte. Percy wurde nach wie vor von den Häschern der Königin wegen Hochverrat gesucht und schwebte in Lebensgefahr. Ich kehrte erregt zu dem alten Gärtnerhaus zurück. Erleichtert stellte ich fest, daß nichts auf die Anwesenheit von Schergen hindeutete.

Percy wagte sich erst spät abends aus seinem Versteck hervor. Er rasierte sich in meinem Zimmer, während ich unten bei Tante Phineas auf ihn wartete.

Voller Angst lauschten wir nach draußen. Aber kein Laut war zu hören. Meine Tante zog sich bald zurück, und Percy und ich saßen uns vor dem Kamin gegenüber. Mein Freund sah gequält aus. Dunkle Schatten umrandeten seine dunklen Augen, und das blauschwarze Haar klebte schweißnaß an seinem schmalen Kopf.

»Lange halte ich das nicht mehr aus!« stieß er plötzlich hervor. »Morgen heiratet Cedric, und ich ...« Er holte tief Luft. »Bitte, Lizbeth, gehe gleich morgen früh zum Rosenkreuz und sehe nach, ob die Rosen glühen.«

»Das haben sie heute schon getan. Deinetwegen, Percy! Weil man dich sucht und vermutet, daß du dich irgendwo im Schloß versteckt hältst.«

»Ich werde heute nacht euer Haus verlassen, Lizbeth.«

»Nein, Percy, noch nicht. Warte noch. Morgen werde ich bestimmt mit deinem Vater sprechen können. Es wäre reiner Wahnsinn irgendwohin zu fliehen. Die Männer, die hinter dir her sind, warten nur auf eine solche Gelegenheit. Dein Vater kann und wird versuchen, daß du als freier Mann wieder hier leben kannst.«

»Ich bin Katholik geworden.«

»Ich ahnte es, Percy. Trotzdem, du mußt es ableugnen, sollte man dich danach fragen. Du mußt alles tun, um zu überleben. Ich flehe dich an.«

»Warum willst du das?« Percy hängte den Feuerhaken auf und sah mich an.

»Weil ich mir ein Leben ohne dich nicht vorstellen kann. Du gehörst zu mir wie die Luft zum Atmen.«

»Liebst du mich? So wie eine Frau einen Mann lieben soll, den sie heiraten will?«

»Ich liebe dich – wie einen Freund, wie einen Bruder. Ich ... Bitte, Percy, quäle mich nicht.«

»Du liebst Cedric, obwohl du seinen schlechten Charakter kennst.« Ein unsagbar bitteres Lächeln verzog seine Lippen.

»Ich hasse ihn!« stieß ich unbeherrscht hervor. »Ja, ich hasse ihn bis aufs Blut! Und ich hasse auch Cindy!«

»Haß und Liebe sind Geschwister. Man kann nur hassen, wenn man liebt. Ich kehre jetzt besser in mein Versteck zurück.«

»Percy!«

»Schon gut, Lizbeth. Gute Nacht. Versuche morgen noch einmal, mit meinem Vater zu sprechen.«

»Ich werde es tun«, beteuerte ich leidenschaftlich. Dann war ich allein. Ich schloß die Kellertür so wie in der gestrigen Nacht ab und steckte den Schlüssel in die Rocktasche.

Würde Cedric heute wiederkommen? Ich starrte auf die Tür. Heute früh hatte ich umsonst nach dem Schreiben gesucht, das mir der Mann angeblich hatte bringen wollen. Natürlich existierte kein solches Schreiben. Cedric hatte auf diese Weise ins Haus kommen wollen.

Nichts rührte sich draußen. Ganz tief in meinem Herzen bedauerte ich diesen Umstand, doch dann sagte ich mir, daß ab morgen endlich ein Strich unter dieses Kapitel meines Lebens gezogen werden würde. Niemals würde ich mich von einem verheirateten Mann küssen lassen. Niemals!

Sehr früh stand ich nach einer fast schlaflosen Nacht auf. Percy war schon im Keller, als ich die Tür aufschloß und leise seinen Namen rief. Auch gestern früh hatte er bereits auf mich gewartet, weil ihm die Luft trotz des Schachtes zu knapp geworden war.

»Ich mache dir das Frühstück und gehe dann zum Schloß«, erklärte ich, nachdem wir uns begrüßt hatten. Percy sah sehr mitgenommen aus. Seine hohlen Wangen und tiefliegenden Augen bewiesen, daß auch er kaum geschlafen hatte.

Tante Phineas erschien und kümmerte sich um die Feuerstelle. Als die alte Frau das heiße Wasser in die Holzteller goß, in die sie Brot geschnitten hatte, setzten wir uns an den Tisch und sprachen das Morgengebet.

Stumm löffelten wir die Brotsuppe. Danach erhob ich mich und verließ das Haus. Tante Phineas schob wieder den Balken innen vor. Sie nickte mir noch vom Fenster aus zu, ich lächelte verkrampft, dann eilte ich den Pfad entlang. Der Himmel war wolkenverhangen, und es war kälter als gestern. Vereinzelt fielen Regentropfen, durchsetzt mit Schnee.

Kehrte der Winter noch einmal zurück? Rächte sich das Wetter für den falschen Frühling? Ich zog das Samtcape mit dem Hasenfellfutter und der Fuchsschwanzverbrämung fester um meinen Körper.

Schon von weitem sah ich, daß die Rosen auf dem Kreuz die Köpfe hängen ließen. Sie hätten an diesem Tag hell leuchten müssen, weil ein Cunning

Hochzeit hielt. Aber Cedric war kein Cunning. Zumindest behaupteten das die Leute. Und Lord Coleridge?

Mit einem eigenartigen Gefühl näherte ich mich dem Schloß. Die ersten Gäste trafen ein. Ich fiel deshalb nicht auf, und es gelang mir, ins Schloß zu kommen.

Als Kind war ich oft hiergewesen. Percy hatte mich mitgenommen und mir voller Stolz die einzelnen Zimmer gezeigt.

Erwartungsvolle Stille herrschte in der Halle. Ich hörte leises Sprechen aus den Wirtschaftsräumen. Einige Lakaien und Mägde huschten umher.

Die Gäste warteten im Hof auf Cindys Ankunft. Würde ihr Vater Earl Morningstar, sie begleiten, oder würde er sich zu krank fühlen, um der Hochzeit seiner Tochter beiwohnen zu können. Vermutlich würde sein ältester Sohn William der Brautführer sein.

Von oben war Gemurmel zu hören. Ich wich in eine Nische zurück, als laute Schritte auf der Treppe hallten.

Lord Coleridge und Credric stiegen die Stufen hinunter. Beide Männer waren prachtvoll anzusehen. Sir Robin trug einen rubinroten Mantel mit Hermelinbesatz, und die in Mode gekommene Pluderhose aus rotschwarzer Seide ließ ihn noch dicker erscheinen. Mehr denn je ähnelte er mit seinem Backenbart dem Vater unserer Königin Elisabeth. Heinrich VIII. schien für ihn so etwas wie ein Vorbild zu sein. Bisher hatte ich es geflissentlich vermieden, Cedric anzusehen, doch dann konnte ich meinen Blick nicht mehr in eine andere Richtung lenken.

Cedric sah wundervoll aus. Er war ganz in Schwarz, wie es die Mode vorschrieb. Das Schwarz wurde durch reichen Kettenschmuck um den Hals und die Taille belebt. Sein Haar schimmerte wie Gold, und das Blau seiner Augen schien intensiver zu leuchten.

Meine Haßgefühle für diesen Mann schlugen jäh in wilde Leidenschaft um, heißes Begehren ließ mich erbeben. Heiße Schamröte schoß mir ins Gesicht, doch meine lebhafte Phantasie ließ sich nicht unterdrücken. Ich könnte von den Stunden mit ihm ein ganzes Leben lang zehren, überlegte ich.

»Percy wird längst in Schottland sein, Vater. Du brauchst dir seinetwegen bestimmt keine Sorgen zu machen«, sagte Cedric.

»Hoffentlich hast du recht, mein Junge.« Der Lord rief nach einem Lakai und ließ sich einen Kelch mit Wein bringen.

Cindy betrat kurz darauf die Halle. Die Frau war ganz in Weiß und Silber gekleidet. Der spanische Reifrock wippte auf und nieder, als sie Cedric entgegeneilte. Die schmale Taille war mit silbernen Lilien bestickt, und das Unterkleid aus Silberbrokat schimmerte durch den weißen Tüll. Ein mit Diamanten und Smaragden verziertes Diadem schmückte ihr silberblondes Haar. Cindy sah hinreißend schön aus. Nur der kalte berechnende Ausdruck in ihren steingrauen Augen zerstörte die Harmonie von Zärtlichkeit und Hingabe. Eher denn je erkannte ich, daß diese Frau genau wußte, was sie wollte. Seitdem ich von Percy die Wahrheit über ihre Familienverhältnisse erfahren hatte, brauchte ich nur eins und eins zusammenzählen, um ihren wahren Charakter zu erkennen.

Die ersten Gäste strömten ins Schloß und ich eilte die Treppe hinauf

Eine Magd kam mir entgegen. Ich erkannte sie sofort wieder. Ihre Augen glänzten, und das Haar war in Unordnung geraten. War es denn möglich, daß Cedric am Morgen seines Hochzeitstages...? Unglaublich! Das Mädchen ging an mir vorüber, ohne mich zu sehen.

Ich wich schnell hinter einen Schrank im Korridor zurück, als Rosamund Howard, ganz in Purpurrot, angerauscht kam. Rubine und Diamanten schmückten ihren bereits welken Hals. Auch sonst glitzerten kostbare Schmuckstücke an ihren Armen und Fingern. Im Dorf erzählte man sich, daß die Tage der Mätresse von Sir Robin in Coleridge Castle gezählt seien. Mir war das Schicksal dieser berechnenden Frau gleichgültig.

Sie ging dicht an dem Schrank vorbei, ohne mich zu bemerken. Ich eilte kurz darauf weiter und überlegte, wie ich mich verhalten sollte. Eigentlich hatte ich nicht die Treppe hinauflaufen wollen, doch nun war ich hier und mußte warten, bis das Brautpaar, die Verwandten und Gäste sich auf den Weg zur Schloßkapelle machten. Erst dann konnte ich wieder versuchen, mit Sir Robin zu sprechen.

Lange konnte Percy es in seinem Versteck nicht mehr aushalten, außerdem zermürbte ihn dieses Warten zwischen Hoffen und Bangen. Es mußte etwas geschehen, und ich war dazu auserkoren, die Fäden seines Schicksals zu entwirren.

Der Lärm im Hof verstummte langsam, und durch das gotische Fenster beobachtete ich die fröhliche Gesellschaft, die durch den Torbogen den Hof verließ.

Ich drehte mich um und stand vor der Tür zum Blauen Zimmer. Percy hatte es mir einmal gezeigt. Darin hatte Cedrics Mutter geschlafen. Ich erinnerte mich außerdem, daß eine Verbindungstür in ein Schreibzimmer führte. Außerdem soll Barbara Lady Coleridge dort Stunden verbracht haben.

Von unten drang der köstliche Duft nach Gebratenem und Gesottenem herauf, auch die Düfte von Kräutern erfüllte das Schloß. Bei dem Gedanken an das Festmahl lief mir das Wasser im Mund zusammen, denn Tante Phineas hatte mich stets im Essen sehr knapp gehalten.

Ich wollte die Tür öffnen, doch dann geschah etwas, das mich zurückweichen ließ. Die Frau mit den blonden Haaren und den großen Augen, gekleidet in ein grünes Kleid, stand plötzlich vor mir. Sofort wurde mir klar, daß es der Geist von Lady Barbara war, denn ich konnte durch die Gestalt hindurchsehen.

Ich bezwang meine Angst und mein Entsetzen und fragte:

»Mylady, Sie wollen nicht, daß ich das Zimmer betrete, nicht wahr?«

Die Frau schüttelte den Kopf. Ich kann nicht mehr sagen, was in diesem Augenblik mit mir geschah. Eine unüberwindliche Neugier nahm mich plötzlich gefangen.

»Ich werde mich nicht von Ihnen wegschicken lassen, Mylady«, sagte ich fest. »Es muß in dem Zimmer ein Geheimnis geben.«

Dieser Gedanke kam mir blitzartig. Das Verhalten des Geistes von Lady Barbara wies mich direkt darauf hin. Die Gestalt löste sich vor meinen Augen auf.

Mein Herz schlug wie wild, als ich mit trockenem Mund das Schlafgemach der ersten Lady Coleridge betrat.

Die Vorhänge waren zugezogen, und das Tageslicht, das durch den dikken Stoff schimmerte, hüllte den Raum in ein unheimliches Licht. Ich erschauderte und hatte ein unangenehmes Gefühl im Magen.

Um ehrlich zu sein, war ich nicht ganz so mutig, wie ich es mir selbst vorgemacht hatte. Als die Tür laut krachend ins Schloß fiel, geriet ich in Panik. War der Geist mir gefolgt? Was führte er im Schilde? Weil er sich jederzeit unsichtbar machen und auch durch Wände gehen konnte, wie allgemein von Geistern behauptet wurde, befand er sich mir gegenüber im Vorteil.

Ich spürte fast körperlich, daß Lady Barbara im Raum war und mich lauernd beobachtete. Plötzlich glaubte ich einen Schatten zu sehen, der sich von den Vorhängen löste. Der Geist, der sich nun materialisierte, kam auf mich zu und hob seine durchsichtigen Hände leicht an. Moschusduft hüllte mich ein, meine Beine schienen unter mir nachzugeben.

Vor Entsetzen wich ich langsam zurück und schlug die Hände vors Gesicht. Als ich sie nach einiger Zeit wieder fortzog, war Lady Barbara verschwunden. Ich taumelte zu dem Baldachinbett mit der blauen Brokatdecke und stieg die Stufen des Treppchens hinauf, um mich auf das Bett zu setzen. Mir war übel, und ich fühlte mich einer Ohnmacht nahe. Der Schweiß brach mir aus allen Poren.

Ich erholte mich aber schnell wieder, und erneut beherrschte mich das Verlangen, das Geheimnis zu lüften, das seit unzähligen Jahren in den beiden Räumen verborgen war.

Ich glitt vom Bett und zog vorsichtig die Vorhänge auf. Tageslicht flutete herein. Der Winter war zurückgekehrt. Schneeflocken schwebten an den staubigen Fenstern vorbei. Es war ungemütlich kalt, aber das hielt mich nicht davon ab, mit der Suche zu beginnen. Ich öffnete den Deckel der reichgeschnitzten Kleidertruhe und bewunderte die Roben. Ihnen entströmte derselbe Moschusduft, der den Geist umgeben hatte. Den beiden Kleidern, die Cedric mir im Auftrag seines Vaters gebracht hatte, hatte auch dieser Duft angehaftet. Nun war ich ganz sicher, daß Lady Barbara sie einmal getragen hatte.

Erfolglos durchsuchte ich das Schlafgemach. Entschlossen ging ich ins anschließende Zimmer hinüber. Der Raum war mit einfachen Eichenmöbeln ausgestattet. Ein blauer Teppich mit einem orientalischen Muster bedeckte den roten Steinboden.

Mein Blick fiel auf den Schreibschrank. Der Schlüssel steckte, ich drehte ihn nach links um und ließ die Schreibplatte herunter. Die Fächer mit den Bronzebeschlägen, die schwarze Flecken aufwiesen und den Glanz verloren hatten, zogen mich magnetisch an.

Ich durchsuchte sie und fand nur tote Fliegen und vertrocknete Spinnen. Ich schob die Fächer wieder zu und bückte mich. Unter dem Schrank fand ich eine tote Maus.

Glücklicherweise gehörte ich nicht zu den zimperlichen Frauen, die bei dem Anblick dieses Tieres, selbst wenn es tot war, gleich in Ohnmacht fielen. Ich nahm die Maus beim Schwanz, öffnete einen Fensterflügel und warf sie in den Schloßgraben.

Mein Blick fiel anschließend auf ein Büchlein, das ich wahrscheinlich mit der Maus ein Stückchen unter dem Schrank hervorgezogen hatte. Einst mag es leuchtend rot gewesen sein, doch nun hatte es eine häßliche rotbraune Farbe. Wie lange mochte es wohl unter dem schweren Möbelstück gelegen haben?

Ich hob das Buch auf, schlug die erste Seite auf und war nun sicher, daß ich ein Tagebuch gefunden hatte, das Tagebuch von Lady Barbara. In einer kleinen zierlichen Handschrift las ich ihren Namen. Wie war das Tagebuch von Cedrics Mutter unter den Schrank gekommen? Hatte sie es mit letzter Kraft, als sie den Tod nahen fühlte, dort noch verstecken können? Darauf würde ich vielleicht die Antwort erhalten, wenn ich die Seiten gelesen hatte. Durfte ich das überhaupt? Schnell setzte ich mich über solche Skrupel hinweg, weil ich wußte, daß Frauen, die sich einem Tagebuch anvertrauten, ehrlich gegen sich selbst waren. Tagebücher hatten nicht nur einmal Geheimnisse ans Licht gebracht.

Ich vertiefte mich in die Zeilen und vergaß für eine Weile die Hochzeit von Cedric und Cindy. Die erste Seite war noch gut leserlich, doch auf der zweiten Seite wurde die Schrift unregelmäßig, so daß ich die Worte nur schwer entziffern konnte. Ich erriet sie mehr.

Barbara Carrington war die Tochter von Lord Livingstone, sie mußte bereits mit sechzehn Jahren einen sehr viel älteren Mann heiraten, den sie fürchtete. Sie liebte einen jungen Mann, den sie in ihren Aufzeichnungen nur Marc nannte.

Die beiden kannten sich bereits seit ihrer Kindheit. Marc war katholisch, obwohl Königin Elisabeth von ihren Untertanen verlangte, Protestanten zu werden.

Nachdem Barbara Lord Coleridge angetraut worden war, traf sie sich weiterhin mit Marc. Ihr Liebesnest war das runde Zimmer im Ostturm von Coleridge Castle gewesen.

Meine Wangen begannen förmlich zu brennen, als ich weiterlas.

Coleridge Castle, am 6. Mai 1560

Marc hat unser Rendezvous nicht eingehalten. Ich habe entsetzliche Angst. Der Lord scheint hinter unser Geheimnis gekommen zu sein. Ich habe meine Kammerfrau Margret, die zugleich meine Vertraute ist, zu Marcs Haus geschickt. Oh, wenn sie doch endlich zurückkäme.

Margaret kommt nie wieder. Auf dem Rückweg zum Schloß ist sie getötet worden. Sir Robin, mein Ehemann, hat sie zwischen den Rhododendronsträuchern gefunden – mit einem Dolch im Rücken.

Coleridge Castle, am 10. Mai 1560

Marc ist verhaftet worden. Man wird ihn wegen Hochverrates enthaupten. Das ist das Werk von Sir Robin, den ich bis aufs Blut hasse. Ich erwarte ein Kind.

13. Dezember 1560

Ich habe einem Sohn das Leben geschenkt. Sir Robin ist außer sich vor Freude. Er überschüttet mich mit Geschmeide und kostbaren Roben. Wenn er wüßte, daß Cedric nicht sein Sohn ist, würde er mich töten.

14. Dezember

Ich schreibe mit letzter Kraft. Die Rosen auf dem Kreuz haben bei der Geburt meines Sohnes nicht geglüht. Natürlich reden die Leute darüber, das Gesinde tuschelt, und im Dorf soll es nicht anders sein. Seltsamerweise überhört der Lord den Klatsch. Vermutlich will er es nicht wahrhaben, daß Cedric nicht sein eigen Fleisch und Blut ist. Er erkennt das Kind als das seine an.

Mir ist sehr schlecht. Ich weiß, daß ich bald sterben werde. Ich liebe meinen Sohn und will ihm das Los eines Bastards ersparen. Ich müßte das Buch vernichten, ich müßte . . . meine Finger sind kraftlos. Ich müßte . . .

An dieser Stelle endete das Tagebuch. Vermutlich war es Lady Barbara mit letzter Kraft gelungen, das Bett zu verlassen. Vielleicht war sie hingefallen und hatte das Büchlein unter den Schreibschrank geschoben – in der Hoffnung, daß niemand es so schnell finden würde. Es waren auch fast siebenundzwanzig Jahre vergangen, bis es jemand entdeckt hatte. Ich nahm mir vor, das Tagebuch zu vernichten, aber ich kam nicht mehr dazu.

Als ich plötzlich Schritte im ehemaligen Schlafgemach von Lady Barbara hörte, wollte ich in aller Eile das Büchlein in meine Rocktasche gleiten lassen. Aber Lord Coleridge, den es vermutlich in einem Anfall von

Sentimentalität in das Zimmer getrieben hatte, in dem seine geliebte Barbara gewohnt hatte, starrte mich fassungslos an.

»Lizbeth, du hier?? Was tust du in diesen Räumen?« Er kam noch einen Schritt näher. »Was versteckst du da vor mir?«

»Sir, bitte. Lassen Sie mich gehen.«

»Gib es mir! Ich nehme an, daß du das Tagebuch meiner ersten Frau gefunden hast. Die Rosen haben nicht geglüht. Sie hätten Funken sprühen müssen am Tag der Hochzeit meines Erstgeborenen, der meinen Titel erbt und das Geschlecht der Cunnings, der Coleridges, fortpflanzen soll.«

»Sir, es geht um Percy.« Ich lauschte. »Sind Sie allein? Denn das, was ich Ihnen zu sagen habe, ist nicht für fremde Ohren bestimmt.«

Wortlos nahm der Lord mir das Buch ab, drehte sich um und ging in den ersten Raum. Ich hörte, wie er die Tür zum Gang schloß. Langsam kehrte der Mann zu mir zurück.

»Was für ein Geheimnis willst du mir anvertrauen?« Der Lord hatte Schwierigkeiten mit seiner Aussprache. Vermutlich hatte er bereits einige Kelche voller Wein in sich hineingeschüttet. »Die Leute werden sich ins Fäustchen lachen. Das Rosenkreuz glüht nicht. Die Blüten lassen ihre Köpfe hängen. Das bedeutet...« Er fuhr sich über die Augen, dann steckte er das Tagebuch seiner ersten Frau in die große aufgenähte Tasche seines Wamses.

»Es geht um Percy«, brachte ich mich in Erinnerung.

»Das sagtest du schon. Deswegen schenke ich dir auch Gehör. Was weißt du?«

»Percy ist bei uns. Wir haben ihn versteckt. Sie müssen etwas tun, um ihm zu helfen. Sie kennen doch die Königin persönlich. Sie wird Sie anhören, Sir. Gewiß wird sie das.«

»Ja, das wird sie. Ich werde gleich morgen nach London reiten. Werdet ihr Percy weiterhin beherbergen? Ist es ein sicheres Versteck?« fragte der Mann erregt.

»Ja, Sir, das ist es.« Ich zögerte, doch dann erzählte ich ihm von der Entdeckung der Grabkammer, in der Sylvia Shrewsbury ihren letzten Schlaf schlief.

»Also so ist das. Dieser Henry Butterfield ist in Wirklichkeit ein Teufel gewesen, er hat unser Geschlecht verflucht. Wann aber wird der Fluch von uns genommen werden? Mein Leben ist vom Pech verfolgt. Jungfer, du glaubst doch nicht, daß ich so unmäßig trinken würde, wenn ich nicht so vom Unglück verfolgt wäre. Die Frau, die mir mehr als mein Leben bedeutete, hat sich mit einem anderen Mann eingelassen. Es war mein gutes Recht, ihn töten zu lassen. Und Cedric. Die Rosen haben ihre Köpfe bei seiner Geburt hängen lassen, heute tun sie es ebenfalls. Ich habe mich dagegen gewehrt, an die bittere Wahrheit zu glauben.« Er machte eine kleine Pause, dann fuhr er fort: »Ich werde Percy retten. Lizbeth, du wirst dafür belohnt werden, du und die alte Phineas, die eine illegitime Verwandte von mir ist, eine Tante. Ich weiß Bescheid.« Der Mann rülpste ungeniert. »Ich werde eben in eurer Schuld stehen, Lizbeth. Grüße Percy. Er wird den Titel erben. Er ist . . .« Die letzten Worte verloren sich in ein für mich unverständliches Gemurmel. Der Lord verließ mich.

Ich war allein und starrte auf die halboffene Tür.

»Das wollte ich nicht, Lady Barbara«, sagte ich bedrückt. »Ich wollte Sie nicht verraten.«

»Vielleicht ist es gut so«, vernahm ich eine leise Stimme.

Vermutlich aber hatte ich sie mir nur eingebildet. Ich floh aus dem Schlafgemach.

Als ich die Treppe hinuntereilte, drangen laute fröhliche Stimmen an meine Ohren. Cindy lachte silberhell. Ich warf einen hastigen Blick in den Bankettsaal, in dem das Hochzeitspaar und die zahlreichen Gäste aßen.

Ich war froh, endlich draußen zu sein. Das Schneetreiben war für mich wie eine Offenbarung, und ich atmete tief die kalte frische Luft ein. Durch den immer dichter werdenden Schneefall erreichte ich das Rosenkreuz. Die Rosen waren mit einer weißen Haube zugedeckt. Ich blieb stehen und schüttelte den Schnee von mehreren Blüten, die halb verwelkt und teilweise erfroren waren. Ich wußte, daß sie morgen wieder blühen würden, allerdings verhalten, so wie sie es stets taten, wenn das Leben in Coleridge Castle in normalen Bahnen verlief.

Allmählich gewöhnten wir uns an Percys Gegenwart, der nur bei höchster Gefahr die Stufen zu dem unterirdischen Gang hinabstieg. Einige Male beobachteten wir unbekannte Männer, die sich in der Nähe des Hauses herumtrieben. Aber ansonsten blieb alles ruhig.

Diesmal kam der wirkliche Frühling. Die Blättchen an den Bäumen und Sträuchern entfalteten sich, und die Blumen auf den Wiesen sprossen üppig.

Man hörte im Dorf so allerlei über die junge Ehe von Cedric. Cindy sei launisch und schrecklich eifersüchtig, hieß es allgemein. Sie bewache ihren Mann mit Argusaugen und hätte alle Mägde, die hübsch und jung waren, entlassen.

Der Lord war inzwischen – wie er es sich vorgenommen hatte – nach London geritten, um mit der Königin zu sprechen. Percy machte sich große Sorgen um seine Freunde, die man in die Hauptstadt gebracht und in den Tower geworfen hatte.

Cedric begegnete ich während meiner Spaziergänge oder Arbeit oft. Doch sowie er mich ansprechen wollte, lief ich davon. Meine Gefühle für ihn waren zwiespältiger Natur. Meine Liebe zu ihm schwelte noch wie verglimmende Glut in mir, doch der Gedanke, ihn an Cindy verloren zu haben, schmerzte kaum noch. War es möglich, daß meine jahrelange Liebe erstarb? Percy stand mir nun sehr viel näher, und meine größte Sorge galt meinem Freund.

Der Frühling prunkte mit seinen leuchtenden Farben, und deshalb trieb es mich oft hinaus zu den großen Wiesen und Feldern. Wenn ich nach Hause zurückgekehrt war, mußte ich Percy von meinen kleinen Erlebnissen erzählen, die mit diesen Ausflügen verbunden waren.

Er hörte mir mit seinem sehnsüchtigen Glanz in seinen dunklen Augen zu.

»In diesem Jahr blühen die wilden Glockenblumen herrlich, Percy. Die ganze Lichtung beim Steinbruch ist voll davon. Ach, wenn doch dein Vater endlich zurückkäme und eine gute Nachricht mitbrächte. Dann könnten wir zusammen stundenlang spazierengehen.«

»Lizbeth, willst du das wirklich?« fragte der Mann zögernd. Wie grau sein einst so sonnengebräuntes Gesicht geworden war. Er war nur noch ein Schatten seiner selbst.

»O ja, ich wünsche mir nichts sehnlicher auf der Welt«, gestand ich spontan.

An dieses Gespräch dachte ich, als ich am nächsten Vormittag bei hellem Sonnenschein durch den Wald ging. Ich lauschte voller Entzücken auf das Jubilieren der Vögel und auf andere Tierlaute. Leise rauschte der Wind durch die Blätter, und die Äste warfen makabre Schatten auf den Boden.

Dann aber war plötzlich ein anderer Schatten da, der Schatten eines Mannes. Mein Schritt stockte, und meine eben noch leichte Beschwingtheit wich lähmender Angst.

»Du?« fragte ich und wußte nicht, ob ich erleichtert aufatmen oder noch mehr in Panik geraten sollte. Cedric sah so aus, als wäre er diesmal fest entschlossen, sein Verlangen nach mir zu stillen. Daß er mich begehrte, hatten mir seine Blicke bei unseren kurzen Begegnungen nur allzu oft verraten.

Meine Gedanken überschlugen sich. Wenn doch jemand des Weges käme, einer von den Dorfbewohnern. Doch nichts dergleichen geschah.

»Was ist los mit dir, Lizbeth?« fragte der Mann zärtlich. »Seit wann hast du vor mit Angst? Niemand wird uns heute stören. Dort hinten ist weiches Moos.«

»Laß mich gehen, Cedric«, bat ich unglücklich. Etwas in mir wurde nachgiebig und verlangte nach der Umarmung dieses Mannes, doch der andere Teil von mir sträubte sich dagegen. Cedric würde mich nicht besser als all die Mädchen behandeln, die ihm willig oder weniger willig gewesen waren.

Mir wurde später klar, daß im Leben alles Bestimmung ist. Wäre ich nicht Cedric begegnet, wäre alles Weitere nicht geschehen.

Daß Percy es nicht mehr in seinem Versteck ausgehalten hatte, war eine weitere Vorherbestimmung. Am schlimmsten jedoch war Cindys Erscheinen, die ihrem Mann nachgeritten war.

»Verdammt!« stieß Cedric durch die Lippen. »Dieses Luder folgt mir auf Schritt und Tritt.«

»Percy!« schrie ich, der alle Vorsicht außer acht ließ und seinen Bruder angriff, als dieser mich berührte. Im selben Augenblick stieß Cindy einen Triumphschrei aus.

Die Brüder kämpften miteinander, Cedric hielt plötzlich einen Dolch in der Hand und setzte ihn Percy an die Kehle.

»Bitte, Cedric, komm zur Vernunft!« schrie ich und starrte Cindy nach, die wie von tausend Furien gejagt davonpreschte.

»Sie wird Percy verraten. Man wird ihn verhaften und Tante Phineas und mich ebenfalls!« rief ich außer mir vor Angst.

Cedric kam wie aus einem Traum zu sich. »Dazu ist dieses Weib imstande. Percy, du mußt sofort verschwinden. Hat er sich bei euch versteckt gehalten?« fragte er mich.

»Ja, Cedric. Du weißt doch, was sie mit den Leuten machen, die Hochverrätern helfen. Cindy wird . . .«

»Ich werde nicht mehr ins Versteck zu euch zurückkehren«, unterbrach mich Percy. »Ich will euch nicht weiter in Gefahr bringen.«

»Aber du mußt mitkommen. Noch kennt niemand dein Versteck«, erklärte ich. »Dort bist du am sichersten. Cedric, reite deiner Frau nach und versuche sie zur Vernunft zu bringen. Wenn doch der Lord endlich nach Hause käme.«

»Percy, kehre sofort in dein Versteck zurück. Niemand außer Vater, Lizbeth und der alten Frau kennt es. Nicht einmal ich. Du würdest zu Fuß nur wenige Meilen weit kommen. Die Hunde werden dich aufspüren. Darin sind diese Tiere Meister. Auf deinen Kopf hat man eine hohe Prämie ausgesetzt. So geht endlich! Ich werde den Häschern erzählen, daß du dich im Steinbruch versteckt hast. Sie werden dort zuerst nach dir suchen.« Cedric redete beschwörend auf seinen Bruder ein.

»Das glaube ich kaum. Cindys haßerfüllter Blick, der mir und auch dir, Cedric, gegolten hat, bedeutete den blanken Tod.«

»Dieses Luder!«

Percy sah ein, daß sein Bruder recht hatte. Wir begannen beide um unser Leben zu laufen. Cindy hatte bereits die Schergen auf den Gesuchten angesetzt. Wir hörten in der Ferne das aufgeregte Gebell der Hunde. Außer Atem erreichten wir endlich das Gärtnerhaus. Percy eilte sofort die Stufen zum Keller hinunter und hob die Falltür an. Nachdem der Mann runtergestiegen war, schob ich ein Regal darüber. Und dort, wo es gestanden hatte, rollte ich zwei leere Weinfässer hin.

Dann lief ich wieder die Treppe hinauf. Es dauerte nur noch wenige Minuten, als gegen die Tür geschlagen wurde.

Tante Phineas erhob sich gelassen, nachdem ich ihr hastig die Zusammenhänge erklärt hatte, und zog den Riegel zurück.

Die Schergen stürmten ins Haus, und der Sergeant nahm mich ins Verhör. Ich versuchte so gut es ging, ruhig zu atmen. »Sie werden unter der Folter aussagen müssen, wenn Sie jetzt kein volles Geständnis ablegen«, drohte er mir.

»Aber es gibt nichts zu gestehen, wirklich nicht.«

Ein weiterer Reitertrupp kam angeritten. »Stellt euch vor!« riefen die

Männer durcheinander. »Die Rosen auf dem geheimnisvollen Kreuz glühen wieder. Das bedeutet, daß einer von den Cunnings in Gefahr schwebt. Das kann nur Percy Cunning sein, der Hochverräter, den wir suchen.«

»Dann befindet sich der Flüchtling hier im Haus«, bemerkte der Sergeant lakonisch. »Wir müssen ihm ganz nahe sein. Lady Cindy hat geschworen, daß sie ihn mit diesem Mädchen«, er deutete auf mich, »im Wald gesehen hat.«

»Das entspricht der Wahrheit«, gab ich leise zu. »Wir haben uns zufällig getroffen. Er hat mich gebeten, ihm etwas zu essen zu besorgen. Er ist halb verhungert, aber ich habe seine Bitte abgelehnt.«

»Ihre Pflicht als treue Untertanin Ihrer Majestät Königin Elisabeths wäre es gewesen, sofort Anzeige zu erstatten.«

»Das hätte ich auch getan«, gab ich zu. »Aber ich kam nicht mehr dazu. Ich hörte kurze Zeit später die Hunde, bekam Angst und lief deshalb nach Hause.«

»Meine Nichte hat kurz bevor Sie kamen, von der Begegnung erzählt und mich um Rat gebeten. Ich habe ihr geraten, sofort ihre Begegnung zu melden, Sir.«

»Die Hexe lügt doch!« rief einer der Männer.

Und dann geschah etwas, das uns in eine noch größere Gefahr brachte. Unser Ruf war sowieso nicht sehr gut. Man hielt Tante Phineas für eine Hexe und mich für eine heimliche Katholikin, die sich außerdem bei der alten Frau angesteckt hatte. Hexerei war in ihren Augen eine sehr ansteckende Krankheit.

Der Geist von Lady Barbara stand plötzlich im Raum. Nicht nur ich sah die Erscheinung, sondern auch die Männer, die erst voller Entsetzen auf die Gestalt starrten und dann aus dem Haus flohen.

Lady Barbara löste sich wieder auf. Ich sank auf die Fensterbank.

»Das ist das Ende«, sagte Tante Phineas. »Lady Barbara, das hätten Sie uns ersparen können.«

»Vielleicht wollte sie sich rächen, weil Lord Coleridge nun mit hundertprozentiger Sicherheit weiß, daß Cedric nicht sein Sohn ist.«

»Mag sein, mein Kind. Ich warte auf meine Verhaftung, du aber mußt jetzt Percy folgen. Bleibt so lange im Versteck, bis der Lord wieder da ist.«

»Tante Phineas.« Ich umarmte die Greisin.

»Ich bin mehr als hundert Jahre alt, Lizbeth. Aber du und Percy, ihr seid noch so jung. Ihr müßt leben. Lord Coleridge wird euch weiterhelfen.«

»Tante Phineas ...«

Ein Reiter kam des Weges. Ich wollte schon in den Keller fliehen, doch meine Tante hielt mich zurück. »Das ist der Lord. Gott hat meine Gebete erhört.«

Der Mann schien sich kaum noch im Sattel halten zu können.

Ich glaubte, daß sich nun alles zum Guten wenden würde.

Ich lief hinaus, um Sir Robin zu begrüßen. Er machte einen erschöpften Eindruck. Trotz der Bräune wirkte er blaß. Seine Knappen, die ihm gefolgt waren, sprangen aus den Sätteln und halfen ihrem Herrn vom Pferd.

Der Lord wischte sich mit einem großen, roten Taschentuch den Schweiß von der Stirn. »Jungfer, wie geht es dir und meinem Sohn?« Er sprach sehr mühsam. »Ich komme direkt aus London. Percy darf sich von nun an wieder frei bewegen. Ich habe ein Schreiben der Königin bei mir, die ihm dank ihrer Güte verziehen hat.«

»Sir, das ist ja wunderbar.« Tränen der Freude flossen mir die Wangen runter. »Percy wird glücklich und erleichtert sein. Kommen Sie bitte ins Haus, Sir.«

Percys Züge erhellten sich, als er einige Zeit später seinen Vater umarmte. Dann erkundigte er sich nach seinen Freunden.

»Ich bin zu spät gekommen, Percy, man hatte sie bereits verurteilt und das Urteil auch vollstreckt. Es hat mich einen harten Kampf gekostet, dein Leben retten zu können, mein Sohn.«

»Meine Freunde – alle tot?« Der junge Mann bedeckte sein blasses Gesicht mit den Händen. »Dann will auch ich sterben, Vater.«

»Komm zur Vernunft, Junge, du wirst meinen Titel erben. Du bist mein einziger Sohn.«

»Und Cedric?«

»Cedric ist ein Bastard. Er ist der Sohn von einem mir unbekannten Mann. Ich habe es nie wahrhaben wollen, niemals wollte ich die Wahrheit wirklich wissen. Diese verdammten Rosen! Dieser Henry Butterfiel, so wie sich der Teufel auf Erden genannt hat, soll in der Hölle schmoren. Diese Rosen, die nichts verschweigen, die allen Leuten kundtun, was in unserer Familie geschieht, sind ein Werk dieses Teufels, der uns verflucht hat.«

»Vater, bitte.« Sein Sohn atmete schwer. »Für Cedric wird das ein entsetzlicher Schock sein. Er ist mein Bruder . . .« Der Mann verstummte kurz. »Dann ist er nicht mein Bruder, sondern . . .«

»So ist es, mein Sohn. Ich habe der Königin alles über die Frau erzählt, die ich leidenschaftlich geliebt habe und die mich betrogen hat. Sie war nichts weiter als eine schamlose Dirne. Sie hat mich glauben lassen, daß Cedric mein Sohn ist, daß er . . .« Lord Coleridge wankte, und Tante Phineas schob ihm einen Armsessel hin, den einzigen, der in dieser Stube stand. Ich goß Wein in einen Krug und reichte ihn Percys Vater, der ihn in einem Zug leerte. Danach atmete er tief durch.

»Percy, komm mit. Du mußt dich umziehen. Gemeinsam werden wir mit Cedric sprechen.«

»Gut, Vater, ich werde mit dir kommen, aber nur dann, wenn Lizbeth uns begleiten darf. Auch darfst du mir die Ehe nicht mit dieser Frau verweigern. Zugegeben, ihr Vater war ein einfacher Seemann, aber ihre Mutter war eine schottische Aristokratin. Sie . . .«

»Das ist mir bekannt. Du mußt vor der Trauung abschwören, das hat die Königin bei deiner Begnadigung zur Bedingung gemacht.«

»Das kann und will ich nicht, Vater.«

Ich war viel zu durcheinander, um noch genau zuhören zu können. Percy wollte mich heiraten. Er hatte mich nicht gefragt, ob ich damit einverstanden war. Ich dachte in diesem Augenblick an Cedric. Er war kein Cunning. Aber er war verheiratet. Cindy würde toben. So, wie ich diese junge Frau einschätzte, würde sie es nicht so einfach hinnehmen, mit einem Bastard verheiratet zu sein. Und Earl Morningstar, der für seinen Hochmut bekannt war, würde die Annullierung der Ehe verlangen.

»Du mußt dem katholischen Glauben abschwören, Percy!« drängte der Lord. »Sonst ist alles verloren. Das muß ganz offiziell geschehen. Das ist die einzige Bedingung, die die Königin stellt.«

»Lieber will ich sterben!« stieß Percy enthusiastisch hervor.

»Percy, bitte«, mischte ich mich ein und legte meine Hand auf seinen Arm. »Tu es mir zuliebe.«

»Dann wirst du mich heiraten, Lizbeth?«

Ich wußte, daß das Schicksal dieser beiden Männer in meinen Händen lag. Mir blieb nichts anderes übrig, als Percys Antrag anzunehmen. Allerdings mußte ich dasselbe von ihm verlangen wie die Königin.

»Ja, Percy, aber nur dann, wenn du deinen Glauben änderst.«

»Laß mir Zeit, Vater. Ein wenig Zeit. Gut, ich werde dich begleiten. Vater. Lizbeth, du mußt aber mitkommen.«

Ich sah meine Tante an.

»Geh nur, mein Kind«, drängte sie. »Alles wird sich zum Guten wenden.«

Einige Zeit später saß ich vor Percy im Sattel. Einer der Knappen hatte ihm sein Pferd überlassen müssen. Als wir die Allee entlangritten, sah ich schon von weitem die roten Rosen.

»Sie glühen deinetwegen, Percy«, sagte sein Vater erregt. »Weil du als Erbe von Coleridge Castle und meines Titels nach langer Zeit als freier Mann deinen Einzug ins Schloß hältst.«

Die Schergen, die viele Wochen auf der Lauer gelegen hatten, sprengten plötzlich auf ihren Rössern heran und umzingelten uns.

»Weg da!« herrschte Lord Coleridge die Männer an. »Gebt den Weg frei!«

Der Anführer sagte kalt: »Mylord, wir müssen Ihren Sohn verhaften.«

»Das ist vorbei! Lesen Sie diese Urkunde der Königin. Percy Cunning, mein Sohn, ist ab sofort ein freier Mann.«

Der Scherge sah wie gebannt auf das Schreiben und reichte es nach einigen Sekunden wieder zurück. Dann befahl der Mann seinen Leuten umzukehren.

Wir setzten unseren Weg fort. Sir Robin zügelte seinen Hengst vor dem Rosenkreuz. »Lizbeth hat mir von der Grabkammer erzählt, Percy. Wir werden Sylvia Shrewsbury in geweihter Erde beisetzen. Vielleicht verschwinden dann diese Rosen, diese verdammten Verräter!« fügte er zornig hinzu.

»Gut, Vater.« Percys Atem streifte meinen Nacken, aber ich dachte nur an

Cedric. Dabei hatte ich geglaubt, diesen Mann nicht mehr zu lieben. War es nicht grausam von Lord Coleridge, ihm nun die Wahrheit sagen zu müssen?

Ich wurde in meinen Überlegungen unterbrochen, als ich die blonde Frau sah, die mit ausgebreiteten Armen vor dem Portal stand.

»Lady Barbara«, flüsterte ich voller Entsetzen. »Es ist ihr Geist.«

»Vater hat ihn auch gesehen. Mein Gott, was tut er?« Percy konnte kaum noch sprechen. Er beobachtete fassungslos, wie sein Vater mit der Reitpeitsche auf die Erscheinung schlug.

»Scher dich zum Teufel, Dirne!« brüllte er, so gut es seine Erschöpfung zuließ. »Geh mir aus dem Weg!« Seine Stimme schallte von den Wänden der Mauer wider, die den Hof umgaben.

Das Gesinde stürzte aus den Stallungen und Wirtschaftsgebäuden. Cedric erschien unter dem Portal, seine Frau ganz in Giftgrün gekleidet, war ihm gefolgt.

Einige Bedienstete halfen dem Schloßherrn, dessen Gesicht eine bläulichrote Verfärbung zeigte, aus dem Sattel. Mit leicht gespreizten Beinen stieg der Mann wankend die breiten Stufen zum Portal hinauf, dessen beide Flügel weit aufstanden.

»Bringt mir Wein!« befahl er. »Cedric, Percy und Cindy sollen in der Bibliothek auf mich warten. Lizbeth, stütze mich. Ich muß zuerst ein Bad nehmen und mich umkleiden. Ich bin völlig erschöpft.«

»Vater, laß mich dir helfen«, bot Cedric sich an. »Lizbeth ist . . .«

»Halte du gefälligst den Mund!«

Cedric zuckte zurück über das seltsame Verhalten seines Vaters, dann starrte er Percy an. »Deine Anwesenheit im Schloß kann dir zum Verhängnis werden. Es gibt hier überall Spitzel.«

Der Lord blieb auf dem ersten Treppenabsatz stehen, drehte sich um, blickte in die Halle hinunter und sagte: »Percy ist frei. Die Königin hat ihn begnadigt.«

»Du bist zurück, Robin?« Rosamund Howard kam uns entgegen. Als sie mich erkannte, wollte sie mich beiseite schieben, aber Sir Robin befahl ihr, zu verschwinden. »Packen Sie ihre Sachen, Madam. Ich gebe Ihnen bis abends Zeit. Dann müssen Sie das Schloß verlassen haben.«

»Robin!«

»Tun Sie, was ich Ihnen befohlen habe. Für leichte Mädchen ist kein Platz in diesem Schloß.«

Das kann nur ein Alptraum sein, dachte ich. Ich werde gleich aufwachen und in meinem Bett liegen. Was sollte ich nur machen, wenn der Schloßherr mir befahl, ihn in sein Schlafgemach zu begleiten?

Glücklicherweise stellte er kein solches Ansinnen. Mit einer leichten Verbeugung bedankte er sich und bat mich, auf ihn im Korridor zu warten.

Niemals in meinem ganzen Leben werde ich diese Szene vergessen, die sich unten in der Bibliothek abspielte. Wieder hatte ich das Gefühl, das alles nicht in Wirklichkeit zu erleben.

Cedric starrte den Lord entsetzt an. Sein Gesicht war aschgrau, und seine Gesichtszüge waren verzerrt. Der Mann schien um Jahre gealtert zu sein.

»Vater, das glaube ich nicht.«

»Das Tagebuch lügt nicht, Cedric. Ich werde dich natürlich nicht verstoßen. Du wirst das Haus des Gutsverwalters beziehen und dich um die Landwirtschaft kümmern. So wie es bisher der alte Rolland getan hat. Er ist ein kranker Mann.«

»Vater . . . Sir Robin, das können Sie mir nicht antun!«

»Du darfst mich ruhig weiter Vater nennen, Cedric. Schließlich ist es nicht deine Schuld. Ja, zugegeben, ich habe dir nie verziehen, daß du der Grund für den Tod deiner Mutter warst, denn sie war die einzige Frau, die ich wirklich geliebt habe. Die anderen Frauen . . .« Er schnippte mit den Fingern.

Cindy war blaß wie der Tod geworden, das giftgrüne Kleid unterstrich noch ihre Leichenblässe. Plötzlich aber wurde sie puterrot. »Das ist eine Unverschämtheit, eine Niedertracht! Ich, die Tochter von Earl Morningstar, bin mit einem Bastard verheiratet, mit dem Sohn einer schamlosen Dirne und eines hergelaufenen Mannes, dessen Namen niemand kennt! Dafür werdet ihr alle büßen! Auf der Stelle kehre ich in das Schloß meines Vaters zurück!«

»Mein liebes Kind, du hast wohl vergessen, daß ich deinem Vater finanziell unter die Arme gegriffen habe. Hätte ich das nicht getan, säße er jetzt auf der Straße und euer Schloß hätte den Besitzer gewechselt. Aber geh nur. Cindy. Mit deiner Liebe scheint es sowieso nicht weit her zu sein.«

»Die Ehe wird annulliert! Dafür werden ich und mein Vater sorgen. Und meine Brüder!« Sie stürzte förmlich aus dem Raum.

Mit schriller Stimme erteilte sie draußen Befehle, die durch das ganze Schloß schallten.

»An dieser Frau hast du nichts verloren, Cedric.« Der Lord seufzte schwer auf.

»Der Teufel soll sie holen!« Cedrics Blick suchte mich. »Lizbeth.« Er zwinkerte mir zu.

Ich begriff, daß er nun mich haben wollte. Endlich hatte ich die Chance, den Mann zu heiraten, den ich mein Leben lang angebetet und geliebt hatte, aber ich war Percy versprochen. Wenn ich wortbrüchig werden würde, würde es keinen Erben für den Lordtitel und Coleridge Castle geben. Ich senkte die Lider, um mich dem begehrenden und brennenden Blick zu entziehen.

Percy brachte mich zu Tante Phineas zurück. Mein Begleiter war auffallend schweigsam während des Rittes. Ich saß wieder vor ihm im Sattel.

»Lizbeth, du bist frei«, sagte er plötzlich leise. »Cedric wird auch bald ein freier Mann sein.«

»Percy.«

»Ich habe in den letzten Stunden viel nachgedacht und bin innerlich durch tausend Höllen gegangen. Ich habe begriffen, daß mein Vater ein tiefunglücklicher Mann ist. Ich werde ihn nicht im Stich lassen. Du brauchst mich nicht zu heiraten. Ich weiß, daß du nicht mich liebst, sondern nach wie vor Cedric.«

»Percy, bitte.«

Wir hatten inzwischen das Gärtnerhaus erreicht, und der Mann half mir aus dem Sattel. Dann saß er wieder auf und ritt sofort davon. Ungläubig und verwirrt starrte ich Percy nach, dann betrat ich unsere Unterkunft.

Still hatte Tante Phineas mir zugehört. »Das ist schlimm für Cedric, mein Kind«, meinte sie, als ich schwieg. »Sehr traurig.«

»Ich glaube, er hat sich damit abgefunden.«

»Liebst du ihn denn immer noch?«

»Das ist ja das Schlimme, Tante Phineas, ich weiß es nicht genau. Percy habe ich sehr, sehr gern. Wir sind uns in den Wochen, die wir hier zusammen verbracht haben, unendlich nahe gekommen. Und Cedric? Ich weiß nicht mehr, was ich für ihn empfinde. Ich weiß es wirklich nicht.«

Meine Tante ließ mir Zeit, mich ein wenig zu fassen, dann sagte sie: »Laß die Dinge an dich herankommen. Alles wird so geschehen, wie es geschehen muß.«

»Ja, Tante Phineas.«

Doch in den nächsten Tagen geschahen so viele Dinge, die mich aus meinen fruchtlosen Gedanken rissen. Zuerst kam Percy, er war ziemlich aufgeregt und berichtete: »Cedric ist schwer verwundet. Banditen, die von Earl Morningstar gedungen worden sind, haben ihn hinterrücks überfallen.«

»Oh, mein Gott!« rief ich.

»Cedric verlangt nach dir, Lizbeth. Er ist im Schloß. Vater hat die Banditen, die ein volles Geständnis abgelegt haben, den Schergen übergeben. Die Schurken werden aufgehängt, während Earl Morningstar nichts geschehen wird. So ist das nun mal in diesen Zeiten. Die Großen werden geschont, und die Kleinen müssen immer büßen.«

Cedric lag in dem riesigen Baldachinbett seines Schlafgemachs im Schloß. Der Bader, den man aus dem Dorf eiligst geholt hatte, stellte fest, daß es sich bei den Stichverletzungen nur um ungefährliche Fleischwunden handelte. Aber der starke Blutverlust und die Gefahr einer Blutvergiftung, die noch nicht gebannt war, hatten den Verletzten sehr geschwächt. Als der Blick des Mannes auf mich fiel, lächelte er verzerrt. »Lizbeth, du wirst mich nicht im Stich lassen. Glaube mir, ich bin froh, daß meine Ehe mit Cindy annulliert werden soll. Das ist hier bei uns in England nicht schwierig. In katholischen Ländern gäbe es kaum eine Möglichkeit, eine Ehe zu trennen. Du wirst meine neue Frau werden, Lizbeth«, erklärte er kurzatmig.

Cedric kümmerte sich weder um den Bader noch um Percy, der still an einem gedrechselten Pfosten des mächtigen Bettes lehnte. Seine gelassene Miene jedoch schien trügerisch zu sein. Als ich ihn ansah, entging mir nicht das Flackern in seinen Augen. In diesem Augenblick wußte ich, wohin ich gehörte.

War das Gefühl, noch immer Cedric zu lieben, einer lebenslangen Gewohnheit zuzuschreiben gewesen?

»Cedric, du wirst wieder gesund werden«, sagte ich freundlich. »Du brauchst mich nicht. Ich danke dir für deine Worte, und deinen Antrag – denn das war doch einer, oder? Er ehrt mich sehr, aber ich werde Percy heiraten.«

»Ach, so ist das!« Der Kranke im Bett stieß einen Fluch aus. »Natürlich mußt du dich für ihn entscheiden. Du schnappst wie ein Fisch auf dem Trokkenen nach dem Titel. Lady Lizbeth? Ja, das klingt sehr hübsch.« Er keuchte vor Wut, ich verließ langsam und wortlos sein Zimmer.

Auf dem Korridor lehnte ich mich an die Wand. Tränen liefen mir übers Gesicht, ich zitterte vor Verzweiflung.

»Willst du das wirklich?« fragte Percy leise, er war mir gefolgt.

»Deine Frau werden? Ja, Percy, ich will es. Aber mußt du nicht dieselben Gedanken wie dein Bruder hegen? Nun, da du eines Tages Lord Coleridge werden wirst, bist du eine gute Partie für die Töchter der Aristokratie im ganzen Land.«

»Ich liebe dich, Lizbeth, und ich hoffe, du wirst mich eines Tages ebenso lieben wie ich dich liebe.«

»Das tue ich doch bereits. Ich habe es nur nicht gewußt. Als du gestern so zornig weggeritten bist, war ich sehr unglücklich. Aber jetzt weiß ich, daß ich seit langem dich liebe, nur dich.«

Percy nahm mich in die Arme und unsere Lippen verschmolzen fast ineinander. Noch niemals in meinem ganzen Leben war ich so glücklich gewesen, und noch niemals hatte ich den Wunsch gehabt, den brennenden Wunsch, die Zeit würde stehenbleiben.

Lautes Räuspern riß uns aus unserem Rausch. Lord Coleridge lächelte uns an. »Dafür habt ihr noch später Zeit. Lizbeth, ich möchte dich bitten, deine Tante auf einen Besuch vorzubereiten. Einige Männer, die sich vor nichts fürchten, weder vor dem Tod noch vor dem Teufel, werden die sterblichen Überreste von Sylvia Shrewsbury holen. Der Sarkophag soll auf dem Friedhof beigesetzt werden. Ich hoffe, daß damit der Fluch des Teufels erlischt und unsere Familiengeheimnisse auch Geheimnisse bleiben.«

»Das wird eine schwierige Angelegenheit mit dem alten Sarg werden, Vater.« Percy schien nicht so recht daran zu glauben, daß es möglich sein würde, den schweren Sarkophag durch den langen unterirdischen Gang zu tragen und die steile Treppe hinauf. Er besprach das mit dem Lord.

»Also gut, wir werden die Sache anders anfangen. Es gibt zwei Möglichkeiten. Entweder legen wir das, was noch von Sylvia Shrewsbury übrig ist, in einen Sack, oder wir zerstören das Rosenkreuz und durchbrechen die Mauer. Das wäre der einfachste Weg. Meinst du nicht auch?«

»Derselben Meinung bin auch ich, Vater.«

Wieder einmal sollte alles ganz anders kommen, als ich geglaubt hatte. Ich schlief die kommende Nacht unruhig und wachte immer wieder auf. Ich dachte an Lady Barbaras Geist und fürchtete ihre Rache. Hätte ich das Tagebuch auf der Stelle zerrissen und die Fetzen in den Schloßgraben geworfen, so wie ich es mit der toten Maus getan hatte, würde Cedric nach wie vor der Erbe des Lordtitels und des Besitzes sein. Darum hatte doch Barbara Lady Coleridge ihren Mann im Glauben gelassen, daß das Kind, das sie erwartete, seines sei.

Ich stand auf und trat ans Fenster. Stand nicht dort mitten auf dem Weg der Geist von Lady Barbara und drohte mir? Als endlich der Morgen heraufdämmerte und am östlichen Horizont heller wurde, fühlte ich mich ein wenig besser. Ich konnte es kaum erwarten, mit Tante Phineas über meine Angst zu sprechen.

Die Greisin stand früh auf. Sie begrüßte mich mit leiser Stimme und wartete, bis das Wasser in dem Kessel über der Feuerstelle heiß war, dann schüttete sie es über das geschnittene Brot in einen Blechteller.

»Tante Phineas, glaubst du, daß der Geist von Lady Barbara mich verfolgt?«

Ich redete mir alles von der Seele.

»Geister werden niemals gewalttätig«, meinte die Greisin zögernd. »Zumindest habe ich es noch nie gehört.«

Mir wurde klar, daß Tante Phineas nicht mehr wußte als ich. Was würde mich noch erwarten? Als Percys Frau würde ich in Coleridge Castle leben.

Nach der Morgensuppe verließ ich das Haus, um zum Rosenkreuz zu gehen. Dort herrschte ein ziemliches Durcheinander. Etwas Unerwartetes war geschehen.

Es gelang den Männern, die das Kreuz zerstören sollten, nicht, die Rosen herauszureißen. Sie schienen an ihren Wurzeln Widerhaken zu haben.

Lord Coleridge und Percy waren ratlos. »Schneidet sie ab!« befahl Sir Robin erregt.

Auch das mißlang. Die Stengel schienen aus Eisen zu sein.

»Dann müssen wir die sterblichen Überreste durch den unterirdischen Gang durch das alte Gärtnerhaus hinaustragen.« Der Schloßherr war ebenso ratlos wie wir alle.

Ich fror plötzlich trotz der warmen Sonne, die es an diesem Vormittag besonders gut zu meinen schien.

Dann würde nun das geschehen, wovor ich mich am meisten gefürchtet hatte.

Percy, der mich auch ohne Worte verstand, sagte: »Vater, in diesem Fall schlage ich vor, Lizbeth und ihre Tante während dieser unerfreulichen Aktion ins Schloß zu holen. Du hast doch sicher nichts dagegen.«

»Aber nein, mein Sohn.«

»Dann holen wir jetzt deine Tante«, schlug Percy vor.

Während die Männer alles vorbereiteten, die sterblichen Überreste von Sylvia Shrewsbury aus der Grabkammer zu holen und durch den langen Gang bis zu der Treppe zu tragen, die sich zu dem Keller des alten Gärtnerhauses hinaufschwang, eilten Percy und ich davon.

Schon von weitem spürte ich etwas Unheimliches, das das Haus umgab. »Ich habe Angst, Percy«, gestand ich und umfaßte seine Hand. »Etwas ist geschehen.«

Ich riß mich von Percys Hand los und lief zum Haus. Wie kalt es plötzlich war. Percy war dicht hinter mir. Später sagte er mir, daß er dieselbe Vorahnung wie ich gehabt hatte.

Tante Phineas lag auf dem Boden. Daß sie tot war, ahnte ich nur, aber alles in mir wehrte sich dagegen.

»Tante Phineas!« rief ich und bettete ihr Haupt in meinen Schoß. »Tante Phineas!«

Mein Begleiter schüttelte den Kopf, dann bückte er sich und hob eine dünne Nadel auf. »Das ist eine Stricknadel«, sagte ich entsetzt. »Sie gehörte bestimmt nicht Tante Phineas.« Ich nahm sie entgegen und starrte sie an.

Percy atmete schwer auf. »Es ist eine Stricknadel, die einer anderen Frau gehört. Einer Frau aus Adelskreisen. Bitte, gib sie mir zurück.« Er streckte die Hand aus.

»Ein winziges Wappen ist eingraviert. Oh, Percy, ich habe Angst.«

Wir untersuchten zuerst die Tote und sahen den Einstich unter ihrer linken Brust. Es war nur eine sehr kleine Wunde, aus der kaum Blut gesikkert war. Ein winziger roter Fleck hatte das Leinenhemd verfärbt.

»Man muß die Frau festgehalten haben, um so exakt zustechen zu können. Die Nadel ist direkt ins Herz eingedrungen. Wahrscheinlich wäre sie nicht gleich daran gestorben, aber ich nehme an, das war der Schock. Nur eine Person kommt für diese Tat in Frage.« Percys Züge verhärteten sich.

»Lady Barbaras Geist, nicht wahr?«

»Gewiß nicht, Lizbeth. Ein Geist tötet niemanden mit einer silbernen Stricknadel. Das war jemand anderes. Jemand, der sich rächen wollte.« Er verstummte und sah mich an. »Ich bin sicher, daß auch du den Namen der Mörderin kennst.«

»Cindy! Ihre Brüder müssen ihr geholfen haben. Die beiden gehen für ihre Schwester durchs Feuer.«

»Diesmal wird Cindy nicht ungestraft davonkommen.«

»Percy, man hat keine Beweise gegen sie und ihre Brüder.«

»Ich werde stichhaltige Beweise finden.«

Lord Coleridge veranlaßte später, daß die Bergung von Sylvia Shrewsbury hinausgeschoben wurde, bis Tante Phineas bestattet worden war.

Da sich die Dorfbewohner strikt dagegen aufgelehnt hatten, eine Hexe auf dem Friedhof von Village Coleridge beizusetzen, fand Tante Phineas ihre letzte Ruhestätte zwischen den Cunnings in der Familiengruft von Coleridge Castle. Die Rosen auf dem Kreuz glühten, als der Prediger seine Grabrede hielt.

Sir Robin hatte für mich ein Gemach im Schloß herrichten lassen.

Von Percy erfuhr ich, daß die sterblichen Überreste von Sylvia Shrewsbury auf dem Friedhof von Village Coleridge beigesetzt worden waren.

Lord Coleridge und Percy, die der Beerdigung beigewohnt hatten, saßen unten in der Halle, als ich die Treppe herunterging. Ich hatte einen kurzen Besuch bei Cedric gemacht, der mich aber kaum beachtet hatte. Eine junge Magd hatte sich bei ihm befunden. Scheinbar hatte sich der entthronte Erbe von Coleridge Castle bereits mit der neuen Lage abgefunden.

Noch immer fürchtete ich mich vor dem Geist von Barbara Lady Coleridge, und ich erwartete, daß die Gestalt jeden Augenblick erscheinen würde.

»Cindy hat alles zugegeben«, sagte der Lord ernst, als ich mich ebenfalls gesetzt hatte. »Sie ist mit ihren Brüdern im Gärtnerhaus gewesen. Und sie hat deine Tante mit der Stricknadel erstochen. Sie hat geschrien und getobt und behauptet, sie hätte der Welt einen großen Dienst erwiesen, indem sie eine Hexe in die Hölle befördert hätte, dorthin, wo sie hingehöre.«

»Und was geschieht mit ihr und ihren Brüdern?« wollte ich wissen.

»Nichts.« Percy zuckte resigniert mit den Schultern »Der Earl ist der Bruder eines Bischofs. Sagt das nicht alles?«

»O ja, Percy.« Ich preßte meine Handflächen gegeneinander. »Wie ungerecht es im Leben zugeht.«

»Das Beste kommt noch, William, der ältere der Brüder, verlangt, sich mit Cedric zu duellieren. Und Cedric wartet voller Ungeduld auf den Augenblick, bis er wieder kräftig genug ist, um diesem unverschämten Kerl eine Lektion zu erteilen«, berichtete Sir Robin.

»Das alles ist schrecklich«, erklärte ich. »Cedric ist noch immer sehr geschwächt.«

»Aber er will nicht mehr lange warten«, sagte der Schloßherr. »Ich habe mich entschlossen, ihn im Schloß wohnen zu lassen. Eines Tages wird er eine gute Frau finden.«

Die nächsten Stunden herrschte eine seltsame Stille im Schloß. Das fröhliche Lachen des Gesindes war verstummt. Spürten diese Leute ebenfalls, daß etwas Ungewöhnliches geschehen würde?

Lord Coleridge betrank sich bis zur Bewußtlosigkeit, Percy und ich unterhielten uns mit gedämpften Stimmen.

Die Sonne versank glutrot hinter den Bergen, und das Rosenkreuz schien die Strahlen wie ein Verdürstender in sich aufzusaugen.

Percy und ich verließen das Schloß und setzten uns auf die Bank in der Wandelhalle, von wo aus wir die Rosen genau beobachten konnten.

Würde tatsächlich das geschehen, was wir alle erhofften? Würden die Rosen verwelken, um nie wieder zu blühen?

»Ich spüre es fast körperlich, daß etwas Ungewöhnliches geschehen wird«, sagte ich mit stockender Stimme.

Percy zog mich näher an sich und legte den Arm um meine Schultern. »Lizbeth, mir ergeht es ähnlich. Was wird uns die Zukunft bringen?«

Wir erhielten die Antwort einige Stunden später. Ich hatte dem Lord und Percy eine gute Nacht gewünscht und mich in mein Zimmer zurückgezogen. Es fiel mir nach wie vor schwer, mich an meine neue Umgebung zu gewöhnen.

Das große Baldachinbett erschreckte mich, und ich sehnte mich nach Percy. Plötzlich wurde die Tür geöffnet.

»Pst, schreie bitte nicht«, vernahm ich eine Stimme, die mich noch vor einiger Zeit in helles Entzücken versetzt hätte.

»Cedric, verlasse sofort das Zimmer«, flehte ich.

»Hast du nicht all die Jahre auf diese Stunde gewartet, Lizbeth? Endlich ist es soweit. Lizbeth ...«

Der Mann verstummte, denn plötzlich war draußen Lärm zu hören, und die beiden Fenster des Gemachs wurden von außen hell erleuchtet. Die Hölle schien los zu sein.

»Feuer!« rief Cedric und stürzte zum Fenster. »Es brennt irgendwo!«

Fassungslos stand ich neben Cedric am Fenster und starrte auf das Rosenkreuz, aus dem hohe Flammen gegen den Himmel schlugen.

Ich sah Sir Robin in seinem bodenlangen Samtschlafrock, und ich sah auch Percy, der die Diener anspornte, das Feuer zu löschen.

»Cedric, verlasse bitte sofort mein Zimmer!« Als mein ungebetener Besucher keine Anstalten machte, meiner Bitte nachzukommen, warf ich mir einen Schal um die Schultern und eilte hinaus auf den Korridor.

Kammerjungfern, Mägde und Diener liefen in der Halle durcheinander. Die Angestellten achteten nicht auf mich. Einige beteten laut, andere wiederum stießen wilde Flüche aus. Es war ein entsetzliches Chaos, das mich umgab, und ich hatte nur noch den einen Wunsch, bei Percy zu sein.

Stolpernd erreichte ich ihn endlich nach einiger Zeit. Seine Arme umschlangen mich, ich fühlte mich nun in Sicherheit.

Wassereimer wurden weitergereicht, aber die Flammen erloschen nicht. Voller Grauen klammerte ich mich an Percy, als eine glühendrote Gestalt zwischen den Flammen hochschoß.

»Der Teufel!« schrien die Leute durcheinander. »Es ist der Teufel! Er wird uns alle vernichten!« Ihr Kreischen gellte schmerzhaft in meinen Ohren.

Ich war wie erstarrt vor Angst und unterdrückte meine Schreie, die aus meiner Kehle emporsteigen wollten.

Ja, es war der Teufel! Er schwebte eine Weile über den Flammen, dann wirbelte er herum und stieß mit dem Kopf mitten in das Inferno hinein. Im selben Augenblick erlosch das Feuer. Und dort, wo viele Jahrzehnte lang das Rosenkreuz gewesen war, konnte man nur noch ein tiefes Loch in der Erde sehen.

Eine gnädige Ohnmacht erlöste mich.

Als ich wieder zu mir kam, lag mein Kopf in Percys Schoß. Mein zukünftiger Mann saß auf dem englischen Rasen. Neben uns stand ein dreiarmiger Kerzenleuchter mit brennenden Kerzen.

»Das Rosenkreuz ist verschwunden«, erklärte er. »Der Fluch ist von uns genommen. Wir müssen alles tun, um den guten Ruf der Cunnings wiederherzustellen. Du mußt mir dabei helfen, Lizbeth.«

»Das will ich tun, Percy.«

Unsere Lippen fanden sich.

Am nächsten Tag wurde das Duell zwischen Cedric und William Cheveley, des ältesten Sohnes von Earl Morningstar, ausgetragen. Cedrics noch schlechter Gesundheitszustand wurde ihm zum Verhängnis. Cindys Bruder tötete den Mann, den ich einst so geliebt hatte. Ich weinte bittere Tränen um ihn, aber zugleich wurde mir klar, daß Cedric sich auf die Dauer mit seinem neuen Leben wohl kaum abgefunden hätte.

Percy und ich heirateten einige Wochen später. Sir Robin war ein Menschenfeind geworden, der seine Zimmer nicht mehr verließ. Er hielt laute Selbstgespräche, und wir fürchteten um seinen Verstand. Nur sein Leibdiener durfte zu ihm, um ihn mit Essen und Wein zu versorgen.

Inzwischen hatte man das Loch, wo einst die Grabkammer und das Rosenkreuz gewesen waren, zugeschüttet und eine junge Eiche gepflanzt, die erstaunlich schnell wuchs. Sie stand auf der Stelle, an der der Teufel einst ein Mahnmal errichtet hatte. Ich hoffe, daß unsere Nachkommen meine Geschichte lesen werden.

Oft frage ich mich, weshalb der Teufel ausgerechnet ein Rosenkreuz als Zeichen für seinen Fluch ausgewählt hatte. Wird dieses Rätsel jemals gelöst werden? Vielleicht werden die Menschen Jahrhunderte später eine Lösung dafür finden.

Der Geist von Lady Barbara war mir nie wieder erschienen. Ich nehme an, Cedrics Tod hatte ihr die Ruhe gebracht, nach der sie sich noch nach ihrem Tod gesehnt hatte.

Cindy Cheveley, die noch nach Cedrics Tod darauf bestanden hatte, ihren Mädchennamen wieder anzunehmen, brach sich bei einem scharfen Ritt während einer Treibjagd den Hals. Earl Morningstar ist kurz darauf ebenfalls gestorben. Seine Söhne treiben sich irgendwo in der Welt herum. Das Schloß ging in andere Hände über.

In wenigen Tagen wird unser erstes Kind geboren. Percy ist es gleichgültig, ob es ein Junge oder ein Mädchen wird. Aber natürlich wünscht er sich sehnlichst einen Sohn. Welcher Mann tut das wohl nicht?

Anne Alexander

Das Schloß der sieben Türme

Judith kauerte sich neben das Grab und versuchte, das Unkraut vom Kreuz zu lösen. Nach einer Weile hatte sie es so weit geschafft, daß sie den Namen entziffern konnte, der in den Stein gemeißelt war. „Selina Sinclair 1775" stand auf dem Kreuz. Und etwas weiter unten war eingeritzt: „Möge Gott ihm vergeben."

Die Hauptpersonen:

Judith Blatty – Sie verliebt sich Hals über Kopf und folgt dem Mann auf sein Schloß. Dort erlebt sie einen Alptraum nach dem anderen. Oder ist alles doch nicht geträumt?
Perry Sinclair – Der attraktive Geschäftsmann ist krankhaft eifersüchtig und geldgierig. Aber er versteht es glänzend, alles zu vertuschen.
Merlin Sinclair – Der Erbe des Familienvermögens. Hat er einen Mord begangen, um früher in den Besitz zu kommen?
Ralph Sinclair – Ein verrückter Maler?
Damaris – Wessen Tochter ist sie?

Judith Blatty betrat die Eingangshalle des großen Wohnblocks, in dem ihre Freundin mit ihrer Familie lebte. Über den mit einem grauen Teppich bespannten Boden ging sie zum Empfangspult.

»Mein Name ist Blatty«, sagte sie zu dem livrierten Portier und reichte ihm die Einladung, die ihr Anne Baxter geschickt hatte.

Der Portier blickte auf eine Liste, die rechts von ihm lag. Mit dem Kugelschreiber hakte er ihren Namen ab. »Einen Augenblick bitte, Miss Blatty.« Er trat hinter dem Pult hervor und drückte auf den Rufknopf des Privatlifts, der direkt zum Penthouse hinaufging, ohne in den anderen Stockwerken zu halten. »Ich wünsche Ihnen einen schönen Abend.« Mit einem leichten Neigen des Kopfes verabschiedete er sich von ihr.«

Geräuschlos öffnete sich der Lift. Judith trat in die Kabine. Zwei Sekunden später fuhr sie bereits nach oben. Sie warf einen raschen Blick in den Spiegel, der an der Rückwand angebracht war. Mit einer anmutigen Bewegung strich sie sich die langen, blonden Haare zurück, dann überprüfte sie ihr Make-up. Obwohl sie sich über Annes Einladung gefreut hatte, empfand sie auch gleichzeitig etwas Angst vor den übrigen Gästen. Immerhin gehörte Annes Familie der Oberschicht an, während sie selbst nicht einmal wohlhabend war.

Ach was, es wird schon gutgehen, dachte sie und straffte unwillkürlich die Schultern. Immerhin hatten Anne und sie dieselbe exklusive Schule besucht, und sie war während der Ferien oft zu Gast auf dem Landsitz der Baxters gewesen.

Der Lift hielt mit einem sanften Ruck. Sekunden später glitt die Tür beiseite. Strahlendes Licht, Musik und Stimmengewirr drangen gleichzeitig auf Judith ein.

Die junge Frau befand sich in einer Halle, von der mehrere offenstehende Schiebetüren abgingen. Eine ältere Frau in einem dunklen Kleid, Häubchen und weißer Schürze kam ihr entgegen. Sie erkannte in ihr die Haushälterin Mrs. Troy.

»Wie schön, daß Sie hier sind, Miss Blatty«, wurde Judith von ihr begrüßt. »Miss Anne befürchtete bereits, Ihnen wäre etwas dazwischengekommen.«

»Ich mußte eine Ewigkeit auf ein Taxi warten«, antwortete Judith, während sie sich in der Halle umsah. Sie war sparsam mit antiken Möbeln ausgestattet, an den Wänden hingen einige wertvolle Bilder. Überall standen Blumen. Ihr Duft erfüllte den ganzen Raum.

Mrs. Troy nahm ihr den leichten Abendmantel ab und reichte ihn einem der Hausmädchen. »Kommen Sie bitte, Miss Blatty, Miss Anne ist bei den anderen Gästen im Salon.«

Aber Anne Baxter, eine junge, etwas füllige Frau mit schwarzen Haaren und dunklen Augen, hatte bereits die Stimme ihrer Freundin gehört. Sie ging Judith mit einem strahlenden Lächeln entgegen. »Es wäre unverzeihlich gewesen, wenn du mich heute im Stich gelassen hättest«, sagte sie zu ihr, als sie einander die Hand reichten. Sie zog die Freundin ein Stück beiseite. »Was für ein hübsches Kleid du trägst.«

»Es ist nichts Besonderes.« Judith sah an ihrem blauen Georgettekleid hinunter. »Dagegen ist dein Kleid einfach bezaubernd, Anne.« Sie berührte vorsichtig den zarten Stoff.

»Aber weniger der Inhalt«, meinte Anne lachend. »Ich kann tragen, was ich will, meine Figur läßt sich nicht verbergen. Du dagegen . . .« Sie winkte ab. »Schon im Internat habe ich dich darum beneidet. Die Herzen werden dir heute abend nur so zufliegen. Höchste Zeit, daß ich dich mit den anderen bekannt mache. Meine Eltern sind übrigens nicht hier, sondern für einige Wochen in Europa.« Sie hakte Judith unter und wollte mit ihr in den Salon gehen.

»Laß mich dir erst einmal zum Geburtstag gratulieren«, meinte Judith. Sie öffnete ihr Täschchen und entnahm ihm eine kleine, sorgsam eingewickelte Schachtel. »Alles Gute, Anne.«

»Danke, Judith, ich kann es brauchen.« Einen Augenblick lang legte sich ein Schatten auf Annes Gesicht. Ihre Verlobung mit dem Fabrikanten war erst vor wenigen Wochen in die Brüche gegangen. Gleich darauf lächelte sie wieder und öffnete das Geschenk. »Ist das wunderschön!« Sie hob den Kopf und sah die Freundin an. »Wo hast du das her?«

»Ich war letzte Woche bei ›Christie‹. Gleich als ich die Miniatur gesehen habe, wußte ich, sie ist genau das richtige Geburtstagsgeschenk für dich.«

»Danke, tausend Dank, Judith!« Anne warf einen letzten Blick auf das kleine Bild, dann schloß sie die Schachtel, nahm Judiths Arm und führte die junge Frau in den Salon.

Es war das erste Mal, daß Judith im Penthouse der Baxters zu Gast war. Während der letzten beiden Jahre hatten Anne und sie sich gewöhnlich in der Stadt getroffen und waren irgendwo miteinander essen gegangen. Sie versuchte, nicht zu neugierig zu wirken, als sie sich jetzt in dem riesigen Salon umblickte, der sich über zwei Ebenen erstreckte. Der obere Teil wurde von langen Bücherschränken und Vitrinen beherrscht, im unteren, zu dem drei Stufen führten, standen auf weichen Perserteppichen mehrere Sitzgarnituren und Tischchen. Durch die geöffneten Glastüren konnte sie auf die riesige Dachterrasse sehen.

»So, dann mache ich dich erst einmal mit den anderen bekannt!«

Anne steuerte mit ihr auf fünf junge Leute zu, die neben einer Vitrine mit Jadefiguren standen. Mit einigen freundlichen Worten stellte sie Judith den anderen vor, dann war sie mit ihr bereits auf dem Weg zu den nächsten Gästen.

Plötzlich fühlte Judith, daß sie beobachtet wurde. Sie hob den Kopf. Neben einer der Terrassentüren lehnte ein dunkelhaariger Mann von etwa dreißig. Er trug einen teuren Maßanzug. Ruhig, ohne jede Verlegenheit begegnete er ihrem Blick. In der rechten Hand hielt er lässig ein gefülltes Glas.

Judith wandte den Kopf ab. Sie haßte es, so angestarrt zu werden, wenngleich der Fremde einen alles andere als unsympathischen Eindruck auf sie machte. In seinen markanten Gesichtszügen lag etwas, das sie sogar anzog.

»Wer ist das?« fragte sie ihre Freundin leise.

Anne Baxter kam nicht mehr dazu, ihr zu antworten. Ein junger Mann tauchte neben ihnen auf. »Anne, ist das die Freundin, auf die Sie noch gewartet haben?« fragte er und schenkte ihnen ein überaus charmantes Lächeln. »Jetzt freut es mich doppelt, daß wir heute noch nicht nach Cornwall zurückgefahren sind.«

»Sie haben es erraten, Percy«, erwiderte Anne. »Judith, ich möchte dir Percy Sinclair vorstellen. – Percy, meine Freundin Judith Blatty.«

Judith bot ihm die Hand. In gewisser Weise ähnelte er dem Mann, der sie die ganze Zeit über beobachtet hatte. Auch er hatte dunkle Haare und braune Augen, allerdings mochte er etwa zwei Jahre jünger sein. »Freut mich, Sie kennenzulernen, Mr. Sinclair«, sagte sie.

»Die Freude ist ganz meinerseits, Miss Blatty«, erklärte Percy und sah ihr in die Augen. »Wir sind übrigens drei.« Er hob den Kopf und wies zur Terrassentür. »Mein ältester Bruder Merlin, nicht zu verwechseln mit dem legendären Zauberer, und da hätten wir auch noch Ralph, unseren Maler.« Er zeigte nach links, wo ein etwa vierundzwanzigjähriger blonder Mann sich mit einer jungen Frau unterhielt.

»Den Sinclairs gehört das Haus der sieben Türme in Cornwall«, warf Anne ein. »Ich wollte es mir schon lange einmal ansehen.«

»Sie wissen, daß Sie uns jederzeit willkommen sind, Anne«, meinte Percy. »Und nicht nur Sie«, fügte er hinzu und sah Judith erneut in die Augen.

Verlegen senkte die junge Frau den Blick. »Wo in Cornwall liegt Ihr Besitz, Mr. Sinclair?« fragte sie, nur um etwas zu sagen.

»In der Nähe von Tintagel, Miss Blatty«, erwiderte Percy Sinclair. Er wandte sich an die Gastgeberin: »Wenn Sie sich wieder um Ihre anderen Gäste kümmern müssen, Anne, nehme ich mich gern Miss Blattys an.«

Anne Baxter verstand. »Dann kann ich sie unbesorgt in Ihrer Gesellschaft zurücklassen.« Sie berührte kurz Judiths Arm. »Bis später.« Bevor ihre Freundin auch nur protestieren konnte, war sie schon gegangen.

»Kommen Sie, Miss Blatty, sorgen wir erst einmal dafür, daß Sie nicht verdursten«, meinte Percy. »Und wenn Sie wollen, erzähle ich Ihnen dann vom Haus der sieben Türme. Interessieren Sie sich zufällig für Geschichte?«

»Ich bin Bibliothekarin«, bemerkte Judith. Sie war ihrer Freundin keineswegs böse, sie mit Percy Sinclair allein gelassen zu haben. Sie fühlte sich in seiner Gesellschaft ausgesprochen wohl, zumal er keinen Hehl aus seiner Bewunderung für sie machte.

»Na, wunderbar.« Percy winkte einem der Hausmädchen, das Getränke anbot. Der Mann reichte Judith ein Glas Sekt und bediente sich ebenfalls. »Auf eine lange und schöne Freundschaft.« Ihr zulächelnd, hob er sein Glas.

Percy Sinclair war so anders als all die Männer, die sie vor ihm kennengelernt hatte. Judith spürte, wie seine Gegenwart sie völlig gefangennahm. Jede Minute, die sie mit ihm verbrachte, zog sie mehr in seinen Bann. Nie zuvor hatte ein Mann sie so verwirrt. Es war, als würden sie sich schon Jahre kennen.

Percy Sinclair leerte sein Glas und stellte es auf den Kaminsims. »Kommen Sie, ich mache Sie jetzt mit meinen Brüdern bekannt«, sagte er und nahm sie einfach am Arm.

Merlin Sinclair stand noch immer neben der offenen Terrassentür. Es sah nicht aus, als hätte er Judith auch nur eine Sekunde aus den Augen gelassen, obwohl er inzwischen mit seinem jüngsten Bruder sprach. Ohne jedes Lächeln blickte er ihr und Percy entgegen.

»Judith, ich habe die Ehre, Ihnen den zukünftigen Lord Sinclair vorzustellen.« Percy neigte leicht den Kopf. Seine Augen funkelten.

Judith war zu überrascht, um es zu bemerken. Sie reichte Merlin Sinclair die Hand, der junge Mann nickte ihr nur leicht zu. Ralph Sinclair dagegen schenkte ihr ein scheues Lächeln und sah sie träumerisch an. Er wirkte, als wäre er mit seinen Gedanken ganz woanders.

»So, und jetzt würde ich gern mit Ihnen tanzen«, meinte Percy. Wieder wartete er nicht ihre Antwort ab, sondern führte sie in den Nebenraum, der zum Tanzen ausgeräumt worden war.

Percy Sinclair war ein ausgezeichneter Tänzer. Judith glaubte zu schweben. Sie ertappte sich bei dem Wunsch, die Musik würde nie verklingen. Percy sprach nicht viel, während er mit ihr tanzte, doch seine Augen ließen keinen Zweifel daran, daß er sich in sie verliebt hatte.

Viel später gingen sie auf die Terrasse hinaus. Sie standen an der Brüstung und blickten über die hellerleuchtete Park Lane zum Hyde Park hinüber.

»Sind Sie oft in London, Mr. Sinclair?« fragte Judith.

»Zwei-, dreimal im Monat«, erwiderte Percy. »Wir besitzen bei Bodmine eine Textilfabrik. Ich bin für den Verkauf zuständig.« Er lehnte sich mit dem Rücken gegen die Brüstung und sah sie unverwandt an. »Warum sind Sie so förmlich, Judith? Ich nenne Sie längst bei Ihrem Vornamen. Bitte, sagen Sie Percy zu mir.«

»Wir kennen uns doch kaum«, meinte judith, ohne ihn anzusehen. Sie schaute zur Park Lane hinunter, wo gerade eine Ampel auf Rot schaltete.

»Dann wird es allerhöchste Zeit, sich besser kennenzulernen.« Percy nahm ihre Hände. »Mir kommt es vor, als seien wir uns nicht erst heute begegnet.«

Judith fühlte, wie sich ihr Gesicht mit einer brennenden Röte überzog. »Haben Sie noch mehr Geschwister?« fragte sie, um ihn abzulenken.

»Ja, eine Schwester. Scarlett ist dreiundzwanzig. Sie wird noch dieses Jahr Sir Archibald von Mill Castle heiraten.« Percy hielt noch immer Judiths

Hände. »Aber Scarlett ist heute abend nicht bei uns, sondern bei meinem Vater im Haus der sieben Türme. Wir brauchen uns also nicht weiter um sie zu kümmern. Sprechen wir lieber von Ihnen. Sie sagten vorhin, daß Sie als Bibliothekarin arbeiten.« Er lachte leise. »Unsere Bibliothek würde eine wahre Fundgrube für Sie sein. Sie erstreckt sich über zwei Stockwerke. Vater will schon seit Jahren jemanden einstellen, der sie in Ordnung bringt. Vor zwei Jahren hatten wir einen älteren Herrn für diese Arbeit engagiert, aber dann . . .« Er unterbrach sich. »Wohnen Sie bei Ihren Eltern?«

Judith schüttelte den Kopf. »Meine Eltern sind bei einem Eisenbahnunglück ums Leben gekommen, als ich noch ein kleines Mädchen war. Meine Schwester kümmerte sich um mich. Sie sorgte dafür, daß ich eine gute Internatsausbildung erhielt. Zur Zeit ist Esther in Europa. Sie arbeitet als Dolmetscherin.« Die junge Frau hob den Kopf. »Erzählen Sie mir vom Haus der sieben Türme. Allein schon der Name klingt so geheimnisvoll.«

Percy legte den Arm um ihre Schultern. Judith wehrte sich nicht dagegen. »Unser Haus steht oberhalb der Klippen. Manchmal steige ich abends auf den höchsten der Türme und schaue auf das Meer hinaus. Der Ausblick ist atemberaubend. Und wenn ich mich dann umdrehe, dann sehe ich nur Land, das uns gehört.« Sein Arm glitt von ihren Schultern. »Als Kind habe ich mir oft vorgestellt, wie König Artus mit seinen Männern über dieses Land geritten ist. Man sagt, daß der älteste Teil unseres Hauses auf Fundamenten steht, die noch aus dieser Zeit stammen. Wahrscheinlich können Sie sich gar nicht vorstellen, was für ein Gefühl es ist, in so einer Umgebung aufzuwachsen.«

»Es muß wundervoll sein«, sagte Judith.

»Ja, das ist es auch!« Percy Sinclair seufzte auf. »Aber es ist auch eine Verpflichtung, einer so alten Familie zu entstammen. Meine Brüder und ich, wir sind dazu erzogen worden, immer stolz darauf zu sein. Doch Ralph interessiert sich mehr für seine Malerei als für alles andere, und Merlin . . .« Percy sprach nicht weiter, er blickte zum Park hinüber. Erst nach einer Weile meinte er: »Ihnen ist sicher aufgefallen, daß mein ältester Bruder ziemlich still ist. Um ehrlich zu sein, ich habe ihn seit dem Tod seiner Frau nicht mehr lachen sehen.«

»Es ist schlimm, einen geliebten Menschen zu verlieren«, bemerkte Judith. »Wann ist seine Frau gestorben?«

»Vor zwei Jahren.« Percy lachte auf. »Wir sind verrückt, Judith. Wie können wir an einem Abend wie diesem vom Tod sprechen? Was müssen Sie von mir denken? Tanzen wir noch einmal miteinander?«

Die junge Frau kam nicht dazu, seine Frage zu beantworten, da in diesem Augenblick Merlin Sinclair auf die Terrasse trat. »Ich hoffe, ich störe nicht«, sagte er und sah sie unverwandt an. »Hast du Miss Blatty erzählt, wie unvergleichbar ein Blick von unseren Klippen ist, Percy?«

»Ja, das habe ich«, antwortete Percy unwillig.

»Miss Blatty, darf ich um den nächsten Tanz bitten?« fragte Merlin und verneigte sich vor Judith.

Die junge Frau fing einen wütenden Blick seines Bruders auf, aber es wäre unhöflich gewesen, Merlins Bitte abzulehnen. »Ja, gern«, antwortete sie.

»Percy, du erlaubst doch?« fragte Merlin Sinclair und bot der Bibliothekarin seinen Arm.

Merlin war bei weitem nicht ein so guter Tänzer wie sein Bruder Percy, und Judith hatte den Eindruck, als hätte er sie auch nur zum Tanzen aufgefordert, um sie von Percy zu trennen. Der Mann hielt sie ganz leicht in den Armen.

»Ich hoffe, Sie haben sich bisher gut unterhalten«, meinte er nach einigen Minuten förmlich.

»Ihr Bruder hat mir vom Haus der Sieben Türme erzählt«, erwiderte Judith. »Ich liebe alte Häuser und ihre Geschichte, selbst wenn sie manchmal recht düster ist.«

»Mit düsteren Geschichten kann das Haus der sieben Türme allerdings dienen«, bemerkte Merlin. Die Musik verklang. Er hielt sie noch einen Augenblick in den Armen, dann ließ er die Hände sinken. »Möchten Sie etwas trinken, Miss Blatty?«

Judith nickte.

»Du erlaubst, daß ich mich jetzt wieder um Miss Blatty kümmere«, sagte Percy und trat zu ihnen. Er nahm Judiths Arm. »Kommen Sie, sonst betrachtet mein Bruder Sie noch als Privatbesitz.« Als wäre sie völlig ohne Willen, führte er die junge Frau auf die Terrasse zurück.

Während der nächsten beiden Monate kam Percy Sinclair öfter als nötig nach London. Jedesmal suchte er dann Judith Blatty auf, sie gingen zusammen essen und danach gewöhnlich in ein Konzert oder sahen sich ein Theaterstück an. Zweimal hatte er sie schon am Sonntagvormittag abgeholt, um den Tag mir ihr zu verbringen. Fast jeden Tag rief er sie in der Bibliothek an oder ließ ihr durch ein Blumengeschäft Rosen und Blütenzweige schicken.

»Sieht aus, als seist du bis über beide Ohren verliebt«, meinte Esther Blatty, als sie für einge Tage aus Europa heimkehrte. Auf der Fahrt vom Flughafen nach London hatte ihr Judith von Percy erzählt. Prüfend sah sie ihre um zwölf Jahre jüngere Schwester an. Judith war erst einundzwanzig, und sie hatte von jeher das Gefühl gehabt, sie vor allem und jedem beschützen zu müssen.

»Er wird dir ganz sicher gefallen, Esther«, erwiderte Judith, den Blick ihrer Schwester richtig deutend. »Es ist lieb von dir, daß du dir ständig Sorgen um mich machst, aber glaube mir, ich kann inzwischen ganz gut auf meinen eigenen Beinen stehen.«

Esther unterdrückte ein Seufzen und legte kurz die Hand auf Judiths Knie. »Verzeih, aber ich vergesse immer wieder, daß du inzwischen erwachsen bist.«

»Da gibt es nichts zu verzeihen«, meinte Judith herzlich. »Ich werde nie vergessen, wie du alles für mich geopfert hast, um mir eine gute Ausbildung zu ermöglichen.«

»Sprechen wir nicht mehr davon.« Esther Blatty stand auf. »Komm, gehen wir schon immer hinunter.«

Sie verließen das Oberdeck des Omnibusses und hatten gerade die untere Etage erreicht, als er in der Nähe ihrer Wohnung im Stadtteil Chelsea hielt. Mit einigen anderen Leuten stiegen sie aus.

Knapp eine Viertelstunde später schloß Judith die Wohnungstür auf. Sie ließ Esther mit der Reisetasche an sich vorbeigehen und brachte dann den Koffer nach. »Lege erst einmal ab, ich setze inzwischen Teewasser auf«, sagte sie. »Für heute mittag habe ich einen kalten Lunch zurechtgemacht. Ich dachte, abends könnten wir dann essen gehen. Wir waren schon lange nicht mehr im ›Cross Keys‹.«

»Gute Idee!« rief Ester aus ihrem Schlafzimmer.

Die Wohnung lag im Dachgeschoß eines sehr alten Hauses. Vom Wohnzimmer aus führte eine schmale Treppe zum Dach hinauf. Da es ein schöner, sonniger Tag war, deckte Judith den Tisch oben auf der Terrasse. Früher in den Ferien hatte sie hier oben gern mit ihren Puppen gespielt und sich eingebildet, auf einem Schloßturm zu sein.

»Was weißt du über das Haus der sieben Türme, Judith?« fragte Esther, als sie beim Lunch saßen.

»Das, was mir Percy erzählt hat, und natürlich habe ich auch in der Bibliothek nachgesehen, ob ich ein Buch finde, in dem es erwähnt wird. Es gibt tatsächlich eines. Stelle dir vor, es gehört zu den ältesten Häusern Englands. Es wird vermutet, daß es unter ihm ein regelrechtes Labyrinth geheimer Gänge gibt. Ich habe Percy danach gefragt, doch er kennt nur einen Gang, und der führt zu einer verborgenen Kapelle, in der katholische Gottesdienste abgehalten worden sind.«

»Hat dir dein Percy auch von seiner Familie erzählt?«

»Wenn ich es recht bedenke, nur wenig«, antwortete Judith. Sie zwinkerte ihrer Schwester zu. »Aber was interessiert mich die Familie?«

»Dich hat es ja wirklich mächtig erwischt«, meinte Esther schmunzelnd. »Trotzdem solltest du dich auch etwas für die Familie interessieren. Vor etwa zwei Jahren sorgten die Sinclairs für ziemlichen Wirbel. Du warst gerade in Griechenland. Bis heute ist noch nicht geklärt, ob Patricia Sinclair Selbstmord begangen hat oder jemand anders bei ihrem Tod seine Hand im Spiel hatte.«

»Patricia?« Judith runzelte die Stirn.

»Die Frau des ältesten Sohnes und zukünftigen Lords«, sagte Esther. »Und es muß da auch noch ein Kind geben, ich glaube, ein Mädchen.« Sie sah ihre Schwester lange an. »Es beunruhigt mich, daß ich schon in einer Woche wieder nach Europa zurück muß. Ich werde in Genf erwartet.«

»Du mußt dir um mich keine Sorgen machen, Esther«, erwiderte Judith.

»Ich werde Percy anrufen und ihn bitten, nach London zu kommen, damit ihr euch kennenlernt. Er wird dir gefallen, davon bin ich felsenfest überzeugt. Er ist ganz anders als seine Brüder, offen und herzlich. Davon abgesehen, habe ich auch nichts gegen Merlin, obwohl er sehr verschlossen wirkt und man wahrscheinlich nie sagen kann, an was er gerade denkt. Merlin leitet zusammen mit seinem Vater die Firma. Percy ist für den Verkauf zuständig. Ralph sollte auch im Unternehmen mitarbeiten, aber er drückt sich meistens und vergräbt sich in seinem Atelier. Ich habe noch keines seiner Bilder gesehen. Percy sagt, daß sie meist ziemlich düster sind.«

»Ich würde gern deinen Freund kennenlernen, Judith«, sagte Esther und hob die Teekanne an, um ihre Tasse zum zweitenmal zu füllen. »Also rufe ihn nachher gleich an.«

»Ich werde ihn sofort anrufen.« Judith stand auf. Sie beugte sich über ihre Schwester. »Du wirst sehen, es ist alles in Ordnung.« Mit beschwingten Schritten ging sie zum Telefon.

Esther Blattys Wunsch erfüllte sich nicht. Percy Sinclair hatte ausgerechnet in dieser Woche keine Zeit, nach London zu kommen. Er besuchte mit seinem Vater einen Geschäftsfreund in Newcastle und machte von dort aus eine Informationsreise durch Schottland. Als er nach Cornwall zurückkehrte, war Judiths Schwester längst wieder abgereist.

Judith Blatty bedauerte zwar, daß ihre Schwester und Percy sich nicht mehr kennengelernt hatten, aber sie dachte nicht weiter darüber nach. Sie freute sich auf das Wiedersehen mit Percy. Zudem würde ihre Schwester ja nicht ewig in Genf bleiben. In zwei, drei Monaten wollte sie nach London zurückkehren, um mit ihr den Urlaub zu verbringen.

Die junge Frau saß an ihrem Arbeitstisch in der Bibliothek und sah eine Kartei durch, als sie von ihrer Kollegin ans Telefon gerufen wurde. »Mister Sinclair«, raunte ihr Mary Green zu und verdrehte die Augen.

»Danke!« Judith sprang auf und eilte zum Telefon, das in einem der Nebenräume stand. Mit klopfendem Herzen griff sie zum Hörer. »Percy?« fragte sie.

»Wer sollte es sonst sein, Darling«, antwortete der junge Mann gutgelaunt. »Ich hoffe, du hast dich in der Zwischenzeit nicht mit einem meiner Brüder getroffen.«

Judith lachte auf. »Ich habe weder von Merlin noch von Ralph auch nur das geringste gehört«, versicherte sie.

»Dann bin ich ja beruhigt«, meinte Percy. »Ich bin seit gestern abend wieder zurück. Wäre es nicht so spät gewesen, hätte ich doch noch angerufen, aber ich wollte dich nicht aus dem Schlaf reißen.«

»Lieb von dir«, antwortete die junge Frau glücklich.

»Dafür hat mich heute mein erster Weg nach London geführt. Ich habe zwar den ganzen Tag über zu tun, so daß wir uns nicht einmal zum Lunch treffen können, aber der Abend gehört uns. Ist es dir recht, wenn ich dich um sechs von deiner Wohnung abhole?«

»Bis um sechs Uhr bin ich fertig«, antwortete die Bibliothekarin.

»Fein, dann bis heute abend. Und mache dich besonders schön, Darling. Ich habe vor, dich ganz groß auszuführen.«

Sie wechselten noch einige belanglose Worte, dann legte Judith den Hörer auf und kehrte an ihren Schreibtisch zurück. Aber sie war mit ihren Gedanken nicht bei der Arbeit. Versonnen schaute sie auf die nächste Karteikarte, ohne überhaupt den Titel des Buches wahrzunehmen, der auf ihr stand.

»Dich muß es mächtig erwischt haben«, meinte Mary Green.

Aus ihren Gedanken gerissen, blickte Judith auf. »Bitte?«

»Ach, nichts«, antwortete die junge Frau. Vor sich hin schmunzelnd, trat sie an ein Regal und nahm einen schweren Band heraus.

An diesem Tag hatte Judith um vier Uhr Feierabend. Eigentlich hatte sie noch einkaufen gehen wollen, doch jetzt verschob sie es auf den nächsten Nachmittag. Sie eilte zur Bushaltestelle und fuhr nach Hause, um noch zu duschen und sich die Haare zu waschen, bevor Percy kam.

Er war pünktlich wie immer. Big Ben hatte gerade sechs Uhr geschlagen, als sein Bentley vor dem Haus hielt, in dem Judith lebte. Mit einem Strauß blaßgelber Rosen stieg der Mann die Treppe zur Dachgeschoßwohnung hinauf.

Judith hatte am Fenster gestanden. Am liebsten wäre sie ihm entgegengelaufen. Es kostete sie Mühe zu warten, bis Percy klingelte. Langsam ging sie zur Wohnungstür und öffnete.

»Fertig?« fragte der Mann und ließ seinen Blick bewundernd über sie gleiten. Judith trug ein pastellfarbenes Chiffonkleid, das sie sich erst vor einer Woche gekauft hatte. »Du siehst wunderbar aus.«

»Danke!« Errötend schloß sie die Tür hinter ihm.

»Ich habe dir ein paar Rosen mitgebracht, Darling«, sagte Percy. »Sie stammen aus unserem Garten. Ich habe sie selbst geschnitten.« Er legte den Strauß auf die Flurgarderobe und nahm die Frau in die Arme. »Es ist nicht leicht gewesen, die Rosen den Tag über frisch zu halten, aber wo ein Wille ist, ist auch ein Weg.«

»Wie hast du es denn angestellt?« Judith sah ihm in die Augen. Mehr als über die Rosen freute sie sich darüber, daß er sich ihretwegen solche Mühe gegeben hatte.

Percy lachte. »Da ich den ganzen Tag unterwegs war, um mit unseren Geschäftspartnern zu sprechen, habe ich bei jedem Besuch immer erst um eine Vase gebeten. Die erstaunten Blicke hättest du sehen müssen.« Er küßte sie leicht auf beide Wangen.

»Ich werde die Rosen ins Wasser stellen, dann können wir gehen«, sagte Judith. Sie entwand sich seinen Armen, nahm die Rosen und brachte sie in die Küche. »Setze dich bitte solange ins Wohnzimmer.«

Percy Sinclair schüttelte den Kopf. »Ich sehe viel lieber dir zu, Darling«, behauptete er und folgte ihr in die Küche.

Knapp eine Viertelstunde später stiegen sie gemeinsam die Treppe hinunter. Percy öffnete zuvorkommend für sie den Wagenschlag. Da es ein warmer Maitag war, war das Verdeck des Bentley hinuntergelassen worden.

Judith genoß es, an Percys Seite durch London zu fahren. Sie bogen jetzt in die Sloane Street ein und wandten sich in Richtung Hyde Park. Plötzlich lachte Percy auf. »Eigentlich wollte ich mit dir im ›Regents‹ speisen, aber wie wäre es zur Abwechslung mit einem Lokal in Soho?« Er wandte ihr kurz das Gesicht zu. »Man soll alles einmal ausprobieren.«

»Aber auf diese Erfahrung möchte ich lieber verzichten«, meinte Judith. »Außerdem war ich noch nie im ›Regents‹. Ist es wirklich so exklusiv, wie man sagt?«

»Es wird dir dort gefallen«, erwiderte der Mann.

Sie fuhren um den Hyde Park herum und hielten bald darauf im Hof eines alten Gebäudes, in dessen ersten beiden Stockwerken das »Regents« untergebracht war.

Percy Sinclair schien hier gut bekannt zu sein, der Oberkellner begrüßte ihn mit seinem Namen und begleitete das Paar persönlich zu dem Tisch, den der junge Mann zuvor telefonisch bestellt hatte.

Der Tisch stand in einer Fensternische. Von ihrem Platz aus konnte Judith zum Hyde Park hinunterblicken. Aber der Park interessierte sie an diesem Tag weniger als das Restaurant. Unauffällig sah sie sich um. Unter den Gästen entdeckte sie einige Leute, deren Fotos sie bereits in der Zeitung gesehen hatte. Sie freute sich, daß Percy sich nicht davor scheute, sich mit ihr in aller Öffentlichkeit zu zeigen.

»An was denkst du, Darling?« fragte Percy, nahm ihre Hand und blickte zärtlich in ihre Augen.

»Daran, daß ich ein Glückskind bin«, antwortete Judith aufrichtig.

»Du kannst nicht glücklicher sein als ich, Darling«, sagte der junge Mann. Er hielt noch immer ihre Hand. »Es muß Schicksal gewesen sein, daß wir uns an jenem Abend bei Anne Baxter kennengelernt haben. Die Baxters gehören mehr zu Merlins Freunden. Ich hatte eigentlich zeurst gar keine Lust gehabt, meine Brüder zu dieser Party zu begleiten.« Er unterbrach sich, weil ein Kellner den bestellten Wein brachte.

Es war nach acht Uhr, als sie das Restaurant verließen und zum Hyde Park hinübergingen. Percy hatte Judiths Arm genommen. Langsam schlenderten beide eine schmale Sandsteintreppe hinunter. Sie sprachen nicht viel, während sie zum Serpentinenteich gingen. Jeder von ihnen hing seinen eigenen Gedanken nach.

Sie erreichten die Rotten Row. Um diese Zeit war der Reitweg fast leer. Sie sahen nur ein junges Pärchen, das nebeneinander auf seinen Pferden in Richtung Kensington Gardens galoppierte.

»Kannst du eigentlich reiten, Judith?« erkundigte sich Percy, als sie den Reitweg überquerten.

»Ja, ich habe es im Internat gelernt.«

»Wunderbar!« Er legte den Arm um ihre Taille und drückte die Frau an sich. »Wenn du im Haus der sieben Türme bist, werden wir oft ausreiten.«

»Heißt das, ich bin auf euren Besitz eingeladen?« fragte Judith überrascht. Bisher hatte Percy noch nicht ein einziges Mal davon gesprochen, sie nach Cornwall mitzunehmen.

»Über Kurz oder lang wirst du das Haus der sieben Türme kennenlernen«, versprach Percy. »Ich kann es kaum noch erwarten, dir unseren Besitz zu zeigen. Wir werden zusammen entlang den Klippen reiten, aufs Meer hinausfahren, am Strand liegen und baden.« Er blieb stehen und strich ihr sanft eine blonde Strähne aus der Stirn. »Es wird herrlich werden, Darling.«

Das wird es bestimmt, dachte Judith. Sie sah zu ihm auf. »Und deine Familie?«

»Sie wird nichts dagegen haben, wenn du zu uns kommst«, antwortete Percy. »Ralph wird vermutlich alles daransetzen, dich zu malen. Scarlett wird sich nicht viel um dich kümmern, sie ist zu sehr mit ihren eigenen Angelegenheiten beschäftigt. Merlin ist von Natur aus sehr schweigsam. Er geht in seiner Arbeit auf. Mehr als Höflichkeit kann man von ihm nicht erwarten, aber mein Vater wird begeistert sein. Ich bin überzeugt, es wird keine fünf Minuten dauern, bis du sein Herz gewonnen hast.«

»Du hast mir noch nie etwas von dem Kind erzählt«, sagte Judith, als sie weitergingen.

»Dem Kind?« Percy runzelte die Stirn. »Ach, du meinst Damaris, Merlins Tochter.« Er stieß heftig den Atem aus. Für einen Augenblick lang verdüsterte sich sein Gesicht. »Damaris ist nicht wie andere Kinder. Sie ist ziemlich seltsam und in sich gekehrt.«

»Wie alt ist sie?«

»Sieben«, antwortete Percy. »Sprechen wir nicht länger von meiner Familie«, schlug er vor. »Es ist so ein schöner Abend, er ist wie geschaffen für zwei Menschen, die sich lieben.«

Sie hatten den Serpentinenteich erreicht. Obwohl es bereits dunkel wurde, fuhren noch einige Segel- und Ruderboote auf dem Wasser. In der Nähe des Ufers entdeckten sie Schwäne. Eine Libelle schwirrte dicht an ihnen vorbei.

Percy schlüpfte aus seinem Jackett und breitete es auf dem Rasen aus. »Komm, setz dich, Darling«, bat er. »Ich möchte, daß wir hier ein Weilchen bleiben.«

»Grasflecken lassen sich schwer entfernen«, meinte Judith besorgt.

»Mir kommt es heute nicht auf Grasflecken an«, erwiderte der junge Mann. Er wartete, bis Judith auf seinem Jackett Platz genommen hatte, dann setzte er sich neben sie. Liebevoll legte er den Arm um ihre Schultern.

Judith genoß jede Sekunde ihres Zusammenseins mit Percy. Sie lehnte den Kopf an seine Schulter. Manchmal kam es ihr vor, als hätte sich, seit sie ihn kannte, die Welt verändert. Nie zuvor hatte sie jemanden so geliebt wie ihn.

Percy richtete sich plötzlich auf. Er setzte sich so, daß er ihr ins Gesicht sehen konnte. Leicht legte er die Hände auf ihre Schultern. »Ich will dich heiraten, Darling«, sagte er.

Judith war so verblüfft, daß sie gar nicht wußte, was sie ihm antworten sollte. Sie hatte zwar damit gerechnet, daß er ihr eines Tages einen Heiratsantrag machen würde, doch daß er so plötzlich gekommen war, überraschte sie.

Percy lächelte. »Du mußt mir jetzt nicht antworten, Darling«, sagte er. »Ich wollte dich nicht erschrecken.« Er hob die rechte Hand und strich sanft über ihre Wange.

»Du hast mich nicht erschreckt«, erwiderte Judith. »Nur etwas verblüfft.«

»Und?« Er legte wieder beide Hände auf ihre Schultern. »Ich kann mir ein Leben ohne dich nicht mehr vorstellen, Judith. Ich werde zwar später einmal weder den Titel noch unseren Besitz erben, aber mir gehört immerhin ein Anteil an unserer Fabrik und . . .

Judith legte einen Finger auf seine Lippen. »Bitte, sprich nicht weiter, Percy! Als wenn es mir darauf ankäme. Wichtig allein ist doch, daß wir uns lieben. Und ich liebe dich!« Sie lächelte ihm zu. »Ja, ich möchte deine Frau werden, ich kann mir nichts Schöneres vorstellen, als an deiner Seite zu leben.«

Percy antwortete nicht. Er sah sie sekundenlang so intensiv an, als wollte er sich ihr Bild für ewig einprägen, dann zog er sie in die Arme, und ihre Lippen fanden sich zu einem leidenschaftlichen Kuß.

Zwei Wochen später fuhren Judith Blatty und Percy Sinclair auf der Küstenstraße von Plymouth in Richtung Penzance. Sie hatten London am frühen Vormittag verlassen, in einem kleinen Dorf zu Mittag gegessen und wollten jetzt noch einen Ausflug nach Land's End machen, bevor sie zum Haus der sieben Türme weiterfuhren. Da sie dort erst am späten Nachmittag erwartet wurden, hatte der junge Mann die enge und kurvenreiche Straße entlang den Klippen gewählt.

»Warum bist du so schweigsam, Darling?« fragte er. Seit sie das Dorf verlassen hatten, hatte Judith kein Wort gesagt. »Du wirst doch nicht etwa schon bereuen, meinen Antrag angenommen zu haben?«

Die junge Frau wandte ihm das Gesicht zu. »Nein ganz bestimmt nicht, Percy, aber mir ist ein bißchen beklommen zumute. Immerhin soll ich heute noch deinen Vater und deine Schwester kennenlernen, dazu eure Dienerschaft.«

Percy berührte ihren Arm, griff aber gleich wieder mit beiden Händen ans Steuer. Die Straße war zu gefährlich, um den Bentley nur mit einer Hand zu lenken. »Es gibt im Haus der sieben Türme nichts, wovor du dich fürchten müßtest, Darling, und schon gar nicht meinen Vater. Wäre es anders, hätte er nicht darauf bestanden, dich so bald wie möglich kennenzulernen. Und ich kann sehr gut verstehen, daß er nicht möchte, daß wir uns allein in London verloben, sondern im Kreis der ganzen Familie.«

»Immerhin hätten wir mit der Verlobung warten können, bis Esther wieder in London ist«, wandte Judith ein. Sie hatte am Vortag mit ihrer Schwester telefoniert. Esther war alles andere als erfreut darüber gewesen, daß sie sich schon nach so kurzer Bekanntschaft mit Percy Sinclair verloben wollte. »Du solltest nichts überstürzen«, hatte sie gewarnt.

»Vielleicht befürchtet mein Vater, daß du es dir wieder anders überlegen könntest«, scherzte Percy.

»Dann hätte er aber nicht gerade eine gute Meinung von dir«, bemerkte Judith lachend. »Und das kann ich mir eigentlich nicht denken.« Sie lehnte sich zurück. Auch wenn sie ihre Schwester verstehen konnte, sie glaubte nicht, daß sie es jemals bereuen würde, Percys Heiratsantrag angenommen zu haben. Sie malte sich das Leben an seiner Seite in den herrlichsten Farben aus.

Percy fuhr jetzt noch etwas langsamer. Er steuerte den Bentley geschickt um eine Kurve und hielt direkt am Felsabsturz an. Mit dem rechten Arm wies er auf das Meer hinaus, wo auf einem achtzig Meter hohen Granitfelsen eine Benediktinerabtei erbaut worden war. Hoch über ihr, auf dem Gipfel des Felsens, stand ein mittelalterliches Castle.

»Kann man mit einem Boot hinüberfahren?« fragte Judith.

Percy nickte. »Ich werde in den nächsten Tagen mit dir einen Ausflug nach Saint Michael's Mount machen«, versprach er. »Es wird nicht unser einziger Ausflug bleiben. Weißt du, am liebsten würde ich mit dir tagelang durch Cornwall wandern und fahren. Es gibt so vieles, was ich dir zeigen möchte.«

Judith lächelte ihm zu. »Wir werden ein ganzes Leben dazu Zeit haben, Cornwall zu erforschen«, meinte sie.

Percy seufzte leise auf. »Ich weiß, ich bin sehr ungeduldig. Es ist seltsam, aber ich habe das Gefühl, als müßte ich alles, was ich je gesehen habe, noch vor unserer Hochzeit auch dir zeigen.« Er beugte sich zu ihr und küßte sie leicht auf die Wange. »Du wirst nicht gerade einen geduldigen Mann bekommen, Darling. Glaubst du, daß du dich damit abfinden kannst?«

»Wenn es weiter nichts ist, Percy«, entgegnete Judith lachend. »Im übrigen wirst du sicher schon bald feststellen, daß auch ich meine Fehler habe.«

»Jeder einzelne wird mir teuer sein«, schwor Percy und zog sie an sich.

Bald darauf fuhren sie weiter. Vor ihnen tauchten die ersten Häuser von Penzance auf. Sie durchquerten die Stadt auf ihren malerischen alten Straßen. Percy machte Judith auf das mittelalterliche Marktkreuz aufmerksam und etwas später auf die Ruinen des alten Lescudjack Castle, das auf einem Hügel im Norden gelegen hatte. Kurz hinter der Stadt bogen sie nach Land's End, dem südwestlichsten Punkt Englands, ab.

Der Nachmittag war schon weit fortgeschritten, als Percy Sinclair seinen Wagen eine Anhöhe hinaufsteuerte. Auf dem Plateau hielt er an. »Alles aussteigen«, sagte er und öffnete seinen Wagenschlag. Judith hatte sich noch nicht von ihrem Gurt befreit, als er schon um den Bentley herumgelaufen war und auf ihrer Seite die Tür aufriß. Der Mann bot ihr die Hand.

»Immer Gentleman«, scherzte Judith, während sie sich von ihm aus dem Wagen helfen ließ. Mit einer anmutigen Bewegung strich sie den Rock ihres Kleides glatt.

»Komm, wirf einen Blick auf dein zukünftiges Heim«, forderte Percy sie auf. Er führte sie zum Felsabsturz und wies in die Tiefe. »Das Haus der sieben Türme!«

Direkt oberhalb der Klippen erstreckte sich ein großes, festungsähnliches Gebäude aus gelblichbraunen Steinen. Es war von unzähligen Erkern und Kaminen gekrönt und wurde von sechs Türmen unterschiedlicher Größe beherrscht. Das Haus machte einen düsteren, abweisenden Eindruck.

»Na, was sagst du?« fragte Percy, weil Judith nur stumm dastand und auf das Haus hinunterblickte.

»Es ist viel größer, als ich erwartet habe«, erwiderte die junge Frau und versuchte sich nicht anmerken zu lassen, daß das Gebäude ihr aus einem unerklärlichen Grund Angst einjagte. Sie schluckte. »Werden wir wirklich später hier leben? Ich denke, Merlin wird es eines Tages erben.«

Percys Gesicht verdüsterte sich für den Bruchteil einer Sekunde, dann hatte er sich wieder gefangen. »Stimmt, Merlin wird irgendwann das Haus der sieben Türme erben, doch wir werden trotzdem hier leben. Niemand kann mir meine Heimat rauben, nicht einmal mein Bruder. Das Haus ist groß genug, um auch meine Familie aufzunehmen.«

Judith spürte, daß sie bei Percy einen wunden Punkt berührt hatte. Um ihn abzulenken, fragte sie: »Weshalb nennt man es das Haus der sieben Türme? Ich zähle nur sechs.«

Percy legte den Arm um ihre Schultern. »Ich hoffte, daß du diese Frage stellen würdest, Darling. Ursprünglich muß es sieben Türme gegeben haben, aber nach dem siebten haben schon Generationen der Sinclairs gesucht. Es heißt, daß derjenige, der den siebten Turm entdeckt, sehr reich werden wird.«

»Etwa durch einen verborgenen Schatz?«

Percy nickte. »Ich glaube nicht, daß es sich bei diesem siebten Turm nur um eine Sage handelt. Es muß diesen Turm einmal gegeben haben. Auch die unterirdische Kapelle wurde schließlich erst vor fünfzehn Jahren entdeckt. Leider gibt es keinen Anhaltspunkt, wo der Turm gestanden haben kann.«

»Keine Baupläne?«

»Jedenfalls keine aus seiner Zeit.« Percy hob die Schultern. »Wenn du dich also auf die Suche nach dem Turm machen willst, meinen Segen hast du.« Er lachte und riß sie stürmisch an sich. »Allerdings ...« Der junge Mann schob Judith plötzlich ein Stückchen von sich weg und sah ihr ins Gesicht. »allerdings hoffe ich, daß keiner der anderen etwas davon erfährt, falls du wirklich das Glück haben solltest, den Platz zu finden, auf dem der Turm gestanden hat.«

Von dieser Seite hatte Judith ihren Freund bisher noch nicht kennengelernt. Er schien sich von einer Minute zur anderen völlig verwandelt zu haben. Sie fragte sich, ob er wohl seinen Bruder Merlin haßte, weil dieser als Erstgeborener später Titel und Haus erben würde. »Weshalb sollte ausgerechnet ich diesen Platz finden?« fragte sie.

»War ja auch nur ein Scherz, Darling«, sagte Percy Sinclair. »Kehren wir zum Wagen zurück und fahren in die Höhle des Löwen.« Er umschlang Judiths Taille. »Ich freue mich schon auf die Zeit, die vor uns liegt. Natürlich werde ich mich dir nicht jeden Tag widmen können, ich muß auch im Geschäft nach dem Rechten sehen, doch jede freie Minute gehört dir.«

»Mache dir um mich keine Sorgen, ich werde mich schon irgendwie beschäftigen«, erwiderte Judith. Sie hatten den Wagen erreicht, und Percy öffnete auf ihrer Seite den Wagenschlag. Kaum hatte sie Platz genommen, schlug er die Tür hinter ihr zu. Nachdenklich starrte die junge Frau aus dem Fenster. Sie fragte sich, was sie im Haus der sieben Türme wohl erwartete. Unwillkürlich rann ein kalter Schauer über ihren Rücken.

Percy wendete den Bentley und fuhr den Hügel wieder hinunter. Bald darauf hatten sie die Küstenstraße erreicht, schon Minuten später bogen sie ab. Nach zwei Kilometern tauchte vor ihnen eine hohe, dunkle Mauer auf, die mit eisernen Spitzen bewehrt war. Das mächtige Tor war geschlossen. Der junge Mann hielt kurz vor ihm an, stieg aus und öffnete es.

Hinter dem Tor lag ein gepflegter Park mit sattem grünen Rasen, Blumenrabatten, Rosensträuchern und Büschen, die in verschiedenen Figuren geschnitten waren. Judith konnte Katzen, Hunde und sogar Pferde ausmachen. Dazwischen standen hohe Bäume, deren üppiges Ast- und Blattwerk reichlich Schatten spendete.

Sie fuhren eine breite Auffahrt entlang. Judith bemerkte links von ihr zwei Gärtner, die neben einem Rosenbeet kauerten. Sie blickten kurz auf und nickten zu ihnen herüber.

Die Auffahrt mündete in einem breiten Platz, hinter dem das Haus aufragte. So aus der Nähe erschien es Judith noch überwältigender als vom Hügel aus. Sie hatte das Gefühl, als würden die dunklen Mauern sie förmlich abstoßen. Nie zuvor war ihr so etwas passiert, und sie hatte schon sehr viele alte Herrschaftssitze besichtigt. Sie mußte sich Mühe geben, Percy von ihren Empfindungen nichts merken zu lassen. Auch wenn er sie liebte, dafür würde er sicher kein Verständnis haben, denn das Haus der sieben Türme erschien ihm wie das Paradies.

Das schwere Portal lag zwischen zwei Türmen. Es öffnete sich bereits, als Percy und Judith darauf zugingen. Eine ältere Frau und ein dunkelgekleideter Mann mit grauen Haaren stiegen die Treppe herunter. Percy stellte sie seiner zukünftigen Verlobten als die Haushälterin Mrs. McLean und den

Butler Mason vor. Mit einigen warmen Worten hießen sie die junge Frau willkommen.

»Ireen wird sich um das Gepäck kümmern, Miß Blatty«, sagte die Haushälterin, als Judith zum Wagen zurückgehen wollte, um Koffer und Reisetasche zu holen.

Judith merkte, wie sie errötete. Sie war es nicht gewohnt, bedient zu werden. Percy schien zu spüren, was sie in diesem Moment empfand, denn er legte ihr kurz die Hand auf den Arm. Dankbar lächelte sie ihm zu.

»Ist mein Vater in der Bibliothek, Mason?« wandte er sich an den Butler.

»Nein, Lord Sinclair ist mit Ihren Brüdern nach Bodmin gefahren, Sir«, erwiderte der alte Mann. »Er läßt Ihnen ausrichten, daß sie zum Dinner zurück sein werden. Und Miss Scarlett ist von Sr. Archibald abgeholt worden.«

Percy drehte sich Judith zu. »Dann würde ich vorschlagen, daß dir Mrs. McLean erst einmal dein Zimmer zeigt. Einverstanden, Darling?«

Judith nickte. sie war ganz froh, noch etwas Zeit gewonnen zu haben. Vielleicht konnte sie sich in der Zwischenzeit ein bißchen akklimatisieren. Sie nahm an, daß ihr das Haus so abweisend vorkam, weil sie Angst vor der Begegnung mit Percys Vater und seiner Schwester hatte. Mußte sie ihnen nicht wie ein Eindringling erscheinen?

»Dann wäre das also geregelt«, meinte der junge Mann. »Mrs. McLean, ich vertraue Ihnen Miss Blatty an. Hüten Sie sie wie Ihren Augapfel.«

»Sie können sich auf mich verlassen, Master Percy.« Mrs. McLean strahlte über ihr ganzes Gesicht. »Bitte, kommen Sie, Miss Blatty!«

Nebeneinander stiegen sie die Treppe hinauf. Percy blieb mit dem Butler zurück. Judith hätte sich gern nach ihm umgedreht, doch sie widerstand diesem Wunsch. Der geliebte Mann sollte nicht merken, daß sie sich etwas verloren vorkam. Sie war einundzwanzig, und es gab im Haus der sieben Türme sicher nichts, was sie hätte fürchten müssen. Sie durfte nicht zulassen, daß er womöglich glaubte, sie sei besonders ängstlich.

Judiths Zimmer befand sich im zweiten Stock des Westturms. Von den Fenstern aus hatte sie einen herrlichen Blick über einen Teil des Parks, die Klippen und das Meer. Den Klippen vorgelagert, mitten im Meer, lag eine kleine, mit hohen Büschen und Gestrüpp bewachsene Insel. Um sie herum schien das Wasser besonders wild zu sein.

»Ich werde mich ganz bestimmt hier wohl fühlen«, sagte die junge Frau leise vor sich hin, um sich selbst Mut zu machen. Sie drehte sich um und ließ den Blick durch das Zimmer wandern.

Nie zuvor hatte Judith in einem so schön eingerichteten Raum gelebt. Die Wände waren mit einer blauen Seidentapete bespannt. Auf dem glänzenden Parkettboden lagen mehrere silberfarbene Teppiche. Die Möbel stammten durchweg von Chippendale, die Lampen von Tiffany. Auf dem Kaminsims stand eine Schmetterlingsschale aus der Ming-Dynastie. Sie erinnerte sich, daß ihr Percy von einem Onkel erzählt hatte, der mehrere Jahre in China verbracht hatte.

Als es klopfte, schrak sie zusammen. Sie strich sich mit einer Hand die Haare zurück und rief dann: »Ja, bitte!«

Ein junges Mädchen in einem dunkelblauen Kleid und einer weißen Schürze trat ein. Es trug Judiths Koffer und die Reisetasche.

»Sie sind sicher Ireen«, meinte Judith.

»Ja, Miss Blatty«, antwortete das Mädchen. »Soll ich Ihnen beim Auspakken helfen?«

Judith schüttelte den Kopf. »Danke, aber das ist nicht nötig, Ireen.«

»Haben Sie noch einen Wunsch?« Ireen legte den Koffer auf das Bett und stellte die Reisetasche daneben. Als Judith verneinte, sagte sie: »Sie brauchen nur zu klingeln, wenn Sie etwas wünschen.«

Ein Leben wie im Schlaraffenland, dachte Judith, nachdem Ireen das Zimmer verlassen hatte. Sie öffnete den Koffer und begann mit dem Auspakken. Platz, ihre Sachen unterzubringen, hatte sie genug. Außer einem großen, geräumigen Schrank gab es zwei Kommoden, einen Nachttisch und einen Schreibschrank. Eine Tapetentür führte in ein kleines Badezimmer.

Während der nächsten beiden Stunden blieb sie allein. Sie hatte ein Bad genommen, ein besonders hübsches Kleid angezogen und sich sorgfältig zurechtgemacht. Sie wollte, daß Percy stolz auf sie war, wenn er sie seinem Vater vorstellte.

Etwas ungeduldig stand sie am Fenster und schaute auf das Meer. Sie fragte sich, wo ihr Freund blieb. Allein wollte sie nicht durch das Haus gehen. Mit seinen langen Gängen, den unzähligen Nischen und den vielen Treppen erschien es ihr wie ein Labyrinth. Sie nahm an, daß es einige Zeit dauern würde, bis sie sich allein im Haus der sieben Türme zurechtfinden konnte.

Endlich kam Percy. Er trug einen dunklen Abendanzug. Zufrieden sah er sie an. »Du siehst phantastisch aus, Darling«, meinte er und küßte sie leicht auf den Mund.

»Hörst du mein Herz klopfen?« fragte sie und verzog das Gesicht.

»Mein Vater wird dich sehr gern haben, davon bin ich überzeugt, Judith«, antwortete Percy. »Und nun mache dir keine Gedanken mehr darüber. Gleich wirst du die Familie kennenlernen. Ich kann es kaum noch erwarten, dich zu präsentieren.«

Er hakte sich bei ihr unter. Gemeinsam verließ das Paar das Zimmer. Leise fiel hinter ihm die Tür ins Schloß. Die Verliebten bogen in einen schmalen Gang ein, der in einen etwas breiteren mündete. Wandleuchter aus geschnitztem Rosenholz spendeten das notwendige Licht.

»Hoffentlich gibt es hier keinen Minotaurus«, bemerkte Judith, als sie endlich auf die Galerie hinaustraten, von wo aus eine Treppe zur Halle hinunterführte.

»Wie meinst du das?« fragte Percy stirnrunzelnd.

»Weil mir das Haus der sieben Türme wie ein Labyrinth vorkommt«, sagte seine Freundin. »Aber es sollte keine Kritik sein, Percy.«

»Der Vergleich ist nicht einmal schlecht«, gab er zu. »Schau mal zur Decke!« Er wies nach oben.

Judith folgte seinem Blick. »Oh, wie schön!« stieß sie hervor. Bei ihrer Ankunft hatte sie die Deckengemälde überhaupt nicht bemerkt. »Was stellen sie dar, Percy?« fragte sie. »Sie scheinen sehr alt zu sein.«

»Sie zeigen Szenen aus den keltischen Königssagen«, antwortete Percy. »Bei Gelegenheit werde ich dir die einzelnen Gemälde erklären, aber jetzt wird es Zeit für das Dinner. Wir wollen die anderen nicht warten lassen.«

»Natürlich«, sagte Judith und folgte ihm die Treppe zum ersten Stock hinunter, wo sich die Wohnräume der Familie befanden.

Die Familie hatte sich bereits in dem kleinen Salon versammelt, der neben dem Eßzimmer lag. Judith spürte, wie man ihnen entgegensah, als sie mit Percy durch die Tür trat. Unwillkürlich straffte sie die Schultern.

Merlin Sinclair stand mit seinem Bruder Ralph neben dem Kamin. In dem Gesicht des Mannes zeigte sich nicht das geringste Lächeln, als sein Blick Judiths begegnete. Ralph dagegen ging auf sie zu und nahm ihre Hand. »Herzlich willkommen im Haus der sieben Türme, Miss Blatty«, sagte er überschwenglich. »Ich freue mich so, daß Sie endlich hier sind.«

»Danke, Mister Sinclair«, antwortete Judith. Sie entzog ihm ihre Hand, weil er von sich aus keine Anstalten machte, sie wieder freizugeben. Schon damals im Penthouse der Baxters hatte sie das Gefühl gehabt, daß sich Ralph in sie verliebt hatte, aber nur zu schüchtern gewesen war, um sich zu offenbaren.

»Lieb von dir, Judith willkommen zu heißen, Ralph«, meinte Percy. »Aber jetzt möchte ich sie erst einmal mit dem Rest der Familie bekannt machen.« Er nahm ihren Arm und brachte die junge Frau zu einem grauhaarigen Mann, der in einem der breiten Sessel gesessen hatte, jetzt aber aufgestanden war. »Vater, das ist Judith«, stellte er sie ihm vor.

»Um Ralphs Worte zu wiederholen, Miss Blatty, herzlich willkommen«, sagte der alte Lord. Er ließ seinen Blick über Judith gleiten. »Ich kann meinen Sohn zu seiner Wahl nur beglückwünschen.«

Judith fiel förmlich ein Stein vom Herzen. Also hatte Percy recht gehabt, sie hatte keinen Grund, sich vor seinem Vater zu fürchten. »Ich bin sehr gern ins Haus der sieben Türme gekommen, Lord Sinclair«, antwortete sie. Plötzlich erschien ihr das Haus gar nicht mehr so abweisend. Es war ihr, als hätte sich ein Vorhang gehoben.

Percy führte sie weiter zu seiner Schwester. Scarlett Sinclair blieb sitzen, als sie einander vorgestellt wurden. Sie war noch schöner als auf dem Foto, das Judith einmal von ihr gesehen hatte. Sie musterte ihre zukünftige Schwägerin mit einem leicht amüsierten Lächeln.

»Sieht aus, als würde langsam wieder etwas Leben in das alte Gemäuer kommen«, bemerkte sie und wandte den Kopf zu Merlin. »Bist du nicht auch der Meinung, teurer Bruder?«

Merlin verzichtete auf eine Antwort. Er ging auf Percy und Judith zu. »Dann möchte ich Sie auch herzlich willkommen heißen, Miss Blatty«, sagte er und ergriff Judiths Hand. »Ich hoffe, Sie werden sich hier sehr wohl fühlen.«

Sein Händedruck war kräftig, und Judith spürte wieder dieselbe Sympathie, die sie bereits bei den Baxters für ihn empfunden hatte. Trotzdem schien es ihr, als sei er alles andere als begeistert, sie hier begrüßen zu müssen. Sie hätte viel darum gegeben, seine Gedanken zu kennen.

Hinter ihnen öffnete sich die Tür. Judith drehte sich um. Ein kleines, sehr zartes Mädchen mit schwarzen Haaren und elfenbeinfarbener Haut hatte den Salon betreten. Das rote Seidenkleid, das es trug, ließ es noch blasser erscheinen.

»Damit du auch die ganze Familie kennenlernst, das ist Damaris«, sagte Percy. »Damaris, wo bleiben deine Manieren?« fragte er, als das kleine Mädchen, ohne auch nur jemanden zu beachten, in einem der Sessel Platz nahm.«

Damaris zuckte heftig zusammen. Sie sah Judith aus großen dunklen Augen an. »Guten Abend«, grüßte sie, machte aber keine Anstalten, wieder aufzustehen und zu ihnen zu gehen.

Judith wunderte sich, daß sich Merlin Sinclair überhaupt nicht um seine Tochter kümmerte, sondern regelrecht über sie hinwegzusehen schien.

Der Butler betrat den Salon und verkündete, daß aufgetragen worden sei. So lautlos, wie er gekommen war, zog er sich wieder zurück.

»Miss Blatty!« Lord Sinclair bot Judith seinen Arm an. Die Besucherin bemerkte, daß Percy unwillig die Stirn runzelte, aber er sagte nichts. So ging sie an der Seite des Lords ins Eßzimmer hinüber.

»Sieht aus, als müßtest du deine Freundin mit Vater teilen«, bemerkte Scarlett spöttisch zu ihrem Bruder. Ihre grünen Augen glitzerten.

»Ich habe nichts dagegen«, erwiderte Percy mit mühsam unterdrückter Wut.

Lord Sinclair hatte für Judith einen Stuhl auf der rechten Seite des langen Tisches zurechtgerückt und selbst am Kopfende Platz genommen, Scarlett am anderen Ende. Die Stühle rechts und links von ihm gehörten Merlin und Ralph. Percy saß seiner Freundin gegenüber, zwischen ihr und Merlin die kleine Damaris.

Sie wurde von zwei jungen Mädchen bedient, die die einzelnen Speisen von Warmhalteplatten brachten, die auf einer Anrichte an der Stirnseite des Zimmers standen. Es gab gedünsteten Lachs mit Gurken, danach Schweinebraten mit Apfelsoße, Kartoffeln und zuletzt eine Fruchtcreme. Das Essen schmeckte ausgezeichnet, trotzdem stocherte Damaris lustlos auf ihrem Teller herum und ließ fast alles unberührt.

»Du ißt ja wie ein Spatz, Damaris«, meinte Judith.

Das kleine Mädchen schrak heftig zusammen, hob kurz den Kopf, sah die junge Frau an und blickte dann wieder auf seinen Teller.

»Damaris wird sehr müde sein«, bemerkte Merlin Sinclair. Er musterte ohne jede Wärme seine kleine Tochter. »Sie müssen wissen, sie ist es noch nicht gewohnt, mit uns zu dinieren. Bis zu ihrem siebten Geburtstag vor einigen Wochen hat sie viel früher gegessen und ist dann gleich zu Bett gegangen.«

»Bei uns ist es Tradition, daß ein Kind ab seinem siebten Geburtstag mit den Erwachsenen ißt«, fügte Lord Sinclair hinzu. Und als sei dieses Thema damit für ihn abgeschlossen, bat er Judith, etwas von ihrer Tätigkeit als Bibliothekarin zu erzählen.

Judith liebte ihren Beruf und sprach deshalb gern darüber. Trotzdem war sie in Gedanken bei Damaris. Es schien ihr nicht nur Müdigkeit zu sein, was das kleine Mädchen kaum etwas essen ließ. Ihr kam es vor, als sei es völlig eingeschüchtert. Sie verstand nicht, daß das scheinbar keinem der anderen auffiel. Sie nahm sich vor, sich etwas der Kleinen anzunehmen. Damaris brauchte Hilfe, da war sie sich ganz sicher.

Nachdem sie die Fruchtcreme gegessen hatte, hob Lord Sinclair die Tafel auf. Der Kaffee wurde im Blauen Salon eingenommen. Damaris wünschte leise eine gute Nacht und verließ mit Ireen, die gekommen war, um sie zu holen, das Eßzimmer.

»Ireen kümmert sich zur Zeit ziemlich viel um Damaris«, erklärte Merlin, als Judith fragte, ob seine Tochter ein Kindermädchen habe. »Bei den Kindermädchen haben wir seit zwei Jahren keine glückliche Hand gehabt. Sie sind immer nur einige Wochen geblieben und dann ziemlich schnell wieder verschwunden.«

»Das Haus der sieben Türme ist eben doch etwas abgelegen«, warf Percy ein. »Neue Leute zu bekommen ist ziemlich schwierig.«

Lord Sinclair schüttelte den Kopf. »Nein, daran liegt es sicher nicht«, sagte er. »In einem alten Gebäude hört man des Nachts, wenn alles ruhig ist, oft seltsame Geräusche. Jemand, der nicht damit aufgewachsen ist, kann glauben, daß es spukt. Die Frauen hatten ganz einfach Angst und haben deswegen immer so rasch gekündigt.«

Sie hatten kaum im Salon Platz genommen, als Mason bereits mit einem beladenen Tablett kam. Er stellte die leeren Tassen auf ein Tischchen und schenkte dann Kaffee ein. »Wie trinken Sie Ihren Kaffee, Miss Blatty?« erkundigte er sich.

»Mit Sahne, aber bitte ohne Zucker«, erwiderte Judith. Wenig später reichte ihr der Butler die volle Tasse. Sie bedankte sich, wartete aber mit ihrem Trinken, bis auch die anderen ihren Kaffee hatten.

Das Gespräch drehte sich hauptsächlich um einen Hengst, den der alte Lord vor einigen Tagen von einem entfernten Nachbarn gekauft hatte. »Percy sagte mir, daß Sie reiten können, Miss Blatty«, wandte er sich schießlich an Judith. »Unser Stall steht Ihnen zur Verfügung.«

»Danke, Lord Sinclair.« Judith lächelte ihm zu.

»Wir besitzen zwei lammfromme Stuten, Miss Blatty«, warf Scarlett ein, die bis dahin geschwiegen hatte. »An Ihrer Stelle würde ich Arabella wählen. Selbst Damaris kann sie reiten.«

»Scarlett, scheinbar hast du nicht richtig verstanden, Miss Blatty hat das Reiten im Internat gelernt«, sagte Merlin. Er warf seiner Schwester einen wütenden Blick zu, bevor er sich Judith zudrehte. »Sie können selbstverständlich unter unseren Pferden frei wählen. Arabella würde ich Ihnen nicht empfehlen, sie ist nur etwas für Kinder.«

»Ich würde Ihnen gern bei Gelegenheit mein Atelier zeigen.« Ralph stand von seinem Platz auf und setzte sich in den Sessel neben Judith. »Wenn Sie morgen etwas Zeit hätten, dann . . .«

»Morgen werde ich Judith erst einmal durch das Haus führen, Ralph«, mischte sich Percy ein. Er stellte seine leere Tasse auf den Tisch. »Hast du Lust, mit mir einen Spaziergang zu den Klippen zu machen, Darling?« fragte er und nahm seiner Freundin ihre Tasse ab.

»Ja, laßt euch von uns nicht aufhalten«, meinte Lord Sinclair verständnisvoll. »Außerdem habe ich auch noch etwas zu tun.« Er stand auf. Ich bin in meinem Arbeitszimmer.«

Percy und Judith wünschten den anderen eine gute Nacht und verließen den Salon. »Ich muß erst noch zu meinem Zimmer hinauf«, sagte die junge Frau, als Percy mit ihr die Treppe zur Halle hinuntersteigen wollte. »Draußen ist es sicher inzwischen ziemlich kühl geworden.«

»Wo habe ich nur meinen Kopf?« Percy schlug sich gegen die Stirn. »Fehlte gerade noch, daß du dir eine Erkältung holst und die nächsten Tage im Bett verbringen mußt.« Er legte den Arm um sie. »Ich bringe dich nach oben, sonst verläufst du dich womöglich.«

Judith zog einen leichten Mantel über und steckte ein Kopftuch ein. Sie nahm an, daß es auf den Klippen sehr windig sein würde. Seite an Seite gingen Sie wenig später durch die Halle zu einem Seitenportal, das in den Garten führte.

Es war tatsächlich sehr windig, und Judith mußte ihr Kopftuch umbinden. Percy half ihr dabei. Liebevoll knotete er es unter ihrem Kinn zusammen, dann zog er die geliebte Frau an sich und küßte sie.

»Und wenn man uns beobachtet?« fragte Judith leise, machte aber keine Anstalten, sich ihm zu entwinden.

»Was interessieren uns die anderen?« fragte Percy. Er küßte sie erneut, dann gab er sie frei. »Habe ich dir zuviel versprochen, Darling? Mein Vater ist mit meiner Wahl mehr als zufrieden.« Den Arm um sie gelegt, führte er sie einen schmalen Weg zwischen Rosenbüschen zu den Klippen hinunter. Links von ihnen erhob sich wie ein dunkler, bedrohlicher Schatten einer der Türme. Seine Mauern reichten bis zum Felsabsturz.

»Damaris sollte jemanden haben, der sich intensiv um sie kümmert«, sagte Judith, ohne die Frage ihres Freundes zu beantworten. »Ich habe noch nie ein Kind gesehen, das so in sich gekehrt gewesen ist wie deine Nichte, Percy. Warum sorgt Merlin nicht dafür, daß ihr geholfen wird. Liebt er sie nicht?«

»Merlin ist mein Bruder, und ich hasse es, ihn anzuklagen«, erwiderte Percy. »Aber du wirst sicher sehr bald selbst feststellen, daß es nur einen Menschen gibt, den Merlin liebt, und das ist er selbst. Seine Ehe war alles andere als glücklich. Patricia ...« Er unterbrach sich und fuhr ihr mit zwei Fingern durch die blonden Haare. »Darling, ich möchte dich nicht mit Dingen belasten, die uns im Grunde nichts angehen.«

»Aber Damaris ...«, begann die junge Frau.

Percy seufzte und sagte: »Ich erwähnte bereits einmal, daß sie nicht wie andere Kinder ist. Habe bitte keine Angst, Darling, es ist nicht erblich, es muß bei ihrer Geburt passiert sein.«

»Du meinst, sie ist nicht normal?«

Percy nickte. »Zuerst ist es nicht sehr aufgefallen, sie schien nur etwas zurückgeblieben, doch nach dem Tod ihrer Mutter trat es erst richtig zutage. Deshalb verstehe ich nicht, daß mein Vater und Merlin wünschen, daß Damaris bei uns mit am Tisch ißt. In ihrem eigenen Zimmer ist sie viel besser aufgehoben?«

»Und was sagt der Arzt?« fragte Judith betroffen.

»Man braucht keinen Arzt, um festzustellen, daß Damaris nicht normal ist, Judith«, antwortete Percy. »So, und nun wollen wir nicht mehr darüber sprechen.« Energisch nahm er ihren Arm und ging mit der Bibliothekarin weiter.

Judith dachte gar nicht daran, es dabei bewenden zu lassen. Sie liebte Kinder, es war ihr unerklärlich, daß man scheinbar Damaris so einfach neben sich her leben ließ, ohne auch nur den Versuch zu machen, ihr zu helfen. Zudem hatte die Kleine auf sie nicht den Eindruck eines zurückgebliebenen Kindes gemacht. Da mußte etwas anderes sein. Und sie nahm sich vor, es herauszufinden, notfalls gegen Percys Willen.

Sie standen jetzt direkt oberhalb der Klippen. Der Wind war so heftig geworden, daß er unter Judiths Mantel fuhr und ihn wie einen Ballon aufbauschte. Fröstelnd zog sie die Schultern zusammen.

»Ist dir kalt?« fragte Percy Sinclair besorgt.

»Ein bißchen, aber ich möchte noch etwas hierbleiben. Es ist genauso schön, wie du es mir immer beschrieben hast.« Judith schmiegte sich an ihren zukünftigen Mann, während sie auf das Meer hinausblickte, das sich in gewaltigen Wellen gegen die Felsen warf.

Percy zog sie etwas fester an sich. »Du wirst hier sehr glücklich werden, Darling«, versprach er dicht an ihrem Ohr. »Ich kann mir nichts Schöneres denken, als daß eines Tages unsere Kinder im Haus der sieben Türme aufwachsen werden und unser ältester Sohn ...« Er lachte plötzlich auf und hielt sie ein Stückchen von sich ab. »Da spreche ich bereits von unseren Kindern, und wir sind noch nicht einmal verheiratet. Du mußt mich für vollkommen verrückt halten.«

»Sieh an, du kannst sogar Gedanken lesen«, meinte Judith. Sie lehnte sich wieder an ihn. Zärtlich strich Percy über ihr Gesicht.

Als Judith am nächsten Morgen zum Frühstück hinunterkam, traf sie nur Merlin im Eßzimmer an. Er stand auf und rückte für sie den Stuhl zurecht.

»Ich hoffe, Sie haben gut geschlafen, Miss Blatty«, sagte er, nachdem er ihr Kaffee eingeschenkt hatte. Es war Samstag, der Mann trug graue Flanellhosen, ein weißes Hemd und einen ebenfalls grauen Sweater.

»Danke, sehr gut sogar«, erwiderte Judith. »Wo sind die anderen?« Sie wies auf die leeren Plätze.

»Mein Vater ist heute schon in aller Frühe ausgeritten. Er wird erst frühstücken, wenn er zurückkommt«, sagte Merlin. »Percy schläft sicher noch, Ralph arbeitet an einem neuen Bild und hat bestimmt darüber alles andere vergessen, und Scarlett steht gewöhnlich nicht vor zehn Uhr auf. Sie müssen also mit mir vorliebnehmen. Ich hoffe, es ist Ihnen nicht zu unangenehm.«

Judith stellte ihre Tasse auf den Unterteller zurück. »Wie kommen Sie auf die Idee, es könnte mir unangenehm sein?« Stirnrunzelnd sah sie ihn an.

»Es war nur so ein Gedanke.« Merlin nahm sich eine Scheibe Toast und bestrich sie mit Orangenkonfitüre. Das Messer in der Hand, hob er den Kopf. »Miss Blatty, mein Bruder sagte mir, daß die Hochzeit noch dieses Jahr stattfinden solle. Meinen Sie nicht, daß es vielleicht besser wäre, etwas zu warten? Was spricht gegen eine Verlobungszeit von einem Jahr?«

»Percy und ich, wir lieben uns, ist es da nicht natürlich, daß wir so bald wie möglich heiraten wollen?«

»Das sehe ich vollkommen ein, Miss Blatty, doch eine längere Verlobungszeit würde Ihnen beiden Gelegenheit geben, einander besser kennenzulernen. Seien Sie bitte ehrlich! Was wissen Sie von meinem Bruder, seiner Familie? Was ...«

»Und was weiß Percy von mir?« fiel ihm Judith ärgerlich ins Wort. »Ist es nicht einzig und allein unsere Angelegenheit, wann wir heiraten, Mister Sinclair? Wäre es Ihnen recht, wenn sich Percy in Ihr Privatleben einmischen würde?«

»Woher wollen Sie wissen, daß er es nicht getan hat«, fragte Merlin Sinclair, und sein Gesicht verdunkelte sich. »Gerade eine Heirat ist etwas, das man nicht überstürzen sollte. Ich mag Sie sehr, Miss Blatty, ich möchte nicht ...«

Wieder unterbrach ihn Judith. Ihre Stimme klang scharf, als sie sagte: »Wir sollten dieses Thema besser lassen, Mister Sinclair. Ich werde Percy gegenüber kein Wort von unserem Gespräch erwähnen. Das dürfte wohl für beide Seiten besser sein.«

Merlin sah sie lange an. In seinen Augen las sie etwas, das sie nicht deuten konnte, doch sie fühlte, daß er seine Worte nicht böse gemeint hatte. Er schien sich wirklich um sie zu sorgen. »Ich wollte Ihnen keineswegs zu nahe treten, Miss Blatty«, erklärte er und widmete sich wieder seinem Toast.

»Schon gut, Mister Sinclair«, antwortete Judith versöhnt. Sie wollte noch etwas hinzufügen, doch in diesem Augenblick trat Percy durch die Tür.

»Guten Morgen, allerseits«, sagte der Mann. Mit wenigen Schritten war er am Tisch und beugte sich über Judith, um sie auf die Stirn zu küssen. »Warum seid ihr eigentlich immer noch so förmlich? In naher Zukunft werdet ihr miteinander verwandt sein, ist es da nicht angebracht, sich einander wenigstens mit dem Vornamen anzusprechen?«

»An mir soll es nicht liegen«, meinte Merlin.

»An mir auch nicht.« Judith lächelte ihm zu. Sie ertappte sich bei dem Wunsch, in ihrem zukünftigen Schwager einen guten Freund zu sehen. Sie verstand sich selber nicht, denn es war ja offensichtlich, daß er Percys Verbindung mit ihr mißbilligte.

»Dann wäre das geklärt.« Percy setzte sich an den Tisch, griff zur Kaffeekanne und stellte fest, daß sie leer war. Aufseufzend betätigte er die Klingel, um frischen Kaffee zu bestellen.«

Gleich nach dem Frühstück ging Percy daran, Judith das Haus der sieben Türme zu zeigen. Sie begannen im Erdgeschoß, wo sich ein prächtiger Ballsaal, die Wirtschaftsräume und die Bibliothek befanden.

»Na, habe ich dir wegen unserer Bibliothek zuviel versprochen?« fragte er, als Judith sich bewundernd in dem riesigen Raum umsah, der mit hohen Bücherschränken und Regalen vollgestellt war. Eine etwas steile Treppe führte ins nächste Stockwerk hinauf.

»Ganz bestimmt nicht!« Judith trat an eines der Fenster und blickte in den vorderen Teil des Parks. Langsam drehte sie sich wieder um. »Hier zu arbeiten käme sicher einer Lebensstellung gleich.«

»Wäre es nicht eine Aufgabe, die dich reizen könnte?« Percy öffnete einen sehr alten Schrank und nahm vorsichtig ein schweres Buch heraus. Er legte es auf einen der Tische. »Komm, Darling, sieh es dir an.«

Judith beugte sich über das Buch. Schon auf den ersten Blick erkannte sie, welchen Schatz sie vor sich hatte. Sehr behutsam berührte sie eine der bereits etwas brüchigen Seiten. Das Buch schien mindetens vierhundert Jahre alt zu sein.

»Es ist nicht das einzige seiner Art«, sagte Percy zufrieden. »Um ehrlich zu sein, es war uns bisher unmöglich festzustellen, was für Kostbarkeiten und Schätze wir in unserer Bibliothek haben.« Er schlug das Buch vorsichtig wieder zu und stellte es zurück in den Schrank. Nachdem er die Tür geschlossen hatte, ließ er die Hand noch einen Augenblick auf ihr ruhen. »Manchmal glaube ich, Merlin weiß gar nicht zu schätzen, was er später einmal alles erben wird. Ich wünschte, ihm würde das Haus der sieben Türme soviel bedeuten wie mir.«

Nicht zum erstenmal kam Judith der Verdacht, daß Percy seinen ältesten Bruder glühend beneidete. Aber im Grunde konnte sie es sogar verstehen. Es war sicher nicht leicht, stets im Schatten des Bruders stehen zu müssen.

»Und wo ist nun der Geheimgang zur unterirdischen Kapelle?« fragte sie, um ihn abzulenken.

»Komm!« Percy faßte sie am Arm. Er führte die geliebte Frau durch eine Verbindungstür in ein kleines Turmzimmer. Es war mit einem Schreibtisch und einem bequemen Stuhl ausgestattet. »Hier sollte eigentlich unser Bibliothekar arbeiten«, erklärte er. »Nicht viele Leute durften bis jetzt sehen, was ich dir zeigen werde, Darling.«

Judith hob lachend die rechte Hand. »Ich schwöre, über meine Lippen wird kein Wort davon kommen.«

»Na, ein Geheimnis ist es ja nicht mehr.« Percy trat an die Ostwand, die wie auch die anderen Wände mit Holz verkleidet war. Mit dem Zeigefinger berührte er den Mittelpunkt einer Rosette. Wie von Zauberhand glitt ein Teil der Wandverkleidung zur Seite und gab den Blick frei. Muffige Luft schlug ihnen entgegen.

»Und wie geht es weiter?« fragte Judith und schaute neugierig in den kleinen Raum.

»Machen wir noch einmal ›Sesam, öffne dich‹!« schlug Percy vor. Er drückte mit dem Fuß auf eine winzige Platte, die unten an der Rückwand des Raumes angebracht war. Sie hörten ein scharrendes Geräusch, dann öffnete sich vor ihnen der Boden, der obere Teil einer Treppe wurde sichtbar.

»Ich hätte Lust, gleich hinunterzusteigen«, sagte Judith unternehmungslustig.

»Dazu bist du nicht richtig angezogen, Darling«, antwortete Percy. »Da unten ist es sehr kalt. Aber ich werde dir die Kapelle bei nächster Gelegenheit zeigen«, versprach er. »Habe noch etwas Geduld.« Mit einer Fußbewegung ließ er den Boden zurückgleiten, kurz darauf schloß er auch wieder die Wandverkleidung.

Judith betrachtete die Wand. Sie war so geschickt gearbeitet, daß es unmöglich war, auch nur das geringste zu entdecken. Bewundernd fuhr sie mit der Hand über das Holz.

»Und das dürfte nicht der einzige Geheimgang sein, den es bei uns gibt«, sagte Percy. »Aber jetzt will ich dir auch noch den Rest des Hauses zeigen.« Er blickte auf seine Uhr. »Das heißt wenigstens einen großen Teil, ganz werden wir es nicht schaffen. Bei uns wird pünktlich um halb zwei zu Mittag gegessen.«

Während der nächsten beiden Stunden ging es treppauf und treppab. Judith hatte jegliches Zeitgefühl verloren. Es war zuviel, was auf sie einstürmte. Sie hätte Percy gern gebeten, mit der Besichtigung Schluß zu machen, da sie müde war, aber sie wollte ihn nicht kränken. Er war mit Begeisterung dabei, ihr alles zu zeigen.

Im ersten Stock warfen sie einen Blick in das Arbeitszimmer Lord Sinclairs. Es lag in dem Turm, der bis an den Felsabsturz herangebaut war. Das Schlafzimmer des Lords befand sich über ihm und konnte durch eine verborgene Treppe erreicht werden. Percy forderte sie auf, einen Blick aus dem Fenster zu werfen. Die Aussicht auf das Meer, das sich unterhalb des Turms an den Felsen brach, war atemberaubend.

Sie verließen das Arbeitszimmer und gingen über die Galerie in den nächsten Flügel des Hauses. Hier hatte Merlin sein Reich. Auch sein Arbeitszimmer lag zum Teil in einem Turm, doch es hatte keine Verbindung zum Schlafzimmer darüber. Durch eine Schiebetür gingen sie in einen geschmackvoll eingerichteten Salon. Sein nach Westen gelegenes Fenster stand offen. Deutlich war von ihm aus die kleine Insel zu sehen.

»Patricia hat sich hier oft aufgehalten«, bemerkte Percy. »Seit ihrem Tod benutzt Merlin diesen Raum kaum noch. Er sitzt lieber in seinem Arbeitszimmer. Nun gut, ich kann es verstehen. Immerhin . . .« Er wandte sich zu Judith um. »Sage mal, hörst du mir überhaupt zu?«

»Entschuldige, Percy.« Judith verzog das Gesicht. »Ich habe mir das Bild angesehen, das über dem Kamin hängt.« Sie trat etwas näher an den Kamin heran. Das Bild zeigte ein kleines Mädchen mit schwarzen, bis auf die Schultern fallenden Haaren, dunklen Augen und einem schmalen Gesicht. Es trug ein rosafarbenes Samtkleid mit weißem Spitzenkragen. »Wer immer es gemalt hat, der Künstler hat Damaris sehr gut getroffen«, sagte sie zu ihrem Freund.

Percy schüttelte den Kopf. »Du irrst dich, dieses Bild stellt nicht Damaris dar, sondern Selina Sinclair. Sie hat vor über zweihundert Jahren gelebt.«

»Damaris ist ihr wie aus dem Gesicht geschnitten«, meinte Judith. Sie warf einen letzten Blick auf das Bild, dann verließ sie mit Percy das Zimmer. »Wo liegen eigentlich die Räume deiner Nichte?«

»Im dritten Stock, über Merlins und Patricias Schlafzimmer«, antwortete Percy. »Aber verlange jetzt bitte nicht, daß ich mit dir hinaufgehe. Ich würde vorschlagen, wir beenden für heute den Rundgang. Ich werde dich jetzt zu deinem Zimmer zurückbringen und später zum Lunch abholen.«

»In Ordnung«, sagte Judith, weil sie an ihre schmerzenden Füße dachte. »Geht Damaris eigentlich zur Schule?«

»Nein, sie wird von einer Hauslehrerin unterrichtet, die fünfmal pro Woche aus Tintagel kommt. Damaris wäre den Anforderungen einer normalen Schulklasse keineswegs gewachsen. Sie soll mit neun Jahren ein Internat besuchen, aber ich bezweifle, daß das möglich sein wird.«

»Liebt Merlin seine Tochter?«

»Mein Bruder hatte auf einen Sohn und zukünftigen Erben des Titels gehofft«, sagte Percy und legte den Arm um ihre Schultern. »So wird unser Sohn die Chance haben, eines Tages das Haus der sieben Türme zu erben.« Es klang sehr zufrieden.

»Und wenn dein Bruder sich erneut verheiratet?«

»Für unseren zukünftigen Sohn wäre es besser, Merlin würde niemals wieder heiraten«, erwiderte Percy. »Und wie ich Merlin kenne, wird er es auch nicht.« Er ließ Judith los und schloß die Tür hinter sich. »Patricias Tod hat damals viele Rätsel aufgeworfen. Auch wenn nicht mehr darüber gesprochen wird, die Erinnerung ist sicher noch da.«

»Wie meinst du das, Percy?«

»Wichtig sind einzig und allein wir beide, Darling«, antwortete Percy, ohne auf ihre Fragen einzugehen.

Judith lag es auf der Zunge zu fragen, wie denn Merlins Frau gestorben war, doch sie ahnte, daß Percy ihre Frage nicht beantworten würde. Scheinbar hatten sich die Sinclairs entschlossen, sowenig wie möglich von Patricia zu sprechen. Doch diese Andeutungen, die Percy schon mehrmals über Patricia und Merlin gemacht hatte, beunruhigten sie. Sie überlegte, ob sie nicht einmal mit Ralph darüber reden sollte. Er hatte ihr sein Atelier zeigen wollen. Vielleicht konnte sie ihn schon am Nachmittag besuchen.

Aber am Nachmittag fand Judith keine Gelegenheit, mit Ralph zu sprechen, da Lord Sinclair sie und Percy in sein Arbeitszimmer gebeten hatte, um Einzelheiten für die Verlobung festzulegen.

»Die Einladungen müssen unbedingt am Montag heraus«, sagte er, »wenn die Feier schon nächsten Sonntag stattfinden soll.« Er sah Judith wohlwollend an. »Mein Sohn hätte Sie schon viel früher zu uns bringen müssen.«

»Wir können die Feier um eine Woche verschieben«, schlug Judith vor. »Dann wäre genug Zeit, um alles vorzubereiten.«

»Kommt gar nicht in Frage, Darling!« protestierte Percy. Er sah sie verschmitzt an. »Ich möchte nicht, daß du es dir noch anders überlegst.«

»Scarlett hat versprochen, beim Schreiben der Einladungen zu helfen«, sagte Lord Sinclair. Er zog eine Liste aus seinem Schreibtischschubfach. »Hier sind all die Leute aufgeführt, die wir einladen werden.« Er reichte die Liste Judith.

»So viele?« Judith hatte an eine Verlobung im Familienkreis mit einigen Freunden gedacht.

»Immerhin ist es das erste große Fest, das wir seit Jahren feiern«, meinte ihr Freund. »Scarletts Verlobung fand auf Mill Castle statt.« Er nahm die Liste aus Judiths Hand. »Du siehst, die Baxters sind auch dabei.«

»Dann wäre das also geregelt«, sagte Lord Sinclair. »Es gibt aber noch etwas, Judith, über das ich mit Ihnen sprechen möchte.« Er sah sie an. »Percy sagte mir, daß Sie jetzt nur Urlaub hätten und in drei Wochen wieder abreisen würden. Ich möchte Sie bitten, im Haus der sieben Türme zu bleiben.«

»Das geht nicht, Lord Sinclair, immerhin muß ich für meinen Lebensunterhalt aufkommen, und ich bin es nicht gewohnt, von anderen Leuten abhängig zu sein. Ich gehöre nicht zu den Menschen, die sich wohl fühlen, wenn sie anderen auf der Tasche liegen.«

Lord Sinclair schmunzelte. »Sie sind sehr offen, Judith, und das gefällt mir. Aber keine Angst, Sie würden uns nicht auf der Tasche liegen. Ich möchte Ihnen vorschlagen, unsere Bibliothek in Ordnung zu bringen. Percy hat Ihnen ja erzählt, wie dringend notwendig es ist, die Bücher endlich einmal richtig zu katalogisieren.«

Das Angebot war verlockend. Zum erstenmal in ihrem Leben würde sie völlig selbständig arbeiten können. Die junge Frau zögerte dennoch mit ihrer Antwort. Plötzlich hatte sie Angst davor, sich gleich so fest zu binden.

»Judith, warum sagst du nicht ja?« fragte Percy und legte eine Hand auf ihre Schulter. »Ich finde Vaters Vorschlag famos. Du würdest dann hier bei uns leben, und wir könnten uns täglich sehen, nicht nur, wenn ich mal in London bin. Oder möchtest du nicht, daß wir so nah beieinander sind?«

»Natürlich möchte ich das«, erwiderte sie. »Es kommt nur alles so plötzlich.«

»Sie brauchen sich nicht sofort zu entscheiden, Judith«, bot der alte Lord an. »Falls Sie sich aber nur wegen Ihrer Stelle in London Sorgen machen, das mit der Kündigung würde ich schon regeln.«

»Judith, sag ja!« forderte sein Sohn.

»Ich bin einverstanden«, sagte Judith und ignorierte eine innere Stimme, die ihr riet, sich wenigstens eine Bedenkzeit auszubitten. Immerhin wollte sie Percy heiraten. Was machte es da aus, schon jetzt im Haus der sieben Türme zu leben?

»Ich kann Ihnen gar nicht sagen, wie mich Ihre Entscheidung freut, Judith.« Lord Sinclair stand auf und bot ihr die Hand. »Über Ihr Gehalt werden wir uns später noch unterhalten. Aber ich kann Ihnen jetzt schon versichern, daß Sie es nie bereuen werden, mein Angebot angenommen zu haben.«

Nach kurzem Anklopfen trat Mason ins Arbeitszimmer und meldete, daß ein Mister Förster aus London gerade angekommen sei. »Ich habe ihn gebeten, im Empfangszimmer Platz zu nehmen, Lord Sinclair«, sagte er.

»Ist recht, Mason.« Lord Sinclair nickte seinem Butler zu. »Percy, du mußt leider bei der Unterredung mit Mister Förster dabeisein. Immerhin handelt es sich um den Verkauf.« Er blickte Judith um Entschuldigung bittend an. »Ich hoffe, Sie nehmen es mir nicht übel, wenn ich Ihnen Percy jetzt für eine Weile entführe.«

»Nein, das geht schon in Ordnung, Lord Sinclair«, antwortete die junge Frau. »Ich werde einen Spaziergang machen.«

»Sei aber bitte an den Klippen vorsichtig, Darling, viele Leute überschätzen die Gefahr und gehen zu nahe an den Abgrund«, warnte ihr Freund.

»Keine Angst, ich werde aufpassen«, versprach sie und stand auf. Percy brachte sie noch nach draußen. Sie fühlte, daß er ihr nachsah, als sie in den Gang einbog, der zu ihrem Zimmer führte.

Als Judith eine Viertelstunde später durch die Halle ging, um durch den Hinterausgang das Haus zu verlassen, begegnete ihr die Haushälterin Mrs. McLean. Sie wollte mit einem freundlichen Gruß an ihr vorbeigehen, doch die alte Dame fragte, ob sie sich schon etwas eingelebt hätte.

»Ja«, sagte Judith und erzählte ihr, daß ihr Percy am Vormittag einen großen Teil des Hauses gezeigt hatte.

»Haben Sie schon den Küchengarten gesehen?«

»Bist jetzt noch nicht.«

»Ich bin auf dem Weg in den Küchengarten. Wenn Sie Lust haben, begleiten Sie mich doch«, schlug Mrs. McLean vor. »Hat Ihnen Master Percy gesagt, daß ich früher als Kindermädchen für die Sinclairs gearbeitet habe?«

»Nein«, erwiderte die junge Frau überrascht.

Mrs. McLean öffnete das Portal und ließ Judith an sich vorbeigehen. »Ich bin vor über vierzig Jahren als einfaches Dienstmädchen ins Haus der sieben Türme gekommen«, begann sie zu erzählen. »Mason hat fünf Jahre vor mir angefangen. Er kam von einer Butler-Schule in London. Als der jetzige Lord Sinclair dann heiratete, schlug Mason vor, mich als Kindermädchen ausbilden zu lassen. Master Merlin wurde mir gleich nach seiner Geburt anvertraut. Obwohl er zwei Jahre älter als Master Percy ist, hatte er es nie leicht, sich gegen den Bruder durchzusetzen. Master Percy wollte immer mit dem Kopf durch die Wand.« In Erinnerung versunken blieb sie am Eingang zum Küchengarten stehen. »Es war eine schöne Zeit mit den Kindern, auch wenn es nicht immer leicht gewesen ist.«

»Und nachdem die Kinder Sie nicht mehr gebraucht haben, sind Sie dann Haushälterin geworden«, meinte Judith. »Sie haben sich sicher sehr gefreut, als Master Merlin geheiratet hat. Es muß schön sein, für ein Kind vom ersten Augenblick seines Daseins an zu sorgen, es aufwachsen und zu einem selbständigen Menschen werden zu sehen.«

Das eben noch freundliche Gesicht der Haushälterin hatte sich verschlossen. »Um so härter ist es dann, wenn ein Mensch, der einem viel bedeutet, den falschen Weg einschlägt«, antwortete sie. »Lady Patricia hat viel Leid über die Familie gebracht.«

»Wie meinen Sie das, Mrs. McLean?«

Die Haushälterin griff sich an den Kopf. »Ich stehe hier und plaudere, dabei habe ich etwas Wichtiges zu erledigen. Bitte, entschuldigen Sie mich, Miss Blatty, aber ich muß ins Haus zurück. Ich werde Ihnen den Küchengarten ein anderes Mal zeigen.« Sie nickte ihr kurz zu und eilte davon, ohne Judiths Antwort abzuwarten.

Kopfschüttelnd blickte ihr die junge Frau nach. Sie glaubte nicht daran, daß Mrs. McLean tatsächlich etwas Wichtiges zu erledigen hatte. Sie nahm an, daß die Haushälterin ganz plötzlich gemerkt hatte, daß sie über Dinge sprach, die sie nichts angingen. Was mochte nur mit Patricia gewesen sein? Warum hatte sie Leid über die Familie gebracht?

Gedankenverloren schlug Judith einen Weg ein, der zu den Klippen hinunterführte. Sie hatte sie fast erreicht, als sie durch ein Geräusch aufgeschreckt wurde und nach rechts blickte. In einiger Entfernung sah sie Damaris. Ohne seine Umgebung zu beachten, ging das kleine Mädchen ebenfalls auf die Klippen zu, allerdings zu einer Stelle, die rund zweihundert Meter von ihr entfernt lag.

»Damaris!« rief Judith, doch die Kleine drehte sich nicht einmal um. Kurz entschlossen folgte ihr die junge Frau.

Das kleine Mädchen verschwand hinter einem vorstehenden Felsen. Judith begann zu laufen. Sie hatte Angst, daß das Kind abstürzen könnte. Doch als sie den Felsen erreicht hatte, sah sie, daß an ihm vorbei ein schmaler Weg führte. Allerdings war er alles andere als geeignet für ein Kind. Ein Schritt zur Seite, und es würde ins Leere treten.

Damaris war einige Meter vor ihr. Judith mußte noch vorsichtiger gehen als die Kleine, da sie diesen Weg nicht gewohnt war und größere Füße hatte.

Nach einigen Minuten machte der Pfad einen Bogen. Als Judith die Biegung erreicht hatte, sah sie, daß er sich nun wieder von den Klippen entfernte. Er mündete in einen breiteren Weg, der zwischen zwei Felsen entlang verlief. Damaris ging immer noch unverdrossen weiter, ohne sich auch nur ein einziges Mal umzusehen.

Knapp fünf Minuten später sah Judith, wohin das kleine Mädchen unterwegs war. Etwa hundert Meter vor ihr zog sich eine verfallene Mauer entlang, hinter der verwitterte Grabsteine aufragten. Damaris öffnete das angelehnte Tor und ging hindurch.

Die junge Frau vermutete, daß Damaris das Grab ihrer Mutter besuchen wollte, deshalb folgte sie ihr jetzt langsamer. Als sie am Friedhof angelangt war, stellte sie fest, daß von der anderen Seite aus eine Fahrstraße zu ihm führte. Sie verstand nicht, daß das Mädchen den schwierigen Weg benutzt hatte.

Lautlos öffnete sie das Tor, das hinter Damaris wieder zugefallen war. Judith blieb einen Augenblick lang stehen und blickte sich um. Der Friedhof schien noch älter zu sein, als sie erst angenommen hatte. Teilweise waren die alten Gräber völlig mit Unkraut überwuchert und die Gedenksteine von Wind und Wetter so zerstört, daß man nicht einmal die Schrift auf ihnen entziffern konnte.

Sie hob den Kopf. Damaris war nirgends zu entdecken. Auf der Suche nach dem Kind folgte sie einem zugewachsenen Pfad, der leicht aufwärts zu einem Mausoleum führte. Sie blieb dort einen Moment stehen. Der Grabbau war erst vor rund fünfzig Jahren errichtet worden. Unter den Namen, die an der eisernen Tür standen, las sie auch Patricias.

»Damaris!« rief sie. Keine Antwort folgte.

Judith ging um das Mausoleum herum. Entlang der rückwärtigen Friedhofsmauer standen Trauerweiden. Damaris kniete unter einer von ihnen. Sie wirkte so verloren, daß die junge Frau großes Mitleid mit ihr bekam.

Lautlos trat sie näher. Erst jetzt sah sie das Grab. Sein steinernes Kreuz war umgestürzt.

»Damaris, was tust du denn hier allein?« fragte Judith und berührte die Schulter der Kleinen.

Damaris blickte auf. Sekundenlang starrte sie Judith an, dann stand sie auf und rannte davon.

Zuerst wollte ihr die Bibliothekarin nachlaufen, doch dann überlegte sie es sich anders. Wenn Damaris wieder den Klippenpfad benutzte, war es gefährlich, ihr zu folgen. Ein unbedachter Schritt, und sie konnten auf die Felsen hinunterstürzen.

Sie kauerte sich neben das Grab und versuchte, das Unkraut vom Kreuz zu lösen. Nach einer Weile hatte sie es so weit geschafft, daß sie den Namen entziffern konnte, der in den Stein gemeißelt war. *»Selina Sinclair 1775«* stand auf dem Kreuz. Und etwas weiter unten war eingeritzt: *»Möge Gott ihm vergeben.«*

Der Ballsaal erstrahlte im Licht unzähliger Lampen. Trotz der späten Einladungen hatte es keine einzige Absage gegeben. Alle Gäste waren gekommen, um an der Verlobungsfeier zwischen Judith Blatty und Percy Sinclair teilzunehmen. »Aus reiner Neugier«, hatte Scarlett Sinclair so laut zu ihrem Verlobten gesagt, daß es auch ihre zukünftige Schwägerin hören mußte. Doch nicht einmal das machte Judith etwas aus. Sie glaubte, noch nie so glücklich gewesen zu sein wie an diesem Abend.

»Dir strahlt das Glück regelrecht aus den Augen«, bemerkte Anne Baxter in einer Tanzpause. »Aber das kann ich verstehen«, Sie lachte leise. »Wer hätte gedacht, daß dir bei uns die große Liebe begegnen würde.«

»Ich bestimmt nicht«, antwortete Judith. »Komm, gehen wir etwas trinken.« Sie hakte die Freundin unter. »Percy wird auch gleich wieder dasein. Er wollte nur kurz mit einem seiner Freunde sprechen.«

»Verliebt sind sie ja alle drei in dich«, meinte Anne.

»Merlin ganz bestimmt nicht«, widersprach Judith. »Ralph ja, das habe ich von Anfang an gemerkt, aber wenn es nach Merlin gehen würde, dann hätte ich längst das Haus der sieben Türme verlassen.«

»Merlin liebt dich, Judith, davon bin ich felsenfest überzeugt«, sagte Anne. Sie hatten den Tisch erreicht, auf dem die Getränke standen. Für diesen Abend waren Lohndiener engagiert worden. Sie füllten zwei Gläser mit Bowle und reichten sie den jungen Frauen. »Darauf, daß du sehr glücklich wirst, Judith!« Anne prostete ihrer Freundin zu.

Die Musik begann wieder zu spielen, doch weder Judith noch Anne hatten im Augenblick Lust zu tanzen. Unauffällig zogen die beiden Frauen sich in eine der breiten Fensternischen zurück, um etwas zu plaudern. Die Baxters waren erst am Nachmittag aus London gekommen, dadurch hatten die

Freundinnen bisher noch kaum Gelegenheit gehabt, miteinander zu sprechen.

»Und wie gefällt es dir hier?« fragte Anne. Sie stellte ihr Glas auf die Fensterbank. »Ich freue mich schon darauf, von dir durch das Haus geführt zu werden. Ehrlich gestanden, auf den ersten Blick macht es einen ziemlich düsteren Eindruck.«

»Also hast du das auch empfunden«, meinte Judith. »Ich bin sehr gern im Haus der sieben Türme, trotzdem habe ich oft das Gefühl, als würde hier etwas nicht stimmen.« Sie nippte an ihrer Bowle, dann stellte sie das Glas neben Annes. Sie hatte ihrer Freundin bereits erzählt, daß sie nicht mehr in ihre alte Stelle nach London zurückkehren würde. »Lord Sinclair hat mich mit offenen Armen empfangen, und ich habe ihn ausgesprochen gern, ganz aufrichtig ist aber auch er nicht gegen mich. Manchmal kommt es mir vor, als sei ich hier regelrecht von Geheimnissen umgeben. Percy macht oft so seltsame Andeutungen über Merlin, Merlin warnt mich vor seinem Bruder, und dann ist da noch Damaris.« Sie sah Anne an. »Sage mal, weißt du, was damals mit Merlins Frau passiert ist? Meine Schwester sprach von Mord oder Selbstmord.«

Anne nickte. »Das war eine ganz schreckliche Geschichte«, erwiderte sie. »Merlin hätte Patricia niemals heiraten dürfen. In meinen Augen war sie ein ausgemachtes Biest. Ich habe sie nie gemocht, meine Eltern auch nicht. Es heißt, sie habe ihn ständig betrogen. Jedenfalls wurde sie eines Morgens tot in ihrem Bett gefunden. Sie war an einer hochgradigen Arsenvergiftung gestorben.«

»Merlin hätte sich doch scheiden lassen können, wenn ihm das Leben an ihrer Seite unerträglich geworden wäre«, meinte Judith. »Nein, ich glaube nicht, daß er sie ermordet hat.«

Anne lächelte. »Sieh an, du verteidigst ihn bereits, also ist er dir nicht so gleichgültig, wie du gern den Anschein erwecken möchtest.«

»Was du nur wieder denkst!« wehrte sich Judith verlegen. »Es ist Percy, den ich liebe, nicht Merlin! Merlin ist mir allerdings trotz seiner abwesenden Haltung sehr sympathisch.«

Anne lachte leise. »Ich an deiner Stelle hätte Merlin gewählt.« Sie griff nach ihrem Glas. »Percy war mir von jeher unheimlich.«

»Wir wollen zu den anderen zurückgehen, sonst gibt Percy noch eine Vermißtenanzeige auf«, sagte Judith. Sie schob den Vorhang beiseite, so daß Anne an ihr vorbeigehen konnte. Nachdenklich folgte sie ihr.

Percy ging mit langen Schritten auf sie zu. Liebevoll zog er Judith an sich. »Wo hast du denn gesteckt, Darling?« fragte er. »Ich habe schon überall nach dir gesucht.«

»Ich habe nur ein wenig mit Anne geplaudert«, erwiderte die junge, geliebte Frau. Aus den Augenwinkeln heraus sah sie, daß ihre Freundin von Sir Archibald zum Tanz aufgefordert worden war.

»Komm, tanzen wir auch.« Percy führte sie zur Tanzfläche. »Ist dir klar, daß ich von sämtlichen Männern hier beneidet werde? Die meisten fragen sich sicher, warum ausgerechnet ich dir begegnen mußte.«

»Aber fast alle sind verheiratet«, meinte Judith lachend.

»Was hat das eine mit dem anderen zu tun?« Percy hielt sie so fest, daß es sie fast schmerzte. »Aber du gehörst mir und wirst immer mir gehören. Nichts auf der Welt kann uns trennen.« Seine Finger bohrten sich in ihren Rücken.

»Percy, du tust mir weh!« Judith starrte ihn entsetzt an.

Der Mann schrak heftig zusammen. »Entschuldige, war nicht so gemeint, Darling.« Verwirrt sah er sie an. »Böse?«

Die Frau schüttelte den Kopf. »Nein, ich bin dir nicht böse«, antwortete sie. Nur ziemlich überrascht, fügte sie in Gedanken hinzu. Je länger sie Percy kannte, um so weniger entsprach er mehr dem strahlenden Bild, das sie sich anfangs von ihm gemacht hatte. Wie jeder Mensch hatte er seine guten und schlechten Seiten.

Die Musik verklang, um gleich darauf wieder einzusetzen. Es war ein Walzer, und Percy hielt sie ganz leicht in den Armen. Er machte noch immer ein schuldbewußtes Gesicht. »Komm, lach wieder«, forderte Judith ihn auf und schenkte ihm ein Lächeln. »Das nächstemal werde ich dir so kräftig auf den Fuß treten, daß du mindestens eine Woche lang humpeln mußt.«

»Wir sind noch nicht einmal verheiratet, und schon werde ich von dir bedroht«, scherzte Percy. Er legte sein Gesicht an ihre Wange. »Weißt du, daß heute der schönste Tag meines Lebens ist, Darling?«

»Es ist nur schade, daß meine Schwester nicht bei unserer Verlobungsfeier dabeisein kann«, meinte Judith. Sie dachte an den riesigen Blumenkorb und das Geschenk, das ihr Esther hatte schicken lassen.

»Ich kann dich sehr gut verstehen«, sagte Percy. »Aber ich schwöre dir, ich werde es bei deiner Schwester wiedergutmachen. Wir mußten uns schon in dieser Hinsicht nach Vater richten.« Er blickte auf seine Uhr. »Bald ist es Mitternacht. Ich nehme an, Vater bereitet sich bereits auf seine Ansprache vor.«

Judith ließ ihren Blick durch den Ballsaal schweifen. »Ich kann ihn nirgends sehen, Percy.«

»Er wird sich irgendwohin zurückgezogen haben«, antwortete der junge Mann. »Wie ich meinen Vater kenne, wird er es besonders feierlich machen wollen.«

Die Musik endete mit einem Tusch. Und plötzlich verstummte auch jedes Geräusch. Alle starrten wie gebannt zur Tür. Barfuß, in einem langen, spitzenbesetzten Nachthemd und einem golddurchwirkten Schleier, der ihrer Mutter gehört hatte, kam Damaris in den Ballsaal. Ohne jemanden zu beachten, die Augen starr geradeaus gerichtet, ging sie auf eines der Fenster zu.

»Das Kind wird sich erkälten!« rief eine Bekannte der Sinclairs aus.

»Wo ist denn das Kindermädchen?« fragte eine andere.

Judith entwand sich Percys Arm. Sie ging auf Damaris zu und nahm sie bei der Hand. »Kannst du nicht schlafen, Kleines?« fragte sie leise. Während der letzten Tage hatte sie immer wieder versucht, dem Kind näherzukommen, es war ihr nicht gelungen. Aber Angst schien es nicht vor ihr zu haben, denn es klammerte sich jetzt förmlich an ihrer Hand fest.

»Ich bringe dich ins Bett, Damaris.« Judith hob das kleine Mädchen hoch. Sie wunderte sich, wie leicht es war. Damaris schlang die Arme um ihren Hals.

»Wo willst du hin, Darling?« fragte Percy überrascht, als sie zur Tür ging.

»Ich bringe nur Damaris wieder hinauf«, antwortete sie. Ohne sich weiter um ihn oder die anderen zu kümmern, verließ sie den Ballsaal.

Judith war noch nie in den Kinderzimmern gewesen, die sich im dritten Stock befanden. Percy hatte es nicht für nötig befunden, ihr diese Räume zu zeigen. Nun stieg sie mit Damaris im Arm, die Turmtreppe hinauf. Die Kleine hatte ihr Gesicht an die Wange der jungen Frau geschmiegt.

Die Treppe mündete in einem Gang, der von zwei Lampen nur spärlich beleuchtet wurde. Zum erstenmal kam ihr in den Sinn, daß außer Damaris in diesem Teil des Hauses niemand lebte. Sie fragte sich, wie man ein Kind dazu verurteilen konnte, die Nächte völlig allein zu verbringen. Auch wenn der Vater ein Stockwerk tiefer schlief, es mußte schrecklich für die Kleine sein.

»Wo ist denn dein Schlafzimmer, Damaris?« fragte sie liebevoll. Obwohl sie jetzt doch das Gewicht des Kindes spürte, hielt sie es noch immer fest in den Armen. Sie fühlte, daß Damaris diese direkte Nähe brauchte.

Das kleine Mädchen zeigte nach links. »Meine Mummy hat mir vor dem Schlafengehen immer eine Geschichte vorgelesen«, sagte sie plötzlich.

Das überraschte Judith nach alldem, was sie über Patricia gehört hatte. Scheinbar war Merlins Frau doch nicht so kalt gewesen, wie man es ihr gegenüber behauptet hatte. Zumindest schien sie ihre Tochter geliebt zu haben.

»Soll ich dir eine Geschichte vorlesen, Damaris?« Sie trat mit dem Kind in den Armen ins Schlafzimmer.

Damaris nickte. »Ich mag Sie, Miss Blatty«, bekannte sie mit einem schwachen Lächeln. »Bleiben Sie jetzt immer bei uns?«

»Ja, ich glaube schon«, erwiderte Judith und setzte Damaris auf das Bett. Sie blickte sich um. Das Zimmer war genauso eingerichtet, wie es sich für den Schlafraum eines kleinen Mädchens gehörte. Alles, was sie sah, war gut und teuer. Gespart wurde demnach nicht an der Kleinen.

»Das ist schön.« Damaris krabbelte unter die Decke und legte sich zurück. »Im Regal sind Bücher.« Sie wies auf die gegenüberliegende Wand.

Judith holte ein Märchenbuch und setzte sich auf den Bettrand. »Kannst du schon lesen?« fragte sie, als sie das Buch aufschlug.

Damaris nickte. »Schon lange, ich habe es von meiner Mummy gelernt.« Sie verschränkte die Arme hinter dem Kopf. »Ich habe meine Mummy sehr liebgehabt.«

»Und sie bestimmt dich.« Judith strich Damaris zärtlich die Haare aus der

Stirn. Sie hatte noch nie glauben wollen, daß das Mädchen zurückgeblieben war, jetzt wußte sie, daß sie im Recht gewesen war. Sie freute sich, daß Damaris den Weg zu ihr gefunden hatte.

»Bitte die Geschichte vom Elfchen und dem Zwerg«, bat das Mädchen. »Die höre ich so gern. Ireen liest mir manchmal auch vor. Mögen Sie Ireen, Miss Blatty?«

Judith nickte. »Ich habe sie gern, Damaris«, antwortete sie. »Aber warum nennst du mich nicht einfach Tante Judith? Das ist doch viel schöner.«

Wieder lächelte Damaris scheu. »Wenn ich darf«, sagte sie. Dann wurde ihr Gesicht ernst. »Bestimmt wird es mir verboten. Immer wenn ich mich über etwas freue, wird es verboten.« In ihren Augen glänzten Tränen.

»Wer verbietet dir etwas?« fragte Judith stirnrunzelnd. »Dein Vater?«

Damaris schüttelte den Kopf. »Mein Vater mag mich nicht, dem ist ganz egal, was ich tue.«

Leider, dachte Judith, denn diese Erfahrung hatte sie ja auch schon gemacht. »Und wer verbietet es dir dann?«

»Onkel Ed!«

Judith hatte noch niemals diesen Namen bei den Sinclairs gehört. »Wer ist denn Onkel Ed?« fragte sie und beugte sich etwas tiefer über Damaris.

Das kleine Mädchen nagte an seiner Unterlippe, dann sah es sich ängstlich um. »Onkel Ed hat Selina erwürgt, es muß schrecklich weh getan haben. Und manchmal kommt er nachts zu mir und macht mir angst.« Sie umklammerte Judiths Hand. »Onkel Ed ist ganz furchtbar böse. Er sagt, daß er mich auch erwürgen will, wenn ich ihm nicht immer gehorche.«

Judith hätte diesen Onkel Ed gern als Gestalt eines Alptraums abgetan, aber da war etwas, was ihr sagte, daß mehr dahinterstecken mußte. »Wissen dein Vater und deine Onkels von diesem bösen Mann?«

Wieder schüttelte Damaris den Kopf. Ihre Augen wurden noch dunkler vor Angst. »Onkel Ed hat mir verboten, von ihm zu sprechen. Du darfst niemandem sagen, daß ich dir von ihm erzählt habe.« Sie klammerte sich erneut an Judith. »Bitte, Tante Judith!«

»Ich werde niemandem davon erzählen«, versprach die junge Frau. »Aber weißt du, ich glaube, es wäre besser, du würdest mit deinem Vater oder deinem Großvater über diesen Onkel Ed sprechen. Sie könnten dir bestimmt helfen.«

»Sie würden mir gar nicht glauben«, sagte Damaris. Es klang so resigniert, daß es Judith ins Herz schnitt. »Liest du mir jetzt die Geschichte vor?«

Judith nickte. Sie suchte im Inhaltsverzeichnis nach der richtigen Seite. Aber als sie dann mit dem lesen beginnen wollte, war Damaris bereits eingeschlafen. Leise stand die Bibliothekarin auf und verließ das Schlafzimmer, löschte aber nicht das Licht.

Auf der Treppe begegnete ihr Percy. »Ich wollte dich gerade holen, Darling«, sagte er. »Es war nicht gerade höflich gegen unsere Gäste, so lange wegzubleiben. Außerdem wartet Vater immer noch darauf, seine Rede zu halten.«

»Ich wollte bei ihr bleiben, bis sie eingeschlafen ist«, antwortete Judith. »Bitte, sei mir nicht böse.« Sie hätte gern Percy erzählt, was sie von Damaris anvertraut bekommen hatte, wollte aber ihr Versprechen nicht brechen.

»Hat sie mit dir gesprochen?« Percy legte den Arm um sie und führte sie die Treppe hinunter. »Sicher nur wirres Zeug, oder?«

»Sie hat mich gebeten, ihr eine Geschichte vorzulesen, das habe ich auch getan«, antwortete Judith, nicht ganz bei der Wahrheit bleibend. »Im Grunde ist Damaris ein reizendes kleines Ding. Man sollte sie nicht allein oben im dritten Stock schlafen lassen.«

»Da oben war schon immer das Reich der Kinder«, sagte Percy. »Es wäre nicht gut, daran etwas zu ändern.« Er blieb stehen. »Und sie hat dir nichts erzählt?«

»Percy, ich verstehe dich nicht«, meinte Judith. »Bisher wolltest du mit mir nie über Damaris sprechen, und nun interessiert dich plötzlich, was wir miteinander gesprochen haben. Was hätte sie mir denn erzählen sollen?«

»War nur so eine Frage, Darling«, erklärte der junge Mann. »Lassen wir meinen Vater nicht länger warten.« Er zog sie kurz an sich. »Immerhin geht es heute einzig und allein um uns beide. Und wenn du meinst, daß es nicht richtig ist, Kindern ihren eigenen Wohnbereich zu geben, so werde ich später dafür sorgen, daß unsere Kinder in unserer Nähe schlafen.« Er küßte sie leicht auf den Mund, dann nahm er ihre Hand und eilte mit der Frau so schnell die letzten Stufen hinunter, daß Judith aufpassen mußte, nicht über ihren langen Rock zu stolpern.

Obwohl sie erst lange nach Mitternacht schlafen gegangen war, erwachte Judith Blatty am nächsten Morgen sehr früh. Sie lag noch einige Minuten mit hinter dem Kopf verschränkten Armen im Bett und dachte über die Verlobungsfeier nach. Es war ein herrliches Fest gewesen, und sie hätte eigentlich sehr glücklich sein müssen, doch aus einem ihr selbst unerklärlichen Grund empfand sie plötzlich so etwas wie Angst.

Judith richtete sich auf. Sie blickte auf ihre linke Hand, an der sie den Ring trug, den ihr Percy am Vorabend übergestreift hatte. Er war sehr alt und stammte aus der Hinterlassenschaft seiner Mutter. Vorsichtig berührte sie mit dem Zeigefinger der rechten Hand den blutroten Rubin, der ihn schmückte.

Dann mußte sie wieder an Damaris denken. Sie war mehrmals während der Nacht aufgewacht und hatte geglaubt, das kleine Mädchen weinen zu hören, was natürlich völlig unmöglich war. Ihr Schlafzimmer lag viel zu weit von Damaris' Reich entfernt. Wieder wunderte sie sich darüber, daß die Sinclairs es fertigbrachten, ein siebenjähriges Kind völlig allein schlafen zu lassen. Kein Wunder, daß die Kleine sich einbildete, nachts Geister zu sehen.

Sie stand auf und trat für einen Augenblick lang ans Fenster. Auf die Felseninsel schien die Morgensonne. Weit hinten auf dem Meer fuhr eine Jacht. Judith atmete tief die frische Luft ein, dann ging sie ins Bad, um zu duschen. Es hatte keinen Sinn, noch einmal ins Bett zu schlüpfen. Einschlafen würde sie sowieso nicht mehr können.

Als die junge Frau wenig später ins Eßzimmer kam, stellte sie fest, daß sie nicht der einzige Frühaufsteher war. Merlin Sinclair saß bereits im Reitdreß am Frühstückstisch, vor sich die *Times.* »Guten Morgen«, grüßte sie freudig überrascht.

»Guten Morgen, Judith.« Merlin legte die Zeitung beiseite und stand auf. »Was tun Sie so früh hier unten?« fragte er, nachdem sie Platz genommen hatte.

»Ich konnte nicht mehr schlafen«, antwortete Judith. Sie nickte Ireen, die frischen Kaffee und Toast gebracht hatte, dankend zu. Kaum hatte das Mädchen das Zimmer wieder verlassen, sagte sie: »Ich machte mir Sorgen um Damaris.«

Merlin Sinclair stellte die Tasse, die er eben hatte zum Mund führen wollen, auf den Unterteller zurück. Er sah sie an. »Ich habe mich noch nicht einmal bedankt, daß Sie sich gestern so nett um Damaris gekümmert haben, Judith«, antwortete er. »Nötig wäre es allerdings nicht gewesen. Eines der Mädchen hätte sie auch nach oben bringen können.«

»Oder Sie!« bemerkte Judith. Sie schaute ihm in die Augen. »Ich weiß, mir steht kein Urteil darüber zu, aber meiner Meinung nach vernachlässigen Sie Ihre Tochter aufs sträflichste. Genügt es nicht schon, daß Damaris ohne Mutter aufwachsen muß? Und ...«

»Sie haben vollkommen recht, Judith, es geht Sie nichts an«, fiel ihr Merlin grob ins Wort.

»Damaris ist erst sieben Jahre alt, und Sie lassen es zu, daß sie völlig allein oben im dritten Stock lebt. Es ...« Wieder kam Judith nicht dazu, auszusprechen, denn Merlin Sinclair unterbrach sie erneut.

»Niemand kann behaupten, daß es Damaris an irgend etwas fehlt«, erklärte er. »Sie hat Kleidung und Spielsachen in Hülle und Fülle, sie braucht nur einen Wunsch zu äußern, und schon springt eines der Hausmädchen, um ihn ihr zu erfüllen; sie hat eine Hauslehrerin, sie ...«

»Aber sie weiß auch, daß ihr Vater sie nicht liebt«, fiel ihm Judith ins Wort. »Mir kommt es vor, als würde es im ganzen Haus der sieben Türme nicht einen einzigen Menschen geben, dem wirklich etwas an dem Kind liegt. Es ...«

»Sie leben noch keine zehn Tage hier, und schon glauben Sie, alles zu wissen, Judith«, sagte Merlin wütend. »Aber Sie wissen nichts, Judith, sonst ...«, er ergriff ihre linke Hand und wies auf ihren Verlobungsring, »hätten Sie sich niemals darauf eingelassen.« Abrupt gab er ihre Hand frei und stand auf. »Und jetzt entschuldigen Sie mich bitte.« Mit raschen Schritten verließ er den Raum.

Judith war der Appetit vergangen, trotzdem bestrich sie sich einen Toast mit Orangenkonfitüre. Gedankenverloren hielt sie ihn in der Hand. Was hatte Merlin mit seinen Worten andeuten wollen? Natürlich war es wieder eine versteckte Warnung vor seinem Bruder gewesen, doch was wußte sie noch nicht, das sie unbedingt hätte wissen müssen?«

»So in Gedanken, Darling?« Unbemerkt von ihr hatte Percy Sinclair das Zimmer betreten. Er beugte sich über seine Braut und küßte sie zärtlich auf die Stirn. »Gut geschlafen?«

»Eigentlich nicht«, antwortete Judith.

»Die Aufregung«, meinte Percy. Er setzte sich ihr gegenüber. Liebevoll sah er sie an. »Nur noch wenige Monate, und du gehörst ganz zu mir. Ich kann es kaum noch erwarten, dich meine Frau zu nennen. Mit uns wird die Familie einen neuen Höhepunkt erreichen. Wir werden den Namen der Sinclairs wieder zu dem machen, was er einst gewesen ist.«

»Ich wünschte, du würdest nicht immer so reden«, sagte die junge Frau peinlich berührt. Sie war froh, daß sie allein im Zimmer waren und niemand Percys Worte gehört hatte. »Wichtig sind ganz allein nur wir beide. Nur auf uns kommt es an, nicht auf die Familie.«

Percy schüttelte heftig den Kopf. »Nein, wir sind nur kleine Rädchen in einem riesigen Uhrwerk. Haus und Familie sind es, die unser Leben bestimmen werden. Unser Sohn wird einmal ...« Er unterbrach sich und lachte. »Schau mich nicht so entsetzt an, Darling, es ist alles in Ordnung, nur an einem Morgen wie diesem reizt es mich regelrecht, in die Zukunft zu sehen.« Er stand auf, nahm seinen Teller und ging zum Büfett hinüber, auf dem auf Warmhalteplatten verschiedene Gerichte standen. »Möchtest du auch etwas von den Kalbsnieren, Darling? Du solltest unbedingt mehr essen.«

»Ich bin nicht hungrig, Percy«, antwortete Judith.

»Dafür habe ich einen Hunger wie ein Wolf«, ertönte Anne Baxters Stimme von der Tür her. »Guten Morgen, allerseits!« Sie ging zu Judith. »Na, wie fühlt man sich als Jungverlobte?«

»Sehen Sie nicht, wie glücklich Ihre Freundin ist, Anne?« fragte Percy selbstbewußt.

Judith spürte den prüfenden Blick ihrer Freundin. »Ich bin noch etwas müde, das ist alles«, fühlte sie sich genötigt zu erklären. »Aber wenn du Lust hast, machen wir gleich nach dem Frühstück einen ausgedehnten Spaziergang. Percy, möchtest du uns begleiten?«

»Nein, geht nur allein«, meinte der junge Mann. »Ich muß mich etwas um die anderen Gäste kümmern.«

Anne trat an das Büfett und bediente sich. Mit dem beladenen Teller kam sie wenig später an den Tisch zurück. »Mich interessiert besonders die kleine Insel«, sagte sie. »Können wir mit dem Boot hinrudern?«

»Ich war selbst noch nie auf der Insel«, erwiderte Judith.

»Es ist auch nicht anzuraten, die Insel zu besuchen«, meinte ihr Verlobter. »Das Meer ist dort so tückisch, daß man ein Boot kaum halten kann. Und es gibt da außerdem nicht viel zu sehen. Ein paar Ruinen aus der Keltenzeit, das ist alles. Scheinbar hat es früher auf der Insel einen Altar gegeben. Aber wie wäre es mit der unterirdischen Kapelle? Judith hat sie auch noch nicht gesehen. Ich führe euch nach dem Lunch, wenn die meisten der anderen Gäste schon abgereist sind, gern hinunter.«

»Die Kapelle würde mich auch interessieren«, sagte Anne Baxter und machte sich über ihr Frühstück her. »Dich doch sicher auch, Judith?« wandte sie sich an die Freundin.

»Eine prima Idee, Percy«, bestätigte Judith. Die Aussicht, endlich die Kapelle besichtigen zu können, vertrieb die düsteren Gedanken, die sich ihrer nach dem Gespräch mit Merlin bemächtigt hatten. In ihre Augen trat neuer Glanz. Und plötzlich bekam sie auch Appetit. Sie ging zum Büfett, um sich etwas Schinken zu holen.

Nach der Abreise der Gäste war im Haus der sieben Türme wieder der Alltag eingekehrt. Jeden Morgen fuhren Merlin und Percy Sinclair nach Bodmin. Gewöhnlich schloß sich ihnen der alte Lord an. Nur Ralph blieb meist zu Hause. Er verbrachte den größten Teil des Tages in seinem Atelier. Bei den gemeinsamen Mahlzeiten sprach er oft von dem Meisterwerk, an dem er gerade arbeitete, verriet aber nicht, um was für ein Bild es sich handelte.

Judith Blatty las den langen Brief, den sie ihrer Schwester nach Genf schicken wollte, noch einmal durch. Sie wunderte sich über die Worte, die sie gefunden hatte, um die Situation im Haus zu beschreiben. So gern sie auch im Haus der sieben Türme lebte, es machte nach wie vor einen unheimlichen und manchmal auch recht düsteren Eindruck auf sie. Oder waren es die Menschen, mit denen sie es zu tun hatte? Obwohl sie sich nach wie vor zu Merlin Sinclair hingezogen fühlte, erschien er ihr oft regelrecht dämonisch. Und auch Percy hatte zwei Gesichter, wie sie längst erkannt hatte. Einmal das freundliche, weltoffene und dann ein anderes, beinahe vom Ehrgeiz zerfressenes. Ralph dagegen ließ sich nicht einmal einordnen. Er war schüchtern und draufgängerisch zugleich. Scarlett wiederum lebte in ihrer eigenen Welt und nahm außer sich kaum einen anderen Menschen wahr. Judith hielt sie für eine krasse Egoistin.

Aufzeufzend steckte sie den Brief in den vorbereiteten Umschlag, klebte ihn zu und suchte in ihrem Schreibtisch nach einer Briefmarke. Es wurde allerhöchste Zeit, in die Bibliothek hinunterzugehen und mit der Arbeit, die sie vor einigen Tagen angefangen hatte, fortzufahren.

Die riesige Bibliothek der Sinclairs war für Judith ein wahres Paradies. Jeden Tag entdeckte sie neue Schätze, von denen ihre zukünftige Familie nicht einmal eine Ahnung hatte. In einer versteckten Schublade eines großen Bücherschranks hatte sie sogar hinter alten Folianten mehrere sehr brüchige Pergamentrollen gefunden. Die Schrift auf ihnen war so verblaßt, daß man sie kaum noch entziffern konnte. Lord Sinclair hatte die Rollen weggeschlossen. Er wollte sie zu einem Experten nach London bringen lassen.

Judith hatte fast zwei Stunden intensiv in der Bibliothek gearbeitet, als Ralph Sinclair sie störte. Er trug über seinen grauen Tweedhosen einen ehemals weißen Malerkittel, der über und über mit Farbe beschmiert war.

»Entschuldigen Sie, daß ich so gekommen bin«, sagte er und wischte sich verlegen die Hände am Kittel ab. Er wirkte in diesem Augenblick wie ein Kind, das etwas angestellt hatte. »Aber ich bin mit dem Bild fertig geworden und wollte es Ihnen gleich zeigen.«

Die junge Frau hatte keine rechte Lust, mit Ralph mitzugehen, doch sie wollte ihn auch nicht enttäuschen. »Also gut, ich komme mit«, sagte sie, schloß den Füllhalter und stand auf. Eine Pause hatte sie sich verdient.

»Fein.« Ralph strahlte. »Sie werden begeistert sein, Judith!«

Die junge Verlobte war sich da gar nicht so sicher. Sie hatte bereits einmal Ralphs Atelier besucht, und die Bilder, die sie dort gesehen hatte, waren zum Teil so makaber gewesen, daß es sie jetzt noch grauste, wenn sie daran dachte. Dabei hatte der junge Mann durchaus das Talent zu einem großen Maler, nur die Themen, die er sich aussuchte, gefielen ihr nicht.

Ralph stieg vor ihr die Treppen hinauf. Sein Atelier lag genau über ihrem Zimmer. Manchmal, wenn sie nachts aufwachte, hatte sie ihn über sich herumgehen hören.

Sie hatten den dritten Stock erreicht. Eine Verbindungstür führte in den nächsten Turm, in dem Percys und Scarletts Räume lagen. Wie gewöhnlich war sie geschlossen.

Ralph öffnete die Ateliertür und trat beiseite, um Judith den Vortritt zu lassen. Das Licht fiel von drei Seiten durch die vorhanglosen Fenster. Die Bilder, die an den Wänden lehnten, waren diesmal mit weißen und grauen Tüchern verdeckt. Scheinbar sollte nichts von dem Bild ablenken, das mit dem Rücken zur Tür noch auf der Staffel lehnte.

Langsam ging Judith um die Staffelei herum und erstarrte. Sie glaubte ihren Augen nicht zu trauen. Ralph hatte die Klippen hinter dem Haus gemalt. Auf einer von ihnen saß im Halbprofil ein nacktes Mädchen, den Blick zur Insel gerichtet. Es war ein hervorragendes Bild und zeigte Ralphs ganzes Können, doch das erschütternde für die junge Frau war, daß das Mädchen ihre Gesichtszüge trug. Sie konnte es einfach nicht fassen, daß Ralph es fertiggebracht hatte, sie so darzustellen.

»Na, was sagen Sie?« fragte der junge Maler und trat neben sie. »Ist es nicht ein Meisterwerk? Es ist das beste Bild, das ich je gemalt habe und auch malen werde. Mir kommt es vor, als hätte Gott Amor persönlich meine Hand geführt. Wir sind füreinander . . .«

»Wie konnten Sie nur!« unterbrach ihn Judith empört. »Wer gab Ihnen das Recht, ein derartiges Bild zu malen? Wer ...«

»Die Liebe gab mir das Recht, Judith«, erwiderte Ralph mit einem fanatischen Aufblitzen seiner grünblauen Augen. »Seit ich dich das erstemal auf Annes Party gesehen habe, wußte ich, daß wir es sind, die zusammengehören. Nicht ... Nein, schweig, Judith!« Er streckte abwehrend die Hände vor, als die junge Frau etwas sagen wollte. »Du gehörst zu mir, Judith, nicht zu Percy, der voll dunkler Geheimnisse ist, nicht zu Merlin, der sich in sich selbst vergraben hat ...«

»Wenn hier einer schweigen sollte, dann sind Sie es, Ralph!« Judith starrte wieder das Bild an. »Sie müssen von Sinnen gewesen sein, so etwas zu malen. Ich wünsche, daß das Bild vernichtet wird.«

Ralph schüttelte den Kopf. Der fanatische Glanz in seinen Augen war erloschen. »Was fürchtest du, Judith?« fragte er sanft. »Hast du Angst vor dir selbst, Angst vor deiner eigenen Schönheit?«

»Ralph, wenn Sie das Bild nicht von sich aus vernichten, dann werde ich mit Percy darüber sprechen müssen«, drohte Judith. Sie ging von der anderen Seite um die Staffel herum und auf die Tür zu. In ihrer Wut hätte sie am liebsten das Bild genommen und aus dem Fenster geworfen.

Die junge Frau hatte die Tür schon fast erreicht, als sie plötzlich Ralphs Schritte hinter sich hörte; im nächsten Augenblick hatte er sie bereits in seine Arme gerissen. Sein heißer Atem streifte ihr Gesicht. »Geh nicht fort, bitte, geh nicht fort«, flehte er sie an, während seine Hände sie wie eiserne Fesseln hielten. Niemals hätte sie ihm eine derartige Kraft zugetraut.

»Ralph, lassen Sie mich los, oder ich schreie um Hilfe!« Judith stemmte sich verzweifelt gegen seine Brust. Sie wußte genau, daß es ihr nichts nützen würde, um Hilfe zu rufen, wer sollte sie schon hören? Percy war in Bodmin und Scarlett ausgeritten.

»Aber ich will dir doch nichts tun, Judith«, sagte Ralph lächelnd und lokkerte etwas seinen Griff.

Die Frau überlegte nicht lange. Mit einer abrupten Bewegung bekam sie ihren rechten Arm frei. Bevor der junge Mann reagieren konnte, hatte sie schon zu einer schallenden Ohrfeige ausgeholt. Erschrocken ließ er sie los. Sie stürzte aus dem Zimmer, warf die Tür hinter sich zu und jagte die Treppe zur Halle hinunter. Erst als sie unten angekommen war, blieb sie schwer atmend stehen.

»Bist du gerannt, Tante Judith?«

Die junge Frau zuckte heftig zusammen, dann drehte sie sich um. Damaris stand hinter ihr auf den Stufen. Vertrauensvoll blickte das kleine Mädchen sie an. Jetzt, in den Ferien, war es noch öfter sich selbst überlassen. Sie zwang sich zu einem Lächeln; daß es etwas gequält ausfiel, bemerkte das Kind nicht. »Ja, ich bin gerannt, Damaris«, antwortete sie.

»Gehst du mit mir spazieren, oder mußt du wieder arbeiten?« Damaris nahm Judiths Hand.

Nein, arbeiten konnte sie jetzt nicht. »Gut, gehen wir ein Stückchen spazieren«, antwortete Judith. Sie war noch immer so verwirrt, daß sie erst etwas Klarheit in ihre Gedanken bringen mußte, bevor sie sich wieder den Büchern widmen konnte. Gerade Ralph hätte sie einen derartigen Angriff niemals zugetraut, und dann dieses Bild ...

Die junge Frau umklammerte Damaris' Händchen etwas fester. Entschlossen durchquerte sie mit dem Kind die Halle und verließ durch den Hintereingang das Haus.

Damaris wollte wieder zum Friedhof gehen, doch Judith gelang es, sie davon abzubringen. Sie stiegen in einer ungefährlichen Stelle zum Strand hinunter und setzten sich auf einen flachen Felsen. Weder sie noch das kleine Mädchen sprachen während der nächsten Minuten. Judith blickte stumm auf das Meer hinaus, Damaris malte mit einem Stöckchen abstrakte Figuren in den Sand.

»Onkel Ed war wieder da!« Das Stöckchen in der Hand, blickte sie Judith an. »Er hat gesagt, ich sei sehr böse gewesen. Ich habe ganz furchtbare Angst gehabt. Er hat mich angefaßt, es hat weh getan.«

Judith zog die Siebenjährige in die Arme. Sanft strich sie mit den Fingern durch die Haare des Kindes. »Es war ein Traum, Darling, nichts als ein Traum«, versuchte sie es zu trösten.

»Kein Traum, Tante Judith, bestimmt kein Traum. Er hat wieder gesagt, daß ich mit niemandem über ihn sprechen darf, sonst würde er mich erwürgen wie Selina.« Damaris schmiegte sich an die junge Frau.

Und trotzdem sprichst du mit mir darüber, dachte Judith erschüttert über das Vertrauen, das ihr die Kleine schenkte. Sie nahm das Kind etwas fester in den Arm. »Niemand wird dir etwas tun, Darling, du brauchst keine Angst zu haben.«

Damaris drehte ihr das Gesicht zu. »Onkel Ed hat schon einmal versucht, mich zu töten, aber meine Mummy hat das Gift gegessen. Und er hat gesagt, es wäre auch viel schlimmer, erwürgt zu werden, ganz langsam.« Sie vollführte mit den Händen eine dementsprechende Bewegung.

Es fiel Judith schwer, sich ihr Entsetzen nicht anmerken zu lassen. Es gab nur zwei Möglichkeiten, die die Existenz dieses mysteriösen Onkels Ed erklären konnte. Entweder jemand aus dem Haus erschien dem kleinen Mädchen des Nachts als Onkel Ed und versetzte es jedesmal in Angst und Schrekken, oder Damaris bildete sich die ganze Geschichte ein, dann gehörte sie in die Hände eines guten Psychotherapeuten. Für die erste Möglichkeit gab es keinen vernünftigen Grund, also kam nur die zweite in Frage. Die junge Frau beschloß, mit Lord Sinclair über seine Enkelin zu sprechen. Zwar schien dem alten Mann auch nicht viel an der Kleinen zu liegen, doch immerhin war sie sein einziges Enkelkind, und er trug genauso die Verantwortung für sie wie Merlin.

»Damaris, du mußt dich nicht vor diesem bösen Onkel Ed fürchten«, sagte sie. »Er kann dir nichts tun.«

Wieder sah Damaris sie an. »Meine Mummy ist aber trotzdem tot«, antwortete sie und beugte sich dann über den Sand, um eine weitere Figur zu zeichnen.

Judith saß an ihrem Schreibtisch in der Bibliothek, aber sie konnte sich nicht auf ihre Arbeit konzentrieren. Seit dem Vorfall mit Ralph waren zwei Tage vergangen. Noch bevor seine Brüder nach Hause gekommen waren, hatte er sie aufgesucht und um Verzeihung gebeten. Zwar hatte er das Bild nicht vernichtet, aber es so übermalt, daß man der Gestalt auf den Klippen jetzt nicht mehr ansah, daß sie ehemals nackt gewesen war.

Die junge Frau stand auf und trat ans Fenster. Gedankenverloren starrte sie nach draußen. Sie war sich nicht sicher, ob es richtig gewesen war, Percy nichts davon zu erzählen, doch sie kannte seine Eifersucht und wollte keine Tragödie unter den Brüdern auslösen.

Aber da war auch noch etwas anderes, das sie beschäftigte. Sie hatte am Vorabend mit Lord Sinclair über Damaris gesprochen und ihm gesagt, daß die Kleine sich mit dieser Selina, die von ihrem Onkel erwürgt worden sei, identifizieren würde. Er war nicht einmal überrascht gewesen, weil er schon von Mrs. McLean und Ireen gehört hatte, daß seine Enkelin oft Selinas Grab besuchte. »Damaris ist nun mal nicht wie andere Kinder«, hatte er ihr geantwortet. »Wir haben uns längst damit abgefunden.«

Damit abgefunden! Judith lachte verbittert auf. Lord Sinclair war auch alles andere als erfreut darüber gewesen, als sie mit ihm von einem Psychotherapeuten gesprochen hatte. Es hatte sie einiges an Überredungskraft gekostet, ihn wenigstens so weit zu bringen, daß er sich damit einverstanden erklärt hatte, Damaris im Laufe der nächsten Wochen untersuchen zu lassen.

Was ist nur mit dem Kind, daß niemand aus der Familie etwas mit ihm zu tun haben will? überlegte sie. Sie hatte auch mit Mrs. McLean über Damaris gesprochen, aber nur so viel herausbekommen, daß das seltsame Verhalten der Kleinen nach dem Tod ihrer Mutter begonnen hatte. Und auch Mrs. McLean, die die drei Brüder und Scarlett aufgezogen hatte, schien in Bezug auf Damaris seltsam befangen zu sein.

Die junge Frau riß sich gewaltsam von ihren Gedanken los und kehrte an den Schreibtisch zurück, doch lange hielt sie es nicht aus, ruhig sitzen zu bleiben. Sie ging in den vorderen Teil der Bibliothek, um einen weiteren Bücherschrank zu durchstöbern.

Es war ein uralter Fassadenschrank aus der Mitte des fünfzehnten Jahrhunderts. Judith hatte schon mehrmals bewundernd vor ihm gestanden, auch jetzt berührte sie erst fast ehrfürchtig seine Ornamente, bevor sie die Türen öffnete.

Der Schrank war so geschickt in die Holzpaneele der Außenmauer eingelassen, daß es wirkte, als sei er mit ihnen aus einem Stück gearbeitet. Als die junge Frau jetzt die alten Bücher aus den Fächern räumte, stellte sie fest, daß sie auch ungewöhnlich tief waren. Doch sie machte sich darüber keine weiteren Gedanken, sondern stapelte die Bücher neben sich auf den Boden auf, um sich erst einmal einen Überblick zu verschaffen.

Sie war gerade dabei, das unterste Fach zu leeren, als einer der Bücherstapel neben ihr ins Rutschen kam. Bevor sie ihn noch halten konnte, waren einige der Bände polternd hinuntergefallen. Sie stieß einen ärgerlichen Laut aus und stützte sich unabsichtlich auf das Bodenbrett des Bücherschranks. Ihr Zeigefinger rutschte dabei in eine winzige Vertiefung an der Kante. Im selben Augenblick gab es ein scharrendes Geräusch.

Judith fuhr erschrocken zusammen. Sie bückte sich hinunter und sah, daß ein Teil der Rückwand des untersten Fachs zurückgeglitten war. Durch Zufall hatte sie den Mechanismus eines Geheimfachs ausgelöst.

In dem Fach lagen mehrere Rollen unterschiedlichen Papiers. Nacheinander holte die junge Frau sie hervor. Insgesamt waren es fünf. Sie wurden mit vom Alter zerschlissenen Bändern zusammengehalten.

Judith öffnete mit zitternden Fingern eine der Rollen und konnte es dann kaum fassen, was sie vor sich sah. Sie hatte die Baupläne des Hauses gefunden, die Pläne, nach denen bereits Generationen Sinclairs gesucht hatten.

Eilig räumte sie den Schrank wieder ein, dann brachte sie die Rollen zu ihrem Schreibtisch. Ihr Herz klopfte vor Aufregung so stark, daß es sie in der Kehle schmerzte. Nacheinander öffnete sie die Rollen. Eine von ihnen war aus sehr brüchigem Pergament. Sie mußte aufpassen, sie nicht zu beschädigen. Scheinbar handelte es sich um den ältesten der Baupläne. Drei Türme waren auf ihm eingezeichnet. Zwei von ihnen lagen nebeneinander, ein dritter in ziemlicher Entfernung. Wie es aussah, schien sich dieser Turm direkt an den Klippen erhoben zu haben.

Judith beschäftigte sich fast den ganzen Vormittag mit den Plänen, ohne recht schlau aus ihnen zu werden. Nicht nur Türme, Räume und Kellergewölbe waren in ihnen eingezeichnet, sondern auch Gänge markiert. Trotzdem konnte sie, sosehr sie sich auch Mühe gab, nicht herausfinden, wo der siebente Turm gestanden hatte, zumal er auf den letzten beiden Plänen überhaupt nicht mehr eingezeichnet war. Schließlich schloß sie die Pläne in ihrem Schreibtisch ein. Sie wollte die Rückkehr der Männer abwarten. Sie hatten schließlich ihr ganzes Leben im Haus der sieben Türme verbracht und kannten jeden Winkel des alten Gemäuers.

Lord Sinclair kehrte diesmal früher als seine Söhne aus Bodmin zurück. Er merkte sofort, daß Judith irgend etwas beschäftigte, als er sich zum Tee mit ihr in den Salon setzte. Damaris, die mit ihrer Puppe zu ihnen heruntergekommen war, kauerte in einem Sessel und knabberte an einem Keks.

Eigentlich hatte Judith vorgehabt, die Baupläne erst beim Dinner zu erwähnen, doch jetzt brachte sie es nicht mehr fertig, so lange zu warten. Sie erzählte dem alten Lord von dem Geheimfach, das sie gefunden hatte.

Lord Sinclair blickte zu seiner Enkelin hinüber. Sie schien nicht zuzuhören. Er beugte sich zu Judith und sagte sehr leise: »Wir sprechen nach dem Tee über die Pläne. Und bitte, Judith, zu niemandem ein Wort, auch nicht zu Percy.«

»Warum nicht?« fragte die junge Frau überrascht.

»Ich möchte mir die Pläne erst in Ruhe allein ansehen«, antwortete der Lord.

Judith verstand diese Geheimniskrämerei zwar nicht, akzeptierte sie aber. Gleich nach dem Tee ging sie in die Bibliothek, um die Pläne ins Arbeitszimmer des Lords zu bringen.

Lord Sinclair hatte seinen Schreibtisch abgeräumt. Sie breiteten die Rollen nacheinander auf ihm aus. Er konnte ihr einiges von dem erklären, was sie zuvor nicht vestanden hatte, kam aber auch noch nicht dahinter, wo sich nun der siebente Turm erhoben hatte. Nicht einmal, als sie die ersten drei Pläne übereinanderlegten, fanden sie es heraus. Sie waren zu unterschiedlich gezeichnet.

»Ich werde mir die Pläne heute abend nach dem Dinner noch einmal in aller Ruhe ansehen«, sagte Lord Sinclair schließlich und rollte sie wieder zusammen. Er hob den Kopf und lächelte seiner zukünftigen Schwiegertochter zu. »Vorläufig wird diese Sache unser kleines Geheimnis bleiben, Judith. Ich will nicht, daß meine Söhne etwas davon erfahren, bevor ich nicht herausgefunden habe, wo dieser legendäre Turm gestanden hat.«

»Aber warum nicht, Lord Sinclair?« fragte Judith.

»Ich kenne meine Söhne. Ich möchte verhindern, daß sie sich auf der Jagd nach dem angeblichen Schatz der Sinclairs die Köpfe einschlagen.« Das Gesicht des alten Lords hatte sich verdüstert. »Drei Söhne können ein Segen, aber auch ein Fluch sein«, fügte er noch hinzu. »Und wie ich meinen zukünftigen Schwiegersohn Archibald kenne, würde er sich ebenfalls tapfer schlagen.«

Judith sah ihn lange an, dann stellte sie ihm die Frage, die sie ihm schon lange hatte stellen wollen: »Was stimmt im Haus der sieben Türme nicht, Lord Sinclair? Hat es erst mit Patricias Tod begonnen oder schon früher?«

»In jeder Familie gibt es schwarze Schafe, mein Kind, unsere bildet da keine Ausnahme«, erwiderte der Lord. »Lassen wir es dabei beruhen.«

Judith fühlte, daß er nicht bereit war, ihr die Wahrheit zu sagen, deshalb drängte sie ihn auch nicht. »Ich werde mich noch etwas um Damaris kümmern. Wir sind heute noch nicht miteinander spazierengegangen.« Entschlossen wandte sie sich der Tür zu.

»Judith!«

Die junge Frau drehte sich um. »Ja, Lord Sinclair?«

Er schenkte ihr ein kurzes Lächeln. »Bitte halten Sie uns wegen des Kindes nicht für Unmenschen«, sagte er. »Es gibt viele Kinder, denen es schlechter geht als Damaris. Allerdings wäre es besser gewesen, sie wäre nie zur Welt gekommen.«

»Und ich soll Sie nicht für einen Unmenschen halten?« fragte Judith schärfer als beabsichtigt. »Damaris ist sieben Jahre alt, also noch ein kleines Kind, aber man behandelt sie hier wie eine Aussätzige. Was nützt es ihr, daß sie alles hat? Was sie vor allen Dingen braucht, sind Liebe und Zuneigung.«

Einen Augenblick lang sah es aus, als würde der alte Lord wütend aufbegehren, doch dann sagte er: »Es ist nicht leicht, über seinen Schatten zu springen, Judith, das werden Sie auch noch merken. Aber Sie sind jetzt hier bei uns, und ich bin überzeugt, es wird nun alles anders werden.«

Judith gab ihm keine Antwort. Er schien auch keine zu erwarten, denn er beugte sich wieder über einen der Pläne, den er erneut auseinandergerollt hatte. Leise verließ sie das Zimmer.

»Hallo, da bist du ja, Darling.« Percy Sinclair ging mit ausgebreiteten Armen auf sie zu und zog sie an sich. »Mason sagte mir, du wärst im Arbeitszimmer meines Vaters«, fügte er erklärend hinzu, bevor seine Verlobte fragen konnte, woher er denn gewußt hatte, wo er sie suchen mußte. »Hattest du einen schönen Tag?«

»Ja, danke«, erwiderte sie und bot ihm ihren Mund zum Kuß.

Percy wollte sich gerade über sie beugen, als sein Bruder aus dem Salon kam. »Oh, ich will keineswegs stören«, bemerkte Merlin und ging zur Treppe.

Judith befreite sich aus Percys Armen. »Gehen wir hinunter«, schlug sie vor. »Ich wollte mit Damaris einen Spaziergang machen. Begleite uns.«

»Sei mir bitte nicht böse, aber ich habe keine Lust, bei Damaris Kindermädchen zu spielen«, antwortete Percy. »Aber wenn du es ihr versprochen hast, dann gehe nur ruhig. Ich habe sowieso noch etwas zu erledigen. Es . . .« Verwundert blickte er zu Ralph. »Wo kommst du denn her?«

Ralph trat durch den Durchgang auf die Galerie. »Ich war auf Vaters Söller«, antwortete er. »Von da oben hat man heute eine wunderbare Sicht. Ich habe die Klippen und das Meer gemalt.« Er strich mit den Händen an seinem Kittel hinunter. »Ich habe nur etwas vergessen und will es jetzt holen.« Ohne sich weiter um seinen Bruder und Judith zu kümmern, ging er weiter.

»Wir scheinen uns heute hier alle ein Stelldichein zu geben«, bemerkte Percy. Er schaute Merlin nach, der inzwischen zur Halle hinuntergestiegen war. »Was hast du bei Vater getan?«

»Nur etwas wegen der Bibliothek besprochen«, antwortete Judith rasch. »Und jetzt möchte ich Damaris nicht länger warten lassen. Bis später, Percy.« Sie schmiegte sich kurz an ihn und eilte dann davon. Sie hoffte, daß ihr Verlobter nicht bemerkt hatte, wie verlegen sie bei seiner Frage geworden war. Daß die Baupläne des Hauses jetzt zwischen ihnen standen, gefiel ihr ganz und gar nicht.

Als Judith Blatty am nächsten Morgen hinunterkam, saßen die drei Brüder bereits am Frühstückstisch. Percy Sinclair stand auf und rückte für sie den Stuhl zurecht. »Gut geschlafen, Darling?« fragte er und küßte sie flüchtig auf die Wange.

»Danke, ganz ausgezeichnet«, erwiderte Judith.

»Heute ist Samstag, wir hätten endlich einmal genug Zeit für uns beide«, sagte er. »Hättest du nicht Lust zu einem Ausflug nach Tintagel? Ich würde dir gern die Artus-Burg zeigen.«

»Aber glauben Sie bitte nicht, daß es sich wirklich um die ehemalige Burg von König Artus handelt«, warf Ralph ein, während er ein Würstchen zerschnitt. »Sie ist erst lange nach seiner Zeit gebaut worden.«

»Was mein schlauer Bruder doch so alles weiß«, bemerkte Percy nicht gerade liebenswürdig. »Natürlich handelt es sich nicht um seine legendäre Burg, aber das dürfte jedem Kind klar sein. Immerhin ist jedoch auch erwiesen, daß genau auf dieser Stelle bereits im fünften Jahrhundert eine keltische Burg gestanden hat.« Er schenkte für Judith Kaffee ein. »Und es gibt, wie du weißt, noch andere Sehenswürdigkeiten in Tintagel. Zum Beispiel die Merlinsgrotte.«

In diesem Augenblick betrat Scarlett das Früstückszimmer. Ihre roten Haare hatte sie an diesem Morgen aufgesteckt, was sie noch größer und schlanker erscheinen ließ. Obwohl sie sehr einfach gekleidet war, wirkte sie wie eine Königin. Beinahe hoheitsvoll schritt sie auf den Tisch zu.

»Was ist mit Merlin?« fragte sie und blickte ihren ältesten Bruder an.

»Ich sprach davon, Judith die Merlinsgrotte zu zeigen«, erklärte Percy. Er lachte auf. »Wißt ihr noch, wie wir als Kinder Merlin immer mit seinem Namen geneckt haben?«

Merlin Sinclair wollte etwas sagen, er öffnete bereits den Mund, doch er kam nicht mehr dazu, es auszusprechen, denn in diesem Moment stürzte Ireen ins Zimmer. Sie wirkte völlig aufgelöst. Mehrmals setzte sie zum Sprechen an, doch erst beim viertenmal stieß sie hervor: »Es ist etwas Furchtbares passiert! Lord Sinclair . . .« Ihre Hände fuhren zum Mund.

»Was ist mit meinem Vater, Ireen?« fragte Merlin, sprang auf und ging auf das Hausmädchen zu. »Bitte fassen Sie sich! Was ist passiert?«

»Ja, sagen Sie es!« Auch Percy war aufgesprungen. Er trat neben seinen Bruder. »Ist er krank?«

Ireen schüttelte den Kopf. Sie schluckte. »Nein, nicht krank«, schluchzte sie auf. »Er ist . . . er ist aus dem Fenster seines Schlafzimmers gestürzt, auf die Klippen hinunter. Er . . .«

»Das ist doch unmöglich!« schrie Ralph auf, während Scarlett plötzlich schneeweiß im Gesicht wurde. Judith befürchtete bereits, sie würde ohnmächtig werden, doch sie fing sich wieder.

Merlin Sinclair hatte bereits das Zimmer verlassen, ohne auf eine weitere Erklärung Ireens zu warten. Judith hörte ihn draußen in der Halle dem Butler etwas zurufen. Percy eilte ihm nach. Türen wurden aufgerissen und zugeschlagen, das ganze Haus schien plötzlich zu vibrieren.

»Das darf nicht wahr sein, das darf einfach nicht wahr sein«, flüsterte Ralph. Er stand langsam auf und hielt sich mit beiden Händen am Tisch fest. Steifbeinig, wie eine Marionette, folgte er seinen Brüdern.

Auch Judith war aufgestanden, während Scarlett noch immer bewegungslos am Tisch saß, die Hände zu Fäusten gepreßt. »Kann ich etwas für Sie tun?« fragte sie ihre zukünftige Schwägerin. »Soll ich jemanden rufen?«

Scarlett blickte auf. Ihr Körper entspannte sich. »Wie kommen Sie überhaupt auf die Idee, daß Sie mir helfen könnten?« fragte sie kalt, erhob sich und verließ genauso hoheitsvoll, wie sie gekommen war, das Zimmer.

Judith war es, als hätte sie eine kalte Dusche erhalten, doch dann sagte sie sich, daß die junge Frau ganz sicher unter Schock stand. Sie überlegte, was sie tun sollte. Sie wollte nicht als neugierig erscheinen, doch man konnte es ihr auch als Gleichgültigkeit auslegen, wenn sie im Haus blieb. Sie atmete tief durch, dann trat sie in die Halle.

Das Haus schien menschenleer zu sein. Durch den offenen Hintereingang konnte Judith ein Stück des Parks sehen. Ireen hatte zwar nicht gesagt, daß Lord Sinclair tot war, doch nach einem Sturz aus dem zweiten Stock auf die Klippen konnte er nicht mehr am Leben sein. Schaudernd zog sie die Schultern zusammen. Es war ein warmer Tag, aber im Augenblick spürte sie nichts als eine eisige Kälte.

Die junge Frau ging durch den Hintereingang nach draußen. Sie sah das Personal oberhalb der Klippen stehen. Alle starrten nach unten. Von niemandem bemerkt, ging sie näher und warf ebenfalls einen Blick in die Tiefe.

Lord Sinclair lag mit seltsam verrenkten Gliedern zwischen den Felsen. Um ihn herum hatten sich die grauen Steine verfärbt. Merlin Sinclair breitete gerade eine Decke, die ihm vom Butler gereicht worden war, über seinen Vater. Sein Gesicht wirkte völlig unbewegt. Percy dagegen kniete neben dem toten Lord, hielt seine Hand und schien sich kaum fassen zu können. Ralph und Scarlett standen nebeneinander. Der junge Maler hatte den Arm um die Taille seiner Schwester gelegt.

Plötzlich fühlte Judith eine kleine Hand in der ihren. Sie schaute zur Seite. Damaris stand neben ihr und starrte ebenfalls auf die Klippen hinunter. Das Gesicht der Kleinen wirkte genauso unbewegt wie Merlins.

»Gehen wir ein bißchen zur Seite«, sagte sie. »Du hättest nicht hierherkommen dürfen.« Sie führte das Kind, das keinen Widerstand leistete, zu einer Bank, die abseits der Klippen stand.

»Hat es Großvater sehr weh getan?« erkundigte sich die Kleine, als sie sich setzten. Sie schaukelte mit den Beinen. Abrupt hielt sie in der Bewegung inne. »Es war Onkel Ed, ganz bestimmt war es Onkel Ed.«

»Nein, das ist nicht wahr, Damaris, das bildest du dir nur ein.« Judith strich über die Haare der Kleinen. »Dein Großvater hat wahrscheinlich etwas Luft schnappen wollen, sich zu weit aus dem Fenster gebeugt, und ist hinuntergestürzt.« Sie hoffte, daß der alte Lord sofort tot war und nicht erst noch lange gelitten hatte. Selbst wenn er noch die Möglichkeit gehabt hätte, um Hilfe zu rufen, bei dem Tosen der Brandung hätte ihn niemand hören können.

»Onkel Ed hat ihn aus dem Fenster geworfen«, beharrte Damaris. »Er ist böse, ganz schrecklich böse.« Sie klammerte sich an die junge Frau. »Ich habe Angst, Tante Judith. Er wird mich auch töten, so wie Selina, Mummy und Großvater.«

»Niemand wird dir etwas tun, Damaris«, versuchte die junge Frau das kleine Mädchen zu trösten. Ein Geräusch ließ sie zum Haus blicken. Jemand mußte die Polizei und einen Arzt gerufen haben. Die beiden Wagen, die gekommen waren, fuhren fast bis zu den Klippen hinunter. Erst kurz vor dem Felsabsturz kamen sie zum Stehen. »Kehren wir ins Haus zurück, Damaris«, schlug sie der Kleinen vor. »Ich werde dir in der Bibliothek eine Geschichte vorlesen.« Ohne ihre Antwort abzuwarten, stand sie auf und zog das Kind von der Bank.

Es dauerte fast eine Stunde, bis die Bibliothekstür aufgerissen wurde. Percy Sinclair stürmte förmlich herein. Er ging in Judiths kleines Büro. »Hier steckst du also«, sagte er. »Ich habe dich schon überall gesucht.« Sein Blick fiel auf Damaris, die neben Judith saß und sich an sie geschmiegt hatte. »Mein Vater ist tot, und du hast nichts anderes zu tun, als . . .«

»Percy, jetzt bist du aber sehr ungerecht!« Auch Merlin war in die Bibliothek gekommen. Sein Gesicht wirkte noch immer unbewegt, doch in seinen Augen lag etwas, das Judith nicht deuten konnte. »Danke, daß Sie sich des Kindes angenommen haben, Judith.«

»Ich hielt es für das beste«, antwortete die junge Frau.

»Damaris, du gehst jetzt auf dein Zimmer!« befahl Merlin. »Ireen wird sich um dich kümmern.«

Damaris rutschte vom Stuhl. Ohne die beiden Männer auch nur anzusehen, ging sie hinaus. Erst an der Tür drehte sie sich noch einmal um. »Danke für die Geschichten, Tante Judith«, sagte sie leise.

Die Bibliothekarin stand auf. »Ich wollte nicht, daß Damaris zusieht«, bemerkte sie, nachdem das Kind hinausgegangen war. »Sie ist noch zu klein, um so etwas zu verkraften.«

Percy legte kurz den Arm um ihre Schultern. »Tut mir leid, Darling, aber ich bin völlig durcheinander. Von einem Tag zum anderen den Vater zu verlieren . . .« Er schlug beide Hände vors Gesicht. »Ich kann es einfach nicht fassen.«

»War es ein Unfall?« fragte Judith.

Merlin nickte und runzelte die Stirn. »Was sollte es sonst gewesen sein? Mein Vater hatte keine Feinde.«

»Merlin hat völlig recht, unser Vater hatte keine . . .« Percy unterbrach sich abrupt. Er blickte auf seine leeren Hände, hob dann den Kopf, starrte seinen Bruder an und wandte gleich darauf den Blick Judith zu. »So schwer es uns auch fallen wird, wir müssen uns mit dem Tod unseres Vaters abfinden. Es wird allerdings nicht leicht sein, ohne ihn zu leben.«

»Wo sind Ralf und Scarlett?« fragte Judith.

»Scarlett hat sich etwas hingelegt. Mrs. McLean ist bei ihr«, antwortete Merlin. »Und Ralph ist in sein Atelier gegangen. Ich nehme an, daß er seinen Schmerz mit Pinsel und Farbe austoben wird.« Er atmete mehrmals tief durch. »Ralph ist sehr sensibel, er wird wohl am meisten unter dem Tod unseres Vaters leiden. Als unsere Mutter starb, vergrub er sich tagelang in seinem Atelier.«

»Es kann nicht jeder so wunderbar mit Schicksalsschlägen fertig werden wie du«, sagte Percy erbittert.

Merlin wollte ihm antworten, doch in diesem Augenblick kam der Butler herein. »Sir Archibald ist soeben eingetroffen, Lord Sinclair«, wandte er sich an Merlin. »Ich habe ihn in den kleinen Salon geführt.«

»Ich komme sofort, Mason«, antwortete Merlin. »Bitte, entschuldigt mich.« Er nickte seinem Bruder und Judith zu, bevor er mit dem Butler, der ihm ehrerbietig die Tür aufhielt, hinausging.

»Der König ist tot, es lebe der König!« Percy schlug mit der Faust auf Judiths Schreibtisch. »Auch wenn es oft nicht so aussah, ich habe meinen Vater geliebt. Gut, wir waren nicht stets einer Meinung, aber das ist ja ganz natürlich. Nun ist er tot, und Merlin ist der neue Herr im Haus der sieben Türme.

»Ich habe deinen Vater sehr gemocht, Percy.« Judith legte die Arme um ihn. »Ich weiß, was ich auch immer tue und sage, es kann deinen Schmerz nicht lindern, doch du sollst wissen, daß ich jederzeit für dich da bin.«

»Ich bin froh, daß es dich gibt, Judith.« Ihr Verlobter preßte sie an sich. »Nun, da Vater tot ist, wird sich einiges im Haus der sieben Türme ändern. Merlin wird keine Gelegenheit auslassen, um den neuen Herrn herauszukehren.«

»Nein, das glaube ich nicht«, widersprach seine Verlobte. »Auch wenn er es sich nicht hat anmerken lassen, bin ich sicher, der Tod eures Vaters geht ihm so nahe wie dir. Und auch ich . . .« Mitten im Satz unterbrach sie sich.

»Was ist, Darling?« Percy ließ sie los.

»Die Baupläne«, sagte Judith.

»Was für Baupläne?« wollte Percy wissen.

»Dein Vater wollte, daß ich vorläufig noch darüber schweige«, antwortete die junge Frau und erzählte ihm, wie sie am Vortag in einem Geheimfach die verschwundenen Baupläne gefunden hatte. »Sie müssen im Arbeitszimmer deines Vaters sein.«

Percy sah sie lange an, ohne ein Wort zu sagen, dann stieß er heftig den Atem aus. »Und ich hatte geglaubt, du würdest mir vertrauen.«

»Ich hätte dir gern von den Plänen erzählt, aber ich mußte auch den Wunsch deines Vaters respektieren«, antwortete Judith. »Bitte, sei mir nicht böse.«

Er winkte ab. »Schon gut, Darling, ich kann es ja verstehen. Komm, schauen wir, wo die Pläne sind. Dann haben wir wenigstens etwas zu tun und geraten nicht so ins Grübeln.« Er nahm ihre Hand. »Vater würde es uns nicht verübeln.«

Judith fühlte sich alles andere als wohl bei dem Gedanken, jetzt das Arbeitszimmer des toten Lords zu betreten, doch sie wollte auch Percy nicht enttäuschen. So ging sie widerstandslos mit ihm mit. Bis auf Mason begegneten sie keinem Menschen, als sie die Treppe hinaufstiegen. Stumm ging der Butler an ihnen vorbei.

Die Tür zum Arbeitszimmer stand halb offen. Die Fenster waren geschlossen, die Vorhänge zugezogen, so daß nur gedämpftes Licht in den Raum drang. Percy schaltete das Deckenlicht ein, dann trat er an den Schreibtisch seines verstorbenen Vaters und begann, ihn systematisch zu durchsuchen.

»Vielleicht hat dein Vater die Pläne mit in sein Schlafzimmer genommen«, meinte Judith. Sie war neben der Tür stehengeblieben.

»Das wäre natürlich möglich«, antwortete der junge Mann. »Aber ich werde allein hinaufgehen, du brauchst nicht mitzukommen.« Er öffnete die Tapetentür, die zur verborgenen Treppe führte.

Judith war ihm dankbar, daß er sie nicht zwang, mit ins Schlafzimmer hinaufzugehen. Immerhin war Lord Sinclair von dort aus auf die Klippen gestürzt. Um nichts in der Welt wollte sie jetzt diesen Raum betreten. So wartete sie, noch immer gegen die Wand neben der Tür gelehnt, unten auf Percys Rückkehr.

Es dauerte nicht lange, bis sie seine Schritte auf der Treppe hörte. Sie ging ihm entgegen. Er streckte seine leeren Hände aus. »Tut mir leid, auch da oben sind die Pläne nicht«, sagte er. »Ich möchte nur wissen, wo Vater sie hingelegt hat. Sieht aus, als wären sie ein zweites Mal verschwunden. Ich wünschte, du hättest mir schon gestern von ihnen erzählt.«

Ob sie jemand fortgenommen hat? überlegte Judith, ohne auf seine erneute Klage einzugehen. War es vielleicht gar kein Unglücksfall? Hatte jemand den alten Lord aus dem Fenster gestoßen? Bestürzt sah sie ihren Verlobten an.

»Wir werden sie schon wiederfinden, Darling, ich will dir gar keine Vorwürfe machen«, sagte Percy und legte den Arm um ihre Schultern. »Gehen wir in den Salon. Ich möchte nicht, daß uns Merlin hier entdeckt. Er könnte auf falsche Gedanken kommen.«

»Bist du mir sehr böse, wenn ich mich etwas hinlege?« fragte Judith. »Ich habe schreckliche Kopfschmerzen.«

»Nein, geh nur, Darling, es muß ja auch für dich ein ziemlicher Schock gewesen sein.« Percy strich ihr sanft über die Wange. »Soll ich dich zu deinem Zimmer bringen?«

Judith schüttelte den Kopf. »Nein, laß nur.« Eilig wandte sie sich der Treppe zu, die zu ihrem Zimmer führte. Sie wagte nicht, sich nach ihm umzuschauen. Sie hatte keine Kopfschmerzen, sie brauchte nur etwas Zeit, um über alles nachzudenken. Momentan herrschte in ihrem Kopf ein regelrechtes Chaos.

Wenige Tage später wurde der alte Lord Sinclair in der Familiengruft beigesetzt. Für wenige Stunden herrschte im Haus der sieben Türme fast derselbe Trubel wie bei der Verlobungsfeier, doch bereits am späten Nachmittag reisten die Trauergäste wieder ab. Ein düsteres Schweigen legte sich über das ganze Haus. Selbst die Dienstboten schienen sich nur noch flüsternd zu unterhalten. Ralph Sinclair war gleich nach der Beisetzung in sein Atelier gegangen. Merlin hatte sich in seinem Arbeitszimmer vergraben, und Scarlett war von Sir Archibald und seiner Tante nach Mill Castle mitgenommen worden, wo sie sich erholen sollte.

»Tut mir leid, Darling, daß dein Aufenthalt bei uns momentan alles andere als erfreulich verläuft«, sagte Percy Sinclair. Arm in Arm gingen er und Judith durch den Park. Ein leichter Wind bewegte die Wipfel der Bäume.

»Es läßt sich nun einmal nicht ändern«, antwortete Judith. Sie schmiegte den Kopf an seine Schulter. Es war das erste Mal seit dem Tod des Lords, daß sie wieder gemeinsam spazierengingen. In den letzten Tagen war die Atmosphäre im Haus immer bedrückender geworden. Immer häufiger hatte sie sich gefragt, ob Merlin oder Ralph etwas mit dem Verschwinden der Baupläne zu tun haben konnten. Am schlimmsten für sie war es aber gewesen, daß sie ab und zu sogar Percy in Verdacht gehabt hatte, mehr darüber zu wissen, als er zugeben wollte. Woher sollte sie wissen, ob er die Baupläne nicht im Schlafzimmer seines Vaters entdeckt und versteckt hatte?

»Ich liebe dich mehr, als ich dir jemals sagen kann, Judith.« Percy Sinclair blieb stehen und nahm die junge Frau in die Arme. »Niemand wird dich mir nehmen können. Du bist mein. Ich wüschte, wir könnten auf der Stelle heiraten.« Er griff unter ihr Kinn und hob es leicht an. »Weißt du was, Darling, wir werden bereits im August heiraten. Und wir werden eine wundervolle, lange Hochzeitsreise machen. Wer weiß, vielleicht wird dann schon unser Sohn unterwegs sein, wenn wir ins Haus der sieben Türme zurückkehren, und . . .«

»Das geht nicht, Percy«, unterbrach ihn Judith. »Wir können nicht so bald nach dem Tod deines Vaters heiraten, das würde gegen Sitte und Anstand verstoßen. Und mir würde es auch nicht gefallen.« Sie errötete leicht, als sie fortfuhr: »Es mag altmodisch klingen, aber ich möchte nicht, daß die Leute sagen, wir hätten heiraten müssen.«

»Was die Leute sagen, kann uns ganz egal sein«, fiel ihr Percy ins Wort. »Nur auf uns kommt es an, auf uns und unsere Liebe.« Er ließ ihr Kinn los und umfaßte ihre Schultern. Prüfend blickte er ihr in die Augen. »Und du liebst mich doch, Judith?«

»Natürlich liebe ich dich, Percy«, versicherte die junge Frau. »Wie kannst du nur so etwas fragen?«

Sekundenlang bohrten sich Percys Finger in ihr Fleisch, aber noch bevor sie aufschreien konnte, hatte er seinen Griff bereits wieder gelockert. »Ich könnte es nicht ertragen, wenn es da einen anderen geben würde.«

»Ich glaube, wir sollten zum Haus zurückkehren«, meinte Judith, jäh aus der Stimmung gerissen, in der sie sich während des Spaziergangs mit ihrem Verlobten befunden hatte.

»Sage mir die Wahrheit!« Seine Augen wirkten plötzlich kalt.

Mit einer heftigen Bewegung befreite sich die junge Frau aus seinem Griff. »Was fällt dir überhaupt ein, mich so grob anzufassen?« fragte sie empört. »Außerdem weißt du ganz genau, daß es da keinen anderen gibt. Wer sollte ...« Für einen Augenblick unterbrach sich Judith, weil ihr eingefallen war, wie Merlin sie angesehen hatte, als sie von seinem Vater Abschied genommen hatte. Sie schüttelte den Gedanken an ihn ab. »Du hast nicht den geringsten Grund zur Eifersucht«, fügte sie hinzu.

»Und was wolltest du vorhin sagen?« fragte Percy prompt.

Judith hob die Schultern. »Das weiß ich nicht mehr. Tut mir leid, wird nicht so wichtig gewesen sein.« Innerlich seufzte sie auf, weil Percy sie nun schon wieder gezwungen hatte, ihn anzulügen. Aber die Wahrheit konnte sie ihm auf keinen Fall sagen. Seine Eifersucht auf Merlin kannte schon jetzt kaum noch Grenzen. Irgendwann würde sie etwas dagegen unternehmen müssen.

Wieder sah Percy sie prüfend an, dann glätteten sich seine Züge. Zärtlich zog er sie an sich. »Ist das nicht ein herrlicher Abend?« fragte er und seufzte leise auf. »Ich wünschte, ich könnte immer bei dir bleiben, aber die Pflicht ruft. Übermorgen muß ich nach Schottland reisen. Ich werde etwa zwei Wochen wegbleiben.«

Judith runzelte die Stirn. Bis jetzt hatte Percy von seiner Reise nach Schottland nichts erwähnt gehabt. »Weshalb mußt du nach Schottland?« erkundigte sie sich.

»Geschäftlich, einige Kunden besuchen. Ich kann die Reise leider nicht aufschieben.« Percy schnitt eine Grimasse. »Eines haben Merlin und ich gemeinsam, das ist unsere Auffassung von Pflicht. Ich bin nun einmal für den Verkauf in unserer Firma zuständig, und dazu gehört es auch, Kunden aufzusuchen, selbst wenn man nicht die geringste Lust dazu hat.«

»Ich könnte dich begleiten«, bot Judith spontan an. Plötzlich sehnte sie sich danach, das Haus der sieben Türme wenigstens für einige Tage zu verlassen. Eine Reise mit Percy würde wohl auch die Zweifel vertreiben, die sie in der letzten Zeit so oft plagten. Alles konnte wieder wie früher werden, als sich ihr Verlobter und sie nur in London gesehen hatten.

»Ich würde dich gern mitnehmen, aber es geht nicht, Darling«, erwiderte der junge Mann. »Schau, so eine Geschäftsreise ist wirklich kein Vergnügen. Wir hätten nichts voneinander. Ich müßte dich sogar abends allein im Hotel lassen, da ich mit unseren Kunden essen gehen muß.« Er nahm ihr Gesicht in beide Hände. »Aber es freut mich, daß du gern mit mir verreist wärst.

Weißt du was, wenn ich wieder in Cornwall bin, nehme ich mir einige Tage Urlaub, und dann fahren wir irgendwohin. Du darfst das Reiseziel aussuchen.«

»Ich wäre zwar lieber schon jetzt mit dir gefahren, aber gut, ich bin einverstanden«, sagte Judith. »Es war eben ein bißchen viel in der letzten Zeit.«

Percy nickte. Er ließ die Hände sinken. »Auch für mich«, meinte er. »Es wird für mich nicht leicht sein, den Schock über Vaters Tod zu überwinden. Na ja, vielleicht wäre es besser, nicht so viel zu grübeln. Warten wir ab, was uns die Zukunft bringen wird.« Er nahm ihre Hände. »Etwas Gutes wird sie auf jeden Fall bringen, nämlich unsere Heirat. Sobald ich aus Schottland zurück bin, sprechen wir noch einmal über den Hochzeitstermin. Denke darüber nach, während ich weg bin. Vielleicht siehst du alles anders, wenn du etwas Abstand gewonnen hast. Ich bin nach wie vor davon überzeugt, daß uns Vater eine schnelle Hochzeit nicht verübeln würde.«

»Gut, ich werde darüber nachdenken.«

»Ich wußte, daß du vernünftig bist«, meinte Percy zufrieden und schloß sie in die Arme. »Und denke immer daran, niemand auf der Welt liebt dich so wie ich.«

»Ich werde es nicht vergessen, Percy«, versprach Judith. Sie fühlte, daß er seine Worte aufrichtig gemeint hatte, konnte aber nicht recht glücklich über sie sein. Percys Liebe hatte etwas Beängstigendes an sich. Er betrachtete sie als sein Eigentum, seinen Besitz, doch sie gehörte niemandem außer sich selbst. Noch war sie sich nicht klar darüber, wie sie es ihm beibringen konnte, weniger besitzergreifend zu sein.

Merlin Sinclair schien wie verwandelt, seit sein Bruder Percy in Schottland war. Judith fand ihn liebenswürdiger und aufgeschlossener als je zuvor. Sie frühstückten jeden Morgen gemeinsam, bevor er nach Bodmin fuhr. Die junge Frau gestand sich ein, daß sie gern mit ihm zusammen war. Ängstlich vermied sie allerdings jedes Thema, das ihn reizen konnte. Meist unterhielten sie sich über die Bibliothek, den Park und die Pferde. Als Merlin den Vorschlag machte, miteinander auszureiten, sagte sie nicht nein, und es wurde ein herrlicher Nachmittag für sie beide.

Mehr als einmal überlegte Judith, ob sie nicht mit Merlin Sinclair über die verschwundenen Pläne sprechen sollte, wagte es dann aber nicht. Wenn der alte Lord Sinclair die Baupläne nicht wieder versteckt hatte, wie Percy es vermutete, gab es nur drei Personen, die sie haben konnten. Und Merlin gehörte dazu. Sie konnte nicht vergessen, daß alle drei Brüder in der Nähe gewesen waren, als sie sich an jenem Tag mit dem alten Lord in dessen Arbeitszimmer die Pläne angesehen hatte.

Judith saß an ihrem Schreibtisch, als Damaris hereinschlüpfte. Auch wenn die Kleine noch immer felsenfest davon überzeugt war, daß sie eines Tages von einem längst verstorbenen Onkel Ed erwürgt werden würde, schien sie in der letzten Zeit etwas fröhlicher geworden zu sein.

»Gehst du mit mir spazieren, Tante Judith?« fragte sie jetzt und ging um den Schreibtisch herum. »Ich mag nicht, wenn du immer arbeitest.« Sie wies zum Fenster. »Schau, wie schön es draußen ist.«

»In einer halben Stunde Liebes«, versuchte Judith die Kleine zu trösten.

Damaris senkte die Stimme. »Ich muß dir aber ein Geheimnis erzählen, Tante Judith.« Sie blickte ängstlich zur geschlossenen Tür. »Es ist ganz wichtig.«

Judith legte ihren Füllhalter beiseite. »Geht es um Selina und Onkel Ed?« Sie zog Damaris zu sich auf den Schoß. »Hast du wieder von ihm geträumt?«

Damaris' Gesichtchen wurde ablehnend. »Ich habe noch nie von ihm geträumt, Tante Judith«, erklärte sie. »Onkel Ed ist wirklich.« Plötzlich knöpfte sie den Ärmel ihrer langärmligen Bluse auf und zog ihn etwas nach oben. »Schau, das hat Onkel Ed getan!« Sie wies auf einen großen blauen Fleck.

»Und du bist sicher, daß du dich da nicht gestoßen hast, Liebes?« fragte die junge Frau entsetzt.

»Nein, Onkel Ed war neulich wieder da. Er hat meinen Arm gepackt. Es hat so weh getan, daß ich weinen mußte. Und dann hat er gefragt, ob ich dir von ihm erzählt hätte.«

»Und was hast du gesagt?« Judith zog Damaris' Ärmel wieder hinunter und knöpfte ihn zu.

»Ich habe geschwindelt, ich hatte solche Angst.« Damaris lehnte sich an sie. »Ireen hat den Fleck auch gesehen. Sie wollte wissen, ob ich mich gestoßen hätte. Ich habe ja gesagt, sie hat es geglaubt.«

»Weißt du was, Damaris, ich werde in der nächsten Zeit ganz einfach bei dir im Zimmer schlafen«, beschloß Judith. Natürlich konnte es sein, daß sich Damaris irgendwo gestoßen hatte und nun in ihrer Phantasie glaubte, es sei Onkel Ed gewesen, der sie verletzt hatte, aber sie wollte sichergehen.

»Das darfst du nicht, Tante Judith!« Damaris rutschte von ihrem Schoß. »Wenn du bei mir schläfst, weiß Onkel Ed ja, daß ich dir von ihm erzählt habe.« Sie begann vor Aufregung am ganzen Körper zu zittern. »Nein, Tante Judith, nein!«

»Okay, Damaris, es war nur ein Vorschlag«, sagte die junge Frau und nahm sich vor, noch einmal mit Merlin über die Kleine zu sprechen. Jetzt nach dem Tod des alten Lords war der Besuch eines Psychotherapeuten überhaupt nicht mehr erwähnt worden. Und von sich aus würde Merlin seine Tochter sicher nicht zu einem Therapeuten bringen. Sie stand auf. »Gehen wir spazieren?«

»Fein, Tante Judith!« Damaris strahlte. »Und dann erzähle ich dir auch, was ich in der Nacht gesehen habe.«

Darauf bin ich wirklich gespannt, dachte Judith. Daß Damaris ihren Vorschlag, mit in ihrem Zimmer zu schlafen, abgelehnt hatte, beunruhigte sie. Wußte das kleine Mädchen vielleicht sogar, daß es sich diesen Onkel Ed nur einbildete? Aber wiederum ihre Angst vor ihm schien gleichzeitig auch echt zu sein. Es mußte endlich etwas geschehen!

Wenig später verließen sie das Haus und gingen Hand in Hand zum Strand hinunter. Sie setzten sich wieder auf den Felsen, auf dem sie schon so oft gesessen und auf das Meer hinausgesehen hatten. Er lag weitab von der Stelle auf der Damaris' Großvater den Tod gefunden hatte.

Damaris wies zur Insel hinüber. »Da war heute nacht Licht«, berichtete sie.

»Auf der Insel?« fragte Judith ungläubig. Die Kleine nickte. »Aber du weißt doch, daß es unmöglich ist, die Insel zu betreten«, fuhr die junge Frau fort. »Die Brandung ist dort so stark, daß jedes Ruderboot unweigerlich gegen die Felsen geworfen werden würde.«

»Es war auf der Insel, ganz ehrlich, Tante Judith«, beharrte Damaris. »Ich konnte nicht schlafen, weil der Mond durch das Fenster schien. Ich bin aufgestanden und zum Fenster gegangen, und dann habe ich das Licht gesehen, ganz deutlich.«

»Es könnte ein Schiff gewesen sein, das in einiger Entfernung von der Küste vorbeigefahren ist«, vermutete Judith.

»Nein, Tante Judith, es war auf der Insel.« Damaris bückte sich, hob etwas Sand auf und ließ ihn durch ihre Finger rieseln. »Du mußt mir glauben, Tante Judith!« Sie schlug die Hände gegeneinander, um den Sand abzuklopfen. »Ob Onkel Ed das Licht gemacht hat? Vielleicht will er, daß ich zur Insel komme.«

Judith schüttelte den Kopf. Sie blickte erneut zur Insel hinüber, und plötzlich fiel es ihr wie Schuppen von den Augen. Sie dachte an die Baupläne und die auf ihnen eingezeichneten Türme. Einer hatte abseits gestanden, sie und Lord Sinclair hatten angenommen, direkt an den Klippen. Aber womöglich hatte es früher zur Insel hinüber eine Brücke gegeben, und der Turm hatte sich dort erhoben.

»Mit einem Hubschrauber könnte man zur Insel«, plapperte Damaris neben ihr. »Oder man springt mit dem Fallschirm aus einem Flugzeug. Das habe ich mal in einem Buch gelesen.« Sie stieß Judith an. »Du hörst mir ja gar nicht zu, Tante Judith!«

»Entschuldige, Kleines, aber ich war in Gedanken«, sagte die junge Frau. Sie stand auf. »Gehen wir noch ein Stückchen durch den Park, und dann ist es bald Zeit für den Lunch.«

»Ich habe gar keinen Hunger«, meinte Damaris. »Tante Judith, soll ich heute nacht aufpassen, ob das Licht wiederkommt?«

»Nein, das wirst du nicht«, erwiderte Judith. »Du wirst schön in deinem Bettchen liegenbleiben und schlafen.« Sie sah die Kleine streng an. »Versprochen?«

»Also gut«, gab Damaris nach. »Versprochen.«

Am Nachmittag ging Judith zum Bootsschuppen hinunter. Sie war schon oft auf das Meer hinausgerudert, allerdings nie in die Nähe der Insel gekommen. Jetzt wollte sie sehen, ob es nicht von der Meerseite aus einen Weg auf die Insel gab.

Sie wollte schon umkehren, als sie plötzlich eine Stelle entdeckte, die einen Zugang zur Insel ermöglichte. Vorsichtig manövrierte sie das Boot durch die Klippen, jederzeit gewärtig, von der Brandung gegen einen Felsen geworfen zu werden. Endlich hatte sie die Insel erreicht. Erleichtert sprang sie an Land und machte das Boot an einem aus dem Wasser herausragenden, spitzen Felsstück fest. Sie spürte kaum noch ihre Arme, so hatte sie das Rudern angestrengt. Es war reines Glück gewesen, daß sie überhaupt ans Ziel gekommen war. An einem stürmischen Tag wäre es unmöglich gewesen.

Die Insel war etwas größer, als sie vom Festland aus ausgesehen hatte. Zwischen den Felsblöcken wuchsen Gras, Gestrüpp und wilde Blumen. Auf allen vieren kletterte sie die Anhöhe hinauf. Sie merkte nicht einmal, wie ihr Dornen, Disteln und Steine Hände und Arme zerschrammten.

Nach rund zwanzig Minuten hatte sie ein kleines, völlig überwachsenes Plateau erreicht. Sie mußte nicht lange suchen, dann hatte sie bereits die Überreste des Altars entdeckt, von dem Percy einmal gesprochen hatte. Nichts deutete darauf hin, daß hier einst ein Turm gestanden hatte. Und doch war sie sich ihrer Sache fast sicher.

Judith kletterte noch etwas weiter den Felsen hinauf. Und plötzlich bemerkte sie, daß erst kürzlich jemand auf der Insel gewesen sein mußte. Er hatte einen anderen Weg als sie genommen und dabei Gras und Gestrüpp niedergetreten.

Sie ließ sich auf einen großen breiten Stein fallen. Wer immer auch auf der Insel gewesen war, er hatte sich in den Besitz der Pläne gebracht. Die Frage war nun, vor oder nach dem Tod des alten Lords? Fröstelnd zog sie die Schultern zusammen. Eine Welle von Übelkeit drohte sie zu überspülen.

Die junge Frau blieb noch einige Minuten sitzen, dann machte sie sich auf den Rückweg. Es wurde höchste Zeit, die Insel zu verlassen. Am Himmel waren dunkle Wolken aufgezogen, und sie wollte hier nicht von einem Sturm überrascht werden.

Es dunkelte bereits, als Judith eineinhalb Stunden später wieder das Festland erreichte. Sie war vollkommen erschöpft. Es kostete sie einige Mühe, das Boot ins Bootshaus zu lenken und dort festzumachen. Als sie das Haus verließ, lief sie Merlin Sinclair in die Arme.

»Waren Sie etwa noch auf dem Wasser?« fragte er verblüfft.

»Ja, es war so schön, daß ich einfach die Zeit vergessen habe«, erwiderte Judith.

»Und das sollten Sie auf keinen Fall tun«, sagte Merlin. Sein Blick blieb an einem Riß in Judiths Blusenärmel hängen. »Jeden Augenblick kann der Sturm losbrechen. Kommen Sie, machen wir, daß wir ins Haus kommen.« Er reichte ihr die Hand, als sie den Klippenpfad hinaufstiegen.

Sie hatten kaum den Pfad hinter sich gebracht, als ein heftiger Windstoß durch die Bäume fuhr, an ihrer Kleidung und ihren Haaren riß. Aber es war nur das Vorspiel, denn Minuten später brach der Sturm tatsächlich los. Judith konnte sich kaum auf den Beinen halten. Mehrmals strauchelte sie.

»Warten Sie!« Bevor sie auch nur protestieren konnte, hatte Merlin sie schon aufgehoben und eilte mit ihr durch den Sturm auf das Haus zu. Erst kurz vor dem Hintereingang setzte er sie ab, riß die Tür auf, schob sie hindurch und folgte. »So, das hätten wir geschafft«, meinte er erleichtert.

»Danke, Merlin«, sagte Judith verlegen.

»Oh, sehr gern geschehen«, antwortete der junge Lord. Wieder blickte er auf ihren Ärmel, dann entdeckte er nicht nur die Grasflecken auf ihrer Kleidung und einige kleine Kletten, die sich an ihrem Hosenbund festgeklebt hatten, sondern auch die Schrammen auf ihren Händen.

Judith war zu müde, um darauf zu achten. Sie hatte nur den Wunsch, in ihrem Zimmer ein warmes Bad zu nehmen und sich dann hinzulegen. »Bis zum Dinner«, sagte sie, schenkte Merlin ein letztes Lächeln und stieg die Treppe hinauf. Sie sah nicht, daß er unterhalb der Treppe stehengeblieben war und ihr zweifelnd nachblickte.

Der Sturm tobte und heulte bis in den späten Nachmittag des nächsten Tages hinein. Judith Blatty war zu müde gewesen, um während der Nacht aufzubleiben und zur Insel hinüberzusehen, aber es war auch nicht anzunehmen gewesen, daß es jemand bei diesem Wetter wagen würde, zur Insel zu rudern.

Merlin Sinclair war trotz des Sturms bereits am frühen Morgen nach Bodmin gefahren. Ralph hatte sich gleich nach dem Frühstück in sein Atelier zurückgezogen. Als sie ihn Stunden später im Park gesehen hatte, war sein weißer Kittel voll mit dunkler Farbe gewesen. Seit dem Tod seines Vaters hatte er nicht mehr den Versuch gemacht, mit ihr zu flirten. Er schien sich nur noch für seine Malerei zu interessieren. Judith überlegte, ob sie sich nicht ihm anvertrauen sollte, wagte es aber nicht. Vielleicht machte Ralph ihnen allen nur etwas vor.

Nach ihrer Arbeit in der Bibliothek beschäftigte sie sich mit Damaris. Die Kleine wirkte an diesem Tag ausgesprochen still. Als Judith sie fragte, ob etwas passiert sei, klammerte sie sich an sie und begann zu weinen. Es dauerte einige Minuten, bis Damaris bereit war, ihr alles zu erzählen.

»Onkel Ed war wieder da«, erklärte sie schluchzend. »Er hat gesagt, er wüßte genau, daß ich mit dir gesprochen hätte. Ich sei ein sehr, sehr schlimmes Mädchen, genau wie Selina. Und du würdest sowieso nicht glauben, was ich dir erzähle, und er müßte sich noch überlegen, ob er mich bald erwürgen würde oder ich erst in ein Haus müßte, in dem Kinder wären, die auch nicht normal seien.«

Das klang nicht, als hätte sich Damaris alles nur eingebildet. Erleichtert dachte Judith daran, daß ihr Verlobter in Schottland war und dadurch mit den Vorfällen im Haus der sieben Türme nichts zu tun haben konnte. Sie überlegte, ob sie ihn nicht anrufen sollte. Auch wenn Percy sich nicht für Damaris interessierte, er mußte etwas unternehmen.

»Habe keine Angst, Damaris, ich bin überzeugt, dieser böse Onkel Ed wird dir nichts tun«, sagte sie. »Er will dir nur angst machen. Es wird bald alles viel besser werden, und er wird nie wieder zu dir kommen.«

»Wirklich?« Damaris hob ihr Gesichtchen.

»Ja, das verspreche ich dir«, sagte Judith. Sie küßte die Kleine zärtlich auf die Stirn.

Ralph oder Merlin, dachte sie, als sie am Abend beim Dinner saßen. An und für sich traute sie es Ralph nicht zu, nachts in das Zimmer eines kleinen Mädchens zu schleichen und es zu bedrohen, aber sie konnte auch nicht vergessen, wie er sie gepackt und an sich gepreßt hatte. Und Merlin? Sie fühlte sich noch immer zu ihm hingezogen, wenn es auch Percy war, den sie liebte.

»Hat Percy heute angerufen, Judith?« riß Merlin sie aus ihren Gedanken. »Er hat dummerweise nicht hinterlassen, in welcher Reihenfolge er die einzelnen Firmen aufsuchen wollte. Ich dachte, er sei heute in Ayr.«

»Nein, in Edinburgh«, antwortete Judith. »Aber er wollte diesmal meist bei Bekannten übernachten. Er hat mir gesagt, bei wem ich ihn erreichen kann. Es handelt sich um einen Mister Telscombe.«

»Würden Sie mir dann nachher bitte seine Telefonnummer geben? Ich muß meinen Bruder unbedingt noch heute sprechen. Es handelt sich um etwas Geschäftliches.« Lord Sinclair reichte ihr die Fleischplatte.

Judith bediente sich. »Danke«, sagte sie und fügte hinzu: »Ich gebe Ihnen nachher die Nummer.« Dann wandte sie sich an Damaris: »Möchtest du noch etwas Fleisch, Liebes?«

Die Kleine schüttelte den Kopf. »Kann ich aufstehen und zu Bett gehen? Ich bin so müde.«

»Ja, gehe nur«, sagte Merlin.

»Kommst du später noch zu mir, Tante Judith?« Damaris rutschte von ihrem Stuhl.

»Selbstverständlich, gern.« Judith schenkte ihr einen liebevollen Blick.

Einige Minuten wurde nichts mehr gesprochen. Ralph Sinclair sprang plötzlich auf, murmelte eine Entschuldigung und verließ eilig das Zimmer.

»Wahrscheinlich wird er wieder die halbe Nacht malen«, meinte der junge Lord. »Ich habe mir gestern sein neuestes Bild angesehen. Er nennt es Höllennacht. Wenn er so weitermacht, wird er bald ärztliche Hilfe brauchen.«

»Nicht nur Ralph, Merlin«, bemerkte Judith, ihre Chance nützend. »Damaris ist erst sieben, und sie hat fast Nacht für Nacht Alpträume. Sie ist Ihre Tochter und ...«

»Ich bin sehr froh, daß Sie sich um Damaris kümmern, Judith«, fiel ihr

Merlin ins Wort. »Und wenn Sie meinen, daß Damaris einen Arzt braucht, dann werde ich dafür sorgen, daß sie zu einem Arzt gebracht wird. Ich möchte, nicht, daß es dem Kind an etwas fehlt.«

»Sie braucht aber nicht nur einen Arzt, sondern auch einen Vater, der sie liebevoll . . .«

»Judith, Sie sollten sich nicht immer in Dinge einmischen, von denen Sie keine Ahnung haben«, unterbrach sie Merlin grob. Er stand auf. »Wenn Sie mich jetzt bitte entschuldigen würden, ich habe noch zu arbeiten.«

»Ich will Sie nicht aufhalten, Lord Sinclair«, entfuhr es der jungen Frau erbost.

Merlin zuckte zusammen. »Ich wollte Sie nicht kränken, Judith. Wenn es so geklungen hat, dann entschuldigen Sie bitte. Aber . . .« Er hob die Schultern. »Es wäre schön, wenn Sie mir später noch die Nummer geben könnten, unter der ich meinen Bruder erreichen kann.«

»Ich werde Mason bitten, sie Ihnen zu bringen.« Judith griff nach ihrem Besteck. Auch wenn ihr der Appetit vergangen war, so wollte sie es Merlin nicht zeigen. Sie war so wütend auf ihn, daß sie ihm am liebsten ihren Teller nachgeworfen hätte.

Erst am späten Abend sah sie den jungen Lord wieder. Sie hatte noch einen kurzen Spaziergang durch den Park gemacht und traf mit ihm in der Halle zusammen. »Ich habe Percy nicht erreichen können«, sagte er zu ihr. »Er scheint mit Mister Telscombe ausgegangen zu sein.«

»Da kann man nichts machen«, bemerkte Judith so unfreundlich, daß Mrs. McLean, die gerade aus den Wirtschaftsräumen kam, ihr einen überraschten Blick zuwarf. »Gute Nacht«, wünschte sie und stieg eilig die Treppe hinauf. Sie hatte vor, einige Stunden zu schlafen und dann aufzustehen, um von ihrem Fenster aus die Insel zu beobachten. Sie glaubte nicht, daß derjenige, der in der vorletzten Nacht auf der Insel gewesen war, vor Mitternacht hinüberfahren würde.

Judiths Geduld wurde auf eine harte Probe gestellt. Da sie niemanden auf sich aufmerksam machen wollte, hatte sie das Licht in ihrem Zimmer gelöscht. Halb verborgen vom Vorhang, saß sie am Fenster und starrte zur Insel hinüber. Es war eine völlig windstille Nacht mit einem dunkelblauen, von Sternen übersäten Himmel.

Mitternacht war längst vorbei, als sie plötzlich etwas auf der Insel aufblitzen sah. Sie stand auf und beugte sich aus dem Fenster. Da war es wieder! Scheinbar versuchte jemand, im Schein einer Taschenlampe die Anhöhe hinaufzuklettern.

Judith umklammerte den Fensterrahmen. Ihr Herz begann plötzlich vor Angst schneller zu schlagen. Obwohl sie sich vorgenommen hatte, auf das Licht zu warten und dann zur Insel hinüberzufahren, verließ sie jetzt der

Mut. Es war mehr als leichtsinnig, etwas Derartiges zu tun. Wäre es nicht besser, die Polizei in Tintagel anzurufen?

Die junge Frau lachte leise auf. Und was sollte sie der Polizei sagen? Sie hatte nicht den geringsten Beweis, daß beim Tod des alten Lords nicht alles mit rechten Dingen zugegangen war. Und wenn Ralph oder Merlin des Nachts auf der Insel nach einem verborgenen Schatz suchten, so war auch nichts Strafbares dabei. Immerhin handelte es sich um den Besitz der Familie. Man würde sie höchstens für verrückt erklären.

Judith richtete sich auf. Wer A sagt muß auch B sagen, dachte sie, schloß das Fenster und ging an den Kleiderschrank, um sich einen festen Anorak und Schuhe herauszunehmen. Wenn sie sehr vorsichtig war, würde derjenige, der sich auf der Insel aufhielt, vielleicht nicht einmal bemerken, daß er beobachtet wurde.

Wenig später schlich sich die junge Frau die Treppe zur Halle hinunter und verließ durch den Hintereingang das Haus. Schnell huschte sie über die mit Kies bestreuten Wege zu den Klippen. Sie sah sich nicht um, und so entging ihr völlig, daß eines der Fenster, die zu den Wirtschaftsräumen gehörten, aufstand und sich der Vorhang trotz Windstille bewegte.

Judith holte das Ruderboot aus dem Bootshaus. Wieder ruderte sie in einem großen Bogen um die Insel herum. Dann kam der gefährlichste Teil. Noch vorsichtiger als beim erstenmal manövrierte sie das Boot durch die Klippen auf die Insel zu. Immer wieder wurde es von einer Woge unterspült, hochgehoben und drohte gegen die Felsen zu schlagen.

Endlich hatte sie den Strand erreicht. Er war nicht so groß, daß sie das Boot, das dort bereits im Sand lag, hätte übersehen können. Sie machte ihr eigenes Boot fest und wandte sich dann nach rechts. Sie nahm an, daß von der anderen Seite aus der Aufstieg leichter sein würde.

Die Stelle, an der sie aufstieg, konnte vom Plateau aus nicht eingesehen werden. Obwohl sie sich Mühe gab, kein Geräusch zu machen, konnte sie nicht verhindern, daß hin und wieder kleine Steinchen unter ihren Füßen hinwegrollten und nach unten polterten. Aber schon bald merkte sie, daß sie gar nicht so vorsichtig sein mußte, denn derjenige, der sich auf der Anhöhe aufhielt, schien sich um Geräusche nicht zu sorgen. Immer wieder hörte sie Metall auf Steine schlagen.

Vor sich sah sie plötzlich so etwas wie verwitterte Stufen aus dem Gestrüpp herausragen. Es war nicht zu erkennen, ob sie aus der Keltenzeit stammten oder erst viel später in den Felsen gehauen worden waren.

Judith befand sich jetzt direkt unter dem Plateau. Langsam hob sie, auf ihre Arme gestützt, den Kopf. Das Mondlicht fiel auf die Überreste des keltischen Altars, aber das war auch alles, was sie entdecken konnte.

Sie kletterte auf das Plateau und schlich gebückt am Altar vorbei zur anderen Seite. Auf allen vieren stieg sie weiter den Felsen hinauf.

Je höher sie kam, desto lauter wurde dieses seltsame Hämmern. Sie hatte längst die Stelle passiert, an der sie beim letztenmal umgekehrt war. Wieder erreichte sie eine Art Plateau. Sie zog sich hoch und blickte in eine tiefe Mulde. An ihrem anderen Ende hockte mit dem Rücken zu ihr ein Mann. Er hämmerte mit einer Spitzhacke auf Bodenplatten ein, die er scheinbar mit der Schaufel, die neben ihm an der Muldenwand lehnte, freigelegt hatte.

Die Mulde war zum Teil mit Gestrüpp zugewachsen. Judith stieg in sie hinunter. Sie hoffte, wenn sie nah genug an den Mann herankommen konnte, sein Gesicht zu sehen. Er schien so mit seiner Arbeit beschäftigt, daß er sicher nicht auf seine Umgebung achtete.

Die junge Frau hatte sich auf die Knie hinuntergelassen und kroch förmlich durch das Gestrüpp. Ihr Herz klopfte so laut, daß sie meinte, es müßte meilenweit zu hören sein. Zentimeter um Zentimeter näherte sie sich der Stelle, an der der Mann arbeitete. Noch immer war es ihr nicht möglich zu erkennen, um wen es sich handelte. Es konnte genausogut Merlin wie Ralph sein.

Judith wollte sich noch etwas weiter vorwagen. Sie tastete mit der Hand am Boden entlang, dann stützte sie sich auf. Im selben Moment entfuhr ihr ein Schmerzensschrei. Ein spitzer Dorn hatte sich in ihre Handfläche gebohrt.

Der Mann ließ die Spitzhacke fallen und schnellte herum. »Judith!« stieß er entsetzt hervor, aber bereits im nächsten Augenblick hatte er sich gefangen. Mit wenigen Schritten war er bei ihr, riß sie brutal hoch und hielt sie fest.

Judith starrte ihn an, sie konnte es nicht fassen. Sie spürte weder den Schmerz in ihrer Hand, in der noch immer der Dorn steckte, noch seine Finger, die sie wie eiserne Fesseln umklammert hielten.

»Percy«, sagte sie schließlich fassungslos.

»Ja, ich bin es!« stieß Percy Sinclair erbittert hervor. »Was hast du hier zu suchen, Judith?« Er schüttelte sie so heftig, daß ihre Haare nach allen Seiten flogen. »Mußt du dich immer in Dinge einmischen, die dich nichts angehen?«

»Warum hast du das getan, Percy?«

»Warum, warum?« Wieder schüttelte er sie brutal. »Weil ich es satt habe, endgültig satt, immer im Schatten meines wunderbaren Bruders zu stehen. Ihm bedeutet das Haus der sieben Türme nicht viel, trotzdem hat er es geerbt. Er ist Lord Sinclair geworden, ich bin und bleibe ein Niemand. Immer hat er alles bekommen. Selbst mein Vater hatte immer nur Augen für ihn. Der zukünftige Erbe des Titels, das war schon etwas!« Percys Stimme wurde schrill. »Aber das hier gehört mir, mir ganz allein, niemand kann es mir nehmen. Und eines Tages werde ich es sein, der im Haus der sieben Türme ...« Er unterbrach sich. »Warum bist du gekommen, Judith? Warum hast du alles kaputtgemacht, was ich für uns beide schaffen wollte?«

»Du hast deinen Vater aus dem Fenster gestürzt, nicht wahr?« fragte die junge Frau, den Tränen nahe. Sie dachte daran, wie erleichtert sie gewesen war, weil Percy sich in Schottland aufhielt, und nichts mit den letzten Ereignissen zu tun haben konnte. Dabei hatte er ihnen allen nur etwas vorgemacht. Wahrscheinlich war er die ganze Zeit über in Cornwall gewesen.

»Er wollte mir die Pläne nicht geben«, sagte Percy so ruhig, als sei überhaupt nichts geschehen. »Und ich mußte die Pläne haben.« Er stieß Judith zu der Stelle, an der er gearbeitet hatte. Sie stolperte und stürzte hin. Ohne sie loszulassen, kauerte er sich neben sie. »Es ist alles nur deine Schuld!« fuhr er sie an. »Du hast die Pläne gefunden, du hättest sie mir geben müssen, nicht ihm.«

»Laß mich endlich los!« Judith versuchte, sich aus seinem Griff zu befreien, es gelang ihr nicht. Schmerzhaft bohrten sich seine Finger immer tiefer in ihr Fleisch.

Er sah sie an. Seine Züge wurden fast weich. »Ich liebe dich, Judith«, sagte er leise. »Und ich wollte dich heiraten. Wir wären sehr glücklich miteinander geworden.«

»Wenn du mich liebst, dann laß mich los«, forderte die junge Frau. Jetzt, da der Schock über ihre Entdeckung nachgelassen hatte, wurde sie sich der Gefahr, in der sie sich befand, erst voll bewußt.

Percy schüttelte den Kopf. »So naiv bist du doch nicht, Judith«, sagte er. »Du mußt doch einsehen, daß ich dich nicht am Leben lassen kann.«

»Percy, ich ...«

»Höre damit auf!« Percys Gesicht verzerrte sich. »Ich muß dich töten, es geht nicht anders!«

»So, wie du auch Patricia umgebracht hast?« fragte Judith atemlos vor Angst.

»Das hat dir Damaris gesagt, du weißt doch, daß sie verrückt ist!« Percy drückte sie noch fester auf den Boden. Sein Gesicht hatte jetzt kaum noch etwas Menschliches an sich. Jäh erkannte Judith, daß er nicht mehr Herr seiner Sinne war. Er versuchte, mit den Knien ihre Arme am Boden zu halten, während er gleichzeitig die Hände um ihren Hals schloß.

Judith kämpfte verzweifelt um ihr Leben und unterlag. Ihr Widerstand erlahmte. Sie bekam kaum noch Luft. Percys Hände drückten immer fester zu. Schon konnte sie sein Gesicht nicht mehr deutlich erkennen. Alles um sie herum begann zu schwanken. Eine tiefe Schwärze schien sich auf sie hinabzusenken

»Percy!« Der Schrei kam wie aus weiter Ferne.

Judith merkte benommen, wie der Druck um ihren Hals nachließ. Sie rang nach Luft. Verschwommen nahm sie wahr, daß die Mulde plötzlich voller Menschen schien. Sie hörte Stimmen und Schreie. Erschöpft schloß sie die Augen.

»Judith, ist mit Ihnen alles in Ordnung?« Jemand faßte sie unter und brachte sie zum Sitzen. »Judith!«

Sie wollte etwas sagen, schaffte es aber nicht. Mühsam öffnete sie die Augen. Es dauerte einige Sekunden, bis sie den Mann, der sich besorgt über sie beugte, klar erkennen konnte. Ihre Lippen formten Merlins Namen, aber ihre Stimme versagte.

»Sie leben, Gott sei Dank«, sagte der junge Lord. »Ich mache mir die größten Vorwürfe. Ich hätte Sie nicht gehen lassen dürfen, aber ich wollte wissen, was hier gespielt wird.«

Die junge Frau sah ihn verständnislos an.

»Wir sprechen später über alles«, meinte Merlin. »Jetzt müssen wir Sie erst einmal ins Haus der sieben Türme zurückbringen. Meinen Sie, daß Sie es schaffen könnten, mit meiner Hilfe den Felsen hinunterzuklettern?«

Judith nickte, obwohl sie sich da gar nicht so sicher war. Nicht nur ihr Hals schmerzte. Jeder Knochen ihres Körpers schien in Mitleidenschaft gezogen worden zu sein. Wieder wollte sie etwas sagen, aber noch immer konnte sie nicht sprechen. Sie wandte den Kopf zur Seite. Percy war überwältigt worden und stand jetzt ruhig zwischen zwei Männern. Er wirkte, als hätte er aufgegeben.

»Kommen Sie!« Merlin nahm sanft ihren Arm. »Zum Glück ist es eine ruhige Nacht, und die Brandung ist nicht so stark wie sonst. Wir werden Sie schon unbeschadet ans andere Ufer bringen.«

Willenlos ging die junge Frau mit ihm mit. Sie war viel zu erschöpft, um gegen irgend etwas zu protestieren.

Es war später Nachmittag, als Judith Blatty am nächsten Tag erwachte. Ohne die Augen zu öffnen, drehte sie den Kopf in die Richtung des Fensters. Ihr Hals fühlte sich noch immer wund an, und das Schlucken fiel ihr schwer. Und dann kam die Erinnerung an die vergangene Nacht, und sie wäre am liebsten in den Schlaf zurückgesunken. Unbewußt stöhnte sie leise auf.

»Sind Sie wach, Miss Blatty?«

Judith schlug die Augen auf. Sie blickte in das Gesicht der alten Haushälterin. Mrs. McLean wirkte um Jahre gealtert. »Was ist mit Ihnen?« preßte sie mühsam hervor. Ihre Stimme klang heiser.

»Mit mir ist nichts, Miss Blatty.« Mrs. McLean nahm Judiths Hand. »Möchten Sie etwas trinken? Sie haben sehr lange geschlafen. Ich bin froh, daß Doktor Stranger Ihnen ein Schlafmittel gegeben hat. Wie fühlen Sie sich? Haben Sie noch Schmerzen?«

Wie ich mich fühle, dachte Judith erbittert. Wie fühlt man sich wohl, wenn sich herausgestellt hat, daß der Mann, dem man Liebe und Vertrauen geschenkt hat, ein Ungeheuer ist. Doch sie sagte es nicht laut, sondern antwortete: »Mein Hals tut noch ziemlich weh. Ich würde gern etwas trinken.«

Mrs. McLean füllte das Glas, das auf ihrem Nachttisch stand, aus einer Karaffe. »Frischer Orangensaft«, sagte sie und half Judith, sich aufzurichten. »Ganz langsam trinken.«

Das Trinken strengte die junge Frau an. Erschöpft ließ sie sich zurücksinken. Sie griff nach ihrem Hals. Die blauen Stellen, die Percys Finger hinterlassen hatten, konnte sie zwar nicht sehen, aber spüren. Noch einmal durchlebte sie in Gedanken jene grauenvollen Minuten.

»Wo ist Lord Sinclair?« fragte sie.
»Er ist vor einer Stunde nach Bodmin gefahren. Ich soll Ihnen ausrichten, daß er bald wieder zurück sein wird.« Mrs. McLean lehnte sich schwer gegen die Rückenlehne ihres Stuhles. Sie setzte zweimal zum Sprechen an, bevor sie sagte: »Master Percy ist noch heute nacht verhaftet worden.«
»Hat er gestanden?«
Die Haushälterin nickte. »Ich wußte, daß Master Percy keinen guten Charakter hat, aber daß er ... Es ist so schrecklich, Miss Blatty. Er war doch einmal mein kleiner Junge. Ich habe ihn genauso geliebt wie die anderen drei. Nie hätte ich gedacht, daß er so etwas schreckliches tun könnte.« Aufschluchzend vergrub sie das Gesicht in den Händen.
»Und wo ist Ralph?« fragte Judith, um sie abzulenken.
»Wieder in seinem Atelier. Er malt und malt ... er ist wie besessen. Und Miss Scarlett sitzt im Arbeitszimmer ihres Vaters und starrt die Wand an.«
»Scarlett ist zurückgekommen?« wunderte sich Judith.
Mrs. McLean nickte. »Gleich heute morgen, nachdem sie erfahren hat, was passiert ist. Sir Archibald hat sie gebracht. Sie hat auch schon nach Ihnen gesehen, aber da haben Sie noch geschlafen.«
»Und Damaris? Ist mit Damaris alles in Ordnung?« fragte Judith besorgt.
»Ja, Ireen ist mit ihr nach Tintagel gefahren, wo sie Verwandte hat, die einen großen Hof besitzen. Lord Sinclair meinte, die Kleine sei momentan dort besser aufgehoben.« Mrs. McLean hatte sich wieder gefangen. Sie lächelte Judith zu. »Und jetzt sollten Sie versuchen, noch etwas zu schlafen. Sie sind sicher noch sehr erschöpft. Und Sie brauchen keine Angst zu haben, ich bleibe bei Ihnen.«
Judith schloß gehorsam die Augen, aber sie konnte nicht mehr einschlafen. In Gedanken erlebte sie wieder und wieder die Ereignisse der vergangenen Nacht.
Draußen dunkelte es bereits, als Lord Sinclair aus Bodmin zurückkehrte. Er zog sich rasch um und ging dann unverzüglich zu Judith, die aufrecht im Bett saß, da der Arzt vor wenigen Minuten noch einmal bei ihr gewesen war. Mrs. McLean verließ ohne Aufforderung das Zimmer. Leise schloß sie die Tür hinter sich.
Merlin setzte sich auf Judiths Bett und nahm ihre Hand. »Ich kann Ihnen gar nicht sagen, wie leid mir das alles tut«, sagte er mitfühlend. »Ich wünschte, Sie hätten etwas Vertrauen zu mir gehabt, dann hätten wir uns einiges ersparen können.«
»Das ist mir inzwischen auch klargeworden«, antwortete die junge Frau. »Aber es war ja nicht Percy, den ich in Verdacht hatte, sondern ...«
»Ralph oder mich«, fiel ihr Merlin ins Wort. »Und das ist eigentlich ganz natürlich, denn immerhin liebten Sie Percy. Heute wünschte ich, ich hätte gleich offen mit Ihnen über Percy gesprochen, statt zu versuchen, Sie

indirekt vor ihm zu warnen. Aber ich wollte mich nicht einmischen, und auch mein Vater war der Meinung, mit der richtigen Frau an seiner Seite, könnte sich Percy ändern.«

Judith machte keinen Versuch, ihm ihre Hand zu entziehen. Sie fühlte sich in seiner Gegenwart geborgen. »Ich habe Ihnen noch nicht einmal dafür gedankt, daß Sie mir das Leben gerettet haben«, erwiderte sie.

»Ich bin sehr froh, daß wir noch zur rechten Zeit gekommen sind«, meinte Merlin. »Einige Minuten später, und ...« Er schüttelte den Kopf. »Außerdem haben Sie keinen Grund, mir zu danken. Ich hätte Sie zurückhalten müssen, statt dessen ...«

»Woher wußten Sie, daß ich auf der Insel war?« Judith fiel ein, daß der junge Lord bereits in der vergangenen Nacht eine ähnliche Bemerkung gemacht hatte.

»Erinnern Sie sich, wie Sie mir vorgestern vor dem Bootshaus in die Arme gelaufen sind? Sie wirkten sehr erschöpft, Ihre Hände waren verschrammt, Ihre Kleidung sah aus, als wären Sie einen Berg hinuntergerutscht. Ich konnte Ihnen die einfache Bootsfahrt nicht glauben. Ich wußte zwar nichts von den verschwundenen Bauplänen, aber an Percys plötzlicher Reise war mir einiges merkwürdig vorgekommen. Deshalb verlangte ich gestern abend Percys Telefonnummer. Daß ich ihn nicht erreichen konnte, bestärkte mich in der Auffassung, daß er sich hier irgendwo aufhalten mußte. Er schien irgend etwas zu planen, ich war mir nur nicht ganz klar darüber, wie Sie in das Ganze passen.«

Merlin sah sie an und bat sie mit seinem Blick um Verzeihung. »Eigentlich konnte ich mir nicht denken, daß Percy Sie in seine Pläne eingeweiht hatte, aber immerhin sind Sie mit ihm verlobt und haben ihn bei jeder Gelegenheit verteidigt.« Er seufzte auf. »Jedenfalls sprach ich mit Mrs. McLean. Sie wissen ja, daß sie unser ehemaliges Kindermädchen war. Wir beschlossen, gemeinsam zu wachen. Sie unten im Wohnzimmer der Dienerschaft, ich oben auf dem Turm über Vaters Schlafzimmer.«

»Dann haben Sie also auch das Licht auf der Insel gesehen«, unterbrach ihn Judith.

»Nein«, antwortete Merlin. »Ich beobachtete den vorderen Teil des Parks. Und Mrs. McLean konnte von ihrem Fenster aus nicht zur Insel sehen. Nicht in meinen kühnsten Träumen hätte ich mir einfallen lassen, Sie wären an jenem Nachmittag auf der Insel gewesen. Ich hatte angenommen, Percy würde sich irgendwo an der Küste versteckt halten. Jedenfalls eilte Mrs. McLean sofort zu mir, nachdem sie Sie aus dem Haus auf die Klippen hat zulaufen sehen. Als wir beide unten ankamen, war es schon zu spät. Sie saßen bereits im Boot und steuerten auf die Insel zu. Ich alarmierte einige meiner Leute, und dann ruderten wir ebenfalls zur Insel hinüber. Mir ist es noch jetzt ein Rätsel, wie wir heil angekommen sind. Und die Rückfahrt war auch nicht leichter.« Er sah sie bewundernd an. »Wie haben Sie das nur geschafft?«

»Ich konnte schon als Vierzehnjährige ziemlich gut rudern«, sagte Judith. »Ich habe es bei den Baxters gelernt. Während der Ferien durfte ich oft mit ans Meer fahren.«

Ihr Blick fiel auf den Verlobungsring, den sie noch immer trug. Sie entzog Merlin ihre rechte Hand und zerrte den Ring vom Finger. »Ich brauche ihn jetzt nicht mehr«, meinte sie und legte ihn auf den Nachttisch.

»Ich bin mir sicher, daß Percy Sie aufrichtig geliebt hat«, sagte Merlin. »Allerdings war es eine sehr besitzergreifende Liebe. Schon als Kind war stets alles, was er haben wollte, sein alleiniger Besitz. Er hat nie verwinden können, daß ich älter bin als er.«

»Meinen Sie nicht, daß es an der Zeit wäre, mir alles zu erzählen?« fragte Judith. »Mir war von Anfang an klar, daß in Ihrer Familie etwas nicht stimmen kann. Zum Beispiel diese Lieblosigkeit, mit der Damaris behandelt wird.« Sie merkte, wie Merlin zusammenzuckte. »Damaris ist nicht Ihre Tochter, oder irre ich mich?«

»Woher wissen Sie es?« fragte der junge Lord tonlos.

»Ich hatte genug Zeit, darüber nachzudenken«, antwortete Judith.

»Sehen Sie, Patricia und ich hatten aus Liebe geheiratet. Man hatte mich vor ihr gewarnt, doch ich wollte nicht glauben, daß sie so berechnend sein sollte, wie man mir weismachen wollte.« Merlin fuhr sich mit beiden Händen durch die Haare. »Die ersten Jahre unserer Ehe waren sehr glücklich. Ich wäre für Patricia durchs Feuer gegangen und hatte automatisch angenommen, daß sie für mich dasselbe empfand wie ich für sie. Ich muß blind gewesen sein, aber ich merkte nicht, wie sich Percy in meine Ehe drängte. Als Damaris geboren wurde, war ich außer mir vor Freude. Aber nach ihrer Geburt schien sich plötzlich alles zu verändern. Patricia und ich, wir hatten immer häufiger Streit, und dann erwischte ich sie und Percy unten an den Klippen. Wenn Mason nicht dazwischengegangen wäre, ich glaube, ich hätte Percy in meiner Wut getötet. Vater sorgte dafür, daß Percy eine lange Reise durch Europa machte, um unsere dortigen Kunden aufzusuchen. Um des Kindes willen hatte ich Patricia verziehen. Ich hoffte, daß alles wieder so werden würde wie früher.«

Der junge Lord stand auf und trat ans Fenster. Während er auf das Meer hinausstarrte, fuhr er fort: »Es war Ralph, der mich darauf brachte, ob absichtlich oder unabsichtlich, weiß ich nicht. Er malte ein Bild, das Patricia und Percy und Damaris zeigte. Ich sagte es Patricia auf den Kopf zu. Sie stritt es nicht ab. Endlich wußte ich, was alle anderen schon längst geahnt hatten.« Er drehte sich um. »Percy kam aus Europa zurück. Ich hätte mich weigern sollen, mit ihm unter einem Dach zu leben, doch mein Vater bat mich, ihm zu verzeihen. Hätte er es doch nie getan. Wir feierten den Geburtstag meines Vaters mit einem großen Fest. Am nächsten Morgen fand man Patricia tot im Bett. Lange Zeit stand ich im Verdacht, ihr Arsen gegeben zu haben.«

»Aber es war Percy!«

»Ja, es war Percy, allerdings war das Gift nicht für sie bestimmt, sondern für mich. Ich hatte früher die Angewohnheit gehabt, abends vor dem Schlafengehen ein Glas Kräutertee zu trinken. Mrs. McLean brachte es stets selbst in mein Schlafzimmer, stellte das Tablett aber zuvor manchmal auf das Tischchen im Gang. Während Percys Abwesenheit hatten sich aber meine Gewohnheiten geändert. Ich machte mir nichts mehr aus Kräutertee. Der Zufall wollte es nun, daß sich Patricia nach dem Fest nicht sonderlich wohl fühlte. Mrs. McLean schickte Ireen mit einem Glas Tee nach oben. Sie stellte den Tee auf das Tischchen, weil sie vergessen hatte, daß Patricia auch noch für die Nacht um Mineralwasser gebeten hatte. Percy, der annahm, es würde sich um meinen Tee handeln, nutzte die Gelegenheit.«

»Hat Damaris ihn dabei beobachtet? Ich meine, er muß ja einen Grund gehabt haben, sie als angeblicher Onkel Ed einzuschüchtern.«

»Ich habe erst heute von diesem Onkel Ed erfahren.« Lord Sinclair setzte sich wieder an Judiths Bett. »Warum haben Sie mir nie davon erzählt?«

»Sie hätten es als Hirngespinste Ihrer Tochter . . ., ich meine, Damaris', abgetan«, sagte die junge Frau.

»Ja, Sie haben wahrscheinlich recht«, antwortete Merlin. »An allem, was passiert ist, trage ich wohl die Hauptschuld. Ich hätte erkennen müssen, daß Percy längst nicht mehr Herr seiner Sinne ist. Sie haben nicht erlebt, wie er sich nach seiner Verhaftung benommen hat. Er hat sich mit seinen Taten regelrecht gebrüstet. Nach allem, was ich herausbekommen habe, hat Damaris in der Nacht des Festes nicht richtig schlafen können und wollte zu Patricia. Dabei hat sie gesehen, wie Percy etwas in das Glas geschüttet hat. Es muß die erste Nacht gewesen sein, in der er ihr als Onkel Ed erschienen ist.« Er lachte erbittert auf »Er ist stolz darauf, Damaris nicht ebenfalls umgebracht zu haben.«

»Schrecklich«, sagte Judith. Ein Frösteln lief durch ihren Körper. »Und was wird nun?«

»Man wird Percy den Prozeß machen. Immerhin ist er zweifacher Mörder und hätte beinahe zum drittenmal gemordet. Ich nehme an, daß man ihn danach in eine Heilanstalt einweisen wird.«

»Und Damaris?«

»An Damaris hat nicht nur Percy gesündigt. Was kann sie dafür, daß mich Patricia betrogen hat?« Er lächelte schmerzlich. »Ich werde versuchen, alles wiedergutzumachen. Sie soll nie erfahren, daß ich nicht ihr Vater bin.«

»Ich bin sehr froh darüber, Merlin.« Judith reichte ihm die Hand. »Morgen werde ich an Percy schreiben und ihm mitteilen, daß ich unsere Verlobung für gelöst betrachte. Und dann werde ich nach London zurückkehren.«

»Möchten Sie nicht wenigstens noch ein paar Wochen bleiben?«

Judith schüttelte den Kopf. »Nein, das hätte wenig Sinn, Merlin. Wahrscheinlich wird mich die Polizei auch noch vernehmen wollen, und dann muß ich versuchen, alles so schnell wie möglich zu vergessen. Mal sehen, vielleicht besuche ich meine Schwester in Genf.«

»Schade, aber mir wird wohl nichts anderes übrigbleiben, als es zu akzeptieren.« Der junge Lord umfaßte etwas stärker ihre Hand. »Aber Sie müssen mir versprechen, sollten Sie irgendwann einmal Hilfe brauchen, sich, ohne zu zögern, an mich zu wenden.«

Judith sah ihm in die Augen. »Ja, ich verspreche es«, antwortete sie. »Sie werden mir fehlen, Merlin«, fügte sie leise hinzu.

»Das möchte ich doch hoffen«, sagte er und stand auf, um das Zimmer zu verlassen.

Judith brauchte nicht nach Genf zu ihrer Schwester zu fliegen. Esther Blatty kam selbst nach London, nachdem sie von den Vorfällen gehört hatte. Eine Kollegin hatte ihre Arbeit übernommen. Vergeblich versuchte sie, Judith aufzuheitern. Immer wieder zwang sie ihre Schwester, die sich am liebsten vor aller Welt verkrochen hätte, mit ihr Konzerte zu besuchen, ins Theater zu gehen und weite Spaziergänge zu machen.

Vier Wochen waren seit Judiths Erlebnis auf der Insel vergangen, als sie erfuhr, daß Percy Sinclair in Untersuchungshaft Selbstmord begangen hatte. Judith konnte keine Trauer empfinden. Längst war ihr klar, daß es keine echte Liebe gewesen war, was sie mit Percy verbunden hatte. Trotzdem wurde sie noch stiller, und Esther überraschte sie immer häufiger, wie sie allein auf dem Dachgarten saß und ganz einfach nur die gegenüberliegende Wand anstarrte.

»Es ist Lord Sinclair, nicht wahr?« fragte die Schwester eines Tages. Sie setzte sich neben Judith. »Du liebst ihn.« Es war keine Frage, sondern eine Feststellung.

Judith schüttelte den Kopf. »Ich habe mir geschworen, mich nie wieder zu verlieben.«

»Schwören kann man sich viel«, bemerkte Esther. »Du kannst mir nichts vormachen, Judith. Du hast dich in Merlin Sinclair verliebt. Wahrscheinlich hast du ihn schon immer geliebt, es dir aber nicht eingestehen wollen, weil du dich mit Percy verlobt hattest.«

»Unsinn!« Judith machte ein abwehrendes Gesicht.

Die Schwester achtete nicht darauf, sondern trat an die Brüstung des Dachgartens und blickte auf die Straße hinunter. Eine dunkle Limousine hatte vor dem Haus gehalten. Ein junger Mann und ein kleines schwarzhaariges Mädchen stiegen aus. Das Kind hielt einen Blumenstrauß in den Händen.

»Sieht aus, als würden wir Besuch bekommen«, sagte sie mit einem zufriedenen Lächeln. In ihre letzten Worte hinein ertönte das Läuten der Haustürklingel. »Ich werde öffnen.« Sie verließ eilig den Dachgarten und stieg die Treppe zur Wohnung hinunter.

Judith interessierte sich nicht für Besuch. Sie war am liebsten allein, konnte aber auch verstehen, daß Esther versuchte, sie mit allem möglichen abzulenken. Wahrscheinlich hatte sie irgendwelche Freunde eingeladen. Hoffentlich finde ich bald eine Stelle, dachte sie. Es war dumm gewesen, in London aufzuhören, um im Haus der sieben Türme die Bibliothek in Ordnung zu bringen.

»Tante Judith!« jubelte hinter ihr ein Stimmchen.

Judith sprang erschrocken auf und drehte sich um. Im selben Moment warf sich Damaris bereits in ihre Arme. »Warum hast du mich nie besucht, Tante Judith?« fragte sie anklagend. »Ich habe so auf dich gewartet. Und mein Daddy auch«, fügte sie leise hinzu.

»Wo kommst du denn so plötzlich her?« Sie sah Damaris an. Die Kleine hatte sich verändert. Sie war nicht nur lebhafter geworden, sondern hatte auch zugenommen. Ihre Augen glänzten. Ein leises Schuldgefühl regte sich in der jungen Frau. Sie hatte während der vergangenen Wochen zwar oft an Damaris gedacht, doch sie nicht einmal angerufen.

»Wir haben dir auch Blumen mitgebracht«, plapperte Damaris glücklich. »Die hat aber wieder der Daddy. Mein Daddy spricht gerade mit deiner Schwester.«

»Dein Vater ist auch hier?«

»Mhm!« Damaris nickte. »Er muß dich nämlich was ganz Wichtiges fragen.« Sie legte das Köpfchen schief. »Freust du dich gar nicht, daß ich gekommen bin, Tante Judith?«

»Doch, Liebes, ich freue mich«, versicherte Judith. Sie ging in die Hocke und schloß Damaris in die Arme. »Tut mir leid, daß ich dich nie besucht habe.«

»Daddy hat gesagt, du hättest mich bestimmt nicht vergessen, sondern wärst nur traurig, weil Onkel Percy für immer weggegangen ist. Und weißt du, wer noch weggegangen ist? Der böse Onkel Ed. Daddy hat ihn vertrieben. Er hat mir versprochen, daß er nie, nie mehr zurückkommen wird.«

Erst jetzt fiel es Judith auf, wie oft Damaris ihren Vater erwähnte. Es freute sie für das Kind, daß die beiden zueinandergefunden hatten. Wie hatte sie nur jemals in Merlin einen Mörder sehen können? Sie verstand es einfach nicht mehr.

»Und was dein Daddy sagt, ist immer wahr, Damaris!« ertönte die Stimme des jungen Lords von der Tür her. Er kam mit den Blumen auf den Dachgarten. Esther folgte ihm. »Bin ich willkommen?« fragte er leise.

Judith antwortete nicht, doch ihre Augen verrieten ihm, wie es um sie stand. Er reichte ihr die Blumen. »Ich habe sie selbst gepflückt«, sagte er.

»Und ich habe dabei geholfen«, meldete sich Damaris zu Wort.

»Damaris, weißt du, wir werden zusammen in die Küche gehen und Tee aufbrühen«, schlug Esther Blatty vor. Sie nahm das kleine Mädchen bei der Hand. »Hast du schon mal dabei geholfen?«

»Nein!«

»Dann wird es allerhöchste Zeit«, meinte Esther und führte das Kind in die Wohnung zurück.

Judith blickte ihnen nach. »Und nun behaupten Sie bitte nur noch, es wäre kein abgekartetes Spiel«, sagte sie zu Merlin. »Täusche ich mich, oder wußte meine Schwester, daß Sie uns heute besuchen würden?«

»Ich will es gar nicht bestreiten«, antwortete Lord Sinclair. »Ich telefonierte heute morgen sehr lange mit Ihrer Schwester. Sie meinte, Sie würden sich über unseren Besuch freuen.« Er lächelte ihr zu. »Immerhin mußte ich ja sichergehen, daß Sie mich und Damaris nicht von der Schwelle weisen. Und ein Spiel ist es keinesfalls, Judith. Ich bin aus dem Alter der Spiele heraus.«

»Am besten, ich stelle die Blumen erst einmal ins Wasser.« Judith klammerte sich an den Strauß wie an einen Rettungsanker. Sie war Esther böse, weil sie ihr nicht Bescheid gesagt hatte, aber gleichzeitig auch froh darüber. Sie wußte genau, daß sie dieser Begegnung mit Merlin ausgewichen wäre.

Merlin nahm ihr die Blumen aus der Hand. »Sie können warten«, meinte er. Behutsam legte er sie auf das runde Tischchen. Dann griff er nach ihren Händen. »Ich habe sehr oft an Sie denken müssen, Judith. Um ehrlich zu sein, eigentlich ständig. Ich bin gekommen, um Sie heimzuholen. Das Haus der sieben Türme wartet nur darauf, daß Sie zurückkehren.«

»Da bin ich mir gar nicht so sicher«, antwortete Judith. Sie entzog ihm ihre Hände und trat an die Brüstung des Dachgartens. »Ist nicht viel zu viel geschehen? Werden wir jemals Percy vergessen können? Alles wird uns immer daran erinnern, daß ich als Percys Braut ins Haus der sieben Türme gekommen bin.«

»Nur wenn wir es zulassen, Judith«, antwortete Merlin und trat neben sie. »Es kommt nur auf uns an, auf keinen anderen Menschen. Ich liebe dich, Judith, und weiß, daß auch du mich liebst. Kann man denn noch mehr verlangen? Ich bin überzeugt, daß wir sehr glücklich miteinander werden.«

»Und Ralph und Scarlett, was werden sie dazu sagen?« fragte Judith, obwohl sie sich gern in seine Arme geworfen hätte.

»Scarlett läßt dich grüßen. Sie und Archibald werden in vier Wochen in aller Stille heiraten. Es ist besser, in Anbetracht der Ereignisse auf ein großes Fest zu verzichten. Sie wird dann auf Mill Castle leben. Und Ralph ist seit drei Wochen in Italien. Er hat vor, dort mindestens zwei Jahre zu bleiben.« Liebevoll umfaßte Merlin ihre Oberarme. »Du siehst, wir werden das Haus für uns allein haben. Das heißt, Damaris wird natürlich bei uns bleiben. Ich habe an ihr einiges gutzumachen.«

»Sie ist wie verwandelt.« Judith blickte in seine Augen. Sie las in ihnen, wie sehr er sie liebte. Und plötzlich fühlte sie, wie ihr Widerstand erlahmte. Alle Bedenken fielen von ihr ab. »Ein Kind braucht Vater und Mutter«, sagte sie und erwiderte sein Lächeln.

»Ganz recht«, erklärte der junge Lord und zog sie in die Arme. »Und Damaris und ich sind uns darin einig, als neue Mutter kommt für uns nur eine Frau in Frage, nämlich du.« Er hielt sie etwas von sich ab. »Judith, würdest du meine Frau werden? Ich kann dir nicht den Himmel auf Erden versprechen, denn so etwas gibt es meiner Meinung nach gar nicht, aber ich werde alles tun, um dich glücklich zu machen.«

»Ja, ich möchte deine Frau werden«, antwortete Judith kaum hörbar.

Lord Sinclair zog sie in den hinteren Teil der Terrasse. Dann beugte er sich über sie und küßte sie zärtlich auf den Mund.

»Heiraten sie jetzt, Tante Esther?« fragte Damaris von der Tür her. »Wird Tante Judith jetzt meine Mummy?«

»Sieht ganz so aus«, bemerkte Esther und nahm Damaris noch einmal mit in die Küche zurück.

»Du wirst eine sehr vorwitzige Tochter bekommen«, meinte Merlin.

»Oh, das macht mir nichts aus.« Judith schlang die Arme um seinen Hals und ließ sich erneut von ihm küssen. Sie glaubte, noch nie in ihrem Leben so glücklich gewesen zu sein. Auch wenn die Erinnerung an Percy noch frisch war, Merlin würde schon dafür sorgen, daß sie nach und nach verblaßte und nicht zwischen ihnen stand.